SPRING TIDE

嫌疑者的救赎

[瑞典] 塞利拉·伯林德　罗尔夫·伯林德/著

曾雅雯/译

SPRING TIDE

© Cilla and Rolf Börjlind 2012 by Agreement with Grand Agency, Sweden, and Andrew Nurnberg Associates International Limited.
All rights reserved.

版贸核渝字（2013）第 257 号

图书在版编目（CIP）数据

嫌疑者的救赎 /（瑞典）伯林德著；曾雅雯译. —重庆：重庆出版社，2015.6

书名原文：Spring Tide

ISBN 978-7-229-09819-3

Ⅰ.①嫌… Ⅱ.①伯… ②曾… Ⅲ.①侦探小说—瑞典—现代 Ⅳ.①I532.45

中国版本图书馆 CIP 数据核字（2015）第 100321 号

嫌疑者的救赎
XIANYIZHE DE JIUSHU
[瑞典]塞利拉·伯林德　罗尔夫·伯林德 / 著　曾雅雯 / 译

出　版　人：罗小卫
责任编辑：陈渝生
责任校对：郑小石
装帧设计：重庆出版集团艺术设计有限公司·黄　杨

重庆出版集团
重庆出版社　出版

重庆市南岸区南滨路 162 号 1 幢　邮政编码：400061　http://www.cqph.com
重庆出版集团艺术设计有限公司制版
自贡兴华印务有限公司印刷
重庆出版集团图书发行有限公司发行
E-MAIL:fxchu@cqph.com　邮购电话：023-61520646
全国新华书店经销

开本：680mm×980mm　1/16　印张：24.5　字数：420 千
2015 年 7 月第 1 版　2015 年 7 月第 1 次印刷
ISBN 978-7-229-09819-3
定价：38.00 元

如有印装质量问题，请向本集团图书发行有限公司调换：023-61520678

版权所有　侵权必究

序幕

1987年，夏末

海瑟尔维卡尔纳海湾位于瑞典西海岸的诺德科斯特岛，紧邻挪威边境，这里的海水在涨潮与退潮时的水位差通常在五厘米到十厘米之间，不易察觉。不过，一旦春潮来临——也就是当月亮、地球与太阳处于同一直线时，潮汐形成的水位差可以达到五十厘米左右。如果你想更确切地明白这个数字的含义，那么我可以告诉你，从人的下巴到头顶的距离大约是二十五厘米。

今晚会有春潮。

而现在正好是潮起之前的潮落。

几个小时之前，满月使得难以驯服的海水暂时退离这片海滩，露出了一片宽阔而又潮湿的沙地。闪亮的小螃蟹在沙地上来回地快速移动，它们的背壳反射着钢青色月光，活像一面面小镜子。紫色的帽贝紧紧地吸附在礁石上，几乎是一动不动。这些小生命都清楚地知道，海水会在一个周期性的间歇之后返回，届时这里的一切都将被水再次淹没。

沙滩上还有三个人，他们当然也明白这一点，甚至还知道潮水回来的准确时间——十五分钟之后。到了那个时候，第一波温和的海浪将会涌来，浸透正逐渐变干的一切。很快，在引力的作用下，一波又一波的海浪逐渐增强，直到潮汐达到最高峰。

这就是春潮，它可以让这片沙地被淹没在半米深的海水下面。

但是他们还有一些时间。刚才他们一直在挖洞，现在几近完成了。这个洞径直向下，深度差不多是一米五，直径有六十厘米，可以完完整整地容纳一个人的身体，只把头部露在外面。

这里说的"一个人"是沙滩上的第四个人。

不远处站着一个无精打采的女人，她的双手被捆绑在一起，一头黑色长发在微风中轻轻飘动。女人没穿衣服，身上的皮肤有些反光，她的表情很温和，脸上没有化妆，但是双眼却显露出一种有些奇怪、看上去似乎心不在焉的神态。她注视着那个拿着铁锹挖洞的男人，后者将弯曲的金属刃从洞中拔起，抖落掉附着在其上的沙粒，然后转过身来。

他的工作完成了。

男孩躲在一块礁石背后，远远地目睹了这一切，月光下的海滩笼罩着一层古怪的寂静。沙滩上有几个模糊的人影，他们在做什么？男孩不知道，但是他听见海水的喧嚣越来越响、越来越近，看到那个裸体的女人被领着走过潮湿的沙滩——她看起来应该没有反抗，接下来，他看着她被放进了一个洞里。

男孩用牙齿紧紧咬住下唇，没有发出任何声音。

一个人拿起铁锹，铲起沙子，将其倾倒在女人四周，半湿的沙子和碎石像水泥一样将她的身体包围起来。洞很快就被填满了，只剩下女人的头部露在外面。第一波滚滚而来的波涛涌向岸边时，她长长的头发被打湿了，继而逐渐被水浸透。一只小螃蟹停留在她的一绺黑色头发上，而她只是用自己的眼睛凝视月亮，一言不发。

沙滩上的三个人后退了几步，在月光的照耀下，三双眼睛都注视着那个凸起在地平面上的人头。有两个人显得焦虑和迟疑不决，但第三个人非常平静。

他们都在等待。

春潮来临的时候，海水的流速很快，而且一波比一波高。海水冲刷着女人的脸，进到了她的嘴里和鼻子里。接下来，海水灌进了她的喉咙，使得她不停地作呕和吐水。她想转脸避开，然而紧接着她的脸又受到下一波海浪袭击。

那个看上去非常平静的人走上前去，在她旁边蹲下身来，两人四目相对。

男孩所在的位置可以看到水位逐渐上升，女人的头消失在了海浪中，接着露出来，然后再次消失……有两个人已经离开了，第三个人片刻之后也顺着相同的方向跟了上去。突然，男孩听到了一声响亮的尖叫，是洞中的女人在疯狂地呼喊。她的声音穿过平静的海湾，继而在男孩身旁的礁石上反弹。终于，海水彻底漫过了女人的头顶，尖叫声也停止了。

男孩很害怕，转身跑开了。

海平面升高了五十厘米,然后稳定下来。这个女人临终前的最后知觉来自她自己的腹部,那里有什么东西正在踢动,很微弱,也很温柔。

接下来,她的羊水破裂了。

2011 年夏天,斯德哥尔摩

"独眼"①薇拉其实拥有一双健康的眼睛,她的凝视甚至可以使一只翱翔的猎鹰在空中停驻。换句话说,薇拉的视力好得惊人。不过,薇拉在提出自己的观点时非常执拗,不容他人辩驳。一旦她亮出自己的想法,紧接着就会猛烈地推进,并拒绝接受来自任何视角的反驳意见。

她非常偏激,而且盲目。

但她很讨人喜欢。

薇拉站起身来,背对着即将消逝的夕阳,微弱但十分柔和的光芒在她的轮廓周围形成了一圈暖色调的背景光环。这里是赫乔特哈根公园,倾斜的阳光映照在瓦尔塔湾的水面上,显现出了利丁厄大桥的倒影。

"那里是我的地盘!事情原本就是这样的!"

她的开场白激情四射,甚至可以打动最铁石心肠、最麻木不仁的议员,尽管她那声带受损的嘶哑嗓音听上去有些不太适合出现在议会这样的场合。她的穿着可能也有同样的问题:颜色极不搭调且满是污迹的T恤、针织衫和一条褴褛破烂的薄纱裙子,赤脚没有穿鞋。不过,她并不是站在议会大厅中,而是站在瓦尔塔码头一座略显偏僻的公园里。她的听众是四名无家可归的人,来自不同的省,他们坐在一片由橡树、白蜡树和灌木所组成的树丛当中的几条长凳上。其中一个人的名字叫杰利,他个头很高,有些沉默,就好像迷失在了自己的冥想中。本斯曼坐在另一条长凳上,他的身边坐着穆丽尔。穆丽尔是一名吸毒少女,来自首都郊区巴格莫森,她身旁放着一个塑料购物袋。

他们对面的长凳上躺着一个正在打盹儿的人,他是阿沃·帕特。

两个身穿黑衣的年轻男人躲藏在公园边缘厚重浓密的灌木丛背后,他俩静悄悄地蹲伏在那里,两双眼睛直勾勾地注视着长凳上的集会。

---

① 在英文中"独眼"(One-eyed)也有"鲁莽偏激"的含义。

"那里是我的地盘,不是他们的!难道不是这样吗?"

"独眼"薇拉伸出一只手臂,指向遥远的地方。

"他们走过来,猛力敲打我的活动房屋!他们就站在我的家门口,我实在是很难逃避。他们一共有三个人,就那样站在外面看着我。'你们究竟想干什么?'我问他们。

"'我们是市议会的人,你的活动房屋必须从这里移走。'

"'为什么?'

"'我们要开发这块地了。'

"'用来做什么用?'

"'建造一条有灯光的跑道。'

"'这是什么玩意儿?'

"'一条运动跑道将会穿过你的房子所在之处。'

"'你们究竟在说什么啊?我没办法移动这座房屋!我没有车!'

"'恐怕这不是我们该考虑的问题。总之,在下周一之前,你的房子必须从这里消失。'"

"独眼"薇拉越说越激动,她花了些时间让自己歇口气。当她这样做时,杰利抓住机会偷偷打了个哈欠。薇拉最不喜欢的事情就是有人在她长篇激烈演说的中途打哈欠。

"你们还不明白吗?那三个家伙站在那里,看起来就好像是在二十世纪五十年代的文件柜里长大的。他们一直喋喋不休,叫嚣着让我见鬼去吧!照他们的说法,某些饮食过量的蠢货们居然要在我的家所在之处跑掉身上的赘肉?我不用描述,你们也能想象得出这是多么地令我生气,是吗?"

"是的。"

这是穆丽尔以她特有的低沉嗓音作出的回答。她的嗓音异常嘶哑,而且微弱,但又有些刺耳。她总是避免将注意力吸引到自己身上,除非是她本人有话想说。

薇拉拂了拂稀疏的红发,带着崭新的激情继续展开自己的高谈阔论。

"问题并不仅仅在于那该死的跑道,当高傲的蠢货们牵着毛茸茸的小宠物出来散步的时候,当然不希望看到像我这样的人也住在他们的豪华社区里!我们不属于他们那干净整洁的世界,这就是问题的核心!而且他们也完全不在乎我们的感受!"

本斯曼略微前倾了一点。

"但是你要知道,薇拉,这有可能是因为他们……"

"好了,让我们离开这里。杰利!走吧!"

薇拉向前迈出几步,推挤了一下杰利的手臂,很明显她对本斯曼的想法完全不屑一顾。杰利站起身来,略微耸了耸肩,跟在薇拉后面,可是他并不知道他们要去哪里。

本斯曼扮了个鬼脸,他很了解薇拉的性格,早已习以为常。片刻之后,本斯曼用有些颤抖的手点燃了一个皱巴巴的烟头,紧接着他又打开了一罐啤酒,清脆的开罐声使得阿沃·帕特醒了过来。

"有趣的事情开始了。"他喃喃地说。

帕特的父母是爱沙尼亚人,他们在战争期间逃难来到了瑞典。帕特有着自己独特的说话方式。穆丽尔看着薇拉他们离开,然后转过头来看着本斯曼。

"唔,我认为她的主要意思是只要你不适合那里,他们就想让你离开……是这样吗?"

"没错,我认为你说得对……"

本斯曼来自瑞典北部,这一点从他那毫无必要的强有力的握手和看起来像是被伏特加酒浸润过的泛黄眼睛就看得出来。他块头很大,说着瑞典北部特有的方言,稀疏凌乱的牙齿背后总是释放出令人作呕的口气。过去有段时间他曾在博登市做图书管理员,他对书的欲望与对酒精饮料的欲望同样强烈。从低度的野黄莓利口酒到私酒酿制工场自制的烈酒,他一概不会拒绝。长达十年的嗜酒成瘾使得他的社会地位与生存环境都急剧下降,最后只能开着一辆偷来的厢式货车来到了斯德哥尔摩。在这座城市,他通过乞讨和扒窃商店的方式勉强维持生活,就像一个被海水冲上岸的难民。

但他毕竟是个饱读诗书的人,这个事实不会随着生活条件的潦倒而改变。

"……我们靠救济金过活。"本斯曼说。

帕特点了点头,表示同意,接着伸手去拿啤酒。穆丽尔掏出了一个小袋子和一把勺子,本斯曼见状立刻做出了反应。

"你就要戒掉那玩意儿了,难道不是吗?"

"我知道,我会戒掉的。"

"什么时候?"

"总之我会的!"

她果真立刻就把那玩意儿放下了,但并不是因为她现在不想注射毒品,而是因为她突然发现两个年轻男人正穿过树丛朝他们走来。其中一个人穿了一件黑色连帽衫,他的同伴则穿了一件墨绿色连帽衫。两人都穿着灰色运动长裤和厚重的黑皮靴,并且戴着手套。

他们好像正在搜寻什么。

无家可归三人组反应非常迅速，穆丽尔一把抓起自己的塑料袋，迅速跑开了，本斯曼和帕特跌跌撞撞地跟在她后面。突然，本斯曼想起自己还藏了一罐啤酒在垃圾桶背后，对他来说那酒意味着安然入睡和整晚失眠的区别。他赶紧往回走，然而却不小心在其中一条长凳前绊倒了。

他的平衡力不太好。

他的反应速度也很慢。当他试图站起来时，脸上被狠狠踢了一脚，使他身体一倒仰躺在地上。穿着黑色连帽衫的男人就站在他身旁，前者的同伴取出手机并打开了摄像功能。

这还只是残酷无情的攻击的开始。在这样一座从外面无法听到里面任何动静的公园里，这一切都被手机拍摄下来。现场只有两名深感恐惧的目击者，他们静静地躲藏在远处的树丛中。

他们是穆丽尔和帕特。

然而，尽管距离很远，但是从他们所在的位置依然可以看到鲜血从本斯曼的嘴里和耳朵里流出来，他们还能听到他在上腹部和脸部被踢打时所发出的呻吟声。

一次，两次……

接连不断。

他们没能看到的是，本斯曼所剩无多的几颗牙齿被踢进了脸颊的肌肉里，还从脸颊的另一面穿透出来。他们看到这个大个子北方人奋力地保护着自己的眼睛。

那双他用来阅读的眼睛。

穆丽尔用扎满针眼的手臂捂住嘴巴，无声地哭泣着，瘦弱身躯的每一个部位在不住地颤抖。最后，帕特拉起年轻女孩的手，将她拖离了这个可怕的场景。他们对此无能为力……哦，对了，也许可以报警，这一点倒是他们可以做到的，帕特心想。接下来，他拉着穆丽尔尽快来到了利丁厄大道。

等了一会儿，第一辆车出现了。当汽车还在五十米开外的地方时，帕特和穆丽尔就开始朝它喊叫，并挥舞着自己的双臂。然而他们这样做的结果只不过是使得这辆车调整方向驶到街道中央，随后加速从他们身边擦过。

"该死的混蛋！"穆丽尔朝着远去的汽车高声喊道。

第二辆汽车驶来了，司机的妻子坐在副驾驶座位上，她穿着樱桃色连衣裙，打扮得十分精致。女人伸出右手，透过挡风玻璃指着外面正在叫喊的一男一女。

"不要撞到那些瘾君子,别忘了你刚喝过酒。"

接下来,这辆灰色捷豹轿车也从他们身边"嗖"的一声开走了。

当本斯曼的一只手被踩碎时,映照在瓦尔塔湾水面上的阳光已经消逝了。拿着手机的男人关掉了摄像功能,他的同伴则捡起了本斯曼藏在垃圾桶背后的啤酒。

两个人飞快地跑离了现场。

留下的就只有无边无际的黑暗,以及躺在地上的大个子北方人。他的眼皮闭上了,那只被压碎的手无力地抓着地上的碎石。《发条橙》究竟是谁写的呢?这是从他脑海中掠过的最后一个念头。几秒钟后,他的手停止了活动。

一

　　被子滑落下来，露出了她的大腿。一条粗糙而温暖的舌头舔舐着她的皮肤。她睡得正香，却感觉到大腿一阵阵发痒。片刻之后，轻柔的舔舐变成了小口小口的咬啮，她立刻坐了起来，将小猫一把推开。

　　"噢，不要！"

　　她这样说其实并不是因为小猫，而是闹钟。她睡过头了，严重睡过头了，更糟的是，她睡前随意放在床架上的嚼过的口香糖不知何时掉了下来，还牢牢地粘在了她长长的黑发上。今天不太顺利。

　　她一跃而起下了床。

　　晚起了一个小时，这给她整个早上的安排都带来了极大的压力，她的运筹能力将会受到严峻的考验。尤其是在厨房里：为兑咖啡而煮的牛奶快要沸腾了，吐司面包也即将烤好，就在这时她没穿鞋的右脚正好踩在了一摊透明的猫咪呕吐物上。六神无主的她不知道该先做什么，呆愣中电话铃又响了，是一位电话推销员打来的。对方的态度无比亲昵，直呼她的名字，还向她保证说自己打来这个电话绝非为了推销什么东西，只不过是邀请她参加一项金融咨询课程而已。

　　今天实在是太不顺利了。

　　住在斯凯尼大街的奥莉维亚·朗宁冲出家门时仍然感到焦虑不安。她没有化妆，只是将自己的长发草草地绾成了一个像小面包一样的圆髻。她身上的轻薄麂皮绒外套没有扣上扣子，露出了穿在里面的黄色T恤，这件T恤底部边缘的针脚已经有些磨损了。她还穿了一条洗得褪了色的牛仔裤和一双旧凉鞋。

　　不管怎么说，今天天气还是挺不错的。

她停下来驻足片刻,思忖着自己要走哪条路。哪条路是最快的呢?应该是右边这条。她连走带跑,越来越快,这时她瞥见了超市门口的告示牌:

又有一名无家可归的流浪汉遭到了毒打。

奥莉维亚继续往前跑。

她正跑向自己的车,她需要赶往乌里斯达市的索能托尔普警察学院。奥莉维亚今年二十三岁,已经在这所警察学院读到了第三个学期。半年后她将申请在斯德哥尔摩地区的某个警察局做实习警员。

半年实习期结束后,她就能成为一名正式警员。

当她跑到自己的白色福特野马轿车跟前并掏出车钥匙时,略微有些喘气。这辆车是她从父亲阿尔涅那里继承得来的,他在四年前死于癌症。这是一辆1988年款的自动挡敞篷轿车,座椅和内饰都是红色皮革,直列四缸引擎响起来就跟V型八缸汽车别无二致。多年来,这辆车一直被她父亲视为掌上明珠,现在又成了她的掌上明珠。这辆车已经很旧了,后挡风玻璃有时得用胶带固定起来才行,漆面也有不少污渍和瑕疵。不过,这车每年都能在车辆年检中顺利过关。

她喜爱这辆车。

她坐到驾驶员座位上,熟练地调低了车的顶篷。几乎是每一次,当她刚进到车里时,短短一两秒钟之内都能留意到一件相同的事情,确切地说是嗅到一种熟悉的气息。这不是来自皮革座椅或内饰的气味,而是来自她父亲的味道:这辆车的内部散发出阿尔涅的味道。但是,这种味道通常只能持续短短几秒钟,随即便消失了。

她将耳机线塞进手机插孔,选好了"美好冬季"乐团的歌曲,然后转动点火开关的钥匙,发动引擎将车开走了。

暑假就快来到了。

* * *

专为无家可归者发行的杂志《斯德哥尔摩形势》现在已经出到了第一百六十六期,最新一期的封面是维多利亚公主的照片,主打文章是对萨哈拉·霍特赖特和延斯·拉皮德斯的访谈。位于库克马卡大街三十四号的编辑部里挤满了无家可归的流浪汉,他们正在排队购买新杂志。这些流浪汉能以每本二十克朗[①]——该价格是街头零售价的一半——买到杂志,然后再出去卖掉,从中赚取差价。

[①]"克朗"是瑞典货币单位。

这是非常简单的交易。

通过倒卖杂志所赚到的钱可以让他们勉强活下去，不过对于不同的人来说用钱的方式也各不相同。有些人用赚来的钱满足毒瘾，还有些人则用这笔钱来支付自己先前欠下的债务，当然，大多数人仅仅是用赚来的钱购买当天的食物而已。

并且换回一些自尊。

毕竟，这是他们正在做的一份工作，他们可以从中获得报酬。他们没有在商店行窃，也没有行凶抢劫退休人士。他们只是在生活糟透了的情况下被迫做这份工作而已——有一些人的确是这样想的，不过大多数人却实实在在地因自己正在做的销售工作而自豪。

事实上，这是一份相当艰苦的工作。

有些日子，你得在自己的摊点前一连站上十到十二个小时，却连一本杂志都卖不出去，而且还得身处极端恶劣的天气下或寒冷凛冽的大风中。要知道，在肚腹空空如也的情况下爬进某个避风建筑物里去试图享受充斥着梦魇的睡眠，这绝不是什么舒服的事儿。

好在今天正好赶上新杂志出版，通常情况下，这是值得房间里所有人庆贺的好事。如果运气好的话，他们能将所有的杂志在一天之内就全部卖掉。然而，今天这间办公室里看不出任何欢乐的迹象。

情况恰恰相反。

一场紧急会议正在举行。

他们当中有一名同伴在头天晚上被人狠狠地揍了一顿。那可怜的北方人叫本斯曼，读过不少书。他全身骨头都骨折了，脾脏也破裂了，医生们花了整夜的时间来止住他体内的出血。编辑部负责接待的职员在上午早些时候已经去过医院，心情十分沉重。

"他会活下去的……不过我们将有很长一段时间不能再见到他了。"

其他人略略点了点头，大家脸上都写满了同情和紧张。这并不是近段时间以来发生的第一起袭击，事实上这是第四起袭击案，这些案件中所有受害人都是"无家可归的流浪汉"——至少报纸上是这么说的，这一次也不例外。有些年轻人在某个流浪汉常常聚集的地点选中他们当中的某一个人，然后把那人狠狠地揍一顿。这些人下手都异常狠毒，他们还会把整个事件拍摄下来，并上传到互联网上。

上传到互联网，这才是最可怕的部分。

这是极大的羞辱。在录像中，受害人就像供人发泄或练拳所用的吊袋，实在是惨不忍睹。

令人匪夷所思的是,四名受害人都曾是《斯德哥尔摩形势》的贩卖者,这难道仅仅是个巧合?在斯德哥尔摩大约有五千名流浪汉,他们当中只有极少一部分是杂志贩卖者。

"他们是专门针对我们的吗?"

"他们为什么要这样做?"

这些问题目前是没有答案的。不过,这已经足以使办公室里的人感到害怕——有些人已经开始发起抖来。

"我有一些催泪瓦斯喷雾剂。"

这话是布·法斯特说的,所有人都转而看着他。这里的每一个人都认识布,他的名字听起来非常形象①,而且如果把他的名和姓连起来念,就成了一个含义完全不同的词,即"永久性居民"。不过,大家在很多年前就已经停止用布·法斯特的名字来取笑他了。布把手中那瓶强有力的喷雾剂举起来,让所有人都能看到。

"你得知道这是非法的。"杰利说道。

"什么意思?"

"我说,使用那样的喷雾剂是非法的。"

"那又怎样?殴打别人就合法吗?"

对于这个问题,杰利没有好的答案,只得站在墙角默不作声。杰利身旁是阿沃·帕特,不远处的薇拉正站在人群边上。这一次,薇拉闭上了自己的嘴巴。当帕特打电话将她和杰利离开公园几分钟后发生在本斯曼身上的事告诉她时,她真的非常难过。她一直认为如果自己当时留下来的话就一定能够阻止袭击事件的发生,可是杰利并不这么认为。

"就算你当时在场,又能做些什么呢?"

"跟他们打架啊!我在米德索马克兰森是如何打败那些想要抢走我手机的家伙的,你应该还有印象吧。"

"但是那帮人都喝得醉醺醺的,而且其中有个人根本就是个侏儒。"

"没错,不过这次要是我们都在场,你应该也会帮我一把,难道不是吗?"

薇拉不再说话了。她已经买了一大捆杂志,帕特也买了一捆,而杰利倾其所有也只够买五本杂志。

他们一起来到大街上,走着走着帕特突然大哭起来。他靠在墙边,抬起脏

---

① 人名"布"(Bo)本来就有"无业游民"和"流浪汉"的意思。

兮兮的手掌捂住了自己的脸。杰利和薇拉都静静地看着他。他们了解他的感受,他就在事发现场,目睹了暴行的整个过程,却没法上前去对本斯曼伸出援手。

此时此刻,当时的场景像洪水一般在他的脑海里涌现出来。

薇拉伸出一条手臂,轻轻搂住帕特的双肩,并让他的头埋下来靠在自己肩上。她很清楚现在他的内心是多么的脆弱不堪。

帕特的真名叫塞琅·卡尔普,来自瑞典东南部城市埃斯基尔斯蒂纳,是两名爱沙尼亚难民的儿子。一天夜里,当他躲在布朗斯大街一间小阁楼里注射海洛因时,偶然瞥见了一张旧报纸上印着的那位名叫阿沃·帕特的害羞的爱沙尼亚作曲家的照片,照片中的人脸跟他自己的脸非常相似,这令他十分惊讶,就像是看到了自己的复制品一般。在下一次注射海洛因的时候,他将自己当作帕特的复制品,两人合为一体,他变成了阿沃·帕特。自打那时候开始,他便以帕特自称了。

阿沃·帕特。

有好几年的时间,他一直在做邮差的工作,每天的任务是在斯德哥尔摩南部郊区投递信件,可是薄弱的意志力和对鸦片制剂的渴望使他沦落至现在这种没有根基的生存状态,成为一名《斯德哥尔摩形势》的贩卖者。

他伏在"独眼"薇拉的肩膀上悲痛欲绝地哭泣着,他哭是因为发生在本斯曼身上的事情,是因为这一切暴力事件是如此的血腥而残忍。不过,最主要的原因其实是他对自己目前的这种生活状态感到悲伤无奈。薇拉轻抚着帕特乱蓬蓬的头发,抬头看着杰利,后者正低头盯着手里的那捆杂志发呆。

情绪稍微平复之后,帕特便独自离开了。

* * *

奥莉维亚驱车经过了索能托尔普警察学院的大门,并将车停在大门右侧。她的这辆福特野马车停在各种各样的深灰色豪华轿车中间,着实显得有些突出,不过她对此倒不以为意。她抬头看了看天空,考虑着自己是不是应该把车的顶篷拉上来,最后她决定不这样做。

"要是下雨了怎么办?"

奥莉维亚转身一看,是乌尔夫·莫林。乌尔夫跟她年龄相当,而且也在她的班上。他有一种特殊的能力,总是可以出其不意地出现在奥莉维亚附近。这不,现在他就从奥莉维亚的车后闪出来了。我还正在想他会不会出现呢,她心里嘀咕着。

"唔,那时我再将顶篷拉上来。"

"你是说在课上到一半的时候吗?"这种毫无意义的谈话搞得她很心烦。她拿起自己的背包准备走开,但乌尔夫跟了上去。

"你看过这个了吗?"

乌尔夫走到她身边,手里拿着一台时髦的平板电脑。

"这是发生在昨晚的袭击流浪汉事件。"

奥莉维亚瞥了屏幕一眼,正好看到浑身是血的本斯曼被人拳打脚踢,几近昏死过去。

"这次也是上传在了相同的网站上。"乌尔夫说。

"是'踢废物'网吗?"

"没错。"

同学们昨天还在学校里讨论过这个网站,每个人都很不安。有一位老师解释说第一段视频和一个网址被粘贴在了某社交网站上,这个网站每天都被数百万年轻人访问。接下来,那段视频和网址很快就被人注意到了。后来,尽管相关内容被删除掉了,不过已经有很多人看到并记住了那个网址,所以"踢废物"网就这样被传开了。

"为什么没有人去关闭那个网站呢?"

"那个网站非常隐蔽,警方很难找到它的服务器并将其关闭。"

这些都是那位老师告诉他们的。

乌尔夫将平板电脑收了起来。

"这已经是他们上传的第四段视频了……真他妈的残忍。"

"你说残忍指的是打人这件事,还是指将打人视频放到网上?"

"呃,两者都很残忍,太可怕了。"

"你认为哪一个行为的情节更加恶劣呢?"

她知道自己不该跟他展开交谈的,不过她还要步行大约两百米才能抵达学院大楼,而乌尔夫与她是同路的。再说,她喜欢让别人说出自己内心的想法。说真的,她也不知道这是什么原因,也许这只不过是一种让她和别人保持距离的方法罢了。

以攻为守。

"我认为这些事之间是有关联的。"乌尔夫说,"他们打人,于是就能将打人的经过拍摄下来,再上传到互联网。如果没有一个网站可供他们上传这些视频的话,也许他们就不会打人了。"

分析得很好,奥莉维亚心想。这样的逻辑反映出乌尔夫思维的连贯和头脑的敏锐。要是他少做些偷偷摸摸的勾当,多花些工夫来思考,那么按照她对人的评判标准,他一定会再上升好几个档次。另外,他的外形本来也很不错,身材相当匀称,比她高半个头,留着深棕色的鬈发。

"那么,今天晚上你打算怎么安排?想喝点啤酒或别的什么吗?"

啊哈,现在他在她心目中的形象又跌回到原来的档次了。

教室里差不多已经坐满了人。奥莉维亚所在的班级总共有二十四名学生,被分成了四个小组,乌尔夫和她在同一个小组。他们的导师艾克·古斯塔弗森此时正站在黑板旁边。艾克是一位五十出头的男子,有过很漫长的警察从业生涯,在学院很受欢迎,尽管也有人认为他略微有些唠叨。奥莉维亚认为他非常迷人,她尤其喜欢他的眉毛,它们非常浓密,显得生气勃勃。现在导师一只手里正举着一份文件,而在他身边的讲台上还放着一大堆文件。

"既然过不了多久我们大家就将分道扬镳,我想到了一件事情。这件事与课业关系不大,你们可以在暑假期间完成,而且这完全是自愿的。这份文件里记录了一些以往发生在瑞典的悬而未决的谋杀案,我自己把它们整理出来了,我的想法是你们可以从中选择一起案子,自己进行分析和调查,看看用 DNA 检测、地理分析和电子监控等诸如此类的现代警方破案手段能不能得出一些不一样的结论。在试着解决这些悬案的过程中,你们的能力也可以得到锻炼。大家有什么问题吗?"

"这么说这不是强制性的咯?"

奥莉维亚瞪了乌尔夫一眼。他总是喜欢纯粹为了提问而问一些没有必要的问题,艾克明明已经说过这是自愿的。

"这是完全自愿的。"

"不过这可以提高我们的成绩,是吗?"

下课后,奥莉维亚走到讲台边,拿起了一份文件。艾克走过来,看着她手中的文件点了点头。

"你父亲曾经为其中的一起案件工作过。"

"真的吗?"

"是的,我认为你也会觉得那起案件比较有意思。"

奥莉维亚在离学院大楼不远的一条长凳上坐了下来,她旁边坐着三个一言不发的男人,他们的皮肤都晒成了古铜色。其中一人是"英俊的哈里",此人从前是个臭名昭著的骗子。

奥莉维亚从来没听说过关于他的事。

另外两个人是图巴·塔赞和比约克警官,后者将取下的警帽放在自己的膝盖上,帽子上摆着一个喝光了的啤酒罐子。

奥莉维亚打开了自己刚拿到的文件。她原本并没有打算在假期中花时间处理跟学校有关的事务,再说这个任务也不是什么强制性的。不过,领取文件这个行为帮助她借机离开了教室,这样一来她便不用继续听乌尔夫言之无物的喋喋不休了。

现在她感到很好奇。

她的父亲竟然也与其中一起案件有关联。

她迅速地翻阅着这份文件,每起案件的概述都非常简短,其中提到了一些与作案方式、事发地点和时间有关的内容,还提到了一点调查情况。她对警方的术语相当熟悉,因为在整个童年时期,她都常常听到父母在厨房餐桌旁讨论各种法律案件。她的母亲玛莉亚是一位刑事律师。

她在案件列表的末尾找到了那起案件。阿尔涅·朗宁曾是该起案件的调查负责人之一。

他是国家犯罪调查小组的侦缉总督察。

也是她的爸爸。

奥莉维亚抬起头来,看着眼前的景色。学校坐落在一片环境几乎未被破坏的乡村里,校园里有着保养得很好的草坪和漂亮的林木区,树丛一直延伸到伊迪斯韦垦海湾。真是一派非常静谧的景致。

她想到了阿尔涅。

她一直很爱父亲,深深地爱着他,可是现在他已经死了。他只活到了五十九岁,这不公平!她的记忆又回来了,她想到了自己常常忍受的痛苦,几乎跟生理痛一样不断折磨着内心,她也想到了自己的背叛。

她对父亲的背叛。

她在整个青少年时期都与父亲保持着非常亲密的关系,然而后来在他突然生病之后她却让他失望了。她离开家去了巴塞罗那,学习西班牙语,还有工作、放松……和享乐。

我就那样逃跑了,她心里想着,尽管我当时并没有意识到这一点。我匆匆地从他身边逃离,只是因为我没法去接受一个事实,那就是他生病了。他的病情可能会恶化,他可能会因此而死去。

后来,他真的死了。他死的时候奥莉维亚没有陪在他身边,当时她仍然待在巴塞罗那。

她还记得来自母亲的那一通电话。

"爸爸在昨天夜里去世了。"

奥莉维亚轻轻揉了揉眼睛,继续回忆起自己的母亲。奥莉维亚在父亲去世后从巴塞罗那回到了家里,接下来那真是一段可怕的时光。玛莉亚整个人已经垮掉了,她把自己的心囚禁在深深的悲痛中,不可自拔。母亲内心的悲伤是那样的深重,已经没有空间再去容纳奥莉维亚的内疚和痛苦。相反,她俩都小心翼翼地保持着距离,彼此没有交谈,就好像她们害怕一旦说出自己内心的感受,那么她们的整个世界就会因此而坍塌似的。

最后,一切当然还是平息了下来,不过她们仍然小心地不去谈论那件事。

她仍然很想念父亲。

"你找到什么案子了吗?"

说话的是乌尔夫,他以自己独特的方式出现在了她的面前。

"找到了。"

"是哪一个?"

奥莉维亚低头看着手中的文件。

"一起西海岸的案件。"

"案发时间是什么时候呢?"

"1987 年。"

"你为什么要选择这起案子?"

"那你选择了哪个?或者说,你根本就不打算投入,是吗?这很正常,因为这并不是必须要去做的事。"

乌尔夫微微笑了笑,随即坐在了长凳上。

"你介意我坐这里吗?"

"是的,我介意。"

奥莉维亚向来喜欢直言不讳。再说,她想把自己的心思全都集中在刚刚选出的案子上。

那是她父亲曾经为之工作过的案子。

事实上,这是一起"相当引人注目的案件"——艾克为这起案件写下了这样一句概述。因为这句话,奥莉维亚很想立刻了解更多与此案相关的信息。

她驱车来到国家图书馆,走进了位于地下室里的阅览室,在这里可以看到所有拍摄在缩微胶片上的旧报纸。柜台后面的女人教会了她如何在架子上找到自己需要的东西,并告诉了她可以使用哪几台缩微阅读机。这里的一切都安排得井井有条,从上世纪五十年代至今的每一份报纸都保存在了缩微胶片上。她需要做的就只是选好报纸的种类和年份,然后坐在阅读机前开始搜索。

奥莉维亚从艾克提供的文件里得知了谋杀案发生的地点和日期,当她开始检索后,没过多久屏幕上就跳出了一排显眼的新闻标题——**海岛岸边的恐怖谋杀案**,文章讲述了发生在诺德科斯特岛的那件可怕往事。这篇报道发表于当年的《斯特伦斯塔德日报》,是由一名记者以相当激愤的口吻写成的,不过报道中明确无误地写明了事发时间和地点。

她被这篇报道深深吸引住了。

在接下来的几个小时里,她几乎查遍了那个地区的所有同期报纸,包括《布胡斯晚报》和《哈兰邮报》,然后再一点一点地扩大自己的搜索范围。她认真查阅了《哥德堡报》、《斯德哥尔摩晚报》和其他有影响力的全国性日报,还做了不少笔记。

她以一种近乎狂热的态度做笔记。

要点和细节她都不放过。

这起案子在全国范围内引起了广泛关注,有好几个理由。其一,这是一起非常残忍的蓄意谋杀案,受害人是一名年轻的孕妇,而行凶者的身份至今尚未查明。其二,警方未能找到任何犯罪嫌疑人。其三,作案动机也没有人知道。最后,办案人员甚至连受害人的名字都不知道。

从那时起到现在,这起案子一直都是个未解之谜。

奥莉维亚全神贯注地进行着手头的调查工作,这起案子令她深深着迷,一方面是因为多年来这起案子一直悬而未决的特性使她着迷,另一方面是因为该谋杀行为的本身也吸引了她。谋杀案发生在诺德科斯特岛海瑟尔维卡尔纳海湾的一个有月亮的夜晚,一名全身赤裸的孕妇被人以残忍的方式杀害。

杀死她的是潮汐。

是涨潮的海水将她淹死的吗?

这显然是一种酷刑折磨,奥莉维亚心里想着。这是一种极端的溺死方式,一种缓慢而可怕的手段。

为什么?

为什么要选择这种惊人的方式?

奥莉维亚的想象力尽情地驰骋着。这跟某种神秘的仪式有关吗?作案者是潮汐崇拜者吗?或者是月亮崇拜者?谋杀案发生在深夜,这是某种宗派的献祭仪式吗?他们杀死孕妇和腹中胎儿是为了献祭给某个月神吗?

别这样,不要丧失理智,她提醒自己。

奥莉维亚关掉了阅读机,向后靠在椅背上,低下头看着被自己写得密密麻

Spring Tide | 一

麻的笔记本：页面上混杂记录着事实和推测，真相和猜想，还有大量法制新闻记者与刑事学家写下的或多或少有几分可信的个人臆测。

其中一个"可靠的消息来源"称，在受害人的体内找到了残留的药物痕迹，这种药的学名是洛喜普诺。洛喜普诺是一种迷奸药，奥莉维亚想道，可是她不是正处于孕晚期吗？难道只是为了当镇静剂使用？这又是为什么呢？

根据警方的说法，他们在海滩的沙丘上找到了一件深色布外套，上面残留了些许女受害人的头发。如果那就是受害人的外套，那么她的其余服装去哪儿了呢？莫非凶犯把受害人的其他衣物全带走了，却唯独将外套忘在了现场？

办案人员曾试图通过国际刑警组织来查明死去女子的身份，然而却一无所获。真奇怪，居然没有一个人挂念一名怀孕的女子，她心里琢磨着。

警方提供的资料还显示，受害女子的年龄介于二十五岁到三十岁之间，很可能有拉丁美洲血统。"有拉丁美洲血统"是什么意思？这包括多大的一片区域呢？

一名本地记者描述称这整个事件被九岁的男孩奥维·加德曼亲眼目睹，男孩跑回家将事情经过告诉给了自己的父母。那名男孩现在身在何处？她能联系上他吗？

她继续浏览着自己的笔记，警方说当加德曼的父母赶到海滩的时候，受害女子已经不省人事，却还有生命气息。他们试图唤醒她，可是女子却在救护飞机赶来的时候死去了。加德曼一家的住所离案发之地有多远？她不停地设问，救护飞机赶到海滩现场又需要花费多长时间？

奥莉维亚站了起来。巨大的信息量使她的头脑受到了剧烈冲击，她觉得自己有些重心不稳。

她的血压也降到了最低点。

奥莉维亚走出图书馆，回到了自己停在哈姆莱加德大街的汽车里，这时她才发觉饥饿的胃开始抗议了。她赶紧打开仪表板下的储物箱，取出一根能量棒来充饥。先前她已经在图书馆阅览室里坐了好几个小时，待她返回现实并发现时间已经很晚了的时候，感到无比惊讶——时间居然就这样悄然无息地溜走了。她再度看了看笔记本，这才意识到原来自己对那起发生在海滩上的未解案件是多么地着迷。倒不仅仅是因为阿尔涅曾为破获此案而工作过——这只是额外的刺激因素而已，还因为这起案子具有很多不同寻常的特征。关于此案，她脑子里记得最清楚的特殊细节是：他们尚未确认被害女子的身份。已经过去这么多年，可是到目前为止都没有人知道她究竟是谁。

这一点着实让奥莉维亚受到了刺激。

她想要知道得更多。

要是她父亲还活着,他会告诉她哪些与该案有关的线索呢?

她掏出了自己的手机。

艾克·古斯塔弗森和一名中年女子一起站在警察学院外面被修剪得整整齐齐的草坪上。这名女子来自罗马尼亚,是学院的餐饮负责人,她递给艾克一支香烟。

"这年头吸烟的人不多了。"她说。

"的确是这样。"

"一定是因为人们怕因此而得癌症。"

"很有可能。"

随即他俩都点燃了手中的香烟,吸了起来。

烟吸到一半,艾克的手机响了。

"你好,我是奥莉维亚·朗宁。嗯,我选择了发生在诺德科斯特岛的案子,我想……"

"我也认为你会选择那起案子。"艾克插嘴道,"你父亲曾经……"

"没错,不过我父亲并不是我选择这起案子的原因。"

奥莉维亚想将两者区分开来。现在这起案子只跟她自己有关,跟她那死去的父亲没有任何关系,她的导师有必要知道这一点。她选择了一个课题,并且将以自己的方式来完成它。她一直都喜欢这样做。

"我之所以选择这起案子,是因为我觉得它很有意思。"她继续说道。

"但它同时也相当困难。"

"是的,这就是我打电话找你的原因。我想查看与这起案子有关的调查记录原件,在哪里可以找到呢?"

"那些记录很可能存放在哥德堡中央档案馆里。"

"噢,是吗?看来我得去哥德堡一趟了。"

"这不现实,你不能去查看那些记录。"

"为什么呢?"

"因为这起谋杀案还未破获,再说它还处于诉讼时效期限之内。除非是调查组的成员,其他人都没有权限参与公开调查。"

"是的,没错……那么,我现在在该怎么办呢?我怎样才能得到更多信息?"

电话那头沉默了。

奥莉维亚一只手将手机贴在耳朵上，另一只手握住方向盘。艾克，他在想什么呢？她看到一名女交通管理员朝自己走来，看对方那阵仗，来者不善。奥莉维亚的车正好停在了残障司机专用停车位上，这可不妙。她赶紧发动引擎，准备将车开走，就在这时她再次听到了艾克的声音。

"你可以试着跟调查组的负责人谈谈。"他说。

"汤姆·斯蒂尔顿？"

"没错。"

"他人在哪里呢？"

"这我完全不知道。"

"是在警察总局吗？"

"我认为不是。不过呢，你可以问问欧诺沙特，梅特·欧诺沙特，她是一名侦缉总督察。他们常常在一起工作，也许她知道汤姆·斯蒂尔顿的下落。"

"那么，我可以在哪里找到她呢？"

"在国家犯罪调查小组的 C 座大楼里。"

"太谢谢了！"

奥莉维亚在交通管理员的眼皮子底下将车开走了。

* * *

"卖杂志啦！最新一期《斯德哥尔摩形势》到货啦！看一看美丽的维多利亚公主吧！支持一下穷苦的无家可归者吧！"

在斯德哥尔摩南部时髦的索菲卡区，"独眼"薇拉的声音毫不费力地传入了一大群富裕居民的耳中，这些富人正准备进入百货大楼里用一堆垃圾食品和奢侈品填满自己的包。尽管薇拉的衣着相当破旧，不过她的外表看起来跟女演员玛格丽特·库鲁克最辉煌时期的模样有些神似。薇拉有着同样锐利的目光、高贵的仪容和一种让人不得不注意到她的魅力。如果让她换身衣服在国家大剧院里演奏乐器，没有人会感到突兀。

她手中的杂志被一本本地售出。

转眼间就只剩下一半了。

阿沃·帕特没薇拉那么顺利，他一本杂志都没有卖出去。他倚靠在离薇拉不远的一面墙旁边，今天他不太走运，不想单独待着。他用眼角的余光看着薇拉，他钦佩她的力量，也了解她人生的很多阴暗面——对她生活圈子里的大多数人都了解一二。然而，此刻的她站在那里，就好像拥有整个世界一般。她是无家可归的流浪汉，除非你将一座来自二十世纪六十年代的灰色破旧活动房屋也视为家的话。

不过薇拉确实是这样看待事情的。

"我不是无家可归者,我快要有自己的家了。"当一位顾客从她手上买了一本杂志,同时还想一窥社会渣滓的世界时,她对这位顾客如是说道。

这在一定程度上是实话。薇拉被列在市议会专门设立的"优先解决住房"名单里,这是一项政治规划,试图给人留下市内无家可归者的生存环境真正得到改善的印象。要是她足够幸运的话,将在秋天分配到一套公寓,这是"管事的"告诉她的。原则上讲公寓是供她"暂住"的,但如果她表现得好,那么她也许可以继续住在里面,一直住下去。

薇拉打算好好表现。

她的确表现得很好,基本上是无懈可击。她拥有自己的活动房屋,每月还有一笔略多于五千克朗的救济金可以领取。靠着这笔钱,她可以勉强度日,不过只能满足基本生活所需罢了。倘若还需要更多的钱,她就得另想办法。

她的杂志贩卖工作做得还不错。

"《斯德哥尔摩形势》!"

她又卖出了三本杂志。

"你就打算一直站在这里吗?"

说话的人是杰利,他不知从何处突然冒了出来,此刻已经来到薇拉身边。杰利手中拿着五本尚未卖出去的杂志。

"怎么了?这有什么问题吗?"

"这里是本斯曼摆摊的地方。"

每名杂志贩卖者在城区都有自己的摊位,他们各自的名字和摊位都被写在一张塑料卡片上,然后像工牌一样挂在每个人的脖子上。薇拉的脖子上挂着本斯曼的卡片,上面写着"本斯曼/索德商业中心"。

"这一阵子本斯曼不会来这里的。"薇拉说。

"但这里依旧是他的摊位。它被暂时委派给你了吗?"

"没有,那你呢?"

"我也没有。"

"既然如此,你在这里做什么呢?"

杰利没有回答,薇拉朝他走近一步。

"我站在这里有什么问题吗?"

"这是个好摊位。"

"没错。"

"那我们能共享这处宝地吗?"杰利终于问道。

薇拉略微笑了笑,两眼看着杰利,她锐利的目光使得杰利飞快地后退了几步。现在杰利不敢直视薇拉,低头看着地面。薇拉径直来到他跟前,倾下身子想跟他目光接触,可是没有成功,杰利立刻转身跑远了。薇拉爆发出一阵嘶哑的笑声,周围四个带小孩的家庭听到声音后赶紧推着他们的婴儿车离开了。

"噢,杰利!"她笑着喊道。

倚在墙上的帕特循声走了过来,出什么事了吗?帕特知道薇拉是个喜怒无常的女人,至于杰利,此人完全是个充满未知的问号。据说杰利来自某个遥远的群岛,似乎曾有人说过是鲁德洛加群岛?杰利的父亲以猎杀海豹为业……尽管关于杰利的来历有这么多说法,可是却没有什么确凿的信息。此时此刻,这位所谓的"海豹猎人的儿子"正站在百货大楼外面跟薇拉争吵。

或者说他们正做着看起来像是在争吵的事情。

"你们为了什么事争吵呀?"

"我们没有争吵啊。"薇拉说,"我没跟杰利争吵,我只是想把事情说清楚,可他却低头看着地上,什么话也不肯说。你瞧,难道不是这样吗?"

薇拉转头看着杰利,现在她和他的距离差不多有十五米。事实上,他不会再为了本斯曼的摊位与薇拉争吵。说真的,他根本就不在乎薇拉在哪里卖杂志,这是由她自己来决定的事情。杰利已经五十六岁了,历尽沧桑的他对任何事情都不在乎。

* * *

奥莉维亚驾车穿过夏末的夜晚,朝着斯德哥尔摩南部的索德镇驶去。这一天发生了好多事情。起头很糟糕,乌尔夫·莫林像往常一样纠缠和搅扰她,不过后来她发现了那起谋杀案,一切突然就变得好起来了。她觉得有好几个理由能表明这一点,从个人角度和其他方面看都是如此。

在国家图书馆里那几个小时的调查,给她留下了不可磨灭的深刻印象。

真是计划没有变化快呀,她告诉自己。现在所发生的一切完全不在她的计划之中,她原本的打算是将这段繁忙而辛苦的生活熬完之后就开始尽情享受暑假。最近几周她周一到周五都在学院学习,周末则在克鲁努贝里省的青少年拘留所工作。她已经设法攒下了一笔钱,足以维持一两个月的开销,所以暑假期间她可以既不学习也不工作,彻底放松一下。如果要出去旅游,她可以选择便宜的红眼航班,对此她也有一些暑期计划。

她完全没有预见到今天这件事。

也许她应该选择性忽略掉谋杀案调查项目,毕竟这是自愿选择的作业,不是吗？这时她的手机响了，是伦妮打来的。

"喂？"

伦妮是奥莉维亚在警察学院就读期间结交到的最铁的闺蜜，这个女孩经常四处游荡，她渴望找到一个可供自己紧紧抓住并依附的东西，让自己不会沉沦下去。同往常一样，伦妮很想出城去游历一番，她从不愿错过任何新鲜事物。现在伦妮和四名同学待在一块儿，这样她就不会太想念雅各布了。最近她对雅各布很感兴趣，借助脸书网站她得知雅各布将在今晚去霍恩斯海岸。

"你一定要跟我们一起去！我们会度过一个愉快的晚上的！我们八点在洛洛咖啡馆见面……"

"伦妮……"

"怎么了？"

"我去不了，我得……是学院的一些工作，我得在今天晚上处理一下。"

"可是雅各布的同学埃里克也会去，他已经好几次问到关于你的事了！他长得非常帅！绝对适合你！"

"我知道了，不过我确实去不了。"

"奥莉维亚，你怎么变得这么无趣而讨厌了呢？如果你想要回归我们的行列，你真的得跟男孩子交往才行！"

"下次吧。"

"最近你总是把这句话挂在嘴边！那么好吧，不过你可别因为错过了好事而责怪我！"

"我保证不会。希望你跟雅各布进展顺利！"

"好的，为我祈祷吧！来，抱抱亲亲！"

奥莉维亚还来不及跟伦妮说抱抱亲亲，伦妮就已经挂断了电话。伦妮的心思早已去到了别处。

可是自己为什么要拒绝呢？就在伦妮打电话来之前，她不是正在想象自己和男孩子的关系吗？难道她真的变成了伦妮口中那种无趣的人？是学校里枯燥乏味的项目工作把她变成这样的吗？

她为什么要那么坚决地拒绝呢？

奥莉维亚往碗里倒了一些新鲜的猫粮，清理了宠物垃圾盘，然后在自己的笔记本电脑跟前坐了下来。其实她现在真正想做的事情是去洗个热水澡，可是排水管道出了点问题，而她也没法独自去解决。明天再说吧，先把这件事记在明天的日程表上。从这个春天开始，她一直都用这样的日程表来提醒自己记住当日必须完成的事务。

她打开了谷歌地图。

搜索"诺德科斯特岛"。

坐在家里,通过电脑屏幕就能看到世界各地的景观,这种体验令她深深着迷,新鲜感一直没有褪去。每次这样做的时候,她都觉得自己像个间谍,继而不由自主地联想到"窥视者汤姆"①。

可是现在她却感觉到另外一种共鸣。她越是将岛屿、小路、房屋放大,越是接近自己的目标,这种共鸣的感觉就越来越强烈。随后,她找到了海瑟尔维卡尔纳海湾。

这是位于岛屿北面的一个海湾。

这个海湾真袖珍,她边看边想。她将海湾的场景拉到最大,看到了海滩和沙丘。这里就是那名孕妇被活埋的海滩了,它是如此的近,在她面前的屏幕上一览无余。

灰色的,模糊的。

她立即开始猜测那名孕妇被活埋的具体方位。

是这里吗?

还是那里?

事后他们又是在哪里找到她的外套的呢?

那名目睹了事情经过的小男孩当时又是坐在哪里的呢?是在海滩西面的礁石旁边吗?还是东面的树丛中?

她发现自己无法再将画面变得更大更清晰了,于是感到有些恼怒。她想要看得再仔细一些,想要实现身临其境的效果。

就像自己踩在海滩上一样。

可是她没法做到这一点,谷歌地图的极限也就如此了。她关上了电脑。现在她准备去喝上一罐啤酒,一罐乌尔夫唠叨了好多次的啤酒。不过她是独自在家里喝啤酒,而不是跟同学肩并肩坐在酒吧里。

独自一人。

奥莉维亚喜欢独处,这完全是她自己的选择,事实上她和男孩们相处从来都没有任何问题。贯穿自己的童年和青少年时期,她总是能感受到周围世界对她是个富有吸引力的女孩的肯定。首先,在她还是个小女孩时所拍摄的照

---

① "窥视者汤姆"是英国传说中的人物。汤姆是一名裁缝,因偷看戈黛娃夫人裸体骑马过市而致双目失明。

片,以及阿尔涅拍摄的以她为主角的录像都足以证明这一点。其次,当她走进更广阔的世界之后,常常感受到周围的人对自己投来赞赏的目光。有一阵子,她出于好玩的心理,总是戴着一副墨镜,借以观察她所遇到的各种男孩。无论自己走到哪里,男孩们的目光都会追随着她,直到她离开为止。不过,她很快就对这些东西感到厌倦了。她知道自己是怎样的人,也知道自己拥有什么,在这方面她从不缺安全感。

她不必出去猎艳。

她不是伦妮。

尽管父亲已经去世,但奥莉维亚还拥有母亲,以及自己的小公寓。公寓的两个房间都被漆成了白色,铺着木地板。其实,公寓的所有人并不是她本人,而是她的表亲,后者长期在南非的瑞典出口委员会工作,将房子租给了奥莉维亚。这两年她一直住在这里,住在他的家具中间。

这个现状是她必须接受的。

当然,她还拥有埃尔维斯。这只小猫是她与一位性感的牙买加人的火热爱情结束之后留下来的。她在斯凯尼大街的诺沃酒吧遇见了他,顿时欲火中烧……后来她才爱上了他。

不过她在牙买加人面前讲述的版本却与此相反。

在差不多整整一年的时间里,他们一起旅游、欢笑和疯狂地做爱,直到他遇见了一个他在"老家"——这是他自己说的——就认识的女孩。因为那女孩对猫咪过敏,所以他俩的宠物继续留在了斯凯尼大街。在牙买加人搬出去之后,她给猫咪起名为"埃尔维斯",此前他曾以埃塞俄比亚前皇帝海尔·塞拉西一世的名字来为它命名。

毫无疑问"埃尔维斯"更合她的口味。

如今她喜爱这只猫的程度不亚于自己的福特野马车。

她喝完了一罐啤酒。

味道不错。

当她正准备打开第二罐啤酒时,突然看到了罐身上标注的酒精含量,这才意识到这罐啤酒的度数比上一罐还更高一些,而她自己到现在都还没吃午饭呢。当然,晚餐也没有吃。一旦她开始投入工作,吃饭便成了优先级最低的事情。她觉得自己应该往胃里装填一些食物,以此来抵御略微有些眩晕的感觉。现在她应该出去买一块比萨吗?

不。

这种略微有些眩晕的感觉其实很不赖。

她拿着第二罐啤酒走进了狭小的卧室,坐在床罩上面。在她对面的墙上挂着一个细长的灰白色木制面具,这是她表亲搜集的非洲艺术品之一。直到现在她也说不清自己到底喜不喜欢这玩意儿。有几个夜晚,当她从冰冷的噩梦中惊醒时,一睁眼便看到这个面具的白色嘴巴反射着月光,这种感觉令她不太舒服。奥莉维亚的目光游走到了天花板上,这时她突然意识到自己已经有好几个小时没去查看手机了!这可不像她的行事风格。对于奥莉维亚来说,手机就像衣服一样重要。如果她的手机没有放在口袋里,那么她就会觉得自己着装不全。她拿起手机,解锁后逐一检查了电子邮件、短消息和日程表,最后她打开了瑞典电视台的官方网站,准备随意看一些新闻。

"可是你们接下来打算做什么?"

"我不能在这里透露我们的计划。"

现在是晚间新闻时间,屏幕上那位声称不能透露任何事情的人叫鲁内·福尔斯,他是斯德哥尔摩警察局的一名总督察。据她猜测,他的年龄大约是五十来岁。新闻里说鲁内·福尔斯奉派处理反复发生的针对无家可归者的袭击事件,在她看来,这绝不是会让他欢欣雀跃的任务,因为他看上去属于保守派人物。福尔斯他们认为对于大多数人来说,发生这样那样的事情都是咎由自取的结果。对恶作剧制造者来说是这样,而对那些不能振作起来找一份工作,像普通人一样生活的无家可归者来说,更是如此。

从很大程度上说,他们都是咎由自取罢了。

这当然不是警察学院里教授的内容,可是所有人都知道持有这种观点的人并不少,就连奥莉维亚的一些同学也已经沾染了与之类似的习气。

"你们打算在无家可归的流浪汉中安插卧底吗?"

"卧底?"

"对呀,就是让人假扮成流浪汉,混进他们当中。这样你们就能逮住那些行凶者了。"

待鲁内·福尔斯最终明白了自己被问及的问题是什么时,他看起来似乎很难抑制住自己的笑意。

"我们不会这样做。"

奥莉维亚关掉了手机。

* * *

如果即将发生的是一个暖人心房的故事,那么将会有一名无家可归者坐在那受了重伤的男子床边的椅子上,用自己的双手为他整理毯子,并试着带给他一丝微弱的希望。然而现实中的版本却是这样的:当"独眼"薇拉刚穿过医院大厅,还没来得及走到电梯跟前,医院接待处的工作人员就立即打电话通知了保卫处。几名保安急匆匆地在通往本斯曼病房的走廊里追上了她。

"你不能来这儿!"

"为什么?我只是来探望一位同伴,他……"

"你跟我们来!"

随后薇拉便被强制带离了医院。

在众目睽睽之下,保安推搡着正在抗议的薇拉穿过医院的门厅,然后几乎是将她像垃圾袋一样向外一抛,扔到了大街上。其实,这还是比较委婉的说法了。当他们做出上述行为的时候,那种残忍凶悍、令人痛苦尴尬的态度完全是毫无必要的。尽管薇拉当时流利地背出了自己的基本人权条款,或者说她背出的是属于她自己的版本,但对自己的境遇毫无帮助。

她就这样离开了医院,进到了夏天的夜晚。

她需要走完一段漫长的路,回到自己位于英根特森林里的活动房屋。

而且是独自一人。

就是在这样的一个夜晚,那些对流浪汉发起暴力袭击的年轻男子仍然逍遥法外,而总督察鲁内·福尔斯则躺在自己软绵绵的床上舒舒服服地睡大觉。

二

　　国家犯罪调查小组 C 座大楼的一间办公室里,一个女人叉起一大块杏仁蛋白糖霜奶油夹心蛋糕,将其放进涂着艳丽口红的嘴里。她留着绒卷的灰白头发,而且"体积很大"。这话是有一次从她丈夫口里说出来的:"我妻子体积很大。"意思是她的身体非常胖大。这件事有时候会令她感到很痛苦,有时候又觉得不痛不痒。起初她还努力地想让自己变瘦一些,可是一段时间后几乎没什么效果,于是她干脆欣然接受了自己本来的样子。现在她正坐在宽敞的办公室里,偷偷地吃着一块糖分充足的奶油夹心蛋糕,同时心不在焉地听着收音机里的新闻——马格努森世界矿业公司在海外被评为"年度最佳海外瑞典公司"。

　　"今天这条新闻在很多方面都受到了强烈抗议。该公司因其设在刚果的钶钽铁矿的开采方式而受到了严厉批评。下面播报的是该公司总裁柏迪尔·马格努森给批评者们的公开答复……"

　　正在吃蛋糕的女人关掉了收音机。她知道柏迪尔·马格努森这个名字跟二十世纪八十年代的一起失踪案有关。

　　她的视线移到了办公桌边缘的一幅肖像上,那是她最小的女儿乔琳娜。女孩正对着她微笑,可是笑容有些独特,眼神也有些迷离。乔琳娜患有唐氏综合征,现在已经十九岁了。我亲爱的乔琳娜,这个女人想道,你将来会过什么样的生活呢?她正要伸手去叉最后一块蛋糕,突然听到有人在外面敲门。她飞快地将蛋糕推到桌面上的档案盒背后藏起来,然后转头对着门说道:

　　"请进!"

　　门打开了,一个年轻女人探进头来张望着。当她看着你时,她的左眼与右眼并不完全在同一水平线上——她略微有些斜视。她的头发被随意地绾成了一个黑色圆髻。

"请问你是梅特·欧诺沙特女士吗?"年轻女人问道。

"你有什么事吗?"

"我可以进来吗?"

"你有什么事吗?"

年轻女人无法确定对方重复问这个问题的意思是说她可以进来还是不可以进来。门半开着,她就一直站在门框边上。

"我叫奥莉维亚·朗宁,我是警察学院的一名学生。我想找汤姆·斯蒂尔顿。"

"为什么?"

"我手头的研究项目跟他所负责的一起案子有关。我有一些问题想要咨询他。"

"什么案子?"

"是1987年发生在诺德科斯特岛的一起谋杀案。"

"你进来吧。"

奥莉维亚走进办公室,关上了身后的门。在梅特的办公桌前摆着一把椅子,不过奥莉维亚不敢坐下去,因为对方并没有请她坐下。坐在办公桌后面的女人不仅身型胖大,而且有一种极其威严的仪态。

她就是侦缉总督察梅特·欧诺沙特。

"你刚才提到了研究项目,这具体是怎么回事?"

"我们回顾以往一些谋杀案的调查情况,并试着研究在今天的条件下,用现代化的破案手段,看能不能得出一些不一样的结论。"

"是为了锻炼你们侦破悬案的能力吗?"

"差不多是这样吧。"

整个房间陷入了沉寂。梅特用眼角的余光瞟了一眼藏在办公桌角落里的那块蛋糕。她知道如果自己让年轻女人坐在办公桌对面的椅子上的话,对方就会看到她的蛋糕,于是她索性让对方继续站着。

"斯蒂尔顿已经离职了。"她直截了当地说。

"噢,这样啊。他是什么时候离开警队的呢?"

"这有什么要紧吗?"

"不是的,我……呃,不过虽然他离职了,但他或许也能回答我的问题。他为什么要离职呢?"

"出于个人原因。"

"那他现在从事什么工作呢?"

"我不知道。"

这跟艾克·古斯塔弗森的回答别无二致,奥莉维亚心想。

"我还想问的是,你是否知道他去了哪里?"

"我不知道。"

梅特·欧诺沙特的眼睛一动不动地盯着奥莉维亚。她所传达的信息非常清楚:在她看来她俩的谈话已经结束了。

"唔,还是谢谢你。"

奥莉维亚微微鞠了一躬,然后朝门边走去。快要走出办公室的时候,她突然转过身来面对着梅特。

"你的下巴上沾了一点像是奶油一样的东西。"

说完她迅速走了出去,随手将门关上。

梅特赶紧用手擦了擦下巴,抹掉了沾在上面的奶油。

真是恼人。

不过也有些好笑。今天晚上,梅特的丈夫马尔腾一定会因此大笑一番,他喜欢看到别人受窘的时刻,包括自己的老婆。

现在她因奥莉维亚在寻找汤姆一事而有些不悦。她很可能根本就找不到他,可是只提及他的名字就扰乱了梅特的心绪。梅特很不喜欢别人搅扰自己的思想。

梅特具备善于分析问题的天赋。她是一名优秀的侦查员,有着超群卓绝的智商和令人钦佩的同时处理好几件事情的能力。这样说绝非吹嘘,正因为她所具备的这些特质,才让她坐到了今天这个位子上。她算得上是瑞典国内经验最丰富的谋杀案调查员。当那些与她相较略显软弱的同事们纷纷陷入与正事无关的情绪中时,这个女人却始终保持着冷静的头脑。

梅特从来不会受任何情绪干扰。

然而在她头脑中有一小块区域是个例外,那块区域极少发挥作用,而每当其开始发挥作用时,几乎总是跟汤姆·斯蒂尔顿有关。

奥莉维亚离开了梅特的办公室,她有一种感觉……嗯,是什么感觉呢?她自己也说不清。似乎那个女人不喜欢被问及关于汤姆·斯蒂尔顿的事情,那么原因究竟是什么呢?很多年里汤姆一直都在负责诺德科斯特岛谋杀案的调查工作,后来他们终止了调查,而他现在又离职不干了……这不是什么大不了的事,她一定能凭一己之力找到汤姆的。或者,既然情况这么复杂,她也可以干脆不再去管这起案子。可是她不会这样做,起码现在还不会。奥莉维亚不是轻言放弃的人。既然自己现在还待在警察总局,那么仍然还有一些办法可以打探信息。

其中一个潜在的信息来源是维尔纳·布罗斯特。

她沿着一条沉闷的办公走廊一路小跑,前方那个男人越来越近了。
"请等一等!"
男人减慢了步速,转过身来。他接近六十岁,正准备去补吃延迟的午餐。看上去他的心情不怎么好。
"什么事?"
"我是奥莉维亚·朗宁。"
奥莉维亚已经追上他并伸出了自己的右手。她跟人握手时总是很有力量,她不喜欢跟刚出炉的丹麦甜糕饼一样的东西握手,而维尔纳·布罗斯特却像极了丹麦甜糕饼。他刚被任命为斯德哥尔摩悬案调查小组的领导,是一名经验丰富的侦查员,脸上带着得当的愤世嫉俗的神态,总体看来是一名好公务员。
"我只是想知道,你的工作是否会涉及到海滩上的谋杀案。"
"海滩上的谋杀案?"
"就是1987年发生在诺德科斯特岛的那起谋杀案。"
"这跟我的工作没有关系。"
"你了解这起案子吗?"
布罗斯特看着眼前这个有些莽撞的年轻女人。
"我对它非常了解。"
奥莉维亚顾不得考虑他那明显戒备的语气。
"那你为什么没有继续调查这起案子呢?"
"它不具备可及性。"
"……可及性?这是什么意思……"
"小姐,你吃过午餐了吗?"
"还没有。"
"我也没有。"
维尔纳·布罗斯特迈开步子,继续朝警局大楼里的员工餐厅走去。

别摆架子了,奥莉维亚心里说道,她有理由感觉出对方在她面前摆出一副屈尊俯就的姿态。

不具备可及性？

"你说它'不具备可及性'是什么意思？"

奥莉维亚跟在布罗斯特身后两步远的地方。他像个严格按程序运作的机器人一般走进餐厅，轻车熟路地将食物和一罐啤酒放在餐盘上，然后继续保持着雷厉风行的架势找了个座位。他坐在一张小餐桌旁全神贯注地吃着自己的食物，而奥莉维亚则坐在他对面。

她很快便意识到这个男人急需补充食物——蛋白质、热量和糖分，这对他来说显然是个重大问题。

她决定等他吃完了才开口说话。

她并没有等太久。布罗斯特以惊人的速度吃完了面前的食物，继而靠在椅背上轻轻打了个饱嗝。

"你说它'不具备可及性'是什么意思？"她再次问道。

"我的意思是说我们没有正当理由来重新展开调查。"布罗斯特说。

"为什么呢？"

"你对办案查案的了解有多少？"

"我在警察学院上学，现在是第三学期。"

"也就是说，你知道得并不太多。"

不过他是笑着说出这句话的。他的口腹之欲已经得到了满足，可以跟她聊一会儿天，没准他还能说服她招待自己就着咖啡吃一块薄荷饼呢。

"如果我们要对这种已关闭的案件重新展开调查，必须达到一个最基本的要求：我们能采用一种他们先前没法采用的调查方法。"

"DNA检测？地理分析？新的证词？"

看来她对这个的确还是有一些了解，布罗斯特想道。

"没错，就是诸如此类的东西，或者是一些新的技术证据，或者是我们能找到一些他们在过去的调查中所忽略掉的东西。"

"以前你没有参与过那起海滩谋杀案的调查吗？"

"是的，我没有。"

布罗斯特笑了笑。奥莉维亚也报之以微笑。

"你想让我请你喝一杯咖啡吗？"她问他。

"好呀，那敢情好。"

"你还想吃点什么吗？"

"薄荷饼配咖啡应该不错。"

奥莉维亚很快就回来了。她把咖啡放到桌上之前就提出了下一个问题。

"这起案子之前是由汤姆·斯蒂尔顿负责的,是吗?"

"没错。"

"你知道我能在哪里找到他吗?"

"他已经没在警局工作了,好几年前就离开了。"

"这我知道,那么他还在斯德哥尔摩吗?"

"我不知道。有一阵子我听到有传闻说他出国了。"

"哦,这样啊……唉,那么要找到他就很难了。"

"的确如此。"

"他为什么要离职呢?他的年龄并不算大,是吗?"

"对呀。"

奥莉维亚觉察到布罗斯特搅拌着自己的咖啡时明显是在回避她的目光。

"我真的很好奇,他为什么要离职?"

"出于个人原因。"

也许我应该就此止步了,奥莉维亚心想。个人原因不属于她的调查范畴,再说这与学院的项目也没有任何关联。

不过奥莉维亚毕竟是奥莉维亚。

"薄荷饼好吃吗?"她问道。

"非常好吃。"

"个人原因具体是什么呢?"

"难道你不知道'个人'是什么意思吗?"

看来薄荷饼还不够美味,她想道。

奥莉维亚走出位于波尔赫姆斯大街的警局大楼。她觉得很生气,她不喜欢四处碰壁的感觉。她进到自己的车里,取出笔记本电脑,打开了一个搜索网站,然后输入了"汤姆·斯蒂尔顿"。

屏幕上列出了一系列文章。除了其中一篇文章之外,其他的都或多或少跟警方有一些关联。那篇文章讲述的是 1975 年发生在挪威海岸一座石油钻井平台的火灾,一名瑞典人在火灾中救下了三名挪威石油工人,被人们誉为英雄。英雄的名字叫汤姆·斯蒂尔顿,事发时的年龄是二十一岁。奥莉维亚将这篇报道下载到电脑上,然后开始在所有的信息注册网站搜索"汤姆·斯蒂尔顿"。瑞典黄页网站 Eniro. se 上没有,公民信息注册网站 Birthday. se 上也没有,她搜遍了自己知道的所有网站,甚至还去国家车辆注册网站上搜索了一番,结果也是一样。

这个人并不存在,或者已经"人间蒸发"了。

也许他真的出国了?就像布罗斯特所提到的那样。此刻他可能坐在泰国的海滩上,一边喝着鸡尾酒,一边对着几名喝得醉醺醺的性感女郎夸耀自己以往调查谋杀案的经历。或者情况并非如此。也许他有别的性取向?他是同性恋者吗?

不,他不是那样的人。

起码他从前不是那样的。他与同一个女人维系了长达十年的婚姻。他的前妻叫玛莲娜·博格伦德,此人是法医界的通才。奥莉维亚最终在税务机关的婚姻登记网站上找到了有关斯蒂尔顿的列表信息。

网站上有他的地址,但没有电话号码。

她记下了那个地址。

* * *

差不多是在地球的另一端,在哥斯达黎加的一个沿海小村庄里,一名老年男子正在为自己的手指甲涂上透明的指甲油。他坐在一栋不同寻常的房子的露台上,他的名字是博斯克斯·罗德里格斯。他所处的位置极佳,既能看到一侧的大海,也能望见另一侧依山而上的热带雨林。他一辈子都住在这里,同样的地方,同样的与众不同的房子里。过去人们都知道他是"来自卡布亚的酒吧老板",现在他自己也不知道别人是怎么定义他的身份的。他很少去圣特雷萨村,他的老酒吧就在那里。他认为那个地方已经失去了它的灵魂,很可能是因为蜂拥而至的冲浪爱好者和游客抬高了当地的物价。

当然也包括水的价格。

博斯克斯微微笑了笑。

外国人总是支付惊人的高价购买装在塑料瓶子里的水,喝完后随意地把瓶子扔掉。

后来当地人张贴了许多告示,促请每个人保护环境。

不过在马尔派斯村的大个子瑞典人可不是这样的,博斯克斯心里想道。

完全不是。

三

沙地上，两个男孩静静地坐在一棵被风撕裂的棕榈树下，背朝着太平洋。不远处有一栋低矮的平房，门前的简易竹椅上坐着一个男人，他的膝上放着一台关掉的笔记本电脑。平房的外墙斑驳不已，呈现出蓝绿交杂的颜色，里面是一家不定期贩卖自捕鲜鱼和承办酒宴的小餐馆。

现在餐馆是关着门的。

男孩们认识这个男人。他是住在他们村子里的一位邻居。他总是很友善，经常和他们一起玩耍，还潜水为他们寻找贝壳。现在他们都知道自己必须得静静地坐着。那个男人只穿了一条薄短裤，上身赤裸，还光着脚。他的金色头发日渐稀少，几颗泪珠正顺着他那晒得黝黑的脸颊滴流下来。

"大个子瑞典人在哭。"其中一个男孩低声说道，他的声音很快便消失在了温暖的海风中。另一个男孩点了点头。带着笔记本电脑的男人正在哭泣，已经哭了好几个小时了。起初他在天亮之前一直窝在自己的房子里哭，后来他需要一些新鲜空气，便下楼来到了海滩上。现在他坐在这里，面朝着太平洋。

他仍然还在哭泣。

几年前他来到了这里——哥斯达黎加尼科亚半岛上的马尔派斯村。这里一面是大海，另一面是热带雨林，南面什么都没有，北面坐落着普拉亚卡曼海滩、圣特雷萨村和其他一些小村庄。背包客们成群结队地来到这些地方，享受着漂亮的冲浪海滩、便宜的住所和价格低廉的食物。

而且在这些地方没有人会打听你的身份和过往。

太理想了，那时的他这样想道。对于需要躲藏和想要开始新的生活的人来说，真是太理想了。

在这里，自己的一切都不为人知。

他用丹·尼尔逊这个新名字在这里开始了新的生活。

当存款就快花光的时候,他找到了一份在附近的卡波布兰科自然保护区做向导的工作。那份工作非常适合他。他骑着自己的四轮摩托车,半个小时就能到达工作地点。凭借着自己相当出色的语言能力,他能够应对去自然保护区旅行的大多数游客。起初游客并不是太多,从去年开始人数急剧增加,现在这份工作足以让他每周忙上四天。在一周里其余的三天当中,他都和当地人待在一块儿,而不是与游客或冲浪爱好者打交道。他并不喜欢玩水,也不想让自己对某个事物过于投入和兴奋。他过着适度而有节制的小日子,很多时候人们几乎注意不到他。他是一个有着不可告人的经历的人,而他的那些经历将永远停留在过去。

在格雷厄姆·格林的任何一本书中,都能找到像他这样的人物。

此时此刻,他正坐在一把竹椅上哭泣,膝上放着的笔记本电脑早已关机。两个小男孩充满担忧地看着他,他们完全不明白这个大个子瑞典人为何如此伤心。

"要不,我们去问问他遇到什么事了?"

"不行。"

"他可能是弄丢了什么东西,说不定我们能帮他找到呢?"

可是他并没有弄丢什么。

不管怎么说,他最后终于做出了一个决定。在哭泣的过程中,他做出了一个自己从来不曾想过的决定。他做出了决定,并且要完成它。

他站起身来。

第一件事是拿出自己的枪,这是一把西格绍尔手枪。他把枪握在手里,感受着它的重量。与此同时,他密切留意着窗户外面的情形。他不想让那两个小男孩看到这把枪,他也知道他们在一定的距离之外跟踪着自己。他们常常这样做,而现在他们的确正坐在灌木丛中等待着。他把枪低低地握在手上,走进了自己的卧室,并关上了百叶窗。他花了一些力气将木床推到一边,露出了床底下的石板地面。其中一块石板是松动的,他将这块石板抬起来,取出了藏在下面的皮包。他把手枪塞进皮包,然后再度将石板放回原位。他留意到自己在做这些事时显得精确而高效。他知道自己不能考虑太多犹豫不决,更不能冒险改变主意。他带着皮包进了客厅,走到打印机前拿起了一张 A4 打印纸,纸上密密麻麻地印着很多文字。他将这张纸也放进了皮包。

皮包里已经有一些其他物品了。

当他走出自己的房子时,太阳已经爬到了树梢上面,阳光沐浴着他那简洁朴素的露台。吊床在干燥的风中随意摇晃着,他顿时意识到自己将会在路上扬起大量的灰尘。他经常这样,驾车在飞扬的尘土中前行。他往四周看了看,想知道那些男孩在不在附近。他们已经不见了,或者说已经躲起来了。有一次,他们竟然偷偷地钻进了他的毯子,而他还以为是一只巨蜥爬了进来,于是警惕地拉开了毯子。

"你们在这里干什么?"

"我们在玩扮演巨蜥的游戏!"

他骑上自己的四轮摩托车,用一只手握着皮包,沿着海滨道路扬长而去。他要去卡布亚,离这儿不远的一个村庄。

他要去拜访一位朋友。

他经过了一栋又一栋的房子,最后来到了博斯克斯·罗德里格斯的房子跟前。这房子的式样在这个地区是独一无二的。在很久很久以前,它是由博斯克斯的父亲草草搭建而成的捕鱼小屋,只有两个小房间。后来罗德里格斯家族的成员日益增多,每当一位家族新成员出世时,罗德里格斯老爹都坚决地在房屋已有的基础上加盖一间小小的延伸建筑。再后来,木材供应开始受到法律限制,他就只能"即兴创作"了。"即兴创作"是他自己的说法,他用上了手边能找得到的一切材料:金属板、层板和各种丝网,有时他还会找些浮木和失事损毁的渔船残骸。罗德里格斯老爹将房子南面的凸肚窗留给自己,他能勉强将身体挤进窗台,然后让自己一面沉浸于某种劣质酒的醉意中,一面读着卡斯坦内达的书。

不过这些都是罗德里格斯老爹的故事。

最终被孤零零地留在这栋房子里的人是小罗德里格斯,也就是博斯克斯。他的性取向导致他没有任何孩子,而他的最后一名情人也在几年前离世了。

博斯克斯已经七十二岁,他从好多年前开始就没法再听见蝉鸣的声音了。

不过他是一位很好的朋友。

"你想让我用这个皮包做什么?"他问道。

"你得把它交给吉尔伯托·路威西欧。"

"可他不是警察吗?"

"没错,这就是我让你把皮包交给他的原因。"丹·尼尔逊说,"我信任他,他有时候也信任我。如果七月一日我还没有回到这里,那么你就把它交给路威西欧。"

"那么他应该怎么处置这个包呢?"

"他务必要把包交给瑞典警方。"

"用什么方式?"

"包里有一张纸,上面写清楚了该如何操作。"

"好的。"

两个男人坐在这栋独一无二的房子前端的露台上,博斯克斯往尼尔逊的杯子里倒了一些朗姆酒。事实上,这里之所以被称为"露台",是因为找不到一个更好的词语来描述。刚才在来的路上尼尔逊已经就着温水喝下了不少尘土,现在他抬手一挥赶走了一大群小飞虫,将盛有朗姆酒的酒杯端到了嘴边。尼尔逊在这里过着适度而有节制的生活,所以当他问起博斯克斯家里是否有朗姆酒的时候,后者感到无比惊讶。博斯克斯怀着一定程度的好奇心看着眼前这个大块头瑞典人,现在的情况有些不同寻常,不仅仅是因为朗姆酒,还因为这个瑞典人的整个态度发生了改变。在尼尔逊来到这个地区的第一天,博斯克斯就认识他了。尼尔逊租了博斯克斯的姐姐的房子,并最终从她手里买下了那栋位于马尔派斯村的房子。这就是两人长久而亲密的关系的开端。博斯克斯的性取向从来都没有影响到尼尔逊,不过博斯克斯对瑞典人的处事方式倒是颇感兴趣。

非常感兴趣。

尼尔逊从来不会把任何事情视为理所当然的。

博斯克斯也是如此。他所经历过的各种事情教会他要好好照料自己已经拥有的一切,因为你可能会突然失去它们。在你长久拥有它们的时候,一切都很美好,不过很快你便会失去所有。

就像尼尔逊。

他就在这里,看起来一切都很好。但他也许很快就不在这里了,博斯克斯突然想道。

"发生什么事情了吗?"

"是的。"

"你打算跟我说说这件事吗?"

"不。"

丹·尼尔逊站起身来看着博斯克斯。

"谢谢你的朗姆酒。"

"不用谢。"

尼尔逊继续站在博斯克斯面前。他长久地站立着,以至于博斯克斯觉得自己也得站起来才行。他刚一起身,尼尔逊立刻就伸出双臂拥抱着他。这只是一个简短的拥抱,就是那种人们在道别时迅速进行的短时间拥抱。不过,他俩在今天之前从未像这样彼此拥抱过。

将来他们再也不会彼此拥抱了。

四

"独眼"薇拉有一台收音机。这是一台晶体管收音机,是她从多贝恩大街上一栋房子外的垃圾堆里捡来的。尽管是"垃圾",可这台收音机的天线和各个配件都是齐全的,只是外壳已经破裂了,功能没有问题。现在他们一群人正坐在格拉斯布拉萨尔公园里收听着"无线电静区",这是一档由无家可归者制作,并以无家可归者为听众的电台节目,每周播出一个小时。今天的节目提及了最近发生的袭击事件。收音机的声音有些模糊刺耳,不过在场的每一个人都听得出主持人在讲什么。其中提到了"本斯曼"和"踢废物",还警告说有一些施虐狂正在四处寻找新的施虐目标。

就在听众们当中寻找。

找到后他们就会将受害人毒打一顿,再将拍摄下来的施虐过程上传到互联网。

每名听众都有可能成为对方的袭击目标。

"我们应该团结在一起!"

穆丽尔的声音十分洪亮。她刚注射过一定剂量的毒品,所以现在身体比较亢奋,有力气和胆量大声说出自己的想法。帕特和坐在长凳上的另外四个人看着穆丽尔。团结在一起?她这话是什么意思?

"你说什么?团结在一起?"

"我们大家应该聚在一起!这样一来你就不是孤身一人,他们也没有机会殴打你了……而如果你是独自一人……身边没有其他人陪伴……"

当所有人都盯着自己看的时候,穆丽尔的声音迅速减弱下来。她埋下头,注视着碎石地面。薇拉走上前去,轻抚着她的杂色头发。

"这个想法很好,穆丽尔,我们不应该独自待着。如果我们独自一人的话,会感到害怕,而他们也会立即觉察出我们的恐惧情绪。他们就像猎狗一般。一旦他们发现面前这个人感到害怕了,很快就会动手的。"

"的确如此。"

穆丽尔将头略微抬起了一些。要是换作别的场合,她很想将薇拉视为自己的妈妈,一位轻抚着女儿的头发,并在人们看着女儿的时候站在女儿身边为其打气的妈妈。穆丽尔从来不曾有过这样的妈妈。

不过现在已经太迟了。

太迟了,很多事情都已经太迟了,穆丽尔心里想着。

"警方已经成立了一个新团队,专门负责追捕那些王八蛋,这事儿你们听说了吗?"薇拉环顾四周,看到好几个人都在点头,不过并没有怀着多大的热情。坐在长凳上的每一个人都有跟警察打交道的经历,有些比较久远,有些就在最近,然而没有哪次经历能使他们有理由对眼前这件事充满希望和幻想。警察只会投入必要的最少时间,为的只是取悦舆论界,难道不是这样吗?难道他们会花费更多的时间来保护无家可归者?不会的,绝对不会,或者说发生这种事情的可能性微乎其微。这里的人都知道自己在警察待办事务清单中所处的位置,他们绝不处于最高优先级。

当然也不处在最低优先级。

大致算起来,应该排在鲁内·福尔斯吃完烤肉串后用来擦嘴的餐巾之后。

他们对此都非常了解。

* * *

警察学院的演讲厅几乎座无虚席。今天是春季学期的最后一天,学院迎来了一些来自国家重点实验室——林雪平市国家法医科学实验室的访客,一场关于专业技术和方法的讲座正在进行。

讲座的时间很长,中间设有听众提问环节。

"我们面临提取更多 DNA 样本的需求,你们是如何看待这一点的呢?"

"我们认为这样很好。在英国,警方会提取每个行凶者甚至非法入侵者的 DNA 样本,这就意味着有一个庞大的国家 DNA 数据库可供他们使用。"

"既然如此,为什么我们自己不这样做呢?"

照例,这个问题是出自乌尔夫之口。

"这个问题的症结在于……呃,如果我们想要把它视为一个问题的话,症结在于我们的隐私法。我们的隐私法不允许我们建立一个那样的数据库。"

"具体原因是什么呢?"

"这关乎个人诚信。"

讲座就这样持续进行了好几个小时。当主题转到跟 DNA 检测有关的最新进展时，奥莉维亚听得特别专注。她自己也问了一个问题，乌尔夫留意到了她的提问，并露出了一丝微笑。

"你们能根据未出生胎儿的 DNA 做父系亲子鉴定吗？"

"可以。"

这个简短的回答来自其中一位演讲者，一位穿着式样简单的蓝灰色连衣裙的红发女士。先前当她被介绍给听众认识时，便立即引起了奥莉维亚的注意。

她的名字叫玛莲娜·博格伦德，是国家重点实验室的法医通才。

待奥莉维亚花了几秒钟的时间反应过来此人的身份时，禁不住在心里发出了一声"哇哦"的惊叹。玛莲娜·博格伦德，这个女人正是汤姆·斯蒂尔顿的前妻。

而现在她就站在讲台旁边。

奥莉维亚想象着自己要不要冒险赌上一把。就在一天之前，她刚去核实过自己搜出来的斯蒂尔顿的住址，现在并没有斯蒂尔顿的家人住在那里。

她决定冒险一试。

* * *

讲座在下午两点一刻的时候结束了，奥莉维亚看到玛莲娜·博格伦德跟着自己的导师艾克·古斯塔弗森走进了后者的办公室，于是她便站在走廊里等待着。

继续等待着。

她应该敲门吗？这样做会不会显得过于莽撞呢？万一他们正在里面干着见不得人的事又该怎么办。

最终她还是敲响了办公室的门。

"请进。"

奥莉维亚将门推开，为自己的行为表示了歉意，随后她便直截了当地阐明来意，说自己想花一两分钟的时间和玛莲娜·博格伦德聊一聊。

"稍等一下。"艾克说。

奥莉维亚点了点头，关了门再次回到走廊上。他们并没有在办公室里偷情，可自己脑子里怎么会冒出这样的念头呢？是电影看多了吗？还是因为玛莲娜实在是一个非常有魅力的女人，而艾克·古斯塔弗森没有理由不为她动心？

片刻之后，玛莲娜·博格伦德走出办公室，伸出右手同奥莉维亚握了握。

"我能帮你做些什么呢？"

她握手的姿势漠然而坚定，目光有些生硬，很明显她不是一个情感外露的女人。奥莉维亚已经开始为自己的行为感到后悔了。

"我在试着寻找汤姆·斯蒂尔顿。"她说。

对方完全不动声色。

"我不知道他住在哪里，没有人知道他在哪里，我只是想问问你是否碰巧知道我能在哪里找到他。"

"我不知道。"

"他搬到国外去了吗？"

"我不清楚。"

奥莉维亚略略点了点头，简短地表达了谢意，然后转过身去沿着走廊离开了。玛莲娜就站在原地，她的目光一直追随着这名年轻女子。突然，她跟在奥莉维亚身后走了几步，然后又停了下来。

玛莲娜·博格伦德的回答使奥莉维亚的情绪受到了极大的冲击。到目前为止她已经从好几个不同的人那里听到了同样的回答，这使她感到相当沮丧。

而且她自己的表现也很糟糕。

她入侵了别人的私域，对此她非常清楚。她留意到当自己提及斯蒂尔顿这个名字时，玛莲娜·博格伦德的眼中出现了一片阴霾，而且玛莲娜所流露出的神情毋庸置疑是在暗示奥莉维亚多管闲事。

她的葫芦里到底卖的什么药？

"你的葫芦里到底卖的什么药？"

这并不是她内心的声音被激活了，而是"无处不在"的乌尔夫在说话。当奥莉维亚若有所思地朝自己的车走去时，乌尔夫追上她并朝她笑了笑。

"呃，什么事？"

"未出生胎儿的DNA？你为什么想知道这个？"

"因为我很好奇。"

"与诺德科斯特岛的案子有关吗？"

"是的。"

"那起案子是怎么回事？"

"是一起谋杀案。"

"噢，我明白了，奥莉维亚。"

她不会再说得更多了，乌尔夫想道，她总是这样。

43

"你为什么总是神神秘秘的呢?"

"我是这样的吗?"

"没错。"

奥莉维亚有些吃惊。这个私人性质的问题和这整个令人尴尬的场面使她感到有些猝不及防。他所说的"神神秘秘"是什么意思?

"此话怎讲?"

"你总是以某种方式逃避着身边的一切,借着某个借口或者……"

"你是说跟喝啤酒有关的事吗?"

"呃,对,那个也包含在内。你向来都对自己的下一步打算讳莫如深。你问了问题,得到了答案,然后你就兀自做起自己的事情来,全然不顾其他。"

"噢,我是这样的人吗?"

他认为我还应该做些什么呢?奥莉维亚心想,提问并得到答案,然后做自己的事情,这有什么不对吗?

"唔,我想我原本的个性就是如此。"她最终说道。

"看起来的确是这样。"

在这种时候,奥莉维亚本可以上车离开的,不过她突然想起了老莫林。奥斯卡·莫林是国家犯罪调查小组的高层人物之一,也是乌尔夫的父亲。尽管这个事实并非乌尔夫的过错,但起初当奥莉维亚得知他的身世时,还是感觉有些生气。她自己也说不上来具体原因是什么,也许是她怀疑乌尔夫同班上其他人相比有一些先天优势吧。这种想法当然是没有道理的,他也得努力才能获得好成绩,他每天也得做跟大家一样的事情。而且,也许他会受到更多来自家庭的压力。不过借着父亲的帮助,他很可能拥有比别人更好的发展机会。

管不了那么多了。

"你和你父亲有联系吗?"她问他。

"是的,当然有了。你为什么问这个?"

"我正在寻找一名老警察,现在他已经从警队离职了,看起来没有人知道他在哪里。他叫汤姆·斯蒂尔顿,我觉得你父亲可能知道一些关于他的情况。"

"你说他姓斯蒂尔顿,对吗?"

"是的,名汤姆。"

"我可以去打听一下。"

"谢谢你。"

奥莉维亚上到车里,发动引擎离开了。

乌尔夫待在原地,轻轻地摇了摇头。她可真是个不好对付的女人。她并不高傲,但是很难对付。她总是与人保持着相当的距离。他曾邀约班上同学一起去酒吧喝酒,可每次当他想让她加入他们的时候,她总是用各种理由拒绝。他也要学习,要去健身房,要做其他每个人都在做的事情,却仍然有时间喝上一罐啤酒。她真的很神秘,乌尔夫自言自语道,不过她很漂亮,只是略微有点斜视。她有着可爱的厚嘴唇,双肩总是挺得直直的,而且从来都以素颜示人。

他不会放弃。

* * *

奥莉维亚也不会放弃。她既不会放弃海滩谋杀案,也不会放弃寻找那名失踪的警察。或许这两者之间有某种联系?难不成他本来是可以查明一些情况的,然而却被迫中止调查并去了海外?他为什么要那样做呢?他是因个人原因离职的,不是吗?玛莲娜·博格伦德眼中所流露出的阴霾神色是不是与此有关呢?

奥莉维亚发现自己已经快要走火入魔了,这就是她与生俱来的丰富想象力,连同由经常在餐桌旁讨论如何解决各种阴谋诡计的父母抚养长大所带来的负面影响——她总是在寻找阴谋、计划以及事物之间的关联。

就连她睡着以后也会继续沉思各种难解之谜。

白色轿车驶上了克拉拉斯街。现在她耳机里正在播放的音乐是低沉而有影射意义的《被驱逐者》,奥莉维亚很喜欢这富有深意的歌词。

当车经过一段路旁有养兔场的坡道时,她不禁兀自微笑起来。从前她父亲每次开车经过这里时都会减速,然后透过后视镜看着女儿。

"今天有多少只兔子呀?"

小奥莉维亚则会用最快的速度算出兔子的数量。

"十七只!我能看到有十七只兔子!"

奥莉维亚让自己的回忆就此打住,踩下了油门。这一带的车少得惊人。显然假期已经开始了,她告诉自己,人们将陆续离开城市去乡村度假。她想起了泰尼戈岛的老度假屋,那里是她和家人们共聚的地方,她几乎每个暑假都会去岛上与玛莉亚、阿尔涅一起享受田园生活。那里有一个小小的内陆湖和一所游泳培训学校,还有淡水龙虾和在花丛中飞来飞去的黄蜂。

如今阿尔涅已经不在了,小龙虾也没有了,那里就只剩下了奥莉维亚和她母亲,以及那栋老度假屋。那栋房子和阿尔涅曾有着非常密切的关系,当他们一家住在那里的时候,阿尔涅总是忙着修葺房屋或忙着钓鱼,还想方设法地安排各种各样的晚间活动。每每在度假屋里,他就变成了一个跟平日不一样的父亲,一个专属于女儿的父亲。在被他们称为"家"的位于罗特布罗市的房子里他不愿意花时间和精力去做的事,在那里都能实现。奥莉维亚就是在罗特布罗市的家中长大的,那栋房子里的一切都井井有条,日常生活也非常有序,一切都严格按照计划来执行。阿尔涅在家里最常说的一句话是"现在不行,奥莉维亚,我们以后再说吧",可到了他们的夏日度假屋之后,一切都不一样了。

可惜现在阿尔涅再也不会去那里了,只有她的母亲玛莉亚偶尔会去看看,所有的一切都跟从前不同了。对玛莉亚来说,那地方其实就是个累赘。她们需要始终好好照料那里,这样一来要是阿尔涅能看到的话,就不会因此而觉得蒙羞。可是他又怎么可能看到那里呢?他已经死了!有时候奥莉维亚感觉玛莉亚对此有些神经过敏。玛莉亚觉得自己不得不常常去维护和整理那栋度假屋,可是这样做却让奥莉维亚的情绪陷入了困顿。也许她应该试图跟母亲谈谈这件事?也许她应该……

"喂?"

她的手机响了,是乌尔夫打来的。

"嗨,我是乌尔夫。"

"嗨,你好。"

"我跟我爸爸谈过关于斯蒂尔顿的事了。"

"已经谈过了吗?太好了!谢谢你!你爸爸说什么了?"

"他说他也不知道斯蒂尔顿的情况。"

"好吧。那么他不知道在哪里能找到斯蒂尔顿吗?"

"是的,他不知道,不过他对发生在诺德科斯特岛的案件很熟悉。"

"噢,这样啊。"

接下来两人都沉默了。奥莉维亚刚刚离开了克拉拉贝格大街,现在驶上了通往中央桥的坡道。她还能再说什么呢?是说"谢谢"吗?为什么而感谢呢?因为对方再次说了"不知道"吗?

"不过还是谢谢你们。"

"不客气。如果你需要帮助,随时可以打给我。"

奥莉维亚挂断了电话。

* * *

丹·尼尔逊搭博斯克斯姐姐的顺风车前往小岛另一端的帕克拉,接着乘渡轮去到了蓬塔雷纳斯,然后又坐出租车抵达了圣何塞①。这趟行程的路费很昂贵,可是他不想冒险错过飞机航班。

他在圣何塞的胡安-圣玛莉亚国际机场下了出租车,这里又闷热又潮湿。他没有携带任何行李,穿着一件薄薄的衬衫,上面的汗渍差不多一直延伸到了中腹部。在他前方不远处,刚下飞机的旅客一拥而出,他们都被这里的赤道湿热气候所吸引。哥斯达黎加!他们终于来到了梦寐以求的旅游胜地。

尼尔逊走进了候机厅。

"我应该去哪道门呢?"

"六号门。"

"安检的地方在哪里?"

"在那边。"

"谢谢。"

他朝安检处走去。以前他从来没有在这个大厅里走过,除了刚来到这个国家的时候。那已经是很久以前的事了,而且当时走的方向跟现在是相反的。他终于要离开这个国家了,他努力让自己停留在思想封闭的状态。他不能让自己思考,一次只能思考一个阶段的事情。现在是安检阶段,接下来他会走出登机口,之后将登上飞机。只要他上了飞机就好了,就算到了那时他的精神略微有些垮掉,也没有太大关系,他能应付得过去。等他到达目的地,下一个新阶段又将被展开。

在瑞典的阶段。

* * *

机舱里的他在自己的座位上扭动着身子。

正如他事先所预料的那样,在飞机上他感觉自己就像一个泄了气的气球。曾经被隐藏起来的角落都变得显而易见,而过往的一切也慢慢地渗了出来。

一点一点地渗了出来。

专业而和蔼的乘务员完成了他们的工作任务,机舱里的光线渐渐暗淡下来,他闭上眼睛睡着了。

或者说他认为自己睡着了。

可是他的大脑正处于一种梦幻般的状态,根本不能被称为睡着。这更像是一种精神备受折磨的状态,其间充斥着非常具体的令人感到痛苦的要素。

一片海滩,一场谋杀,一名受害人。

---

① 哥斯达黎加首都。

一切都围绕着这些要素展开。

而且,一切都应该围绕这些要素展开。

* * *

奥莉维亚正专心致志地解决浴室排水管道的问题,她忍受着越来越恶心的感觉,用一把牙刷和一把借来的螺丝刀捞出了一根灰黑色的长达数十厘米的"粗香肠"。就是这条由头发构成的"香肠"阻塞了排水管道的水流。当她发现其中有些头发很可能不属于她自己的时候,恶心的感觉变得更加严重了。这堆东西一定是多年来累积的头发丝。她将这条长如手臂的"头发香肠"扔进了垃圾桶,然后迅速地将塑料袋的口子系了起来。她觉得那些头发就像是会活过来一般。

她打开电脑,登录了自己的电子邮箱。

垃圾邮件,垃圾邮件,垃圾邮件……这时她的手机响了起来。

是她母亲打来的。

"你已经起床了,对吗?"母亲问道。

"现在已经八点半了呀。"

"我从来都搞不懂你的作息时间。"

"你有什么事吗?"

"明天早上我应该什么时候来接你?"

"你说什么?"

"你买遮蔽胶带了吗?"

噢,她指的是泰尼戈岛。没错,一定是这样的。玛莉亚几天前就打来电话说过,现在是时候处理一下那栋房子的向阳面了,那里的外墙漆面脱落得很厉害。从前阿尔涅一直对这个问题特别在意,母女俩约好将在这个周末为房子的向阳面重新刷上油漆。事实上,玛莉亚从来没有问过奥莉维亚在周末是否有其他安排,在玛莉亚的世界里,只要你是她的女儿,而她已有跟你相关的安排的话,那么你就不可能还有其他安排。

总之,这个周末她们需要去岛上为那栋房子的向阳面重新刷上油漆。

"我去不了。"

奥莉维亚飞快地在自己脑海里的日程表中搜寻着,想要找到一个借口。

"这是什么意思,你不能去?你为什么去不了?"

就在奥莉维亚差点儿被母亲的态度吓退的时候,她突然瞥见了笔记本电脑旁边放着的文件,跟那起海滩谋杀案有关的文件。

"这个周末我得去诺德科斯特岛。"

"诺德科斯特岛？你为什么要去那里？"

"是为了……嗯……跟学院有关的事情,我要完成一项作业。"

"可是你就不能等到下周再去吗？"

"不行,因为……我已经订好了火车票。"

"可是你当然可以……"

"你知道那是什么作业吗？是一起爸爸曾经处理过的谋杀案！案发时间在八十年代！真不可思议,不是吗？"

"什么不可思议？"

"居然是同一起案子。"

"他处理过很多案子。"

"是的,我知道,即便如此也真的不可思议。"

接下来她们没有说太久。看上去玛莉亚像是意识到自己没法再强迫女儿去她们的夏日度假屋了,于是她简要询问了埃尔维斯的情况,在奥莉维亚草草作答之后便立即挂断了电话。

奥莉维亚迅速打开了网页收藏夹里的火车票预订链接。

* * *

杰利几乎是一整天都不怎么跟人打交道。他卖掉了几本杂志,去了一趟伽马卡大街的新社区救济厨房,吃了一些廉价食品。他尽可能地避开人群,从早到晚随时随地他都是这样。虽然他也能跟薇拉或其他一两个无家可归者聊聊天,不过他主观上完全避免跟任何人接触。他将自己封闭在一个寂寞的钟形玻璃罩里,这种状况已经持续了好几年了。他在身体上和精神上都处于同样的孤立状态,试图在这种与世隔绝的环境中寻找自己的立足点。在这种状态下,他过往的一切经历都被抽离了,而现有的境况也不会发生任何改变。根据诊断结论,他的精神有些问题,需要通过服用一些药物来控制自己的精神疾病。吃了药之后,他便可以像正常人那样生活,或者说他自己认为这些药物能让他活下去,让他从早上醒来之后到晚上睡觉之前的时段里存活下来。在这期间,他尽可能少地与这个世界的其他部分产生交集。

而且尽可能少地思考。

关于他过往人生的思考。

在第一次如闪电般突然和猛烈的打击临到之前,他在另一个截然不同的世界里过着另一种生活。那次打击摧毁了正常人生的种种可能,并引来了一系列的连锁反应:内心的混乱和崩溃,并导致了他第一次精神错乱的发作,还有那随之而来的人间炼狱。他就这样变成了一个跟以往完全不同的人,接连不断地蓄意毁掉了自己所拥有的一切社交关系网，随后他便开始了彻底的自我放逐和自我沉沦的生活。

他放逐掉了生活中的一切。

客观地说，那是六年前发生的事情，可是对杰利来说，那已经是更加久远之前的往事了。对他而言，过去的每一年都被抹掉了正常的时间概念，使他感到自己处于一种永恒的空无状态中。每天他买进杂志，卖掉杂志，饱一顿饥一顿地度过白昼，然后寻找一处比较安全的地方睡觉。所谓的安全，他的定义是那样的地方能让自己保持安宁，不会有人争吵、唱歌，也不会做可怕的噩梦。不久前他找到了一间破旧的小木屋，屋顶有一部分已经塌陷了，但这没有关系，木屋位于城外一处人迹罕至的地方，完全符合他的需求。

待时候来到，他愿意在那样的地方死去。

现在他正走在去往小木屋的路上。

* * *

这间公寓里家具很少，挂在墙上的液晶电视显得尤其的大。如今买一台四十二英寸的电视机几乎花不了多少钱，而要是你并不在意在哪里买的话，就更是如此了。电视机前坐着两个穿连帽衫的年轻人，其中一人握着遥控器在不同的频道之间迅速切换着，突然另一个人做出了反应。

"嘿！你看！"

握着遥控器的年轻人在当前的频道停了下来，电视画面中是一个男人正在被人连续猛踢。

"噢，他就是公园里那个家伙！这不就是我们拍摄的录像吗！"

几秒钟之后，屏幕上的画面切换成了一位播报时事节目的女主播。

"上述视频是从'踢废物'网站上一段极端暴力的录像中截取的片段。我们稍后将对此进行讨论。"

她挥动手臂做了一个手势。

"我们请到一位知名记者，多年来她写过不少跟重大社会问题有关的文章：吸毒、援交、非法贩卖……现在她正致力于写作一系列与暴力和年轻人有关的文章，她就是伊娃·卡尔森！"

走进演播室的女人穿着黑色牛仔裤和黑色外套，里面是一件白色T恤。她的金色长发绾成了一个髻，脚上穿了一双细高跟鞋，身形很健美。她接近五十岁，举手投足充满自信，不费吹灰之力就让自己的出场引起了人们的关注。

卡尔森在演播室里的一把扶手椅上入座。

"欢迎你。几年前你写过一本引起了极大反响的书，书中报道了所谓的

'异性社交陪侍服务',而'异性社交陪侍'或'援交'其实就是更高级别色情应召的委婉说法。不过,我们听说你现在专注于研究青少年暴力犯罪。你是这样介绍你的系列文章的……"

女主播拿起了一份报纸。

"焦虑感是罪恶的根源,而暴力行为则是步入歧途的孩子所发出的求救呼号。焦虑感是我们今日所见的毫无目的的青少年暴力犯罪的滋长之地,究其原因在于青少年在社会生活中得不到所需的认可。"

女主播放下报纸,目光转向卡尔森。

"这真是强有力的措辞。情况严重吗?"

"这没有定论。当我写《毫无目的的青少年暴力犯罪》时,我所指的是一种特殊的暴力行为,犯罪者是有限范围内的特殊个体。总之,并非所有年轻人都参与暴力活动,恰恰相反,做这些事的年轻人只属于极小的群体。"

"然而,我们所有人都因上传到网站的视频而震惊不已。在视频中,无家可归的人们被残忍地殴打。做这些事的人是谁呢?"

"他们是被伤害的孩子,是精神上受过深重伤害的孩子。他们从来不曾有过机会来培养对他人的同情心,因为他们对成年人的世界失望至极。现在他们对自己受虐的经历做出回应,将心头的怒气宣泄在他们看来比自己更卑微的人身上,那就是无家可归的流浪汉。"

"见鬼,真他妈的废话连篇!"

穿着墨绿色外套的年轻人如是说道,他的同伴便伸手去拿遥控器。

"等等!我还是想听听她们怎么说。"

屏幕上的女主播略微摇了摇头。

"那么发生这种事情应该怪谁呢?"她问道。

"我们所有人都有责任。正是我们创建了这样一个会让年轻人变得如此残忍的社会。"

"既然如此,在你看来我们应该如何补救呢?或者说,还有补救的可能吗?"

"这是个政治问题,它关乎到我们的社会如何运用其资源。我所能做的,就只是描述正在发生的现象及其原因,还有它将导致什么样的后果。"

"你是说网站上令人憎恶的视频吗?"

"还有其他很多事情。"

年轻人按下遥控器,关掉了电视机。待他将遥控器放回桌上的时候,他前臂上的一块小小的文身显露了出来。

文身图案是一个圆圈和里面的两个字母——KF。

"那个臭婊子叫什么名字?"他的同伴问道。

"卡尔森。现在我们得动身去阿斯塔了!"

* * *

如果爱德华·霍普①还活着,而且这天晚上他正好待在斯德哥尔摩西边紧挨着卡拉湖的这片林区里的话,那他一定会画下这里的景象。

画下他所见到的景象。

他作画时会捕捉来自高高的金属杆上一盏小提灯的光芒,柔和的黄色灯光映照在长长的、空无一人的柏油小路上,也映照在隐约显出绿色的树冠上。在灯光范围的边缘出现了一个人的形体,是个男人,衣着破烂,个头很高,略微有些驼背。他可能会走进灯光的照射范围,也可能不会……爱德华·霍普也许会因眼前的画面而感到高兴。

或者,也许不会。

也许他会因为他的模特突然离开了小路,消失在森林里而烦恼。那人离开后,留在画家眼前的就只是一条荒凉的小路而已。

那位消失的模特对此倒是毫不关心。

他正走向他过夜的小屋,这间屋顶部分塌陷的小屋位于一间曾用于存放大型机械设备的仓库背后。小屋多少还残存了一部分可供他避雨的屋顶,四面墙可以遮风,还有可以抵御严寒的地板。这里没有照明灯,不过灯光对他来说又有什么用呢?他清楚知道这里的情形,至于他自己的情形,他却在好几年前就忘记了。

他充其量只是睡在这里而已。

没别的了。

然而在最糟糕的情况下,比如今天晚上,它爬上了他的身体。他很不想让它爬上来。它并不是老鼠、蟑螂或蜘蛛。它是从他的内心深处爬上来的。

它从他心底的陈年往事中爬了出来。

而他对此束手无策。

他没法用石头打死它,也不能比画姿势吓跑它,甚至通过尖叫也不能消灭它。尽管他今天晚上也尝试着用尖叫的方式来驱赶那爬出来的东西,可他知道这是徒劳无益的。

人没法用尖叫来消灭过去。

---

① 美国绘画大师,以描绘寂寥的美国当代生活风景闻名。

哪怕是持续一小时的尖叫也不行,这样做只会毁掉自己的声带。当你真的这样做的时候,你其实是在用一种自己最不喜欢的方式来解决问题,因为即便你知道这样做会起到一些作用,你也会在过程中毁掉自己。

于是你选择了服用药物。

氟哌啶醇和地西泮。[1]

这些药物消灭了那爬出来的东西,也使尖叫声止息下来,同时也毁损了人仅存的尊严。

随后你便失去了知觉。

---

[1] 氟哌啶醇是一种典型丁酰苯类抗精神分裂药,用于治疗精神分裂症,还可用于治疗急性思觉失调和狂妄症。地西泮具有抗焦虑、抗癫痫、镇静、松弛骨骼肌及消除记忆的作用,常用于医治焦虑、失眠、肌肉痉挛及部分癫痫症。

五

　　海湾的形状跟从前一样。礁石还留在它们以前所在的位置,海滩沿着同样的浓密树林的边缘延展开来。在退潮的时候,海滩上的大部分区域都是干燥的。由此看来,历经二十三年之后,海瑟尔维卡尔纳海湾的一切都没有改变,依然维持着原貌。这里仍然是一处美丽而宁静的胜地,今天任何一个来这里享受美景的人都很难想象曾在这里发生的事情。

　　就在这里,在那个涨潮的晚上发生的事情。

* * *

　　他从哥德堡兰德维特机场的入境大厅走了出来,身上穿着高腰皮夹克和黑色牛仔裤——刚才他在机场洗手间换了一身衣服。他没有携带任何行李,于是径直朝着出租车候客处走去。一位看起来更愿意待在床上睡大觉的外来移民从第一辆出租车的驾驶室里走了出来,打开了后车门。

　　丹·尼尔逊上到车里。

　　"我去中央火车站。"

　　他将搭乘火车沿着海岸去斯特伦斯塔德市。

* * *

　　体积庞大的"科斯特法格"号红色渡轮刚一驶离港口的避风泊地,立即就遇到了汹涌起伏的海浪。渡轮每往前行驶一英里[①],海面的状况就越糟。整个北海的海水都猛烈地拍击着海岸。当海面的风速达到每秒十米时,奥莉维亚的胃里开始翻腾起来。她并不是容易晕船的人,以前她经常坐着父母的小船出海,去的地方主要是斯德哥尔摩群岛。当然,即使是去那样的地方也能遇见

[①] 1 英里约 1.6 千米。

强劲的海风。记忆中让她晕船的机会不多,每一次都是在海上浪涛特别汹涌的时候。

正如现在一样。

她知道船上洗手间的位置,就在左手边的食堂对面。渡轮的航程不算太长,所以她相信自己应该能在这期间克服晕船反应。她买了一杯咖啡和一块肉桂面包,这种渡轮通常都会供应这样的食物。她坐在一扇巨大的玻璃窗边,发现西海岸的群岛跟东海岸的群岛差别很大,后者的岩群相对低矮,色泽较深,而且被侵蚀得很厉害。

真危险!当她看到海浪涌向不远处一块依稀可见的暗礁,并激起巨大的水花时,心里这样想着。

不过对渡轮的船主来说这一定是司空见惯的事情罢了,她告诉自己。冬天的时候,这艘渡轮每天往返航行三次,现在每天至少往返二十次。奥莉维亚将视线移回到渡轮内部,尽管这是一趟早间航行,可大厅里还是相当拥挤。乘客当中有一些是完成了在斯特伦斯塔德市的夜间工作而启程回家的岛上居民,还有一些是准备开始享受第一周假期的夏日观光客,另外还有一些当天来回的短途旅客。

当天来回的短途旅客,差不多就像奥莉维亚那样。

但事实上她是打算在岛上过一夜的,只过一夜,不会待更久了。她在岛中央的小型度假村里预订了一间小屋,费用相当高,毕竟现在是旅游旺季。她再次看了看窗户外面,发现自己可以眺望到远处模糊的海岸。她知道那里一定就是挪威了。有这么近吗?她心里想着,就在这时她的手机响了,是伦妮打来的。

"大伙儿一定会认为你已经死了呢!你都好久没跟我们联系了!你究竟在哪里呢?"

"我在去诺德科斯特岛的路上。"

"诺德科斯特岛是什么地方?"

伦妮的地理知识并不怎么好,她甚至不能在一张空白地图上标注出哥德堡的位置。不过她在其他方面倒是挺有天赋的,而此刻她正准备跟奥莉维亚分享与她的某些天赋有关的事情。现在伦妮和雅各布已经成为一对准情侣了,他们计划一起去参加"和平与爱"音乐节。

"埃里克带着洛洛一起回家了,他的家在斯特兰德,不过他首先打听的是你的情况!"

噢,还算不错了,奥莉维亚心想,起码自己还是埃里克的第一选择。

"那么，你在那里干吗呢？怎么跑岛上去了？你在那里遇见了什么人吗？"

奥莉维亚大致解释了一下，并没有透露全部详情，她知道伦妮对自己的大学作业并没有多大兴趣。

"等一下，我的门铃响了！"伦妮打断了她，"一定是雅各布来了！我们保持联系吧，奥莉维亚！等你回来后记得给我打电话！"

伦妮挂断了电话，这时渡轮正在靠近科斯特群岛之间的海峡。

片刻之后，渡轮在诺德科斯特岛东南面的西码头靠了岸。码头周围停放着很多岛上居民的轻便货运摩托车，当天的第一轮运送工作就要开始了。

奥莉维亚也是他们的潜在客户之一。

她走下船，发觉码头在不住地摇晃。她差点儿就站不稳了，过了一阵她才意识到原来码头是固定的，晃动不已的是她自己的身体。

"路途很辛苦吧？"

说话的是一位头发灰白的老妇人，她穿了一件黑色风衣，正朝奥莉维亚走来。她的脸上有着半辈子都待在海边的居民所特有的面部特征。

"有一点。"

"我是贝蒂·诺德曼。"

"你好，我是奥莉维亚·朗宁。"

"你没带行李吗？"

奥莉维亚手里拿着一个运动提包，心想着这不就是行李吗？她不过只在岛上待一个晚上而已。

"只有这个。"

"你的包里有没有换洗的衣服？"

"没有。我待的时间不长。"

"那你可以自己来感受一番，风是从海上吹来的，非常湿润，而且一旦下起雨来，这里的情形可就糟透了。你应该不会打算一直都待在小屋里，对吗？"

"当然，不过我额外准备了一件套头针织衫。"

贝蒂·诺德曼微微摇了摇头。这些大陆人从来都不懂得学习，因为斯特伦斯塔德市是阳光普照的天气，他们来到这里时就只带着泳装和潜泳呼吸管。过不了一个小时，他们就得冲到莱福家的商店去买大量雨天服装和长筒雨靴，天知道他们还会买些什么。

"我们这就走吗？"

贝蒂说完转身就走，跟在她身后的奥莉维亚发现自己很难跟上这位老人的步伐。她们从一堆竹篮般大小的笼子旁边经过，奥莉维亚指着那些笼子问道:"那些是龙虾笼吗?"

"没错。"

"这里有很多人捕龙虾吗?"

"不如从前多了。现在他们规定每个渔夫只能携带十四个笼子,不过也许没这个规定的话情况也差不多,因为这里剩下的龙虾已经没多少了。"

"真可惜,我很喜欢吃龙虾。"

"我才不喜欢哩。我吃过一次龙虾之后就再也不想吃了,从那以后我就改吃螃蟹了。螃蟹才是真正的美味!"

贝蒂指着停在码头边的几艘大型游艇,"那些是挪威人的游艇。他们航海来这里买光我们捕捉的所有龙虾,很快他们就要把整个诺德科斯特岛的龙虾都吃光了。"

奥莉维亚笑了笑。她能想象得出挪威的新富有阶层和这里的老岛民之间的紧张关系,他们彼此之间住得太近了。

"不过吃龙虾的旺季要到九月才开始,所以他们得将龙虾一直冷藏到九月……或者到时候再从美国空运过来一些,马格努森就这么干过一次。"

"马格努森是谁?"

"待会儿我们从他那里经过的时候我会告诉你的。"

两人从临海的一栋栋靠得比较紧密的木头房子旁边经过,奥莉维亚看到其中有些房子是漆成红色或黑色的捕鱼小屋,另外还有一家名为斯特兰德肯特恩的餐馆,以及一些贩卖来自群岛的粗劣手工制品和古老渔具的商店,除此之外,她看到了莱福干洗店、莱福鱼店、莱福橡皮艇店和莱福咖啡馆。

"这个叫莱福的家伙看起来凡事都喜欢插上一脚呢。"

"是的,在这个岛上大家都称他为'超级莱福'。他在岛的东面长大。有一次他去斯特伦斯塔德市旅游,遇上了头痛,自打那时开始他便再没有离开过这个岛了。你看那里!"

她们现在位于比海港略高的地带,可以看到一条狭窄的小巷两侧布满了大大小小的房屋。几乎所有的房屋都被照料得很好,外观整洁,新近刚刷过漆。妈妈一定会对这里很满意,奥莉维亚心里想着,随即她顺着贝蒂所指的方向望去。那是一栋巨大而豪华的房子,正好处在通向大海的斜坡之上,房子的造型设计显然是顺应了自己独特的地理位置。

"那就是马格努森的房子。这个叫柏迪尔·马格努森的人拥有一家矿业公司,他的那栋房子是在二十世纪八十年代修建的,当时他根本没有获得任何建筑许可,不过后来他却设法买通了一些关系。"

"此话怎讲呢？"

"他请当地议员美美地吃上了一顿，还特意从美国空运了一百只龙虾过来，于是他的问题很快就得到了解决。他们对待大陆人的规则与对待我们的规则是不一样的。"

她们继续朝前走，房屋变得越来越稀疏。贝蒂一边带路一边滔滔不绝地讲述着各种事情，奥莉维亚则静静地聆听着。奥莉维亚暂时顾不上去想自己的工作，头脑里被迫充斥着一些琐事，诸如某人非法捕捉龙虾，某人跟别人的妻子通奸，某些人未能将自家的花园打理得井井有条等等。

这些都是大大小小的罪状。

"他的同伴就住在那里，那个失踪了的同伴。"

"你说谁的同伴？"

贝蒂迅速转过脸来看着奥莉维亚。

"就是马格努森呀，我刚跟你讲过关于他的事情。"

"噢，是的，对。那么谁失踪了呢？是马格努森吗？"

"不，是他的同伴，我刚刚不是说过吗？我忘记那人的名字了。总之他失踪了，我还记得当时人们认为他被绑架了或被杀害了。"

奥莉维亚停下了脚步。

"可是……等等！他是在这里失踪的吗？"

看到奥莉维亚兴奋的表情，贝蒂笑了笑。

"不是的，是在非洲的某个地方，而且事情发生在很久很久以前。"

不过这话却激发了奥莉维亚的想象力。

"他是什么时候失踪的呢？"

"应该是在八十年代的某个时候。"

奥莉维亚似乎觉察到了什么。这两件事会存在某种关联吗？

"他的失踪跟那个女人在海瑟尔维卡尔纳海湾被谋杀是在同一年吗？"

贝蒂突然停下了脚步，直视着奥莉维亚的眼睛。

"莫非这就是你来这里的原因？游览谋杀案发生地？"

贝蒂的态度使得奥莉维亚更想弄清楚对方的真实想法，自己的那个问题是让她生气了还是怎么了？奥莉维亚迅速解释了自己为什么要来岛上。她告诉贝蒂，自己是警察学院的一名学生，目前正在完成一项与海滩谋杀案有关的暑期作业。

"真的吗？这么说你将来要成为警察咯，对吗？"

贝蒂用略带怀疑的眼光打量着奥莉维亚。

"是的,我是有这个意愿,不过我还没有完成……"

"那么,我们是完全不同的人,不是吗?"

现在变成了贝蒂饶有兴致地想听听与奥莉维亚的学业有关的事。

"不过呢,两件事并不是同一年发生的。"贝蒂说。

"他是什么时候失踪的呢?"

"比海滩谋杀案早很多。"

奥莉维亚感到一阵失望,自己刚才是不是太乐观了点儿呢?难道她刚一踏上诺德科斯特岛,立马就能发现失踪案和海滩谋杀案之间的关联?而且这种关联还是警方多年来一直都忽略了的?

她们遇到了一些带着小孩子骑车兜风的家庭,贝蒂跟每个人打招呼,然后继续谈论着未完的话题。

"至于海滩上发生的那起谋杀案,这个岛上没有人会忘记它。实在是太恐怖了。这么多年来,这案子一直像噩梦一样萦绕在我们每个人心头。"

"当初那件事发生的时候,你也在岛上吗?"

"是的,当然了。不然我会在哪里呢?"

贝蒂的表情看起来就像是被问到了一个最愚蠢的问题,于是奥莉维亚没有再提及其实自己认为贝蒂还可能会待在诺德科斯特岛之外的广阔世界里的某个地方。接下来贝蒂长篇大论地讲述了当救护飞机到来时,以及警察和其他人涌入这个小岛时她自己在做些什么。

"随后警方对岛上的所有人都进行了询问,我也告诉了他们我对那件事的看法。"

"你是如何看待那件事的呢?"

"我认为凶手是撒旦崇拜者或种族主义者,总之无疑是持有某种信仰或主义的人,我就是这么跟他们说的。"

"那么素食主义者呢?"

奥莉维亚只是想跟对方开个玩笑,但是贝蒂花了好几秒钟才理解了这个玩笑的含义。她这算是在取笑一位老年岛民吗?……随后贝蒂开始笑起来,这不过就是城市人的一种幽默罢了。

"你看那些小屋!"

贝蒂指着前方不远处的一片黄色小屋,它们看上去也打理得不错。为了迎接旅游旺季,小屋新近刷过油漆,它们坐落在一片漂亮的草甸边缘,呈马蹄形分散开来。

正好在一片阴暗森林的背后。

"我儿子在经营这些小屋。你就是找他预订的,他叫阿克塞尔。"

她们朝小屋走去,贝蒂又开始喋喋不休地谈论起来,她的手指着一栋又一栋小屋。

"唔,我告诉你吧,住在我们这里的人真是形形色色……"

奥莉维亚看着这一片黄色小屋,每栋小屋上都有一个黄铜数字标识,每个标识看上去都像是刚刚被擦得铮亮的。这里的一切都显得井井有条、干净整洁。

"你还记得当那起谋杀案发生时谁住在这里吗?"

贝蒂做了个鬼脸。

"你还不打算放弃,是吗?不过你说对了,我的确记得,至少记得当时住在这里的一部分人。"贝蒂指着第一栋小屋说道,"举个例吧,住在那里的是一对同性恋者。当时同性恋还是极其隐秘的事情,不像现在,很多同性恋者都纷纷出柜。所以我记得他们称自己是鸟类观察者,可我从来没有见过他们去观察除了彼此之外的任何事物。"

奥莉维亚只是一个劲地听,没有说话。两名同性恋者有可能在海滩上杀害一个女人吗?当然,事实上他们究竟是不是同性恋者还难以定论。

"我记得当时住在二号小屋里的客人是一个有孩子的家庭。是的,没错,母亲和父亲带着两个孩子,他们的孩子常常在草甸上奔跑着驱赶羊群。其中一个孩子被带刺的铁丝网严重地割伤了,他们的父母非常义愤不平,认为牵铁丝网的农民实在是太不负责任了。不过,当时我却认为上帝会直接地惩治某些犯错的人。

"四号小屋当时是空着的,对此我印象很深刻,五号小屋里住着一个土耳其人。他已经在小屋里住了较长时间,应该有好几个星期了。他头上总是戴着一顶红色的土耳其毡帽。他是兔唇,说话时口齿不清。不过他人挺好的,也很有礼貌,甚至有一次还吻了吻我的手。"

陷入回忆的贝蒂不由自主地笑了起来,奥莉维亚开始在脑海里描绘那个有礼貌的土耳其人的形象。在海滩被谋杀的女人有着黑色的头发,她有没有可能是土耳其人呢?或者库尔德人?所以,这也许是一起"荣誉谋杀"?[1] 报纸上有些报道称她可能来自拉丁美洲,这种看法又是基于什么基础呢?这时贝蒂朝六号小屋点了点头。

---

[1] 荣誉谋杀指的是男性对违反宗教或传统,与别人发生性关系的女性亲属的谋杀,因为他们认为该女性使家族蒙羞。

"很不幸,当时住在那里的是一对瘾君子。我可不能容忍那样的事情,所以我把他们赶走了。等他们走了以后,我得对整栋小屋进行清洗和消毒!真是可恶!我还在垃圾箱里找到了一些用过的注射器和带血的餐巾纸。"

毒品?奥莉维亚曾在某份资料上读到警方在那个女人体内发现了迷奸药洛喜普诺的存在。这两者之间是否有某种关联呢?可是她还来不及透彻地想清楚这一点,贝蒂就继续开始说话了。

"不过仔细一想,我记得我是在谋杀案发生之前赶他们走的……是的,的确如此,因为在那之后他们偷了一艘船,动身前往大陆去了。在我看来,他们是去大陆购买毒品了。"

这也成为奥莉维亚的线索。

"你的记忆力真是惊人!"她说。

贝蒂停止说话,歇了口气,同时欣然接受了奥莉维亚的称赞。

"呵,没错,我也觉得我的记性不错,当然我们也有账本来记录入住客人的情况。"

"尽管如此,你的记忆力还是让我佩服!"

"嗯,我对人很感兴趣。我想原因就在于此吧,我喜欢观察和了解各种各样的人。"

贝蒂自鸣得意地看着奥莉维亚,过了一会儿,她用手指着尽头处一栋有着十号数字标识的小屋。

"当时那里住着一名从斯德哥尔摩来的愚蠢女人。她起初住在那里,后来改住在港口一艘挪威人的游艇里。她是个十足的荡妇,常常穿得吊儿郎当地跑到码头上,在那些捕捉龙虾的小伙子们面前搔首弄姿,搞得他们个个都心神不宁。事情发生后,警察也找过她。"

"她也接受过询问吗?"

"我认为应该是的。起初他们只是在这里跟她谈话,后来我听说他们把她带到了斯特伦斯塔德市,并在那里继续谈。这是贡纳尔说的。"

"贡纳尔是谁?"

"他叫贡纳尔·威尔尼米,是个警察,不过他现在已经退休了。"

"她叫什么名字呢?那个你所说的愚蠢女人。"

"她的名字是……让我想想,我想不起来了,不过她的教名跟肯尼迪的妻子一样。"

"哦?"

"难道你不知道肯尼迪的妻子叫什么名字吗?你应该知道我说的是谁吧?

就是后来改嫁给希腊船王亚里士多德·奥纳西斯的那个女人。"

"我不知道。"

"杰奎琳……杰奎琳·肯尼迪。没错,她是叫这个名字,那愚蠢的女人叫杰奎琳,除此之外我就想不起还有什么关于她的事情了。这里是你要入住的房子!"

贝蒂指着其中一栋黄色小屋,然后同奥莉维亚一道朝小屋的门边走去。

"钥匙在屋内的挂钩上。如果你需要什么,可以去找阿克塞尔,他住在那边。"

贝蒂指着斜坡上一栋有着石棉水泥覆面的房子,那房子跟这片黄色小屋有一段距离。奥莉维亚打开房门,将自己的运动提包放了进去。贝蒂一直待在门外,没有进来。

"希望你会喜欢。"

"我想住在这里的感觉一定不错!"

"那么,就这样吧。今晚我们也许还会在港口见面,如果你去斯特兰德肯特恩餐馆的话,就能在那里听到'超级莱福'吹响他的长号。好了,现在我该走了。"

贝蒂走出几步后,奥莉维亚突然想起了自己一直想问,却又一直没能找到适当的机会说出口的问题。

"诺德曼夫人!"

"请叫我贝蒂。"

"贝蒂……曾经有一名男孩看到了海滩上发生的事情,是这样吗?"

"噢,你说的人是奥维·加德曼,他们一家住在森林里的一栋房子里。"贝蒂指着那片阴暗的森林,"现在他母亲已经不在人世了,他父亲住在位于斯特伦斯塔德市的新家,不过森林里的房子仍然属于奥维一家。"

"奥维·加德曼,那他现在在那房子里吗?"

"现在他正在外面旅行。他是一名……呃,你们称之为什么来着……一名海洋生物学家,不过当他待在瑞典的时候,他会时不时地来这里照看一下那栋房子。"

"好的,我知道了,谢谢你!"

"对了,奥莉维亚,你要记得我说过的话,天气很快会变糟,所以别去屋子后面的礁石那边,也不要单独行动。如果你实在要去,那么也许能让阿克塞尔与你一道去。要是你走错了路,那可是非常危险的。"

贝蒂说完便走开了。奥莉维亚在原地待了一两分钟,目送着她离去。待贝蒂走远后,她抬头看了看那栋很打眼的住着贝蒂的儿子阿克塞尔的房子。就因为起了一点风,她就应该让一个跟自己素不相识的男人以保镖的身份陪同自己外出,她觉得这实在是太荒谬太可笑了。

* * *

他在斯特伦斯塔德市买了一个行李箱。那是一个带滚轮、有着可伸缩拉杆的行李箱。当他登上"科斯特法格"号渡轮时,看上去就跟别的普通旅行者差不多。

可他并不是旅行者。

或许他也算是个旅行者,可并不是普通人。

从哥德堡来到这里,一路上他一直在与越发混乱的心绪作斗争。直到登上渡轮的这一刻,他仍然未能抑制住内心的情绪。

现在他知道自己离那里不远了。现在他必须控制好自己。他即将要做的事绝不容许半点动摇或软弱的情绪出现。他必须强迫自己变得冷静而坚强。

待渡轮出发后,他的内心觉得异常冰冷,而且无从遮蔽,就像渡轮沿途经过的礁石一般。他突然想到了博斯克斯。

他们彼此拥抱过了。

* * *

奥莉维亚在火车上睡得很不好,现在她静静地躺在小屋里的简易小床上,将四肢伸展开来,嗅着房间里的发霉气息。也许这并不是霉味,她心里想着,倒更像是房子不通风的后果。她抬头看了看几面光秃秃的墙壁,墙上没有挂画,也没有海报,甚至连渔夫用的由绿色玻璃制成的老式浮漂也没有。贝蒂这样的人永远都不会被流行杂志采访,当然阿克塞尔也不会——如果这里的家居摆设是由他负责的话。奥莉维亚再次举起了地图,这幅地图是她在斯特伦斯塔德市登上渡轮之前就买好了的。地图详细地描绘了西北面的情形,那里有一些名字很滑稽的小海湾,而海瑟尔维卡尔纳海湾就在离她不远的地方。

那里就是她真正想去的地方。

谋杀案就是在那里发生的。

此次旅程就是为了去到那里,她清楚地知道这一点。去谋杀发生的现场,看一看那里到底是什么模样。

谋杀案现场旅行者?

随你怎么说吧。总之她一定得去那片海滩,一个年轻女人就在那里被活埋和溺亡。

那个女人的子宫里还有一个胎儿。

奥莉维亚放下地图，任由自己的思想驰骋起来。她想到了海瑟尔维卡尔纳海湾，想到了那片海滩、大海、退潮和海滩上的赤裸女人，还有躲在某处暗中观察的小男孩，随即她想到了那三名行凶者。行凶者的数量是写在调查报告中的，据说信息来源是小男孩的证词，可是他们怎能对此如此确定呢？怎能如此确信一名被吓坏了的九岁男孩在半夜没有看错呢？或者他们其实并没有确定？也许他们只是假定小男孩看到了三名行凶者是符合事实的？由于警方不知道从何入手，他们会不会只是把这则信息作为展开调查的出发点呢？假如行凶者有五个人会怎样？他们是个小的宗教团体吗？

噢，又来了！

这样胡乱臆测没什么好处。

她起身下床，觉得现在是时候了。

是时候化身为谋杀案现场旅行者了。

贝蒂先前曾经说过的跟天气有关的事，现在真的非常准确地应验了。除了雨水尚未落下之外，其他的都被她言中了。海风的风速提高了近一倍，气温也骤然降低了。

总而言之，屋外的天气真的相当糟糕。

由于外面风力太大，奥莉维亚差点儿推不开门。她刚一出门，风就把门吹得重重地关上了。针织套头衫发挥了一点作用，可是风将她的头发吹得贴在脸上，几乎完全遮蔽了视线。雪上加霜的是，雨点也开始落了下来。她怎么就没想到要带一件雨衣呢？她的行为真的很像一个外行！或者按照贝蒂的说法，这就是大陆人常有的做法。奥莉维亚抬眼看了一下阿克塞尔的房子。

算了，别想了。她可受不了陌生男人作陪。

她朝那片阴暗的森林走去，好在看起来只有一条路。

这是一片过度繁茂的森林，已经有好几十年没被疏伐过了，也没有人去清理灌木丛。森林里遍地都是干枯硬脆的树枝，密集而杂乱的灌木丛，还有少量已经锈蚀的羊圈铁丝网，满眼都是黑乎乎的景象。

不过她能勉强沿着林间小径往前走，目前还好的是树丛中的风减弱了不少，只是雨水很折磨人。起初她用地图遮挡自己的头，后来才发现这真是个愚蠢无比的做法，因为她只有靠着地图才能找到自己要去的地方。

按照贝蒂的说法，她首先会看到那个小男孩奥维·加德曼的房子，那栋房子就在这附近的树丛中。然而，奥莉维亚开始怀疑实际情况也许并不是这样的，她四周只有一堆堆杂乱的灌木、倒下的树枝和生锈的铁丝网。

突然间一栋房子跃入了她的眼帘。

这是一栋简易的黑色木结构房屋,一共有两层,正好位于树丛中的一片开阔区域,原本生长在这里的树很久以前就已经被砍掉了。房子后面是峭壁的边缘,没有花园。奥莉维亚看着这栋房子,它看上去像是被荒废了一般,略微流露出阴森的气息。起码在眼下这种天气环境下,这栋房子确实给人这种感觉。天色渐暗,风越来越大,奥莉维亚不禁打了个寒战。她为什么想要看到这栋房子?她已经知道那个男孩——或者说如今大概三十二岁的那个男人——并不在房子里面,贝蒂早就告诉过她了。她摇了摇头,掏出手机为房子拍了几张照片,心里想着自己总可以把这些照片附在作业报告里吧。

这就是奥维·加德曼的房子了。

她提醒自己,回到租住的小屋后要记得打电话给他。

奥莉维亚又花了三十多分钟的时间来到岛的北面,到了这里她才彻底明白了贝蒂为什么要警告她。这个区域完全暴露在无边的大海面前,雨水从厚厚的乌云中落下,狂风在礁石群中呼啸而过,滔天巨浪涌过来拍打在礁石上。奥莉维亚无法判断浪头究竟有多高,她只知道风很大,雨也很大,自己就像小草一样摇摇欲坠,孤立无援。

她在一块大礁石背后蹲了下来,从这里可以看到外面的大海。她原本以为自己所处的位置非常安全,然而突然间一个大浪咆哮着扑向被她当作庇护所的礁石,海水顿时浸没了她的双腿。待她发觉冰冷的海水正涌动着拉拽自己的身体时,不由得感到一阵恐慌。这一瞬间除了尖叫,她不知道自己还可以做什么。

如果她没有幸运地顺势滑进一个小岩沟,那她就会被海水拽进大海里。

不过她也是在事后许久才意识到这一点的。

现在她正在奔跑。

双腿以最快的速度奔跑着。

拼命逃离那正冲上干地的海水。

她跑得很快,至少已经达到了身体的极限,直到自己被一块平坦的岩石给绊倒了。她重重地趴在地上,双手紧紧抱住身下的岩石,不住地喘息着。她的额头上在流血,那是刚才落入岩沟时撞伤的。

过了好一阵,她才转过头去看着小海湾之外的狂暴大海,意识到自己真是一个大笨蛋。

随即她开始战栗起来。

她浑身都被海水浸透了。

*　*　*

由于今晚"超级莱福"会在斯特兰德肯特恩餐馆吹长号,所以这里并没有多少客人。其实从其他方面来看,这家餐馆的声誉还是挺不错的,也许"超级莱福"的长号演奏反而驱走了很多客人。餐桌旁零零星星地聚着一些岛上居民,他们面前摆着几瓶啤酒,"超级莱福"正坐在一个角落里吹长号,而丹·尼尔逊也在餐馆里面。

他坐在离海最近的桌子旁边。风卷着雨水拍打着窗户。他下了渡轮就直接来到了这里,原因并不是他饿了、渴了或为了避雨。

他需要为自己积聚力量。

尽可能多地积聚力量。

多年以前,他曾在这里拥有一栋避暑别墅。时间已经过去很久了,他知道自己被别人认出来的可能性极低,不过这种风险仍然还是存在的。

现在他坐在一张餐桌旁边,面前摆着一瓶啤酒。在"超级莱福"吹奏长号的间隙,一名女侍者走过去同"超级莱福"低声说话:"坐在窗户边上的那个人看起来像个警察。"后者则回答说那个人的脸看上去有些熟悉。不过尼尔逊并没有听到他俩的对话,他的整个思绪已经去了别处,远在岛的北面。

他曾经去过那里。

而今天晚上他将再次去到那里。

然后还要去另一个地方。

去过那两处之后,他的任务也就完成了。

或者也许是相反的情况,目前一切都尚不明了。

他也不知道最终会怎样。

一切都将拭目以待。

*　*　*

除了全身被水浸透、额上流着鲜血和整个人都处于惊魂未定的状态之外,奥莉维亚还遇到了一点小麻烦。她的地图不见了,也许是刚才的超级大浪将地图卷走了。现在她没有了地图,不知道该走哪一条路。诺德科斯特岛并不是一个大岛,在夏日阳光的照耀下,在六月的炎热气候中,它都不算大岛。可是现在下着暴雨,而且天色越来越暗,那么这个岛便大得足以让人迷路了。

足以让一个从大陆来的人迷路。

一条条错综复杂的林间小径,一堆堆灌木丛,以及大小不一、形状各异的石块,着实令人颇有些迷惘,摸不着方向。

对一个从来没有来过这里的人来说,尤其如此。

奥莉维亚就是这样。

现在她置身于荒无人烟的海滩，完全迷失了方向。前面是阴暗的森林，身后是滑溜溜的礁石群。她的手机已经被海水浸湿，无法正常使用，于是她别无选择，只好继续行走。

胡乱地走下去。

她一边发抖，一边随意挑选着行走的路径。

* * *

尽管眼下恶劣的天气导致室外的能见度很低，但是丹·尼尔逊清楚知道自己要去哪里。他并不需要地图。他将自己的行李箱拖在身后，朝远离大海的方向走去。他踩在碎石路面上，进入了一条熟悉的小路。

这条小路会带着他前往目的地。

那是他准备去的第一个地方。

* * *

她通常并不怕黑。从相当年幼的时期开始，她就可以在位于罗特布罗的家中独自睡觉了。当他们全家去度假屋的时候，她也是独自睡觉。说实话，她不但不怕夜晚独自睡觉，反倒还觉得当夜幕降临，四周的一切都归于沉寂之后，内心会变得安宁而平静。

独自一人。

现在她也是独自一人，不过是处于另一种全然不同的情况之下。她独自置身于一个陌生的环境，这里有轰隆作响的雷声和瓢泼大雨，能见度不足五米，周围只有树丛和礁石。她的鞋踩在苔藓上直打滑，不时被地上的石头绊倒，脸颊时常撞到树枝，而且好几次滑倒并跌进深沟里。这里一点也不安静，她能听到各种各样的声音，咆哮的风声不会令她害怕，附近大海的怒吼也不能搅扰她，因为她知道这些声音的来源。但是，其他的声音又如何呢？那些突如其来、穿透黑暗的柔和的低吼声。会是绵羊的叫声吗？绵羊的声音不该是这样的吧？她在片刻之前还听到树丛中传来了一声轻微的尖叫，这个声音又是从哪里传来的呢？现在不可能有小孩待在外面，不是吗？就在这时，她再次听到了同样的尖叫声，声音比刚才更近了，紧接着又是第三声尖叫。她紧紧靠在一棵大树的树干背后，朝黑暗中凝视着。她会在黑暗中看到一双眼睛吗？两只黄色的眼睛？那是一只灰林鸮吗？诺德科斯特岛上有灰林鸮吗？

随后她看到了一个身影。

远方的闪电照亮了森林，短暂地显露出了几米远之外一个在树丛中穿梭的身影。

看起来像是一个人。

这可吓坏了她。

闪电的光芒迅速消失了,四周又陷入了黑暗。她并不确信自己刚才看到的是什么。

在那树丛中的身影,真的是一个人吗?

* * *

那的确是一个人,一个拖着轮式行李箱穿过茂密丛林的人,一个非常专注的人。大雨淋湿了他的金色头发,湿漉漉的头发一绺一绺地黏在他的脸上,他却丝毫不以为意。他曾在比这更糟的天气状况下外出,是在地球的另一些地方,去完成别的完全不同的任务。在他看来,那都是些更加令人不快的任务。从一定程度上说,他已有了相当丰富的经验储备。他的这些经验这次能帮到他吗? 对此他还不得而知。

事实上,他的这次任务没有任何经验可言。

* * *

积雨云突然飘到了大陆上方,清冷的月亮悄悄地从云背后滑了出来,这下子她便能借着月光看出眼前景象的大致轮廓了。在此之前,她曾通过地图和谷歌地图看到过同样的轮廓。

她正看着海瑟尔维卡尔纳海湾。

她已经不着边际地漫步了许久,她的衣着仍然是湿透的状态,她额上的伤口没有再流血了,不过她仍然浑身颤抖着。现在她突然发现了这里,这里就是她最初的目的地,她老早就想来这里了。

现在她也因别的原因而颤抖。

天上的月亮发出奇怪的蓝灰色光芒,使得这整个海湾沉浸在一种阴森可怖的氛围之中。现在显然是退潮期,潮水从沙丘往远方的大海涌去。

她来到海滩一侧,坐在一块大礁石上,展开了奇怪的联想。

那么这里就是事情发生的地方了。

那起可怕的谋杀案。

这里就是那片海滩,那名全身赤裸的女人就在这里被人用沙子活埋了。

她用手抚摸着面前的石壁。

那个男孩是坐在哪里目睹整件事的呢? 是她此刻所在的地方吗? 还是长长海滩的另一侧? 她站起身来便能看到那一侧也有礁石群,就在这时她看到了他。

一个男人。

他从森林的边缘走了出来,手里拖着一个……那是什么?是轮式行李箱吗?奥莉维亚蹲下来躲在礁石背后,看到那个男人放下自己的轮式行李箱,然后开始穿过干燥的沙滩,朝着大海走去。他走得很慢,越来越慢,在离海边还有好一段距离时突然停下了脚步。他一动不动地站着,抬头看着月亮,像雕塑一般静止了许久。随后,他低头看了看脚下的沙地,接着再次抬头看着月亮。他任凭狂风吹拂着自己的头发和外套,双腿像电线杆一样站得笔直。又过了好一会儿,他突然蹲下了身子,低着头,就像是在祷告,之后再次站了起来。奥莉维亚不由得将紧握的拳头抵在嘴巴上,那个男人在那里干什么?他为什么要选择在天上挂着满月的日子趁着退潮期来到这处海滩?

还有,他是谁?

难不成是个疯子?

她很难估算那个男人在那里站了多长时间。也许是三分钟,也许是三十分钟,她不得而知。就在她无比纳闷的时候,男人突然转身朝着沙丘的方向走回去,同样是以很慢的速度走向他的行李箱,随即他握住拉杆,再次转过身来望着大海。

之后他便消失在了森林里。

奥莉维亚继续坐在原地,等待了足够长的时间,以确保那个男人已经离开此地有一段距离了。

当然,前提是他一直在走,并没有继续待在森林边缘的附近。

* * *

他的确没有继续待在那里。他要赶着去另一个目的地,一个更加重要的目的地。他刚刚去过的第一个地方更像是为了完成一个悼念仪式,而他即将要去的第二个地方则要实在得多。

他将在那里完成一件非常重要的事情。

他当然知道那栋绿色的房子在哪里,可是记忆中那里从前并没有被浓密的树篱围起来。不过这个变化对实现他自己的目的是有帮助的,他可以轻轻松松地进到里面,然后以树篱作掩护,外面就没有人能看到他。

他看到房子里的灯是亮着的,这令他有些担心。灯光说明房子里有人,他得沿着树篱溜过去,去到他必须去的地方。

他握着行李箱的拉杆,开始小心翼翼地前进,确保自己迈出的每一步都无比的轻。在黑暗中,他很难看清自己的脚是踩在什么东西上的。待他移动到几乎跟房子齐平的高度时,听到房子另一侧的门发出了一声响动。他赶紧钻进了树篱中,用一条又粗又茂密的树枝挡住了自己的脸。他一动不动地站立着,继而看到一个小男孩从房子的拐角处绕了过来,就站在离他不足十米远的地方。小男孩轻笑了一声,随后便让自己的身体紧贴着墙壁站立着。他是在玩捉迷藏的游戏吗?尼尔逊尽可能地轻声呼吸。要是那个男孩转过头来看着他自己所处的方向,那么他一定会被发现的,因为他们实在是离得太近了。

"约翰!"

这是一个女人在呼喊。小男孩下蹲了一点点,并将自己的脸略微朝树篱的方向转动了一些角度。有那么一瞬间,尼尔逊认为自己和小男孩是四目相对的,不过男孩丝毫没有动弹。

"约翰!"

女人的喊声更大了。小男孩突然离开墙边,再次奔跑起来,然后消失在了房子的拐角处。尼尔逊继续站在树篱丛中,直到听见房子另一侧的门"砰"的一声关上了为止。一切都归于沉寂。他又等待了几分钟之后,便开始继续行动起来。

* * *

她很可能会死在森林里。要么被活活冻死,要么以其他方式结束自己的生命,而这件事将在报纸上成为引人注目的标题……她想了很多很多,但没有死去,而且她并不是靠着自己的意志才活下来的。

这得归功于阿克塞尔。

就在她最终筋疲力尽地在一块礁石上坐下时,她听到了一个声音。

"你迷路了吗?"

一名个头很高、肩膀宽阔的年轻男子此刻正站在离她大约一米远的地方,他留着短发,用热切的目光注视着浑身湿漉漉的她。其实他并不是真的需要这个问题的答案,而她也并没有回答这个问题。

"你是谁?"她反问道。

"我是阿克塞尔。我妈妈吩咐我说应该出来看看你去了哪里。她从你的小屋旁经过时,发现你还没有回去。你这是迷路了吗?"

岂止是迷了路,她心里想着,我在这个该死的岛上彻底把自己搞丢了。

"是的。"她说。

"这可是很难实现的'成就'哩。"

"你指什么?"

"我是说你在这个岛上迷路这件事,因为这个岛并不是很大。"

"承蒙夸奖。"

奥莉维亚在阿克塞尔的帮助下站了起来。

"你已经完全湿透了。你摔倒了吗?"

摔倒了吗?在海瑟尔维卡尔纳海湾?这里的岛民都习惯这样问吗?你摔倒了吗?当北海里差不多一半的海水朝你涌来时,能不摔倒吗?

他们可真是一群奇怪的人。

"你能帮助我回小屋去吗?"

"是的,当然可以。穿上我的外套吧。"

阿克塞尔脱下厚重暖和的外套,将其披在已经冻僵了的奥莉维亚身上,然后领着她穿过一大片森林,回到了她的黄色小屋里。待奥莉维亚进屋之后,他便提出再出去帮她找些食物。

真是我的英雄,裹着毯子坐在床上的奥莉维亚端着一盘温热的食物,心里默默想道,他是我的救命恩人。

他的话并不多,只是默默地做着许多事。

他叫阿克塞尔·诺德曼。

"你也捕龙虾吗?"

她曾很随意地问过他这个问题。

"是的。"

他的回答就是这样的简单明了。

完全不是乌尔夫·莫林的言谈方式。

在温暖的地方吃过温暖的食物,奥莉维亚的身体和精神都基本恢复到了正常状态,甚至连她的手机也奇迹般地可以正常工作了——她只是用一个借来的电吹风将手机里的积水吹干了而已。

她检查着手机里的未读短信和电子邮件,突然想起自己差点儿忘了要再次给奥维·加德曼打电话的事情。她昨晚已经给对方打过电话,那时她正在去哥德堡的夜班火车上,那通电话被自动转接到了电话答录机。现在她要再试一试。她看了看时间,已经快到夜里十点了,但是加德曼在哪个时区她并不知道。她拨通了对方的电话,仍然被转到了电话答录机。她留下了一条新留言,并请对方在听到留言后第一时间回电话。当她挂断电话时,突然开始剧烈地咳嗽起来。

天哪!我得肺炎了吗?她满脑子都想着这个念头。

* * *

与此同时在另一个地方,尼尔逊的脑子里则充斥着截然不同的想法。现在他蹲了下来,行李箱就放在他旁边。在他身后依稀能望见那栋绿色房子的轮廓,房间里的灯已经熄灭了。

他使出很大的力气将一块大石头推到一边,先前他已经将较小的那块石头移开了。他低下头,看着眼前这个敞开的洞。洞很深,跟他的记忆完全吻合。这个洞是他亲手挖出来的,为的是应付有可能发生的不测。那是很久之前的事了。

他看了看行李箱。

* * *

她突然被一种强烈的疲倦感给吞噬了,整个身体都软绵绵的,无法动弹。在外面乱逛和迷路受惊的经历使她变成了现在这样,差点儿连揭开床罩、钻进被窝的力气都没有了。床头小灯散发出温暖柔和的光辉,在这样的氛围下,她觉得自己的意识渐渐模糊起来。渐渐地,渐渐地……父亲阿尔涅的形象出现在了她的眼前。他看着女儿,略微摇了摇头。

"你这样做太危险了。"

"我明白。这样做的确很愚蠢。"

"这可不像你的作风。你通常都知道自己在做什么。"

"嗯,谁让我是你女儿呢。"

阿尔涅淡淡地笑了笑,奥莉维亚却感到有泪水顺着自己的脸颊往下流。他看起来太瘦了,或许他临死前就是这个样子,只是那时她并没有见到他,而是躲在巴塞罗那逃避这些事。

"晚安,睡个好觉。"

奥莉维亚睁开了眼睛。刚才是阿尔涅在说话吗?她轻轻摇了摇头,觉得自己的脸颊和额头都很烫。她好像发高烧了?没错,一定是的。在西海岸之外的小岛上发着高烧,所住的小屋又是只订了一晚的,还能遇到比这更糟糕更无助的情况吗?现在我该怎么办呢?

去寻求阿克塞尔的帮助?

这时候他应该还没有上床睡觉,毕竟他是独自一人居住,这是他亲口告诉她的。也许他正坐在电脑前玩游戏呢,不过一个捕龙虾的大男孩会玩电玩吗?不太可能。可是,如果他这时突然过来敲门,询问今晚的食物是否可口,那会是怎样的情形呢?

"噢,是的,食物很美味。"

"那太好了。你还有别的什么需要吗?"

"没有了,真的很感谢你。对了,能否借我一支温度计?"

"一支温度计?"

随后发生的一件事会引发更多的事,待床头灯熄灭的时候,他俩就会赤身裸体而又欲火中烧了。

奥莉维亚的大脑因发热而变得异常亢奋。

* * *

"独眼"薇拉看了一场足球比赛,对阵双方是斯德哥尔摩形势贩卖者和来自拉格斯维德康复中心的成员。比赛结束后,斯德哥尔摩形势队以二比零的比分取胜,帕特在比赛中独中两元。

他将有很长一段时间可以凭借这个成就而常常被人请客吃饭。

现在他同薇拉、杰利一起散步,享受着温暖的夜晚。比赛是在城南的塔托球场进行的,由于赛后与裁判的争执耽搁了不少时间,他们直到十一点左右才离开球场,而此刻差不多已经是十一点半了。

由于自己进了两个球,而全场比赛总共就只进了两个球,所以帕特情绪高涨,非常愉快。薇拉的心情也不错,因为她刚在辛垦附近的大垃圾桶里找到了一些黑色指甲油。杰利的情绪就比较一般了,不过他几乎一直都是这样的,所以也没有人太多注意到他。他们就这样在夜色中走路,其中两人心情愉悦,另一人略有些沮丧。

薇拉感到饥肠辘辘,于是提议大家去"龙屋"看看,那是位于霍恩斯大街的一家中餐馆。她刚拿到自己的当月救济金,打算请这些比她更贫困的朋友们吃顿饭。帕特不想进"龙屋",而杰利也不喜欢中国菜。经过一番商议,他们决定改去霍恩斯大街的亚伯拉罕烤肉店,享用各式香肠及一些配菜。当帕特看到自己面前分量充足的食物时,不由得笑开了花。

"这些食物正合我意。"

吃完饭后他们在霍恩斯大街继续散步。

"有谁知道本斯曼的近况?"

"还是老样子。"

突然有个人跳着华尔兹舞步从他们身旁经过,此人个头矮小,肩膀瘦削,扎着凌乱的马尾,鼻子尖尖的。他一边继续迈着舞步前进,一边匆匆看了杰利一眼。

"嗨,你好!最近怎么样呀?"矮个子男人的声音尖厉刺耳。

"最近有些牙痛。"

"那么好吧,回头见。"

矮个子男人继续迈着轻快的步伐离开了。

"那家伙是谁啊?"薇拉望着他远去的背影问道。

"他叫明克。"杰利说。

"明克？他是谁啊？"

"是我从前认识的一个人。"

"他也是流浪汉吗？"

"不，据我所知不是这样的。他住在克尔托普区。"

"那么你不能去他那里过夜吗？"

"不能。"

杰利并不打算在明克的住处过夜，再说刚才的对话清楚表明了他俩目前的交情如何。

杰利也知道接下来会发生什么事。

"欢迎你来我的活动房屋过夜。"薇拉说。

"哦，我知道了。谢谢你。"

"难道你不想来吗？"

"嗯，是的。"

"那么你更想去哪里过夜呢？"

"随便找个地方就行。"

最近这样的对话在杰利和薇拉之间时常发生。这与去不去薇拉的活动房屋过夜无关，他俩都知道这一点。事实上，这与杰利并不是特别热衷的一件事有关，而避免伤害薇拉感情的最简单的方法就是婉言谢绝她的邀请。

不去她的活动房屋过夜。

这也意味着暂时拒绝另一件事。

* * *

小屋里躺在床上的奥莉维亚翻了个身。她做了一个又一个发烧病人常做的支离破碎的梦。起初她是在海瑟尔维卡尔纳海湾的海滩上，后来又瞬间转移到巴塞罗那……突然她感觉到一只冰冷的手正在触摸她放在床边的光脚。

她"噌"的一下坐了起来！

她的手肘撞到了小床头柜，床头灯掉落在地上。她站起来靠在墙边，环顾着整间小屋——这里空无一人。她将被单拉开了一点，没看到什么异样的东西。她的心在狂跳，而且喘得很厉害。她是在做梦吗？毫无疑问肯定在做梦，不然还会是怎么回事呢？这里就只有她一个人而已。小屋里除了她之外别无他人。

她坐在床沿，将床头灯拾起来摆好，然后做着深呼吸，试图让自己平静下来。深呼吸，这是她以前做噩梦时从玛莉亚那里学来的简单有效的放松方法。

她擦了擦额头上的汗水，准备再次睡下，就在这时她听到了一个声音。好像有什么人在说话，声音是从房门外传过来的。

是阿克塞尔吗？

奥莉维亚将毯子裹在身上，走到门边迟疑了片刻，然后打开了门。在她面前大约两米远的地方站着一个男人，手里拖着一个轮式行李箱。他就是她在海湾看到的那个男人！没错，绝对没错。奥莉维亚"砰"的一声将门关上，锁好，接着奔向屋子里唯一的一扇窗户。她一边将百叶窗拉下来，一边左看右看，想找到一个能用来打他的东西，不论什么都行！

响起了一阵敲门声。

奥莉维亚没有发出任何声音，只是一个劲儿地颤抖。如果她尖叫的话，声音能传到阿克塞尔所住的地方吗？希望很渺茫，现在外面的风声一定能盖过她的呼喊。

敲门声还在持续。

奥莉维亚呼吸急促，她慢慢地朝门边走去。

蹑手蹑脚，不发出一丁点动静。

"我叫丹·尼尔逊，很抱歉打扰你。"那人的声音从门外传了进来。

丹·尼尔逊？

"你有什么事吗？你想干什么？"奥莉维亚问道。

"我的手机没有信号了，而我需要打电话叫一艘出租船过来。我看到你的房子里亮着灯，所以……我能借用一下你的手机吗？"

她的确有一部手机，不过门外那个男人不必知道这一点。

"我只需要打个简短的电话。"他在门外说道，"我可以付电话费给你。"

为一个简短的电话付费？预订一艘出租船？奥莉维亚一时不知道该如何是好。她可以撒谎说自己没有手机，从而打发他走开，或者让他去找阿克塞尔。可是与此同时她也十分好奇。他在海湾做什么呢？为什么要神神秘秘地去到月光下的海滩上？他是谁？如果换作是阿尔涅，他遇到眼下这种情形又会怎么做呢？

他一定会开门的！

于是奥莉维亚也打开了门，但她非常谨慎，只开了一条小缝。她将自己的手机从门缝递了出去。

"谢谢你。"尼尔逊说。

他接过手机，拨了一个号码，然后订了一艘船。奥莉维亚听到他在电话中要求对方去西码头，并表示自己将在十五分钟之后到达那里。

"谢谢你借我手机。"

奥莉维亚从门缝接过对方递回来的手机,紧接着尼尔逊转身准备离开。

这时奥莉维亚把门完全打开了。

"天黑前我在海瑟尔维卡尔纳海湾看到你了!"

尼尔逊立即转过身来,此时奥莉维亚背对着床头灯,所以尼尔逊看不清她的脸,而她却正好相反。他眨了眨眼,像是有些吃惊,不过她并不知道他是因为什么而吃惊。只过了一两秒钟,他脸上的表情就恢复了平静。

"你在那里做什么呢?"他问道。

"我迷了路,后来不知不觉就走过去了。"

"那是个漂亮的地方。"

"没错。"

沉默……那么当时你在那里做什么呢?难道他不明白其实想问这个问题的人是我么?

也许他是明白的,可这是他无论如何都不想回答的一个问题。

"晚安。"尼尔逊说。

他看了奥莉维亚一眼,便继续走自己的路了。

* * *

"超级莱福"坐在餐馆下方的码头上,他的长号已经收起来放进了他身边的黑色匣子里。漫漫长夜里他喝了不少酒,现在海风让他感觉略微清醒了一些。明天他的熏制室就要开张了,名字已经起好,叫"莱福熏制室"。将新鲜的熏鱼售给大陆人,收益应该相当可观。一个身板结实的岛民坐在他身边,此人倒是非常清醒。他的职业是驾驶出租船,接到客户的电话后随叫随到。他刚刚接完了一个预订电话。

"那人是谁?"

"是从那边来的。"

他所说的"那边"涵盖了斯特伦斯塔德到斯德哥尔摩的所有区域。

"你要价多少?"

"两千。"

"超级莱福"迅速心算了一下,将其与自己的熏制室的收益进行了简单粗略的比较。就每小时的单位收益来看,这是比不上熏制室的。

"是他吗?"

"超级莱福"向上扬了扬头。一个穿着皮夹克和黑色牛仔裤的男人正朝他们走来。

这个人已经做完了自己不得不做的事。

就在诺德科斯特岛上。

现在他被迫得采取下一步行动了。

地点是斯德哥尔摩。

* * *

她最终还是睡着了。

床头灯没有关,房门已经锁好,她的嘴里不停地念叨着丹·尼尔逊这个名字。

此人就是她在海湾看到的那个神秘男子。

这个夜晚,奥莉维亚完全被伴随高热而来的可怕噩梦给攫住了,连续好几个小时都是如此。突然间,她的喉咙深处发出了一声低哑的嘶吼,吼声从她张开着的嘴里传了出来。这是一声可怕的嘶吼。她全身的每一个毛孔都渗出冷汗,她的双手伸向空中胡乱抓握着。在床背后的窗台上,一只蜘蛛正看着床上发生的这一幕——这个年轻女人在梦中正试图从一个可怖的洞里向上爬出来。

最后她终于从洞里爬了出来。

她记得最近这次噩梦中的每一个细小环节。她被沙子掩埋了,全身赤裸。当时是退潮时期,有月亮的光辉,空气很冷。海水开始涌了过来,越来越近,涌向她的脸。不过那并不是海水,而是成千上万只黑色小螃蟹组成的涌流。它们蜂拥而至,冲向她的脸,也冲进了她张开着的嘴巴。

她的嘶吼就是这样来的。

奥莉维亚从床上一跃而起,重重地喘着粗气。她用一只手拉起毯子,擦掉了脸上的汗水,随即环顾着小屋里的各个角落。刚刚过去的那一整夜都是一个梦吗?那个借电话的男人真的出现过吗?她走到门边,将门大打开。她需要新鲜空气,需要氧气,于是她走出小屋进到了黑暗中。现在风变得很小,吹在脸上感觉十分柔和。她突然想小解,于是走下门前的台阶,在一株大灌木下蹲了下来。就在这时她看到了它,它就在她的左侧,很近。

那只行李箱。

那个男人的轮式行李箱就放在地上。

她走到行李箱旁边,在黑暗中四处环顾了一番。周围没有任何可疑的东西,也没有任何人。至少她没有看到丹·尼尔逊。她在行李箱旁坐下,心想着应该把它打开吗?

她将箱盖上的拉链从一侧往另一侧拉开,接着小心翼翼地将箱盖掀了起来。

里面空空如也。

* * *

从远处望过去，那座灰色的活动房屋似乎非常富有田园诗般的意境。它身处英根特森林青葱的草木丛中，离索尔纳市的玛丽娜大草原很近，一丝微弱的黄色光芒从它的卵圆形窗户透了出来。

不过一进到房子内部，田园诗般的意境霎时便结束了。

这座活动房屋非常破旧。墙边的罐装液化气一度还能使用，可现在气罐已经锈蚀，没法再派上用场了。屋顶上的有机玻璃穹顶曾经还可以透些阳光进来，可现在玻璃穹顶上积满了灰尘，已经变得不再透明了。从前屋子门前挂着五颜六色的塑料门帘，现在只剩下了稀稀拉拉的三条，而且它们都断掉了半截。这座活动房屋过去本是通巴镇一个有两个孩子的家庭用来度假的工具，现在则成了"独眼"薇拉的家。

起初她也会经常打扫，使房间里保持较高的卫生条件。然而随着她开始在垃圾箱里找东西，并坚持将越来越多的东西带回家，这里的卫生状况便急剧下降了。现在屋子里有成群的蚂蚁在垃圾堆里爬来爬去，各个角落都潜伏着大小不一的蜈蚣。

可是即便是这样，也总比在隧道里或自行车棚里过夜要好。

薇拉会不时地找回一些与流浪汉有关的报纸文章和小海报来装饰墙面。其中一个床铺上方的墙壁上贴着一幅画，看起来像是某个小孩画的鱼叉。另一个床铺上方的墙上贴了一份剪报：

并不是外面的人应该被放进去，而是里面的人应该被扔出来。

薇拉很喜欢这句话。

她正坐在一张破旧的胶木桌子旁边，为自己的手指甲涂上黑色的指甲油。

涂的过程并不是很顺利。

对她来说，现在是夜里所有事情都进展得不顺利的时候。现在是她守望的时候。薇拉常常在夜里花好几个小时守望和等待着，同时还伴随着剧烈的腹部痉挛。她几乎不敢睡去。当她最终睡着的时候，倒更像是晕了过去。她只是猛地倒在床上，或者进入一种类似冬眠的蛰伏状态。

这样的情况已经持续很长一段时间了。

这跟她的精神状态有关。这是一种在许久之前受到伤害，以至于被严重损毁的精神状态。

她的经历并不是独一无二的，可是也有一些特殊的细节。一串钥匙伤害了她,她的身体和内心都受到了伤害。她父亲用一大串钥匙击打她,在她脸上留下了至今仍清晰可见的白色疤痕,同时也在她内心深处留下了无法磨灭的伤痕。

她被那串钥匙殴打,一切都历历在目。

在她看来,她被殴打的次数远远超过她当受惩罚的次数。尽管一个孩子无论如何都不该被人用钥匙击打脸部,不过有几次遭到殴打时,她还是认为的确是因为自己做错了事才招来这样的惩罚。她知道自己一直都是个问题儿童。

但她有所不知的是,她是一个生长在不正常家庭里的问题儿童,她的父母无法应付自己人生中的种种问题,于是便将他们的挫败情绪通通发泄在他们身边唯一的一个弱者身上。

那个弱者就是他们的女儿薇拉。

使她受到伤害的是那串钥匙。

可是毁掉她的却是发生在她祖母身上的事情。

薇拉很爱她的祖母,她的祖母也很爱她。每次薇拉的脸被钥匙串击打时,祖母都会不忍地避开。

祖母非常无助。

而且害怕,对她自己的儿子感到害怕。

直到后来她便彻底放弃了。

那件事是在薇拉十三岁的时候发生的。

她和父母一道去乌普兰看祖母的农场。她的父母在一番饱食痛饮之后,又开始发作了,过了几个小时,祖母便独自走了出去。她实在是不愿再继续看和听即将发生的惨况,她知道接下来会发生什么事:那串钥匙又会被掏出来。不过,当这一次"钥匙事件"再度来临的时候,薇拉设法逃跑了,然后奔去寻找自己的祖母。

最后,薇拉在谷仓里找到了祖母。她的脖子挂在一条系在横梁上的粗绳上。

她已经死了。

这件事本身就足够令人震惊了,可是事情还不止于此。当薇拉试图唤起父母的注意时,他们已经被酒精麻醉得不省人事了。于是接下来的事情就只能由她本人来完成。她将祖母从绳结上抱下来,再将她平放在地上。随后,她坐在祖母的尸体旁边大哭起来,一连哭了好几个小时,直到自己的泪腺干涸了为止。

她就这样被毁掉了。

这就是她很难将刚搞到的黑指甲油平整地涂在指甲上的原因。她涂得有些乱糟糟的,部分原因在于回忆使她的眼眶里盈满了泪水,模糊了视线,另一部分原因是她在发抖。

她想到了杰利。

她几乎总是在过度痛苦,以至于无法继续守望的时候想到杰利,想到他的眼睛。自打他俩第一次在杂志社办公室见到彼此时,他的眼睛里就有一些东西引起了薇拉的注意。他不是在看,而是在观察,这是薇拉的看法,她认为杰利似乎能透过她褴褛外表看到另一个自己,一个属于另一个世界的自己。

或者,她本来的确可以变成另一个样子。

杰利好像能看到另一个样子的薇拉,最初的坚强的她。那样的她可以在她所选择的任何现代福利国家里履行公民的职责。

如果真的有这样的福利国家的话……

不过这样的国家其实并不存在,薇拉心想,它们已经被糟蹋掉了。所谓的"人民的家",那曾在瑞典国土上建立的福利国家已经不复存在了。不过,我们也拥有一些好东西,比如"邮编彩票"[1]!

她微微笑了笑,同时注意到小指上涂的指甲油真的很漂亮。

---

[1] 公众因所居住地区不同而享受到不同的医疗、教育标准等。

六

躺在床上的这个男人做过几次整容手术,他的眼袋被小心地移除了。他留着浓密的灰白短发,这是他每隔半个月就去理一次发的结果。他还会经常去楼下的私人健身房,使身体的各个部位得到充分的锻炼。

他始终跟自己的真实年龄保持着一定的距离。躺在卧室里的双人床上,他能看到塞得格伦塔楼,这座宏伟而毫无用处的建筑就坐落在几个街区之外的地方。塞得格伦塔楼是斯托克松德区最著名的标志性建筑,最初是由山林的所有者阿尔伯特·戈特哈德·涅斯特尔·塞得格伦修建的,他原本的想法是让其成为一个地区形象展示品。

躺在床上的男人住在海边格兰霍斯大道旁的一栋房子里,这房子比塔楼小得多,只有四百二十平方米,不过可以看到海景——这是必需的。房子的主人在诺德科斯特岛也有一笔小小的产业。

现在他仰躺在床上,享受着床给予他的按摩,这是一种柔和的可以贯穿全身的专属按摩,甚至连他的大腿内侧都能感受得到。这张按摩床是他花两万克朗买来的。

他尽情享受着眼下的舒适时刻。

今天,他将与国王会面。

唔,说"会面"也许有些不太得当。他将出席商会举办的一个仪式,国王是出席那个仪式的重要人物,而他自己将成为出席者中的第二号重要人物。事实上,那整个仪式都是为了向他表示敬意而举办的。他因在过去的一年里经营了瑞典最成功的一家海外公司而将被授予一枚勋章。

他的身份是马格努森世界矿业公司的创始人及总裁。

马格努森世界矿业公司。

他就是柏迪尔·马格努森。
"柏迪尔！这件怎么样？"
琳恩·马格努森穿着一件晚礼服走进了卧室。她又穿上了樱桃红色的那件，这是她在另一个晚上曾穿过的，非常漂亮。
"很漂亮。"
"你真的这么认为吗？它不太……呃，你知道的……"
"你是说不够华丽吗？"
"我不是这个意思，可它会不会显得太过朴素了？你应该知道哪些人会出席的。"
柏迪尔当然知道，尽管不一定全但或多或少知道一些。斯德哥尔摩工商界的精英，有头衔的权贵，还有一些政治精英，后者虽然还达不到内阁级别，不过也差不离了。还有谁呢？如果自己足够幸运的话，也许财务大臣博格会露面几分钟。每当博格现身，总是会让人感到尤其的荣耀。遗憾的是，埃里克将不能出席了，他最新发布的推特信息是："布鲁塞尔。与委员会的要员见面。首先得找到一位适合的理发师。"
埃里克总是对自己的外貌特别挑剔。
"那么这一件怎么样呢？"琳恩问道。
柏迪尔突然从床上坐了起来，他有这样的反应并不是因为妻子所说的最后一句话——她指的是她从希比拉大街的维尔德精品店买来的一件昂贵晚礼服，而是因为他不得不这样做。
他得排空自己的膀胱。
最近他时常受这个问题所困扰。他上厕所的频率很高，已经超出了像他这种职位的男人所能承受的最大限度。就在一周之前，他见到了一名地质学教授，那人几乎将他吓得半死。教授称自己在六十四岁的时候就出现了失禁症状。
柏迪尔现年六十六岁。
"我认为你应该穿那一件。"他说。
"真的吗？是的，也许你说得对。那件看上去很可爱。"
"你本人更可爱。"
柏迪尔轻轻吻了吻琳恩的脸颊。他想要对她做的远比这更多。她已经过了五十岁，却依旧非常迷人，而他爱她已经爱到了为之发狂的地步。然而，他的膀胱所遇到的问题迫使他只得从她身边经过，随即快速走出了卧室。
他能感觉到自己有些紧张不安。

从很多方面看,今天对他来说都是个大日子,对他的马格努森世界矿业公司来说尤其是重要的一天。自从他的公司被评为"年度最佳海外瑞典公司"的消息传开之后,在刚刚过去的几天里,越来越多针对他们在刚果探矿活动的批评言论便如潮水般地涌来了。他们在很多方面受到批评,报纸上和示威游行活动中都出现了不少对他们不利的负面消息。这些负面言论主要针对的是诸如有问题的开采方式、触犯国际商法等等,但凡你能想到的方方面面都涵盖在其中。

不过,在柏迪尔的记忆中,人们一直以来都对他有诸多挑剔。如果你是瑞典人,而你的生意在海外又做得很成功的话,你总是会受到挑剔。马格努森世界矿业公司的确运作得非常好,这家由他和合伙人一起创立的小公司如今已经成长为由遍及全球各地的大小不一的分公司所组成的大型跨国集团。

现在马格努森世界矿业公司是个大玩家。

他也是个大玩家。

可惜他的膀胱略微小了一点。

* * *

当她醒来时,退房时间已经过了很久了,但阿克塞尔并未对此表现出不悦的样子。奥莉维亚将这件事归咎于发烧、衣服湿透和他所说的"摔倒",阿克塞尔仍然很平淡,不以为意。接下来奥莉维亚继续解释,说自己通常都醒得很早,这时阿克塞尔开口问她是否想再多住一个晚上。站在自己的角度,奥莉维亚的确想这样做,可是考虑到另外一件事,她知道自己必须得回家了。

另外一件事跟猫咪有关。

出发前她费了不少口舌才说服她的邻居帮忙照看埃尔维斯。这位邻居在"宠物之家"工作,不过却是个非常生硬的家伙。最终,他同意代她照看猫咪两个晚上。

她问三个晚上可以吗?对方表示不行。

"恐怕不行,我倒是希望可以留下来。"她对阿克塞尔说。

"你喜欢这个岛吗?"

"我非常喜欢这里,虽然这里的天气不太好,不过我还会再回来的。"

"那敢情好。"

这是地道的捕虾男孩的表达方式,她一边这样想着,一边走在斯特伦斯塔德市的巴德哈斯大街上,这时她留意到自己的喉咙像是有些发肿。她此行是为了见一名退休警察,对方名叫贡纳尔·威尔尼米。按照贝蒂·诺德曼的说法,此人曾审讯过从斯德哥尔摩来的愚蠢女人杰奎琳。奥莉维亚在瑞典黄页网站上找到了威尔尼米的联系方式,并在登上离开诺德科斯特岛的渡轮之前给对方打过电话。这位退休警察非常友好亲切,丝毫不抗拒同一名年轻的警察学院学生见面。而且,在通话只进行了三秒钟的时候,他便意识到奥莉维亚是对来自斯德哥尔摩的女人杰奎琳感兴趣,接下来他知晓了奥莉维亚正在调查海湾谋杀案的事实。

"她叫杰奎琳·贝里隆德。关于她的事情,我记得非常清楚。"

就在奥莉维亚拐弯走上韦斯特罗克里夫大街时,她的手机响了起来。电话是她的导师艾克·古斯塔弗森打来的,他的语气充满了好奇。

"事情进展得怎么样啊?"

"你是指海滩谋杀案吗?"

"是的。你找到斯蒂尔顿了吗?"

斯蒂尔顿?在刚刚过去的整整二十四个小时里,他完全被排除在奥莉维亚的日程安排之外。

"没有。不过我与悬案调查小组的维尔纳·布罗斯特交谈过,他说斯蒂尔顿因个人原因从警队离职了。你对这件事有什么了解吗?"

"没有。也可以说有。"

"也可以说有?"

"我只知道他的确是因个人原因离职的。"

"嗯,除此之外,我还没有打听到什么有意义的信息。"

她认为自己在诺德科斯特岛的经历可以整理之后再加以总结。

如果那些经历将来确实有价值的话。

威尔尼米一家住在一栋漂亮老建筑的底楼,从这里能看到房地产经纪人非常喜欢的港口。主人的妻子玛丽特煮了一些咖啡,她还让奥莉维亚吞了一匙褐色液体,以缓解她喉咙的不适。

他们所在的餐厅被这对夫妇漆成了绿色,这里很可能从二十世纪六十年代以来就再没被整修过了。几条小狗、孙子孙女的照片和粉色天竺葵一起挤占着窗台上的狭小空间。奥莉维亚总是对照片特别感兴趣,她指着其中一张照片问道:"那是你们的孙子和孙女吗?"

"是的,艾达和埃米尔,他们是我们的心肝宝贝。"玛丽特说,"他们下周会回来看我们,接下来的整个暑假他们都要住在这里。能再次照顾他们真是太幸福了。"

"噢,得了吧,别夸大其词了。"贡纳尔笑道,"你不也常常认为当他们再次返家时是非常幸福的时刻吗？"

"是的，这倒是没错。你的喉咙感觉怎么样？"玛丽特同情地看了看奥莉维亚。

"好多了，谢谢你。"

奥莉维亚端起雅致而考究、印着红玫瑰的瓷杯，喝了几口咖啡。她很喜欢这个杯子，她的祖母也有一模一样的瓷器。三个人围坐在桌子前谈论着现今警察工作和警校培训课程的种种变化，奥莉维亚从中得知玛丽特曾在斯特伦斯塔德警察档案馆工作过。

"现在他们把所有资料都集中在一起了。"玛丽特说，"所有的档案都被存入了哥德堡的中央档案馆。"

"我认为跟那起案件有关的记录现在也存放在那里。"贡纳尔补充道。

"没错，我也是这样想的。"奥莉维亚说。

她希望贡纳尔不会对当时的调查情况过于讳莫如深，毕竟那已经是很多年以前的事情了。

"那么，你想知道与杰奎琳·贝里隆德有关的什么事情呢？"

看来他也无意避讳和隐藏什么，奥莉维亚心想，随即脱口而出："你审讯过她几次呢？"

"在这里的警察局审讯过两次，还有一次是在诺德科斯特岛，当时是去协助审讯的，那也是我第一次审讯她。"贡纳尔说。

"是什么原因导致她被审讯呢？"

"因为那艘游艇。你知道那件事吗？"

"不太清楚……"

"唔，杰奎琳显然是一名女性社交陪侍人员。"

应召女郎，在奥莉维亚长大的罗特布罗是这样称谓这种女人的。

"咳，就是那种高级妓女。"玛丽特用斯特伦斯塔德方式来表达。

奥莉维亚略微笑了笑。贡纳尔继续往下说：

"就在那起谋杀案发生之后不久，她和两名挪威人一起登上了一艘豪华游艇，企图乘坐游艇离开小岛。当他们离岸一段距离之后，我们警方的一艘小船将他们拦截下来，并勒令他们返回小岛。那两名挪威人烂醉如泥，而杰奎琳·贝里隆德也处于神志不清的状态，不过她显然不是受到酒精的影响。他们三人都被带到警局办公室，临时扣押起来，以便我们在他们清醒之后进行审讯。"

"当时你是审讯负责人吗？"

"没错。"

"贡纳尔是整个西海岸最棒的审讯专家。"

玛丽特说这话更像是一种事实陈述,而非夸耀。

"你从他们口中得知了什么情况?"奥莉维亚问道。

"其中一名挪威人说他们从收音机里听到第二天会有暴风雨,于是他们想赶在暴风雨来临之前离开小岛,返回他们自己的港口。另一名挪威人说他们的威士忌喝完了,所以他们准备去挪威取更多的酒。"

这可是两个大相径庭的版本,奥莉维亚想道。

"那么杰奎琳·贝里隆德是怎么说的呢?"

"她说她也不知道他们为什么要乘船离开,她自己只是跟随他们一道而已。"

"她说:'航海可不是我的强项。'"玛丽特用斯德哥尔摩方言补充道。

奥莉维亚转而看着玛丽特。

"这可是那个叫贝里隆德的女人的原话,当你回家告诉我的时候,我们为这件事笑了好久,你还记得吗?"玛丽特笑着朝贡纳尔说道,后者看上去略显尴尬。将审讯得来的信息透露给自己的妻子是不合规定的做法,不过奥莉维亚倒是不以为意。

"他们有没有说过什么跟那起谋杀案有关的事情呢?"她继续问道。

"至于这一点,他们的说法倒是一致的,他们当中没有人去过海瑟尔维卡尔纳海湾,在案发当天和案发之前都没去过。"

"这是实话吗?"

"我们也不能百分之百确定,这起案子还没有告破。我们没有掌握任何能表明他们曾去过案发地的证据。顺便问一下,你和阿尔涅·朗宁是亲戚吗?"

"他是我父亲。或者说曾经是。"

"我们听说他已经去世了。"贡纳尔说,"对此我很难过。"

奥莉维亚点了点头,这时玛丽特拿出了一本相册,里面全是跟贡纳尔的从警生涯有关的照片。其中有些照片中可以看到年轻的贡纳尔、阿尔涅和另外一名警察在一起。

"那个人是汤姆·斯蒂尔顿吗?"奥莉维亚问道。

"是的。"

"太好了……你们知道他现在在哪里吗?我是说斯蒂尔顿?"

"不知道。"

* * *

她最终穿的是樱桃红色晚礼服。她特别喜欢这件礼服,虽然样式简单,却非常漂亮。现在她正站在丈夫身边微笑着,这并非作秀,她微笑是因为她真的为自己的丈夫感到自豪。而且,她知道丈夫也同样地以她为傲。在保持职业平衡这个目标上,他们从来没有遇到过任何问题。夫妻各自照看个人的事业,两人都很成功。她的事业范围略窄一些,不过已经很了不起了。她是一名职业生涯导师,最近几年做得相当不错。每个人都想拥有自己的事业,而她知道实现这一点的诀窍。诚然,她从柏迪尔那里学到了一些诀窍,但是她只借鉴了丈夫很少一部分经验,她的成功主要还得归因于她自己。

她是个能干的女人。

所以,当瑞典国王走上前去称赞她的樱桃红色晚礼服时,他并不是为了间接地恭维柏迪尔,而是真的在称赞琳恩本人。

"谢谢!"她回应道。

他们三人并不是第一次见面。国王和柏迪尔在狩猎方面有着共同的兴趣,他俩都尤其偏爱猎松鸡,一起参加过好几次同样的狩猎派对后便彼此认识了。琳恩原以为柏迪尔与国王"彼此认识"的程度就跟其他与国王"彼此认识"的人差不多,不过柏迪尔和琳恩却得以受邀参加过几次只有与王室有着密切关系的人才有资格参加的小型晚宴。在琳恩看来,这些晚宴的氛围都过于拘谨,王后也不是爱开玩笑的人。可是这些晚宴对柏迪尔来说非常重要,这表明他们一家与王室建立了某种联系。不时有风声透露你与国王一同用过餐,这绝不是坏事。

琳恩兀自笑了笑。这对柏迪尔的世界来说的确非常重要,但对她自己而言却不是那么回事。眼下更为重要的事情是想办法终止人们对马格努森世界矿业公司的负面言论,这些言论甚至波及到了她身上。在他们前来参加这个仪式的途中,她看到韦斯特罗特德加特大街上聚集了一小群人,示威者们举着用不堪入目的字眼咒骂马格努森世界矿业公司的标语牌。她也看出这件事激怒了身旁的柏迪尔。他清楚知道媒体绝对会报道这件事,而且善于捕风捉影的媒体人无疑会用这件事与他即将获得的勋章进行对比。

这会令他的勋章沾上一些污点。

真是遗憾。

她环顾了一下四周,这里的大多数人都是她所熟知的。她看到不远处聚着一帮富有的生意人,他们的名字是皮耶、图斯、拉特、皮吉和米基等等。她从来都不曾真的将这些名字跟它们的主人一一对上号,在她的世界里只有两种人——自己熟知的和不熟知的,后者的名字自然是可有可无。可是她也知道这些人对柏迪尔来说非常重要,他会和这些人一起狩猎、航海、做生意,他们之间经常会有各种生意上的关联。

他也会控制自己不再有其他活动。

她对自己的丈夫足够了解,所以可以对他下此定论。

他们仍然彼此相爱,而且享有和谐的夫妻生活。虽然频率没从前那么高,可是每次都令人满意。

令人满意……她想道,竟然用这个词来形容夫妻生活。她笑了,这时柏迪尔正好转头看着她。今天他看上去很精神,穿着式样简单而考究的黑色西装,戴着一条淡紫色的领带。她唯一不太喜欢的是他的衬衫。衬衫是蓝色的,有着白色的衣领,这是她能想象得到的最难看的装扮。多年来她曾无数次试图说服柏迪尔放弃这种式样的衬衫,可是都没有成功。

在柏迪尔眼中,白领蓝衬衫是他本人的典型风格,不过她却非常抗拒这样的招牌式着装。

在她看来,这样的衬衫配色真是荒谬可笑,还很难看。

柏迪尔很自然地从国王手里接过了授予自己的勋章,然后转过身来朝各个方向都略微鞠了鞠躬,其间他还对着琳恩眨了眨眼。但愿他的膀胱处于受控状态,她心里想着,现在可不是容他四处寻找洗手间的时候。

"香槟!香槟!"

几名身着白衣的礼宾人员端着摆满冰镇库克陈年香槟的托盘,在人群中来回穿梭着。琳恩和柏迪尔各自拿起了一个酒杯,并将其高高举起。

就在这时它响了起来。

或者,更确切地说,是它振动了起来。

柏迪尔将举着酒杯的手略微放下了一些,然后用另一只手掏出了衣兜里的手机。

"我是马格努森。"

听筒里传来了一段对话,持续时间非常短暂,可是对马格努森来说足以令他震惊不已。他听到的是一段对话录音的截取片段。

"柏迪尔,我知道你已经准备好了要走一段长路,可是谋杀?"

"没有人会将我们跟它联系起来。"

"可是我们自己知道。"

"我们什么都不知道……只要我们不想知道的话。"

录音到这里终止了。

过了几秒钟,柏迪尔放下手机,感到手臂有些麻痹。他清楚知道那段对话是在何时、何处发生的,也清楚知道对话里的声音分别属于谁。

尼尔斯·文特和柏迪尔·马格努森。

录音中的最后一句话出自他本人之口。

"我们什么都不知道……只要我们不想知道的话。"

让他始料未及的是那段对话竟然被录了下来。

"干杯！柏迪尔！"

国王朝柏迪尔举起酒杯,后者付出了极大的努力才勉强举起了手中的酒杯,并逼迫自己用嘴巴挤出了一个笑容。

一个绝望的笑容。

琳恩立即留意到他有些反常。他的膀胱又出问题了么？她迅速上前几步,展露出迷人的微笑。

"如果国王不介意的话,我想带我丈夫离开片刻。"

"当然,没问题。"

国王倒不怎么拘泥于礼节,尤其是当自己面对的是一位像琳恩·马格努森这样的穿着樱桃红色晚礼服的美女时。

于是琳恩将显然已是心事重重的丈夫带到一旁。

"身体又不舒服了吗？"她低语道。

"什么？噢,是的。"

"快跟我来吧。"

她就像个得力的贤内助,领着丈夫来到角落里的洗手间,而他则像个影子一般悄悄钻了进去。

琳恩在外面等待着,心想幸好他遇到的是一个容易解决的问题。

不过柏迪尔并没有排空自己的膀胱。

他在抽水马桶前俯下身来,开始呕吐。精致美味的三明治、香槟酒,还有他早餐所吃的夹着柑橘酱的吐司,全都一股脑儿地从他胃里喷射而出。

这个大玩家痛苦地蜷缩着身子。

* * *

邻座的乘客抱怨说车上的座位实在是靠得太近了,因为细菌会在空气中到处乱飞。对此奥莉维亚没有异议,每次当她忍不住想打一个剧烈的喷嚏时,她都尽最大努力抑制住自己的口鼻,可惜她做得并不成功。到了林雪平市,邻座的乘客终于找到机会换了一个远离病人的座位。

奥莉维亚松了口气,她所搭乘的 X2000 快速列车继续往前行驶着。她的胸口很痛,而且额头也滚烫滚烫的。她花了一个小时摆弄自己的手机,之后又花了大约半小时写下了一些笔记。接下来她想到了自己在斯特伦斯塔德与威尔尼米夫妇的对话,并回味着杰奎琳·贝里隆德所说的那句"航海可不是我的强项"。那么你擅长的是什么呢,杰奎琳?她思索着。以应召女郎的身份登上一艘豪华游艇,然后为挪威人提供服务吗?在一名年轻女子被人埋在沙滩里之后,还不到一刻钟,你就坐着游艇开始了自己的狂欢之旅,这中间有什么玄机吗?

突然,奥莉维亚灵光一闪,冒出了一个新想法。

她会不会认识那个被海水淹死的女人呢?

奥莉维亚这才意识到,那名"可怜的"受害人的一切都不为人所知的这种观点对自己的影响太大了。这种观点先入为主地在她头脑里形成了一幅根深蒂固的画面:一名无助的年轻女子经受了极其可怕的遭遇。

如果事情完全不是这样的呢?

受害人的一切都不为人所知。

甚至连她的名字都没人知道。

那么她会不会也是一名应召女郎呢?

可是她有孕在身啊!

现在平静一点吧,奥莉维亚,这样想是不是太过头了?

可这真的是不切实际的猜想吗?在学校里他们上过一堂跟色情网站有关的课,讲师分析了这类色情网站的运营模式,要想追踪到这类网站的服务器是很不容易的。在数以亿计粗制滥造的色情影片中,不时会出现这类网站的广告语:"你在寻求反常的刺激吗?""你想跟孕妇上床吗?"

她觉得这些广告语比其他任何广告都更令人厌恶。如果说跟驴子发生关系的确是荒谬可憎的事情,那么跟处在孕晚期的女人上床……她实在不愿再想下去了。

然而,在现实世界中还真有这类市场存在。

海滩上的受害人会不会是杰奎琳的同伴?正是因为她有孕在身,所以能提供特殊服务,是这样吗?随后在那艘游艇上发生了一些事情,从而导致了谋杀案的发生。

还有呢?由于发着烧的缘故,奥莉维亚的思维过度活跃……有没有可能游艇上的其中一名挪威人是孕妇腹中孩子的父亲,而孕妇却拒绝堕胎打掉孩子?她和杰奎琳也许在其他场合与那两名挪威人发生过关系,她也因此而怀了孕,所以她这次在游艇上试图以此为筹码来讹诈孩子的父亲,随后事情失控,她便被挪威人杀死了?

就在这时,她的手机突然响了起来。

是她母亲打来的,她想邀请奥莉维亚一起吃晚饭。

"你是说今天晚上吗?"

"对啊,你有其他安排了吗?"

"我现在还在从哥德堡出发的火车上……"

"你什么时候到?"

"大概五点左右吧,然后我需要……"

"不过我觉得你的声音听起来不太对劲呢,你生病了吗?"

"我有一点……"

"你发烧了?"

"也许吧,我还没有……"

"你的喉咙痛不痛?"

"有一点。"

就在这短短的五秒钟之内,玛莉亚充满关切和担忧的提问,让奥莉维亚一下子觉得自己又变回了从前那个让妈妈担心的五岁小病孩。

"晚餐在什么时间?"

"七点。"玛莉亚说。

* * *

位于斯特兰德大街的滨海艺术中心非常漂亮。从海上望过去,它是一片屹立在绿树成荫的街道中的古建筑群。如果你抬头看看它的屋顶,欣赏它那别出心裁的建筑风格,定会赞不绝口。

不过在它光鲜外表的背后,则又是另一番情景了。

柏迪尔·马格努森此时正沿着码头行走,他几乎没怎么留意眼前美丽的街景。他与街上那些被他称为皮吉、米基和图斯的富人们保持着一定的安全距离。他的妻子略微有些担心地让他在斯特兰德大街街头的新桥广场下了车,他坚定地向她保证现在自己一切都很好,只不过是有些受够了那冗长的仪式,也受够了国王,以及外面那些高喊不已的示威游行者。

"我现在很好。"他说。

"你是说真的?"

"当然是真的。我需要考虑一下我们周三进行的合约谈判,所以想下去边走边想。"

以往在他需要考虑问题的时候,他也常常会这样做,所以琳恩让他下车后便独自驱车离开了。

柏迪尔看起来非常紧张不安。刚才他立即就知道了打来电话播放录音的人是谁。

是尼尔斯·文特。

此人曾是跟他关系非常密切的朋友，是"三个火枪手"当中的一个。二十世纪六十年代，就读于斯德哥尔摩经济学院的柏迪尔曾与另外两个朋友始终黏在一起，同甘共苦好似亲兄弟。其中一人便是文特，另一个是埃里克·格兰登，后者现在已摇身变作外交部的高层人士了。他们三人曾把自己视为现代版的"火枪手"，甚至有着跟大仲马笔下"三个火枪手"相同的座右铭。

他们真是拥有无边的想象力。

不过他们坚信自己终将做出惊天动地的大事。

而他们真的做到了。

格兰登在政界少年得志，年仅二十六岁时便成为了温和联合党青年组的主席。马格努森和文特创立了马格努森－文特矿业公司，这家矿业勘探公司很快就在瑞典国内和海外大获成功。

后来事情略微出了一点问题。

并不是说公司出了什么问题。这家公司在全球迅速扩张，几年后就顺利上市了，不过文特出了一些问题，或者说文特与柏迪尔的关系出现了裂痕。最后文特淡出了公众的视野，公司的名字也从马格努森－文特矿业公司变更为马格努森世界矿业公司。

现在文特又回来了。

他带着自己和柏迪尔之间一段令人不愉快的对话录音回来了。柏迪尔从前并不知道那段对话被录了下来，不过他一听到那段录音，便立即知道了它的威力。一旦那段录音被公诸于众，那么柏迪尔·马格努森的大玩家时代便会宣告结束。

无论从哪方面看，都是这样。

他抬起头来看了看格雷夫大街，他出生的地方就在这附近，他在自家的育儿室里就能听到海德维格·埃莉诺拉教堂的钟声。他在一个工业家庭里长大，他的父亲阿道夫与叔叔维克托成立了一家名为马格努森兄弟的公司，这是一家强大的小型矿业公司，有着敏锐的探矿嗅觉。经过几年的努力，父亲和叔叔将这家家族企业经营成了瑞典国内首屈一指的行业带头者，并让柏迪尔拥有了公司的一部分股份，从此他便开始了自己的从商之旅。

柏迪尔有自己的想法，而且他的想法非常大胆。起初他协助父亲和叔叔经营着家族企业，不过与此同时他也在传统市场之外看到了与之截然不同的新市场。马格努森兄弟也认同柏迪尔的市场理念。

那就是海外的市场。

但也是极难攻克的市场。

这就意味着公司领导人要设法跟各种各样的独裁统治者打交道，阿道夫与维克托两兄弟从来都没有想过要做这样的事情。随着时代变迁，国际化战略渐渐成为公司发展的当务之急，在这期间柏迪尔的父亲和叔叔也相继去世了。在埋葬了阿道夫和维克托之后，柏迪尔成立了一家新的子公司。

在尼尔斯·文特的帮助之下。

"三个火枪手"之一的文特极具天赋，他在探矿、矿物分析和判断市场格局等方面都是天才，而这些事都是柏迪尔自己不太擅长的。他俩成为拍档后，公司在世界上的许多地方都发展得如鱼得水，在亚洲、在澳大利亚都是工业先驱，在非洲尤其成功。后来两人的合作出了问题，接着文特突然消失了，其原因在于一件令人极其不愉快的事情在那时被柏迪尔压制了下去。后来这件事渐渐被淡化和变味，甚至转化成了莫须有的传说。

不过那件事并不是尼尔斯·文特所为。

事实显然如此。

打电话来播放录音的人一定是尼尔斯，此外便没有其他可能的解释了。

柏迪尔认识到了这一点。

当他走到皇家生态保育公园旁的一座桥上时，心中默默地冒出了第一个问题：文特的目的究竟是什么？紧接着第二个问题也随之而来：他想要更多的钱吗？就在他刚想到第三个问题"他在哪里？"的时候，他的手机再度响了起来。

柏迪尔握着手机，将其举在身体前方与大腿齐平的位置。在他所处的小径上，身边的行人来来往往，很多人都牵着自己的宠物犬。他没看屏幕便按下了接听键，然后将手机贴近了耳朵。

他一句话也没有说。

保持着沉默。

"喂？"

电话是埃里克·格兰登打来的，他就是那个在推特上宣称想在布鲁塞尔找到适合自己的理发师的忙碌家伙。柏迪尔一下子就听出了他的声音。

"你好，埃里克。"

"恭喜你获得勋章！"

"谢谢！"

"国王怎么样？他的身体还好吗？"

"是的,他很好。"

"不错,不错。现在你们正在享受会后宴席吗?"

"不是的,我……我们会在晚上举办宴席。你找到理发师了吗?"

"还没有呢,我想找的那一位太忙了。不过我已经跟一家美发店预约说我希望能赶在早班飞机起飞之前去他们那里理发。周末我们再联系吧,请代我向琳恩问好!"

"好的,谢谢你。再见。"

柏迪尔挂断了电话,但心里还在想着埃里克·格兰登。他是第三名"火枪手",在他所属的领域也是一个大玩家。埃里克在整个瑞典乃至全世界都拥有广泛的人脉。

"应该让他加入董事会。"

这话是柏迪尔的母亲说的,时间是在他父亲刚去世之后,柏迪尔曾向她描述说自己的朋友埃里克拥有很广的人脉。

"可是他对矿业一窍不通。"柏迪尔说。

"你也不懂啊。你能做的就是让懂行的人聚集在你周围,这也是你擅长的,找到合宜的人来帮助自己。让他加入你的董事会吧。"

当柏迪尔的母亲第二次谈及这件事的时候,他便意识到这是一个非常绝妙的主意。他自己怎么就没有想到这一点呢?一直以来他只顾着考虑眼前的细节问题,真是一叶障目不见泰山。埃里克和自己的关系向来都很密切,他是"三个火枪手"的一员,也是自己的好朋友,当然应该坐在马格努森世界矿业公司的董事席上。

这件事顺理成章地实现了。

埃里克加入了董事会。起初他是怀着想要帮助朋友的心态加入的,不过在随后的几年里他买下了公司的大量股份,于是他也可以对这家公司承担起一些责任了。埃里克总是能找到一切柏迪尔无法企及的关系来加以利用,毕竟他在这方面的能力可不是盖的。

就这样过了许多年,后来埃里克在政界成为了举足轻重的大人物,而他的名字也不再适合出现在一家私人公司的董事会名单上了,否则他和公司必会招来媒体的诸多批评。

于是他从马格努森世界矿业公司辞职了。

此后埃里克还会私下处理一些跟公司有关的必要事务,这样就不像从前那样敏感了。

在外界看来,柏迪尔和埃里克不过就是朋友关系而已。

到目前为止都是这样。

埃里克并不知道对话录音事件,也不知道那件事的起源。如果他知道了,那么"三个火枪手"之间的关系将经受极大的考验。

在政治层面也是如此。

* * *

现在已经快到晚上七点了,在四个小时之内,杰利好不容易才卖掉了三本杂志。这并没有多少钱,三本杂志总共卖了一百二十克朗,而他实际赚得的只有六十克朗而已。算下来他每小时的工资是十五克朗,惨不忍睹,不过他能用挣得的钱买一罐鱼丸来吃。其实他并不喜欢吃鱼丸,他想吃的是里面的龙虾酱。总之,他对食物的兴趣不大,而他向来都是如此,甚至在他从前物质条件比较宽裕的时候也是如此。对他来说,食物不过就是营养来源。如果没有食物,那么就得通过其他方式获取营养,这也是有可能的。他最主要的问题不在于食物,而是住所。

他的木屋在加拉湖畔,不过那个住所已经开始令他感到不安了。有什么东西闯入了那里的围墙之内,每次他进到围墙里的时候都能感觉到它的存在。他已经越来越难以在那里入睡了。长久以来,他在围墙里能听到太多尖叫声,他认为是时候搬家了。

不过"搬家"这个词用在这里可能不是特别恰当。我们可以说某个人从一间公寓或一栋房子里搬出来,但对于从一个没有任何家具的小屋里搬出来的这种行为,称其为"离开"应该更合适一些。

他打算要"离开"那里。

现在他正在考虑的问题是:接下来去哪里呢?他曾在小镇周围很多不同的地方过夜,偶尔也会去政府专为流浪者提供的公益住宿机构,不过他并不喜欢那里。公益住宿机构充斥着纷争、醉汉和瘾君子,而且那里的工作人员要求住宿者必须在早上八点之前就得离开。于是他放弃了这个选择,考虑着别的住宿地点。

"嗨,杰利!你的头发看起来像是用手榴弹造的型。"

"独眼"薇拉带着大大的笑意朝他走来,指了指他那蓬乱的头发。她已经在瑞根区卖掉了自己的全部三十本杂志,现在来到了梅德博格广场附近的索德商业中心。杰利在几天前占据了这个摊位,毕竟本斯曼还不太可能"出山"。他知道这里是个不错的摊位,可是他今天只卖掉了三本杂志。

"嗨!"他简短地打招呼。

"今天你怎么样啊?"

"一般，马马虎虎……我卖了三本杂志。"

"我卖了三十本。"

"那不错啊。"

"你还打算在这里站多久呢？"

"我也不知道，我还剩了些杂志没卖完。"

"那我买了。"

杂志贩卖者们有时会为了帮助某个同伴而买下对方没有卖完的杂志，价格跟对方的进价一致，即建议零售价的半价，然后期望自己在贩卖这些杂志时能有更好的运气，所以薇拉提出这个建议也是合情合理的。

"谢谢，不过我……"

"你这样显得过于清高了，不是吗？"

"可能是吧。"

薇拉微笑了一下，将自己的手臂放在杰利的胳膊下面。

"清高可不能填饱你的肚子。"

"我不饿。"

"但你很冷。"

薇拉刚摸过杰利的手，他的手真的非常冰冷。这可有些奇怪，现在室外的温度应该超过二十摄氏度，他的手不该这么冷的。

"昨天晚上你还是在那个小屋里过的夜吗？"

"是的。"

"你还能在那儿忍受多久？"

"我也不知道。"

接下来是一阵沉默。薇拉看着杰利的脸，而杰利则看着索德商业中心，就这样几秒钟过去了，紧接着一两分钟也过去了，随后杰利转头看着薇拉。

"你是否同意我……"

"我同意。"

他们没再多说什么了。他们也不必再多说什么了。杰利拿起破旧的帆布小背包，把没卖完的杂志塞了进去，然后两人便一同离开了。他们并肩走在一起，各自沉浸在自己的内心世界里，各自想着自己的心事。他们朝着活动房屋和那将要发生的一切走去。

如果你走路的时候专注地想着心事，就很难留意到两名穿着黑色连帽衫的年轻男子正站在毕琼特拉德街边注视着自己。你甚至没法注意到他们已经静悄悄地尾随在你身后。

* * *

位于罗特布罗的联排别墅修建于二十世纪六十年代中期,朗宁一家是这里的第二任业主。这栋房子坐落在一条安静小街的尽头,小巧而漂亮,而且维护得很好。小街两旁有很多房屋,造型都跟朗宁家的别墅一模一样。奥莉维亚就是在这里长大的,她是家中的独女,不过她可以在这附近找到很多玩伴。如今,童年的小伙伴们已纷纷成年,绝大多数都搬到其他地方去住了,只有他们逐渐老去的父母还依旧住在这里。

就像玛莉亚一样。

奥莉维亚下车之后,透过厨房窗户看到了玛莉亚忙碌的身影。她妈妈是一名有着西班牙血统的刑事律师,口齿非常伶俐,凡事都有正确的观点。奥莉维亚的父亲在世的时候,最爱的一个人就是她的妈妈。

当然,玛莉亚也很爱自己的丈夫,这一点奥莉维亚是知道的。他们家里总是有一种平静而理智的氛围,很少有吵闹的时候。父母有时也会彼此争论,会表达不一致的看法,会长久地讨论一个问题,但是家中从来不会蔓延不愉快的气氛。在一个小孩子眼里,这个家始终是和睦的。

她在家里总是能感觉到安全。

而且能感觉到关怀。她所感觉到的关怀大多来自阿尔涅,玛莉亚可能不是一位情感过于外露的母亲,不过在奥莉维亚需要她的时候,她也总是陪在女儿身边。比方说在奥莉维亚生病的时候,就像此刻,妈妈就在身边,准备好了照顾她。

母爱是伟大的,而且跟子女的年龄无关。

"今晚我们吃什么呢?"

"特色蒜味鸡。"

"这鸡的特色在哪里呢?"

"食谱里可没有写明这点。把这个喝了。"玛莉亚说。

"这是什么?"

"这里面有热水、姜汁和一点点蜂蜜,还有几滴神秘的液体。"

奥莉维亚微笑了一下,一口将它喝完了。神秘的液体是什么呢?她留意到我在流鼻涕了吗?也许吧。当温暖的液体流经奥莉维亚疼痛的嗓子时,她觉得非常舒服,也感受到了极大的抚慰。噢,我亲爱的妈妈。

在光洁的厨房里,她们坐在一张白色的餐桌旁。奥莉维亚仍然为母亲所采用的北欧装饰风格而惊讶不已。房子里没一处地方有艳丽的色彩,只能见到白色和一些素淡的装点。在奥莉维亚十来岁的时候,她有一阵曾提出抗议,要求父母将自己房间的墙壁全都涂成深红色。不过,现在那里又被涂回了相当低调的米黄色。

"那么,你在诺德科斯特岛上的情况怎么样?"

奥莉维亚将自己在岛上的经历讲述了一遍,不过是删改后的版本,而且删改得相当厉害,其中没有包含任何重要事实。随后她饱饱地吃了一顿美餐,还喝了一些上好的红葡萄酒。发烧了喝红葡萄酒合适吗?当玛莉亚为女儿斟酒的时候,奥莉维亚感到有些困惑,可是玛莉亚的想法显然不同,她认为任何时候喝一点红葡萄酒都是好的。

"从前你和爸爸谈论过诺德科斯特岛的案子吗?"奥莉维亚问道。

"我不记得了,不过就在他处理那起案子的时候你出生了,所以那时我们很少有机会一起讨论事情。"

她这话听起来似乎有些不满的意味?不可能的,别胡思乱想了,奥莉维亚,打起精神来吧!

"这整个夏天,你都要忙着处理跟那起案子有关的事情吗?"玛莉亚问道。

她这是在担心度假屋的事情吗?怕我没空去买遮蔽胶带和漆铲?

"我想不会。我打算再查明一些事情,然后就写下报告。"

"你还需要查明什么?"

自从阿尔涅去世之后,玛莉亚就再也没有机会坐在餐桌旁就着好酒同别人讨论法律案件,所以现在她不愿轻易放过这样的机会。

"当时岛上有一个女人,她叫杰奎琳·贝里隆德,我对她感到非常好奇。"

"为什么呢?"

"因为就在谋杀刚刚发生之后,她就和几个挪威男人坐船离开了小岛。我认为他们在面对警方审讯时的回答比较欠缺实质性的内容。"

"你认为他们有可能认识受害人吗?"

"也许吧。"

"你的意思是,受害人也许跟他们在一起?在船上?"

"是的,有可能。这个杰奎琳是个应召女郎。"

"啊……"

啊什么呢?奥莉维亚心里想着,她为何做出这样的反应?

"那名受害人也许也是一名应召女郎。"玛莉亚继续说道。

"我也想到了这种可能性。"

"那么你还应该跟伊娃·卡尔森谈谈。"

"她是什么人?"

"我昨天在一档时事电视节目上看到了她。她写过一篇报道,涉及到了过去和当下的异性社交陪侍行业状况。她看起来是个非常能干的女人。"

就跟你一样!奥莉维亚只是没把这句话说出来,她将伊娃·卡尔森这个名字记在了脑子里。

她吃得很饱,而且又喝了酒,走起路来有些踉跄,于是只好决定搭乘出租车离开,而玛莉亚主动提出为她支付车费。现在她感觉好多了,跟刚来的时候简直就是判若两人。事实上,由于感觉太好,以至于令她差点儿忘记一开始就打算要问的事情。

"对了,诺德科斯特岛谋杀案的调查工作是由一个名叫汤姆·斯蒂尔顿的警察负责的,你还记得他吗?"

"汤姆,噢,是的!"

玛莉亚微笑着站在房子的大门边。

"他很有震慑力。我跟他打过几次交道。他还非常英俊,和乔治·克鲁尼有几分相似。你为什么问这个?"

"我一直想要找到他,不过看起来他已经从警队离职了。"

"是的,没错,这我记得。他是在你父亲去世前几年离职的。"

"你知道原因吗?"奥莉维亚问道。

"你是说他离职的原因吗?"

"是的。"

"这我不知道,不过我记得他差不多是在同样的时间段离婚的,是阿尔涅告诉我的。"

"是和玛莲娜·博格伦德离婚吗?"

"是的,你怎么知道她的?"

"我见过她。"

出租车司机突然打开门下了车,大概是想催促奥莉维亚快点上车。她快步朝玛莉亚走了过去。

"再见,妈妈。谢谢你为我准备晚餐,谢谢你让我喝药和红葡萄酒,谢谢你为我做的一切!"

母亲和女儿紧紧拥抱着。

* * *

位于卡尔贝里斯大道的奥登酒店是斯德哥尔摩一家中档酒店,内部装潢朴实无华。这间客房里有一张双人床,墙上挂了几幅普通的画作,一面浅灰色的墙上有一台壁挂式电视机。电视机是开着的,新闻里正在播放关于马格努森世界矿业公司被宣告成为年度最佳公司的特别报道。演播室里的新闻主播身后有一块大屏幕,上面显示的是公司总裁柏迪尔·马格努森的照片。

坐在床沿的男人刚刚沐浴过,他半裸着身体,用一块浴巾裹住下半身,头发依然还是湿漉漉的。他将电视的音量调大了一点。

"马格努森世界矿业公司被评为年度最佳海外瑞典公司,这在瑞典和其他一些国家的环保及人权激进分子中引发了强烈反响。多年以来,这家矿业公司因其与某些政权腐败的集权统治国家有关联而受到诸多批评。早在二十世纪八十年代,当这家公司在当时的扎伊尔①开始活动之时便受到了严厉谴责。这家公司被指控通过贿赂的方式与蒙博托总统建立了良好关系,当时有很多人对此事展开过调查,而其中一名调查者——获奖记者贾恩·奈斯特龙——于1984年在调查过程中惨遭杀害。到了今天,马格努森世界矿业公司所采用的一些运作方式仍然受到质疑。以上是记者卡琳·林德尔在刚果东部为您报道。"

酒店里的男人略微前倾了一下,用来裹住身体的浴巾已经滑落到了地板上,可是他的全部注意力都聚焦于正在播放的电视节目。这时一名女记者出现在演播室里的大屏幕上,她正站在一片用栅栏围起来的区域前方。

"这里是刚果东部的北基伍省,这是马格努森矿业公司开采钶钽铁矿的基地之一。钶钽铁矿又被称为'灰金'。警卫守在门口,不允许我们进入这片区域,不过瓦利卡尔地区的居民们称这里的工作条件极其恶劣。"

"有传闻说采矿区内有童工在工作,是真的吗?"

"是的。除了这个,当地居民还受到了人身攻击。可惜没有人敢站到镜头前来接受采访,他们害怕自己会遭到报复。有个女人是这样说的:'如果你被强奸过一次,那么你就不会再次抗议了。'"

赤裸的男人继续坐在床沿,他用一只手紧紧抓着床单。

"你刚才说钶钽铁矿是'灰金',这是什么意思呢?"

卡琳·林德尔将一块灰色的石头举到镜头跟前。

"看起来这只是一块没有价值的普通石头,不过这是钶钽铁矿石。钽元素能从中精炼出来,而钽是现代电子学中最重要的成分。举例来说,钽被用在世界各地的电脑和手机电路板中。它是价值极高的矿物,多年来一直被非法开采和走私。"

"不过,现在我们能确定马格努森世界矿业公司在刚果的钶钽铁矿开采是

---

① 刚果民主共和国的旧称。

严重违法的吗?"

"不能。马格努森世界矿业公司是为数不多的几家仍然拥有古老的特许采矿权的公司之一,他们是从先前的独裁国家获得这样的特权的。"

"那么批评者们是怎么说的呢?"

"他们反对雇用童工和身体虐待,而且实际上公司在刚果开采所得的任何东西都不能造福于这个国家。"

演播室里,背景屏幕又切换成了柏迪尔·马格努森的照片。

"现在我们接通马格努森世界矿业公司总裁柏迪尔·马格努森的电话。"几次"嘟嘟"声之后,响起了电话被接通的提示音,紧接着主播问道:"你对这些报道有什么评论呢?"

"首先,我认为这些报道的措辞过于激烈,而且带有明显的偏见和倾向性。我不能坐在这里对这些事加以评论,但我只想强调一点,那就是我们公司在原材料行业扮演的是目光长远和负责任的角色,而且我确信的是,负责任地开采自然资源所带来的经济效益对改善这个地区的贫穷状况是非常重要的。"

酒店里的男人关掉了电视机,随后从地板上拾起了浴巾。他是尼尔斯·文特,刚才新闻报道里所涉及的话题对他来说早就不是什么新鲜事了,它们只是更加强化了他的信念。

他将关注柏迪尔·马格努森更久一些。

这是为了大家。

* * *

杰利从前来过这座活动房屋,来过好几次,每次的原因都各不相同,而且待的时间都不长。大多数时候都是因为薇拉心情不好,杰利来这里陪伴她,不过他从来没有在活动房屋里过夜的经历。这一次他将在这里过夜,至少在他来这里的途中是这样打算的。在活动房屋里有三处供人睡觉的地方,桌子两侧各有一处,不过这两处都过于狭窄,不太适合两个人并排躺卧。另外一处地方是桌子的第三侧,可对于杰利来说,这里的长度太短了。

不过,要是两人重叠在较为狭窄的一处倒是可行的。

杰利知道这样的事情会发生,他在来这里的途中就一直在想这件事——他将和"独眼"薇拉做爱。他还在梅德博格广场的时候就有了这样的想法,他留意到这种"想法"渐渐变成了另一种东西,那就是"欲望"。

或者更确切地说是"情欲"。

薇拉一直同他并排行走。在地铁里,她坐在他的身旁。在韦斯特罗思科根站台长达六十六米的自动扶梯上,她站在离他很近的地方。当他们穿过英根特森林的时候,她一直挽着他的胳膊,而且始终都一言不发。他猜测她也在想着同样的事情。

事实的确如此。

这种想法对她的身体也产生了一些影响。它改变了她的体温,她的身体由内而外都变得很暖和。她知道自己身材不错,仍然很健壮、丰满。她的双乳从未有过哺育婴儿的经历,当她偶尔需要戴上胸罩的时候,才发现原来很大罩杯的胸罩才能适应自己的胸部。她并不担心自己的身材,现在她的内心充满了期待。

她希望接下来一切都顺利。

"在那边的橱柜里有一些烈酒。"

薇拉指着杰利身后的一个胶合板橱柜。杰利转过身去打开了柜门,那里有一小瓶伏特加,酒瓶是半满的,或者说是半空的,关键取决于你如何看待它。

"你想喝一些吗?"杰利看着薇拉问道。

"不用了,我不喝。"

薇拉点亮了墙上的一盏铜灯,微弱的光芒勉强起到了照明的作用。

杰利关上了柜门,继续看着薇拉。

"我们可以吗?"

"是的。"

薇拉脱掉了上半身的衣服,而杰利则静静地坐在她对面。这是他第一次看到她赤裸的上身,他感到自己的身体顿时有了反应。他已经超过六年没有触摸过女人的身体了,甚至连脑子里也没有想象过这样的情景。他从来不曾有过性幻想。现在他正坐在一对丰满的乳房前面,它们弯曲的轮廓在墙上依稀可见……他开始脱下自己的衬衫。

"这里太窄了。"她说。

"是的。"

"你想关掉灯吗?"

"不用了。"

他没什么好隐藏的,他知道薇拉也是这么想的,他们没必要感到不安。如果她想让灯亮着,那他也觉得无所谓。他们相互认识,而且每天见面,彼此都了如指掌。两人拥在一起,薇拉闭上了眼睛。

她觉得自己拥有了世上的一切。

两个年轻男人蹲伏在不远处的黑暗中,他们知道自己躲藏得很好。从活动房屋卵圆形窗户里透出的微弱灯光几乎不能照亮外面,不过却足以让外面的人看清楚屋子里的情形。

狭窄的小床限制了他们的动作幅度,却显得更加刺激。在房子外面的黑暗中,米粒大的黄色光点表明了一个手机摄像头的存在。

杰利翻了个身,结果重重地撞在了墙上。他小心翼翼地站起来,坐在小床的边缘。他看到薇拉已经睡着,她的呼吸非常平静,而他从未见过她以如此平静的方式呼吸着。他从前也看过薇拉睡着或昏倒的样子,因为他有很多个夜晚都坐着陪在她的身旁。

就在这里。

在这座活动房屋里。

但他从来不曾在这里过夜。

当薇拉挣扎着不要失控的夜里,他陪在她的身边,帮助她抵抗试图从脑子里爬出来的狂躁蠕虫。有时他会连续几个小时抱着她,轻声述说着关于光明与黑暗、关于他自己、关于任何能让她不过度专注于自己的痛苦的事物。这常常能起作用,最终她会昏倒在他怀里,他便能感觉到她的呼吸很不均匀。

而现在她的呼吸非常平稳。

杰利俯身靠近她的脸庞,小心翼翼地抚摸着她脸上的白色小疤痕。他知道钥匙串的事情。他听过好几次她的故事,每次听完后,他都感到体内涌起难以抑制的狂怒。

竟然对一个孩子做出这样的事情来!

他拉过一条毯子,盖住了薇拉赤裸的身体,然后起身坐在另一张小床上。他有些心烦意乱地穿上自己的衣服,躺在床上伸开四肢。

他在那里躺了很久。

随后他站起身来。

他尽力不去注视薇拉。

他走出活动房屋,轻轻地关上了身后的门。他不想吵醒她,不想向她解释自己不能解释的事情,比如自己为什么要离开。他就只是离开了而已。他背对着薇拉的房子,朝森林走去。

他径直穿过了英根特森林。

* * *

柏迪尔·马格努森最终踱到了迪朱尔加德大桥附近,他意识到自己必须采取行动了。该如何行动呢，他还没决定。他做的第一件事是将自己的手机关掉了。他考虑过立即更改手机号码，可是这样做会带来风险，文特也许会拨打他家的座机，那么电话就有可能被琳恩接到……那样的话麻烦就更大了。

搞不好会给他的家庭带来极大的灾难。

于是他只是将手机关掉，并索性用鸵鸟心态来自我安慰，希望事情可以就此打住。

但愿那通电话就是事情的全部。

在回家之前，他花很短的时间去了一趟位于斯韦亚大道的公司总部，那里的职员已经买好了鲜花和香槟酒，整个公司上下都沉浸在他获奖的喜悦氛围之中。没有人提及颁奖仪式举办地附近的示威游行活动，他也并不希望有人提及这件事。所有的职员都是百分之百的忠心耿耿，如果有人达不到这个标准，那他很快就会被别人取代。

在一则与马格努森世界矿业公司有关的电视报道中，他在办公室里通过电话发表了自己的评论。那则报道真是扯淡。在评论之后，他让秘书写下了一篇新闻稿，强调马格努森世界矿业公司对获得勋章的感激之情，同时表明这枚勋章将鞭策公司继续为了海外采矿业而付出努力，尤其是在非洲。

不畏任何艰难险阻。

现在已经很晚了，他即将回到自己的家——位于斯托克松德区的房子。他希望琳恩没有邀请汤姆、迪克和哈里在家里庆祝，他没法面对这样的事。

而她也并没有这样做。

琳恩已将做好的双人晚餐放在露台上，简单却又精致。她了解自己的丈夫。他们安静地吃着食物，后来琳恩放下了手中的刀叉。

"你感觉怎么样啊？"

她望着露台外的大海问道。

"很好。你指的是……"

"我是指整体而言。"

"你为什么要这样问呢？"

"因为你现在看上去心事重重。"

她非常了解自己的丈夫，今天自从柏迪尔将葡萄酒杯端起之后就一直神思恍惚。他并不是常常这样。他有能力将事情各按其类地处理妥当，在家的时候他的全副身心都属于她。家是他们彼此保持亲密关系的私密空间。

可现在却不是那么回事。

"跟那些示威游行有关吗？"

"是的。"

柏迪尔顺水推舟撒了个谎，其实自己的心情与此完全无关。

"也不是第一次发生这种事了，你这次为什么那么烦恼呢？"

"因为情况看起来变得越来越糟。"

琳恩也留意到了这一点。稍早前她在电视里看到了关于马格努森世界矿业公司的新闻报道，那确实是带着恶意、有失公正的报道。

她思索着。

"你愿意和我谈谈这件事吗？这件事我们……"

"不。不是现在，我现在太累了。国王喜欢你的晚礼服吗？"

跟柏迪尔的心情有关的话题就此打住了。

接下来发生的事情便非常地私密了。他们在双人床上触发了一次"爆炸"，短暂，却又"足矣"。这一次柏迪尔非常投入，仿佛将自己内心的压力全都在床上释放了出来，琳恩这样想着。对她来说，这也没什么不好，只要柏迪尔遇到的只是跟生意有关的问题，而不是其他。

待琳恩睡着后，柏迪尔从床上溜了下来。

他穿着质地考究的灰色睡袍，悄悄地走到了露台上。他没开一盏灯，掏出了自己的手机，随即点燃了一支小雪茄。他多年前就已经戒了烟，可是今天他在回家的路上没有多想便一时兴起买了一包雪茄。他用略微发颤的双手打开了手机，等待着，很快他就看到手机收到了四则语音留言。头两则留言是对方打来表示祝贺的，留言的人一定认为与柏迪尔·马格努森站在同一阵线上对自己来说是非常重要的事情。第三则留言是空白的，也许某人在准备留言前临时改变了主意，认为是否跟他站在同一阵线并不是那么重要。紧接着的第四则留言是一段对话录音的节录。

"柏迪尔，我知道你已经准备好了要走一段长路，可是谋杀？"

"没有人会将我们跟它联系起来。"

"可是我们自己知道。"

"我们什么都不知道……只要我们不想知道的话。你在担心什么？"

"因为一个无辜的人被杀害了！"

"这不过是你的理解而已。"

"那你的理解是什么？"

"我解决了一个问题。"

之后还有几句对话，他们在谈论一个已经被解决了的问题，那是很多、很多年以前的事了。

现在突然有了一个新的问题。

柏迪尔不知道该如何解决这个问题。每当遇到问题的时候,他通常的做法是打一个电话,随即问题便会被解决掉。他曾给世界各地有权势的人打过许多电话,许多问题也因此而被成功化解。这一次他却不能给任何人打电话,他自己就是问题的终点。

他讨厌这种境况。

他也讨厌尼尔斯·文特。

当他转过身来的时候,发现琳恩正站在卧室窗户边看着自己。

他以迅雷不及掩耳之势将那支小雪茄藏到了身后。

* * *

薇拉被一个声音所惊醒。她不知道声音是从哪里来的,她听到后便立即从睡梦中醒了过来,并用手肘支撑着身体坐了起来。她看到身边的小床是空的。那个声音是杰利发出来的吗?他是不是去外面小便了?薇拉下了床,用毯子裹住自己暖和的身体。她心想:这条毯子一定是他们做爱之后杰利为自己盖上的。他们做爱了,她那受伤的灵魂也因此而得到了温暖。她的感觉从未如此之好。一丝微笑涌上了她的唇边,她知道今夜自己不会再梦见那串钥匙了。随即她打开了房门。

她的脸部受到了重重一击。

薇拉向后一倒,跌落在小床上,鲜血顿时从她的嘴巴和鼻子里喷涌而出。其中一名年轻人在她得以起身之前便冲进了活动房屋,再次殴打她。不过薇拉并不孱弱,她迅速扑向另外一侧,然后站起身来疯狂地挥舞着自己的手臂,开始还击。由于活动房屋里的空间过于狭小,所以他们的打斗乱成了一团。那名年轻人猛击薇拉,而薇拉也不甘示弱地反击。当另一名开着手机摄像头进行拍摄的年轻人走进来的时候,他意识到自己得出手帮助同伴。

他们得一起将这个"女汉子"制伏。

于是现在变成了两个男人一起攻击薇拉,而这样做根本就是多此一举。薇拉不断反抗,结果挨到了更多的拳打脚踢。就这样挣扎了差不多十分钟,来自一个液化气罐的猛烈一击使她倒在地上。在接下来的两分钟里,她被踢得失去了知觉。她一动不动地躺在地板上,赤裸的身体上全是鲜血,一名年轻人再次用手机摄录起来。

在几公里之外,一个男人独自坐在一间破旧小木屋的地板上,努力应对着自己的难过情绪。自己竟然像只老鼠一般偷偷地溜走了。他知道薇拉醒来之后的感觉会是怎样的,也知道当他们再次相见时,薇拉会如何看待自己。对此他没有什么好的解释,他根本就无从解释。

也许今后不再见面是最好的。

杰利心里想着。

七

在微风的吹拂下,一片片干枯了的树叶纷纷掉落到地上。透过树丛,只能勉强瞥见山间的那块可供遛狗的平地,市议会想在那里修筑一条运动跑道。

前提是他们得先将那座破旧的活动房屋拆除掉。

阿沃·帕特一瘸一拐地穿过森林,他发觉自己走得十分艰难。自从那天晚上的足球比赛结束之后,他的肌肉就一直在痛。不过他在比赛中独中两元,并且使球队获得了胜利,这可比身体上的一点点疼痛重要多了。他去找薇拉并不是因为身体的疼痛,而是缘自另一种疼痛。他曾在特里克腾湖边认识了一个男人,他们有时会在湖边夜色中喝上几罐上好的啤酒,可有一天那个男人突然变得很生气。

"你根本就不是阿沃·帕特!"

"你这话是什么意思?"

"阿沃·帕特是有名的作曲家,你为什么自称阿沃·帕特?难道你是疯了吗?"

阿沃·帕特在很久之前就彻底地隐藏了自己叫塞琅·卡尔普的事实。起初他非常生气,结果脸上挨了一拳,最后他大哭起来。他为什么不能叫阿沃·帕特?这就是他的名字啊!

此刻他正跛着脚朝"独眼"薇拉的活动房屋走去。他知道他在那里能找到慰藉。薇拉知道该如何让受到粗暴对待的人重新振作起来。

尤其重要的是,她知道他就是阿沃·帕特。

"薇拉!"

帕特已经敲过两次门,现在他开始喊了起来。如果你擅自推开薇拉的房门,她会很生气的。

不过在这个特别的早上她不会生气,因为她没法做任何事。当帕特最终鼓起勇气推开薇拉的房门时,立刻就意识到了这一点。他看到地上一摊已经干涸的血迹中躺着一个裸露的躯体,上面爬满了蚂蚁。

他根本认不出她的脸。

她的假牙也从嘴里滑落了出来。

* * *

奥莉维亚突然惊醒,这时她发现喉咙的疼痛已经缓解了不少。多亏了妈妈的药,她心里充满感激,或许玛莉亚还能在非传统医学领域有所作为。她不过只是用到了蜂蜜和一点点玄妙的秘方而已。这样一来,她就不用再过度纠结于那栋度假屋了。随后,奥莉维亚想起了伊娃·卡尔森,也就是玛莉亚所说的写过一本与异性社交陪侍交易有关的书的女作家。

瑞典黄页网站上可以找到卡尔森的信息。

联系上卡尔森以后,奥莉维亚建议她们最好是见面谈话,而不是在电话里沟通。她不喜欢通过电话跟别人交谈,她更喜欢面对面地聊天,而且她还想做一些笔记。于是两人最后约定在船岛见面。卡尔森在船岛出席一场大约在十一点结束的会议,到了十一点半,她们便坐在了海边公园的长凳上,从这里可以看到瑞典战舰瓦萨号曾经沉没的地方。

"你是偶然认识杰奎琳·贝里隆德的,对吗?"

"没错。"

卡尔森向奥莉维亚讲述了一些自己研究异性社交陪侍交易的工作成果。她先是成为了杰奎琳·贝里隆德的朋友,后来突然听贝里隆德说自己在年轻的时候曾经做过几年应召女郎,这引起了她的兴趣。卡尔森很快就发现目前这种交易仍然非常兴旺,而且主要是通过互联网来进行,不过也有一些更加隐秘的方式。杰奎琳·贝里隆德的业务便与此有关,她经营着一家提供异性社交陪侍服务的公司,公司的活动非常隐蔽,一切相关信息都从来不会在广告甚至网络上出现。

"她的公司叫什么名字?"

"红色天鹅绒。"

"她自己经营这家公司吗?"

"是的,据我所知她现在仍在经营这家公司。她是一名相当有事业心的女商人。"

"此话怎讲呢?"

"她从底层努力往上爬。先从应召女郎做起,与米尔顿一起工作过一阵,其间接触过大量女孩,然后便成立了自己的公司。"

"这是犯罪行为吗?"

"这属于灰色地带……异性社交陪侍活动本身不是犯罪行为,不过如果活动中包含了性服务,那么就等同于经营妓院。"

"公司是属于她的吗?"

"大概是吧,但是我从来没能找到相关的证据来证明这一点。"

"你试过吗?"

"是的,不过我感觉贝里隆德背后有社会地位很高的人在暗中保护着她。"

"比方说是谁呢?"

"这我就不清楚了。我带来了一些以前搜集到的资料,不知道这里面有没有你可能需要的……"

"我非常需要!"

卡尔森将一个文件夹递给奥莉维亚,"你为什么对杰奎琳·贝里隆德这么感兴趣?"

"我正在调查一起从前发生在诺德科斯特岛的谋杀案,这是我自己选择的暑期研究项目。我查看过案子的卷宗,中间提及了杰奎琳·贝里隆德。"

"案发时间是什么时候?"

"1987 年。"

卡尔森明显受到了触动。

"你知道那起案子吗?"奥莉维亚问道。

"是的,我的确知道,实在太恐怖了。我在那里有一栋避暑别墅。"

"什么,你的别墅在诺德科斯特岛?"

"是的。"

"那么案发时你在那里吗?"

"是的。"

"真的吗!天哪,这太让我惊讶了。快跟我说说吧!我也去过那里,我还见到了贝蒂·诺德曼,她……"

"她经营着度假小屋?"卡尔森问道,略微露出了一丝笑容。

"没错!案发时她也在那里,她向我讲述了住在度假小屋里各色人等的故事。快跟我说说你的见闻吧!"

卡尔森望着海面,许久之后才缓缓地说:"其实当时我是在那里清空我的别墅,因为我打算卖掉它。我只会在周末才去岛上休息。那天晚上,我听到直升飞机的声音从头顶掠过,发现那是一架救护飞机,我还以为有人不慎从船上或是别的什么地方落入海水里了。后来警察来了,并在第二天早上跟岛上的每个人都谈过话……是的,那件事实在是令人不愉快……可是,你却被委派用那起案子来做暑期研究项目?莫非警方准备重新展开调查?"

"不是的。目前看来警方的态度并没有改变,我甚至找不到当初负责调查这起案子的警察。不过我开始对杰奎琳·贝里隆德有些好奇。"

"当时她也在那里吗?案发时她在岛上?"

"是的。"

"她在那里做什么呢?"

奥莉维亚告诉卡尔森,谋杀案发生时杰奎琳就在岛上,后来警察也审问过她,不过没问出个所以然来。卡尔森略略点了点头。

"也许她的确跟这件事有些关联,而且……几年前我也跟她谈过话,如果你需要,我可以把当时的文件发给你。"

"太好了!谢谢!"

奥莉维亚掏出记事本,撕下一页纸,在上面写下了自己的电子邮件地址,然后将这页纸递给卡尔森。

"只是……你得小心一点,这是我的建议。"卡尔森说。

"这话是什么意思呢?"

"如果你打算去查探杰奎琳·贝里隆德,要记得她身边有些很难对付的人。"

"好的。"

卡尔森站起身来。

"你最近在忙些什么工作呢?"奥莉维亚问道。

"我正在写一系列跟青少年犯罪有关的文章,最近网上有些视频正好暴露了这方面的问题。那些年轻人在殴打流浪汉之后,还将他们所拍摄的殴打视频放在互联网上。"

"我看过那些……那些可恶的视频。"

"嗯,而且今天早上又有了一段新的。"

"也是同样可憎的内容吗?"

"不,这次的情节更加恶劣。"

* * *

在自己的小屋里,杰利一整夜都在一遍又一遍地回想着去活动房屋的事情,直到天快亮的时候他才终于睡着了一会儿。此刻他正坐在新社区里,试图借助一杯浓浓的黑咖啡来提神。他已经做出决定,自己不能就这样偷偷地溜走,这样是行不通的。他要去薇拉贩卖杂志的地方找到她,然后跟她道歉。

他能做的也就只有这个了。

他正要起身,手机突然响了,是短消息。他点开一看,文字拼写错误百出,不过内容倒是非常清楚。消息的签名很简短:帕特。

前往英根特森林的途中,杰利有大量的思考时间,他的心思意念已经飘到了薇拉所住的那座遥远而冰冷的活动房屋里。有好几段路他都是跑着经过的,现在他已进入树丛,踩着地上的小石块快速穿梭着,就在这时他看到了那个人——站在活动房屋旁边的鲁内·福尔斯。

那名曾在电视屏幕上出现过的警察。

杰利从前曾跟福尔斯打过交道,所以清楚地知道对方是怎样的人。现在福尔斯正站在围住活动房屋的警示带外侧抽着烟。杰利溜到一棵大树背后躲起来,想让自己平静一些。在刚刚过去的三十分钟里,他每走一步,心脏就会在胸腔里狂跳一下,汗水也不住地往外冒。片刻之后,他看到不远处的灌木丛中有一只手在挥动。

是帕特。

杰利朝帕特走去,后者正坐在一块石头上一把鼻涕一把泪地痛哭。帕特脱掉了套头针织衫,赤裸的躯干上全是文身,前胸和后背文满了带有红蓝图案的瓷碟。待杰利走近后,帕特用针织衫胡乱地抹了抹自己那张绝望的脸。是帕特发现了薇拉并打电话叫来警察的,警察到达现场之后他一直留在这里,看着"独眼"薇拉被抬进一辆救护车,继而在汽笛的啸叫声中被运走。

"她还活着吗?"

"我觉得……应该是的。"

杰利低头看着地面,随即颓然坐下。至少她还活着。帕特说自己已被警察询问过,警方估计此次袭击事件一定是在几个小时之前的夜里发生的。杰利立即意识到了事情发生的时间正好是他离开活动房屋之后不久。

那时他毫无理由地离开了。

就像一只老鼠一样偷偷溜走了。

他突然呕吐起来。

贾尼·克林加从活动房屋里走了出来,他是鲁内·福尔斯的团队成员之一,他们的团队奉命负责调查针对流浪汉的袭击,因此被内部成员称为"流浪汉遇袭案调查小组"。他问站在一旁抽烟的福尔斯,"是同样的人干的吗?"

"也许是，也许不是。"

"如果那个女人死了，那么这就演变成谋杀案调查了。"

"是的……接下来我们就不再是'流浪汉遇袭案调查小组'，得改名为'流浪汉凶杀案调查小组'了，可我刚刚才适应了前一个名字……这可真是气人。"

克林加迅速看了对方一眼。他不怎么喜欢福尔斯。

* * *

在结束了同卡尔森的会面之后，奥莉维亚在回家的路上给伦妮打了电话，提议她们应该碰碰面。她觉得自己忽略朋友太久了。

她坐在离自己住处不远的蓝莲花咖啡馆里，一边喝着红茶，一边想着跟卡尔森的对话。她觉得她俩可以说是一拍即合，以往她也有过类似的感觉，但是不多。这次会面跟上次同冷漠的玛莲娜·博格伦德会面完全是两码事。卡尔森心胸更开阔，而且是副热心肠。

卡尔森给她的文件现在正摊开摆放在她面前的小桌子上，其中有一部分内容是与杰奎琳·贝里隆德直接相关的。趁着伦妮还没有来，奥莉维亚抓紧时间阅读这些文件。

资料的内容非常丰富。

自从你在诺德科斯特岛"陪侍"过那些挪威人之后，如今你已在这个世界爬得相当高了，奥莉维亚心想，此时她正在研究杰奎琳的业务构成。目前红色天鹅绒公司的女性陪侍人员包含各种各样的人，真可谓是无所不容。正如伊娃·卡尔森在脚注里注明的那样，这项业务最有利可图的部分可能隐藏得很深。业务开展的方式千姿百态，客户群也是各不相同。

奥莉维亚猜测这些客户大多位高权重，她想象着如果自己能有机会看到客户名单的话，会看到哪些人的名字呢？其中有她认识的人吗？

她感觉自己就像英国作家伊妮德·布莱顿笔下的《知名五人帮》里的人物。

不过她并没有另外四个同伴。她是单打独斗的，是警察学院一名二十三岁的学生，将来有望成为一名警察。她知道自己并不是无中生有，也不是在过家家，她面对的是一起实实在在存在着并且尚未破获的谋杀案。她自己的父亲也曾一度为破获此案而付出了不少心力。就在她正打算剥开一支巧克力能量棒的时候，伦妮突然出现了。

"嗨，亲爱的，抱歉我来晚了！"

伦妮弯下腰来拥抱了奥莉维亚。她穿了一件很薄的黄色低胸连衣裙，浑身散发着浓烈的蓬巴杜夫人女性香水的气味，这是伦妮最喜爱的香水品牌。

她的金色长发刚刚洗过，嘴唇上涂着亮红色的口红。伦妮的衣着打扮总是有些夸张，不过她是奥莉维亚最要好也最忠实的朋友。

"最近你在做什么呢？赶论文吗？"

"不是的，我在做我的暑期研究项目，上次我跟你提到过。"

伦妮大声地叹了口气，"难道你不打算尽快完成这件事吗？感觉你好像已经为此工作了好久了。"

"其实也不是太久，不过这是一起相当大的案子，所以需要……"

"你喝的是什么？"

同往常一样，伦妮在发现两人的谈话内容变得有些无聊的时候便会迅速打断对方。"红茶。"奥莉维亚回答说，接下来伦妮转身走向服务台，点了一杯自己要喝的饮料。待她再度回到奥莉维亚身边时，后者已经将关于杰奎琳·贝里隆德的资料收起来了，准备好好听伦妮谈论自己最近的生活。

奥莉维亚如愿以偿了，伦妮详细地讲述了她最近生活的方方面面，任何一处细节都没有遗漏，其中当然也包括奥莉维亚原本并不想知道的事情。奥莉维亚被迫看到了雅各布穿着衣服和没穿衣服的照片，也听到了关于伦妮的"疯狂老板"的故事——目前伦妮是在一家音像店打工。伦妮在谈论自己和他人的生活与冒险行为时所用到的滑稽而犀利的评论，常常令奥莉维亚笑个不停。伦妮具备一种能让奥莉维亚得到放松，并且缓慢地回归到普通的二十三岁年轻人应有的生活轨道的能力。奥莉维亚差点儿就因自己那天晚上没去斯特兰德参加他们的聚会而感到后悔了。我一定是变得有些乏味了，她心里念叨着。首先，自己将全副身心都用在了警察学院的学业上，而现在又被这起海滩谋杀案占据了所有精力。

于是她和伦妮约定今天晚上一起看一部恐怖电影，同时一起喝啤酒、吃芝士泡芙。一切都将和往日一般。

一切都将回到杰奎琳·贝里隆德这个名字出现在奥莉维亚生命中之前的样子。

* * *

轮盘赌的小球移动得越来越慢，最终停在了数字"0"所对应的位置。这个结果能够完全摧毁任何无懈可击的作弊系统——如果真有这样的系统存在的话。

有些人声称存在着这样的系统，甚至对此深信不疑。

不过阿巴斯绝不是这样的人。阿巴斯·法西是一名赌场总管，他听过、见过大多数跟系统有关的争议。他在斯德哥尔摩的瑞典赌城见过，在世界各地的其他赌场也见过。他知道能在轮盘赌桌上创造财富的系统并不存在。财富的得来靠的是运气和欺骗。

而不是靠系统。

说到运气，运气能在任何地方的任何轮盘赌桌上创造财富。尤其是当你将赌桌上最大的赌注下在了数字"0"所对应的位置，而小球又正好停在那里的时刻。刚刚发生的情况就是这样的，这会让赌徒赢上很大一笔钱。赢钱的赌徒是一家公司的总裁，他做过微整形手术，眼袋被移除掉了，而此时他正被一个大问题困扰着。

柏迪尔·马格努森将那堆数量可观的圆形筹码收拢来，然后按照以往的惯例，将其中一部分轻掷给了阿巴斯，接着他将更多的筹码推到了自己身旁的一个男子面前。此人名叫拉尔斯·奥尔赫姆，通常被人称为"拿铁咖啡"，是柏迪尔的主要随从之一。他的皮肤被太阳晒得黝黑，身上穿着一套阿玛尼西装。"拿铁咖啡"欣然接过筹码，继而立即将它们轻掷出去，散开在桌上各处。看上去就像是在给一群放养的母鸡喂食一般，阿巴斯这样想道。

这时柏迪尔的手机在衣兜里振动起来。

他忘记关掉手机了。

柏迪尔一边掏出手机，一边站起身来，从站在赌徒身后观战的那群贪婪之辈的缝隙间挤了出去，走向远离轮盘赌桌的区域。

不过距离还不够远，因此阿巴斯还能看到他的行踪，专业的赌场总管通常都具备这个习惯。虽然阿巴斯什么都没看出来，但是一切表象都尽收他的眼底。他的注意力主要还是集中在赌桌上，可他有着一双连黄蜂都会妒忌的锐利眼睛。

于是他能看到赌场的常客马格努森一言不发地把手机贴近耳朵，马格努森脸上的神情表明他听到了很多内容，而且是他所不愿意听到的内容。

后来，当阿巴斯走进里奇酒吧的时候，他发现自己还在思考跟马格努森所接到的电话有关的事情。这并不是因为那通电话的持续时间特别长，而是因为马格努森接完电话之后就立刻离开了赌场。他将一大笔筹码留在了赌桌上，同时还留下了一位显然稀里糊涂的朋友，他的这位朋友直到花光了自己的所有筹码，才发现马格努森已经离开了。随后，"拿铁咖啡"意识到自己本应该跟在马格努森身后的，可是在他这样做之前，他试着用自己认为最佳的方式来安排马格努森的资金，结果在不到一刻钟的时间里便输光了马格努森留下来的全部筹码。

他用给放养的母鸡喂食的方式来选择筹码的去向。

随后他也离开了赌场。

阿巴斯对那通电话感到好奇不已。为什么马格努森接完电话之后就径直走了呢？那通电话谈的是生意吗？也许是吧，不过马格努森很久之前就已成为阿巴斯的常客，所以后者知道马格努森并不是草率对待金钱的人。当然，他也谈不上吝啬，但绝对不是那种肆意挥霍金钱的土豪。可是这一次他却将一大笔筹码遗留在了赌桌上，并且是毫不顾惜地径直离开了。

阿巴斯点了一杯矿泉水，站在酒吧里四处观察着。他今年三十五岁，有着摩洛哥血统，童年时期是在法国马赛度过的。早年他曾在街头以贩卖盗版名牌手袋谋生，起初是在马赛，后来又去了威尼斯。当他在里亚尔托桥上遇到了一起动刀子的戏剧性事件之后，他便将自己的生意带到了瑞典。后来，由于常常受到警方的围追堵截，阿巴斯改变了自己的信仰和职业，接受了成为赌场总管所需要的培训。

现在他在瑞典赌城找到了固定的工作。

他是个不会轻易作出承诺的人，任何一个跟他打过交道的人都能感觉到这一点。他的四肢细长，脸上的胡须刮得很干净。他偶尔会用睫毛膏在眼睑涂上一条细线，以此来突出自己的双眼。他总是穿着剪裁合宜的紧身服装，在选择颜色的时候也相当谨慎。从远处看去，他的服装就好像是涂在身体上的颜料一般。

"嗨！"

那个盯着阿巴斯看了好一阵子的白肤金发碧眼女孩看上去有些寂寞，而他看起来也有些寂寞，所以她认为他们可以在一起享受寂寞。

"你怎么样啊？"女孩问道。

阿巴斯看着这个年轻女孩，她大概十九岁吧？或者二十岁？

"我并不在此处。"他说。

"什么？"

"我不在此处。"

"你不在这里？"

"是的。"

"可是你明明就站在这里呀。"

女孩略带迟疑地微笑了一下，阿巴斯也笑了笑。他的牙齿在棕色皮肤的映衬下显得尤其地白，而他那平静的说话声竟能稳稳地穿透酒吧里喧哗的音乐。

"这只不过是你自己的想法而已。"他说。

听了这话女孩迅速做出了决定。难相处的男人可不是她的菜,而眼前这个家伙无疑正是这样的人。他一定在想着什么心事吧,她想道,于是略微点了点头,然后回到自己原本所待的孤单角落里去了。

阿巴斯看着她走开,心里想到了乔琳娜·欧诺沙特。她和眼前这个女孩年纪相仿,不过她患有唐氏综合征。

乔琳娜一定能明白他的意思。

* * *

在位于波尔赫姆斯大街的警察总局,一间密闭房间里的投影机熄灭了,紧接着鲁内·福尔斯打开了天花板上的照明灯。他和"流浪汉遇袭案调查小组"的其他成员刚刚看完了一段从互联网上下载的手机拍摄录像,内容是住在英根特森林里的薇拉·拉尔森被两名男子袭击的场面。

"没看到行凶者的正面。"

"没错。"

"不过录像的开头很有意思。"

"你是指发生性关系的那部分吗?"

"是的。"

现在房间里有四个人,其中也包括贾尼·克林加,他们都看到了由手机摄像头透过卵圆形窗户所拍摄到的活动房屋内的情形,屋内有一个裸体男人压在一个女人身上,他们推测那个女人就是薇拉·拉尔森。那个裸体男人的脸只是在镜头前飞快地一掠而过,图像也很模糊,因此很难辨认。

"我们得找到那个男人。"

其他人纷纷对鲁内·福尔斯的看法表示了赞同。尽管那个男人不大可能是袭击薇拉·拉尔森的凶手,但他还是引起了大家的极大关注。至少,他在场的时段一定跟袭击发生的时段差不多。

"把录像交给技术小组,让他们设法把他的脸部图像弄得更清楚一些。"

"你认为这个男人会是另一个无家可归的流浪汉吗?"克林加问道。

"我不知道。"

"薇拉·拉尔森同时也做妓女吗?"

"据我们所知,应该不是的。"福尔斯回答道,"不过你永远也没法把那种人彻底搞清楚。"

* * *

在以医院为背景题材的电视连续剧中,医院里的一切场景都是精心安排过的。黄绿色的灯光,全套的医疗器械,医护人员低声交流着医疗术语,戴着医用手套的手操作着大大小小的医学器具……

剧中的手术场景都大同小异。

不过以躺在手术室里的病人的视角来看,一切都是那么的不同。首先,病人没法看到外部世界的任何东西,因为她的眼睛是闭上的。其次,病人的身体也感受不到任何刺激,因为她全身都被麻醉了。

再者,病人能感觉到一些声音的存在,脑海里浮现着一幕幕如万花筒般纷繁杂陈的画面,这些声音和画面的来源是无从知晓的。

薇拉就是这位病人。

医护人员们忙着处理她那受伤的身体,与此同时,薇拉本人则处于另一个地方。

独自一人。

那里有一大串钥匙和一具吊起来的尸体。

另外还有一个面色苍白的孩子用一支悲伤的笔在手心里一遍又一遍地写着……"这是命中注定的吗?"……"这是命中注定的吗?"……

从医院外面远远地望过来,索德医院就像一座巨大而白得像骷髅的石砌碉堡,墙上有一排排亮着灯的窗户。在离医院停车场不远的地方,一个留着一头长发的孤单男人站在黑暗中。他看着医院的一排排窗户,想要找到其中一扇窗户来仔细察看。

他所选的那扇窗户里的灯熄灭了。

八

这天早上,一股阴郁的气氛笼罩着格拉斯布拉萨尔公园,如同风把一层哀恸的纱巾覆在了人们身上。"独眼"薇拉已经死了,他们心爱的薇拉死了,内脏破裂导致她生命的烛火在午夜过后彻底熄灭了。为了抢救薇拉,医生们已经尽了最大努力,然而最终她的心跳在心电监护仪上变成了一条毫无起伏的直线。薇拉死了,护士们将她送到了尸体解剖室。

他们一个接一个地走进了公园,彼此点头示意,然后略微发着抖坐在公园里的长凳上。今天公园很安静,安静得有些出奇。《斯德哥尔摩形势》的一名编辑也来了,多年来薇拉一直是他们杂志的主力销售员之一。他说了一些诸如生命很脆弱、薇拉是活力的源泉之类感人的话,众人都颔首表示同意。

随后每个人都沉浸在了自己的回忆里。

他们心爱的薇拉死了。长久以来她一直都在同头脑里臆想出来的种种事情和肮脏不堪的童年回忆对抗,可是她从来都不曾成功地掌控自我。

现在她死了。

从今往后,她再也不会站在夕阳下突然爆发出爽朗的大笑了,再也不能参与同那些被她称为"误入歧途者"的伙伴们的激烈讨论了。

她也没法再慷慨激昂地为自己的观点辩护了。

杰利悄悄地走进公园,没有人注意到他。他坐在公园边缘的一条长凳上,这明确地表明了他的双重需求:我来到了这里,不过保持着一定的距离。他不知道自己为什么来到这里,或者说他也许知道。只有这里才能见到认识薇拉·拉尔森——那个来自乌普兰北部、已经惨遭杀害的女子——的人,除了这些坐在各条长凳上的人,就再没有别人会在乎她、哀悼她了。

这群现实社会的受害人,这群衣衫褴褛的叫花子。

还有他。

他爱过她,他曾看着她入睡,还抚摸过她脸上的白色伤疤。

然后他离开了。

就像一只胆小的老鼠。

杰利再次站了起来。

最后,他终于下定了决心。

起初他漫无目地四处徘徊,想要找到一个楼梯井来作为自己的掩蔽处,或者找个开阔的顶楼也行,总之他想找到一处能让自己静静地待着、不受打扰的地方。不过最后他还是回到了自己位于加拉湖畔的破旧小屋里。他在这里是安全的,而且不会受到任何打扰。

他能在这里把自己灌醉。

杰利从来没有喝醉过,而且他已经有好几年没喝过酒了。现在他手头有一些卖杂志赚得的钱,他用这些钱买了半瓶伏特加和四罐高浓度啤酒。

这些酒应该足够他灌醉自己吧。

他坐下时,发现一些粗壮的树根将地上的厚木板顶了起来,还嗅到了湿泥土的霉味。于是他找来几张褐色硬纸板铺在地上,然后又铺了一层报纸。在这个季节,这样做已经足够,不过到了冬天,每次他即将睡着的时候都会感觉到自己快要被冻成冰块了。

他看了看自己的双手,瘦骨嶙峋的,手指又细又长。当他用手去拿第一罐啤酒时,心里在想,与其说这是手,倒不如说是爪子还更贴切。

随后他又打开了第二罐啤酒。

啤酒只是饮料,他又喝下了几大口伏特加。待醉意渐渐上来时,他已经低声问了五次同样的问题了。

"我究竟为什么要离开?"

可是他并没有找到答案,接下来他用更大的声音将问题重新阐述出来。

"我究竟为什么没有留下来呢?"

他又接连五次问了自己非常类似的问题,得到的答案也是一样的——我不知道。

当三罐啤酒和五口伏特加下肚之后,他开始哭了起来。

大颗大颗的泪珠顺着他脸上粗糙的皮肤往下滴流。

杰利哭了。

人之所以会哭,往往是因为失去了某种东西,或者是因为得不到某种东西。人可以出于各种理由而哭,也许是微不足道的痛苦,或者是无比深重的痛苦,还可能没有任何理由:你就只是哭而已,因为某种感觉从内心掠过,打开了通往过去的情感闸门。

杰利之所以哭,有一个直接原因,那就是"独眼"薇拉。不过他清楚知道,除此之外自己的眼泪还有更深层次的来源。这些来源跟他的前妻以及一些销声匿迹的朋友有关,尤其跟那躺在临终所卧之床上的老妇人有关。老妇人是他的妈妈,她是六年前去世的。在她临终前,他坐在她的床边陪伴着她。她的身体被吗啡麻醉了,平静地躺卧在薄薄的被单下面,他握着她的一只手,那手就像一只皱缩的鸟爪子。突然他感觉到那只手收缩了一下,还看到母亲的眼皮略微张开了一点点,里面的瞳孔露了出来,随即她那薄而干裂的双唇里吐露出了几句话。他倾斜着身子靠近她的脸,那是多年来他第一次靠她这么近。他听到了她所说的话,字字句句都听得清清楚楚。

后来她便死去了。

现在他一个人躺在这里哭泣着。

当醉意最终让他进入了一团可怕的回忆中时,他发出了一声尖叫。随后,当那烟雾、火光、血淋淋的鱼叉交织在一起的画面再次浮现在他脑海里时,他大声地喊叫起来。

* * *

他能毫不费力地在法语和葡萄牙语之间随意切换。放在左边的手机是用来接听和拨打法语电话的,右边的手机则是葡萄牙语专属。他正坐在位于斯韦亚大道一栋大厦顶楼的总裁办公室里,从这儿能望见埋葬着帕尔梅的那块墓地。

那是他的圈子里一个从前被他仇视的对象。

并非那块墓地,而是那个被射杀之后埋葬在墓地里的人。

奥洛夫·帕尔梅。

当柏迪尔·马格努森听到谋杀的消息时,他正和"拿铁咖啡"以及另外几名愉快的家伙一起坐在亚历山德拉夜总会里。

"香槟!"

"拿铁咖啡"喊了一声,于是香槟酒被侍者端了上来。

整个晚上都有香槟供应。

二十五年过去了,而那起谋杀案到现在仍然没有破获,所以柏迪尔几乎没有遭遇任何困扰。他的公司代表在刚果进行谈判,瓦利卡莱地区的一名土地所有者提出了一项不合理的经济赔偿要求。葡萄牙籍的经理不知道该如何处理,法国籍的代理商则希望公司同意那项要求,可是柏迪尔不想同意。

"我先给金沙萨①的军事指挥官打个电话。"

他打了电话,同另一位名声不好的有权势者预约了下次举行电话会议的时间。对于柏迪尔·马格努森来说,要对付不情愿服从的土地所有者实在是小菜一碟,问题最终总会完满解决的。

只需借助软硬兼施的方法。

可惜,面对现在正困扰着他的问题——对话录音,这些方法都行不通。

他发现文特打来的电话是无从追溯的,这样他就没法得知文特人在国外还是国内。不过,他推测文特此举的目的是想同他建立某种联系,或早或晚,否则他打电话来就显得毫无意义了,不是吗?

柏迪尔得把这件事查清楚。

于是他拨通了赛多维克的电话,后者是个非常值得信赖的人。他让赛多维克对斯德哥尔摩的所有酒店、汽车旅馆和客栈进行核查,看看能不能查出尼尔斯·文特的行踪,或者搞清楚他是否待在瑞典。柏迪尔知道,成功的概率其实微乎其微,就算文特在国内,他也未必会住在酒店之类的场所,而且他很可能不会用自己的真名登记入住。

可是除此之外,柏迪尔还能做些什么呢?

* * *

真是个漂亮的女人,奥莉维亚暗自叹道。她的身材保持得很好,年轻的时候一定是个成功的陪侍工作者,靠着自己的脸蛋和身材来谋生……奥莉维亚用快进的方式放完了录像,这段录像是伊娃·卡尔森与杰奎琳·贝里隆德的一次访谈式对话,链接地址是伊娃发送给奥莉维亚的。对话的地点是奥斯特玛姆区希比拉大街的维尔德精品店,在这里艳丽奢华的内部装潢和价格昂贵得令人咂舌的名牌服装融合在了一起。这家精品店只是个幌子,这是伊娃说的,事实上这里就是杰奎琳用来开展其他业务的场所。

红色天鹅绒。

这段视频的拍摄时间是好几年之前,从中可以看出那家精品店显然是由杰奎琳本人经营的。奥莉维亚在网上搜索了一下,很快就查到了那家店的详细资料,店主信息一栏中的确显示的是杰奎琳·贝里隆德。

那家店值得一去,奥莉维亚告诉自己。

在视频中,伊娃让杰奎琳谈了谈自己从前从事异性陪侍服务的经历。杰

---

① 刚果首都。

奎琳一点儿都不为此感到羞耻，相反的，她声称那曾是自己谋生的方式，并且矢口否认自己曾提供过任何性服务。

"我们跟日本的艺伎比较相似，都是富有经验的女性陪侍工作者，卖艺不卖身。我们受邀出席一些活动和宴会，目的是营造更好的现场氛围。另外，我们还负责与别人建立并保持联系。"

杰奎琳好几次提到了自己如何与别人建立联系，不过当伊娃试图确认她所指的具体是哪些联系人时，杰奎琳的回答却很含糊，甚至可以说是在故意规避这个问题。她认为这属于个人隐私的范畴。

"那么他们都是你在业务方面的联系人吗？"伊娃问道。

"不然还能是什么呢？"

"朋友。"

"嗯，两者兼而有之吧。"

"你现在还跟他们有联系吗？"

"跟其中某些人还有联系。"

随着对话继续进行，明显能够看出伊娃的目的是什么，起码奥莉维亚有这个本事。伊娃想确认杰奎琳所说的联系人是不是就是指的顾客，当然并非精品店的顾客，而是她以精品店为幌子所经营的业务的顾客。

也就是红色天鹅绒，这家杰奎琳向人提供异性社交陪侍服务的公司的顾客。

不过杰奎琳非常机敏，一直没有落入伊娃所设的圈套。当伊娃第四次就有关顾客的问题对她施压时，她差点儿笑了出来。但是当伊娃紧接着提出下一个问题时，杰奎琳脸上的笑意顿时消失了。

"你有顾客信息的登记表吗？"

"你是说精品店的顾客？"

"不是。"

"那我就不清楚你是什么意思了。"

"我是说你的另一项业务，借着'红色天鹅绒'来经营的提供应召女郎的业务。你有顾客信息登记表吗？"

奥莉维亚简直不敢相信伊娃竟然敢问这样的问题，她对伊娃的崇敬指数瞬间提高了好几个级别。而杰奎琳显然也对此感到难以置信，她注视伊娃的表情与先前截然不同了。杰奎琳拒人于千里之外的目光让奥莉维亚想起了伊娃之前对自己的提醒和警示，拥有这种目光的女人绝不是你可以轻易去窥探的对象。

对于一个年仅二十三岁,尚未掌握任何明确而具体的证据的年轻人来说,更是如此。

我什么都不是。

却把自己想象成了夏洛克·福尔摩斯。

一直看着笔记本电脑屏幕的奥莉维亚禁不住兀自微笑起来。

她突然想到德国警方制造了一种木马病毒,它能进入你的笔记本电脑,并记录下摄像头前所发生的一切。

她将笔记本电脑的上盖略微下压了一些。

* * *

当小木屋里的杰利醒来时,已经快到午夜十二点了。他的上下眼皮就像被胶水粘在了一起似的,好不容易才费力地睁开了眼睛。嘴巴里还有宿醉残留的酒精和少许呕吐物,可他已经完全记不起来自己是不是呕吐过了。他慢慢地让自己坐了起来,背靠着墙壁。他看到月光透过门板的缝隙照进了屋子里,而自己的头脑好似被压成泥的土豆一般混乱不堪。他就这样坐了许久才渐渐恢复了清醒的意识。他的心头冒起一股狂热的无名怒火,点燃了他的整个胸腔,还一直蔓延到了他的头脑里。他突然站起身来,在怒气的驱使下用很大的力气踢开了门,门板应声碎裂,像饼干一样四散开来。薇拉的惨死和他自己的背叛行为令他的情绪激动不已,他将一只拳头重重地击打在门框上,然后走出门去。

他离开了这里。

他是在刚过十二点的时候开始攀登那些阶梯的。那几段石阶通往卡塔琳娜汽车修理厂的左侧。从卡塔琳娜大道到克里夫大街,总共有四段石阶,加起来有一百一十九级,每两段阶梯之间的平台上都有一盏亮着的街灯。

此刻正下着雨,是夏季所特有的不冷不热的暴雨,不过这并没有妨碍到他。

他这次已经拿定了主意。

很久很久以前,他有着运动型的健壮体格,不仅肌肉发达,而且身高达到了一米九二。然而如今他的体型跟"健壮"二字完全沾不上边。他知道自己目前的身体状况非常差劲,肌肉也早就消失殆尽,毕竟他已经有很多年没锻炼身体了,甚至连最基本的健康也丧失得差不多了。

现在他将要改变这种状况。

他沿着石阶一级一级地往上走,花了六分钟的时间到达克里夫大街,然后又花了四分钟的时间走下来。当他开始第二次攀上阶梯的时候，一切便到头了。

他坐在第一段阶梯顶部的平台上，心脏狂跳不已。他几乎能听到自己的心脏在胸腔里挣扎跳动的声音，它一定不明白自己的主人想要干什么，也不明白他认为自己是谁，以及自己能成就什么。

他能成就的事儿不多。然而，现在他什么也做不了。他仍然坐在地上，流着汗，喘着气，费力地按着手机上的一系列按键。最后他终于成功了。

他找到了网上的那段视频。

谋杀薇拉的视频。

视频的开头可以看到一个男人的背部，他的身下隐约有个女人，两人正在云雨。不错，那就是他和薇拉。他回到起点，重新播放了一遍。他的脸能被看清吗？应该不能，不过也不能排除被看清的可能性，尽管这种可能性微乎其微。他知道福尔斯和福尔斯的心腹们会密切留意视频中的每一幕场景，因此活动房屋里的男人必然会引发他们的极大关注。要是他们将他认出来的话会怎么样呢？被福尔斯发现自己曾身处一起谋杀案的案发现场，这意味着什么？

这种想法令杰利有些不悦。他不喜欢福尔斯，在他眼里福尔斯就是个垃圾。然而，如果福尔斯认为杰利跟薇拉的被害存在某种关联，那么杰利的麻烦可就大了。

而这样的事情可能很快就会发生。

杰利继续播放视频。当薇拉惨遭殴打的画面出现之后，他不愿再看下去了，于是将视频关闭，继而低头俯瞰着卡塔琳娜大道。真是懦弱的混蛋，他心里骂道，他们一直等到我离开之后才敢动手。当我还在活动房屋里的时候，他们根本都不敢靠近。他们一心想在趁薇拉独自一人的场合对她发动袭击。

可怜的薇拉。

他轻轻摇了摇头，然后揉了揉眼睛。他对薇拉究竟怀有怎样的感情呢？在他俩发生关系之前？

只是伤感而已。

初次见面的时候，他便看出她的目光像寄生虫一样附着在自己身上，就好像他是她生命的绳梯。可惜他并不是，过去这几年他每况愈下，日子过得一天不如一天。虽然他的状况比薇拉略好一点，不过他还不足以成为薇拉向上攀爬的绳梯。

现在她已经死了，而他只能精疲力竭地坐在斯鲁森附近的石阶上想着她，想着自己当时是如何将她独自留在活动房屋里，然后兀自走开的。从现在开始，他将在这里不停地上下阶梯，每天晚上都来，直到他的身体状况已经锻炼得足以完成他认为自己不得不去做的事为止。

他要去对付那些杀害薇拉的人。

* * *

正如柏迪尔·马格努森事先所预料的，赛多维克的工作报告如下：斯德哥尔摩的所有酒店里都没有名叫尼尔斯·文特的客人。不过他能去哪里呢？他在斯德哥尔摩吗？他从前认识的联系人几乎都跟他不再来往了。关于这点，柏迪尔已经谨慎地打听过，现在文特不存在于任何熟人的通讯录里面。

现在该怎么办？

柏迪尔站起身来，走到窗户旁，俯瞰着斯韦亚大道上的车流，不过他听不到汽车开过的声音。几年前，他们在大厦临街面的每扇窗户上都安装了特殊的中空隔音玻璃。这真是一笔明智的投资，柏迪尔心想，紧接着他又有了另一个想法。

更确切地说，是一个主意。

他突然意识到了一件事。

关于他们有可能会在哪里找到尼尔斯·文特，以及那段令人讨厌的录音。

留着一头金色鬈发的男孩看上去从容不迫。

滑板从中间裂开了一条缝，这是他昨天在滑板上练习跳跃时发现的，于是他尽最大努力将缝隙修补好了。滑板的轮子已经很旧了，不过这没关系，现在他正沿着一道斜坡轻松地往下滑。在这道沥青路面斜坡的下方是一条长长的直路，通往一片色彩俗丽的高层建筑群。那片建筑群的名字是弗莱明斯伯格住宅区，里面到处是运动场，边缘有一片小树林。几乎每户人家的阳台上都伸出一个圆盘式卫星电视接收天线，小区里的很多人都喜欢看来自其他国家的电视频道。

男孩朝其中一栋外墙呈蓝色的高楼望去，视线停留在七楼的位置。

她坐在厨房里的一张胶木餐桌旁，对着开了一道缝隙的窗户抽烟。她并不想在自己的公寓里抽烟，而且她本来是打算彻底把烟给戒掉的。她在好几年前就想戒烟了，不过这是她唯一的坏习惯。她认为每个人的坏习惯的数量是恒定不变的，那么要是她戒掉了烟，指不定还会养成什么别的坏习惯呢。

也许是更糟糕的恶习。

她叫奥维特·安德森，是阿茨凯的母亲。阿茨凯就是那个留着金色鬈发的小男孩，今年刚满十岁。

奥维特今年四十二岁。

她对准窗户的缝隙吐了一些烟雾,随后下意识地扭头看了看挂在墙上的挂钟。挂钟已经停止走动了,事实上很久以前就停止了。需要买新电池、新连裤袜、新床单以及其他各种各样的新东西,她心里想着。这份清单实在是太长了,不过位于清单最上方的条目是为阿茨凯买一双新足球鞋。她曾向他承诺,一旦自己有了足够多的钱,就立即给他买一双新球鞋。当然,前提是得先交完房租和"其他一切必需的费用"。"其他一切必需的费用"包含执达官所收取的高额债务以及整容手术的分期还款——她在几年前曾找银行贷款做过隆胸手术。所以,现在她得小心地花掉每一分钱。

"嗨!"

阿茨凯将有裂缝的滑板放到地上,然后径直走到冰箱前去取冰水喝。他很喜欢喝冰水,于是奥维特总是用一个罐子装满好几升冰水,存在冰箱里,这样就能保证阿茨凯一回家就可以喝上冰水。

母子俩住在一栋高层建筑的一套公寓里。这套公寓有两间卧室、一间厨房和一间浴室。阿茨凯在市中心的安纳斯坦小学读书,现在正值学校放暑假,每天都很自由。奥维特将儿子拉到自己身边,"今晚我得出去工作。"

"我知道了。"

"我可能会很晚才回来。"

"我知道了。"

"你今天会去参加足球训练吗?"

"是的。"

阿茨凯在撒谎,不过奥维特并不知道这一点。

"那么别忘了带你的钥匙。"

"我不会忘的。"

通常情况下,阿茨凯都会记得随身携带自己的钥匙。在一天中的大多数时候他都得自己照顾自己,因为妈妈需要去城里工作。他很喜欢踢足球,一般都是踢到天黑才回家,然后把妈妈为他准备好的食物加热后吃掉。妈妈做的饭菜总是非常可口。吃完饭,他常常会玩一会儿电子游戏。

除非,他还有别的事情要做。

* * *

奥莉维亚看起来行色匆匆,事实上她很讨厌去大型综合超市购物,尤其是她从来没有去过的那种。有时候就为了找到一小罐蛤蜊,她在摆满商品的货架之间的狭窄通道上来回穿梭了很久,结果还是没能找到自己想要的东西。

最后，她只得找身穿工作制服的超市职员询问。

"你刚才说你要找什么来着，你说的是……"

"蛤蜊。"

"这是一种蔬菜吗？"

今天奥莉维亚没有时间来选择商店，她从南瑞斯塔车检中心取到了自己的车，然后驱车赶到了纳卡市最大的伊卡马克西超市。此刻她正从超市停车场匆匆跑向四周用玻璃围住的超市入口，半路上她突然意识到自己很可能没带五克朗的硬币用以支付塑料购物篮的押金。她兜里揣着一张面额五十克朗的纸币，而她现在没时间将它换成零钱了。在超市入口前几米远的区域，站着一个瘦高男子，手里拿着一本杂志。他就是那种靠贩卖《斯德哥尔摩形势》的微薄收入过活的流浪汉。此人脸上有疤痕，一头长发乱蓬蓬、油乎乎的，而且从他的衣着来判断，在过去的几个星期里，他一定都睡在非常接近地面的地方。随着两人间的距离越来越近，奥莉维亚看到这名流浪汉的脖子上套着一块身份牌，上面写着"杰利"。接下来，她从这个男子身边匆匆经过。以往有时候她会停下来买一本杂志，不过像今天这种匆忙的时刻可不行。她继续往前走，穿过旋转门，进到了超市的大厅，就在这时她突然停下了脚步。她缓缓地转过身去，盯着站在门外的男子看了好一会儿。她自己也不清楚到底是为了什么，总之她有些不自觉地再次走出门外，来到了离流浪汉几米远的地方站定不动，然后盯着他看。他发现她在看他，于是转过身来朝着她所在的方向迈出了一两步。

"你要买《斯德哥尔摩形势》吗？"

奥莉维亚将手伸进衣袋，掏出那张五十克朗钞票，然后把它递了过去。与此同时，她仔细打量着对方的脸。他接过钞票，接着将找回的零钱和一本杂志递给奥莉维亚。

"谢谢。"

奥莉维亚接过对方递来的杂志和零钱，心里正在酝酿自己想问的问题。

"你是汤姆·斯蒂尔顿吗？"她还是脱口而出了。

"我是，怎么了？"

"可你的身份牌上写着'杰利'。"

"我的全名是汤姆·耶斯佩尔·斯蒂尔顿。"

"噢，这样啊……"

"你为什么问这个？"

奥莉维亚快速从那名男子的身旁经过，然后再次走进了超市的旋转门内。

她站在几分钟前已经来过一次的大厅里,让自己略显急促的呼吸稍稍平息下来。她转过身去,看到门外的男子正将剩余的杂志塞进一个破旧的双肩背包,看起来马上就会离开这里。奥莉维亚慢慢地回过神来,她再次走出旋转门,跟在那个男子身后。他走得很快,她慢跑了几步才赶上了他,可他并没有停下,于是她冲上前去挡在他的面前。

"怎么了?你还想买些杂志吗?"他问道。

"不是的。我叫奥莉维亚·朗宁,我是警察学院的学生。我想和你谈谈关于海滩谋杀案的事情,就是发生在诺德科斯特岛上的那起案件。"

眼前这名沧桑邋遢的流浪汉只是默默地转过身去,径直走向街道的中央,一辆正好经过这里的汽车猛地一个急刹才没有撞上他。头发油亮的司机将手伸出窗外,比画了一个下流的手势,可他依然像什么事都没有发生似的继续往前走。奥莉维亚待在原地,站了许久,刚才她感觉他那张饱经风霜的脸上完全看不出任何反应。她就这样看着他越走越远,最后在拐角处消失不见了。由于她在街边站得笔直,又一动不动,以至于一位过路的年长绅士觉得自己不得不关心一下她的情况,于是他略带迟疑地开口了。

"你还好吗?"

奥莉维亚的感觉怎么可能好呢,简直就是糟透了。

奥莉维亚回到车里,努力让自己振作起来。这辆车停在一家大型综合超市旁边的停车场里,而她刚才就在这家超市的门口遇见了曾负责调查诺德科斯特岛谋杀案长达十六年之久的人。

他就是从前的侦缉总督察汤姆·斯蒂尔顿。

可他的身份牌上怎么会写着杰利?

他究竟是如何从斯蒂尔顿变成杰利的呢?

据她导师所说,斯蒂尔顿是全瑞典最优秀的谋杀案侦查员,在瑞典警界的历史上,他是晋升速度最快的一位。然而,今天他却在贩卖《斯德哥尔摩形势》,而且还露宿街头。他的身体状况非常糟糕,以至于奥莉维亚得付出极大的努力才能说服自己——那人真的是汤姆·斯蒂尔顿。

他的确是汤姆·斯蒂尔顿。

当她在国家图书馆查阅跟海滩谋杀案有关的资料时,看到过不少斯蒂尔顿的照片,其中有一张老照片是他在贡纳尔的家里拍摄的。她被那张照片中斯蒂尔顿热情洋溢的表情所打动,她还注意到斯蒂尔顿的长相颇有特色而且极富魅力。

不过他现在已不再是从前的模样了。

他的体质下降了不少,从而使他的外表不再具有个性,甚至那双眼睛看上去就像死去了一般。他瘦弱的身体勉强支撑着一个留着长发的脑袋,整个人看上去极不协调。

但他的确就是斯蒂尔顿。

起初,当她从他身旁经过时,某种一掠而过的感觉告诉她:这是自己在哪里见过的人。她走进超市以后,心里开始琢磨:他是汤姆·斯蒂尔顿吗?不可能吧。他是……接下来她再次走出门去,打量着他的脸。

鼻子。眉毛。嘴角下面有一道显而易见的疤痕。

没错,就是他。

可是现在他已经消失不见了。

奥莉维亚在座位上扭动了一下身子,她身旁的座位上放着一个笔记本,里面写着跟海滩谋杀案有关的很多问题,而这些问题都是她想请当年负责调查此案的人来回答的。

那人是汤姆·斯蒂尔顿。

一名无家可归的流浪汉。

此时此刻,这名流浪汉正坐在加拉湖边,他背上的双肩背包还没有取下来。以往他有时也会坐在这个离小木屋不远的浓密灌木丛中,这里相对比较安静,还能看到湖水从一座老旧的木桥下潺潺流过。

他从身边的灌木上扯下一根树枝,将上面的树叶撸掉,然后将树枝尽可能深地伸到湖水里。他在浑浊的湖水中搅动着那根树枝,湖水似乎也因此而更加浑浊了。

他感到很不安。

并不是因为自己被人认出来了,尽管这也是他不得不去面对的事情。他的确是汤姆·斯蒂尔顿,而且他并不打算改名换姓。让他不安的原因是那名挡在自己面前的讨厌女孩所说的话。

奥莉维亚·朗宁。

他记得这个名字,而且记得非常清楚。

"我想和你谈谈关于海滩谋杀案的事情,就是发生在诺德科斯特岛上的那起案件。"

斯蒂尔顿觉得自己跟从前的生活之间隔着非常遥远、难以逾越的距离,然而有一个词组却能使得这段距离迅速缩减到微乎其微的程度。

那就是"海滩谋杀案"这几个字。

它听起来倒是轻描淡写的,他心想,一片海滩和一起谋杀案。不过,他本人从不称其为海滩谋杀案。他认为那是他所调查过的谋杀案中最令人厌恶的案件。在他看来,该起案件总是跟报纸头条联系在一起的。作为警察,他总是明确而又具体地将其称为"诺德科斯特岛谋杀案"。

这案件迄今尚未破获。

至于奥莉维亚·朗宁为什么会对"诺德科斯特岛谋杀案"感兴趣,这不在他考虑的范畴之内。她是从另一个世界来的,但是她好像往他的精神躯体里放入了一只虱子,令他备受搅扰。她将他目前的生活撕开了一个口子,而他过去的生活就从这个口子里涌了出来,这令他非常不安。他并不想这样被搅扰,不想被自己的过去搅扰,也绝不想被那已经搅扰了他差不多有十八年之久的事情再次搅扰。

杰利将树枝从湖水中拉了上来。

* * *

示威游行者聚集在马格努森世界矿业公司总部对面的人行道上,他们手里拿着印有各种标语的横幅:马上离开刚果!掠夺者!停止雇用童工!……一小群警察站在游行队伍附近,以防事态进一步恶化。夏日的细雨纷纷落在斯韦亚大道上,也落在示威游行者和警察身上。

在奥洛夫·帕尔梅广场边的一面墙上斜倚着一名老年男子,他观察着眼前的示威游行者,留意着他们手中的横幅,同时还翻阅着他们发放的小册子:

马格努森世界矿业公司对钶钽铁矿的开采严重破坏了生态环境。他们贪得无厌的行径导致大猩猩面临灭绝的危险,因为它们的食物来源不复存在了!而且,很多大猩猩还被杀害并被作为丛林肉贩卖!马格努森世界矿业公司肆无忌惮地破坏自然环境的行为应当立即被遏制!

小册子里还配有一些可怕的插图,死去的大猩猩像受难的耶稣基督一样,被人钉在一条条木柱上,鲜血淋漓。

墙边的男人将拿着小册子的手垂了下来,他缓缓抬起眼睛,望着街对面一栋大厦的顶楼,那里正是马格努森世界矿业公司的总部所在地,公司的所有者兼总裁柏迪尔·马格努森的办公室也在那层楼。这个男人的目光久久地停留在一个位置,他知道柏迪尔此时就在那间办公室里,先前他看到柏迪尔坐着一辆很打眼的灰色捷豹轿车从大厦入口偷偷驶了进去。

你老了不少啊,柏迪尔,尼尔斯·文特心里这样想着。他用手摸了摸衣兜里的盒式录音带。

* * *

对于大多数城里人来说,这一天的工作就快结束了,但是奥维特·安德森却跟大多数人都不一样,她这天的工作才刚刚开始。她的工作场所是从瑞典国家银行到艺术学院之间的一段人行道,这里不论白天还是黑夜都非常热闹。在街道上缓慢穿梭的汽车已经开始寻找《卖淫法》术语中所谓的"性相关服务贩卖者"了,与之对应的受众群体则是"性相关服务购买者",听起来就像是在说买卖成人用品的正式商业活动一样。

不一会儿,一辆车慢慢驶到奥维特身边停住了,车窗也被摇下。在一些既定的必要程序讨论完之后,奥维特上到车里,并将最后一丝关于阿茨凯的想法抛诸脑后。此时他正在进行足球训练,他玩得非常开心,他很快就能拥有一双新的足球鞋……她将车门"砰"的一声关上了。

* * *

当奥莉维亚回到自己的公寓时,已经快到晚上七点了。埃尔维斯跑上前来四仰八叉地躺在门厅的垫子上,那姿态看起来像极了《花花公子》杂志插页上的性感模特。此时小猫咪亟须主人的温柔关注,于是奥莉维亚将它抱了起来,将自己的脸紧贴着心爱猫咪的柔软皮毛。它跨坐在主人一侧肩膀上——这里是它最喜欢待的位置——开始舔舐她的头发,它的身上还散发着早上所吃食物的淡淡气味。

她任由猫咪伏在肩上,从冰箱里取出了一罐冰冻果汁,然后坐在餐桌旁小憩。从纳卡市回家的途中,她在脑子里重新整理了一下与斯蒂尔顿打交道的情形。她终于还是找到了他,而他现在却沦为一名无家可归的流浪汉。好吧!她认为他之所以变成这样一定有复杂的原因,不过这不是她应该关心的事。就海滩谋杀案而言,他仍然是重要的信息来源。很明显,现在这起案子跟他完全没有利害关系,他对之也不再感兴趣,不过……当然,她也能选择放弃这起案子,毕竟这并不是一项必须完成的作业,可是这跟她不轻易言弃的性格并不相符。

在她看来,与斯蒂尔顿的会面为这起案子打开了一个崭新的局面。斯蒂尔顿从一位拥有极高荣誉的侦缉总督察沦落为现在这样一名身体衰弱的流浪汉,他的转变跟那起海滩谋杀案有关吗?六年前他究竟是因为遇到了什么事情,才导致自己离开了警队呢?尽管大家都说他是出于个人原因离职的。

"不仅如此。"

当她再次拨通了艾克·古斯塔弗森的电话,并对他略施压力之后,他终于承认道。

"那还有什么原因呢?"

"他曾因一项调查而跟别人产生了冲突。"

"是海滩谋杀案的调查吗?"

"这我就不知道了,那时我刚进大学,我也只是听到这类传言而已。"

"那么这也是他离开警队的原因之一咯?"

"有可能。"

"有可能"……这句话足以令奥莉维亚的想象力充分驰骋起来。"有可能"……他之所以离职,是因为他在与海滩谋杀案有关的某件事情上跟别人产生了冲突吗?或者是因为另一起同海滩谋杀案有一定关联的案子而起的冲突?在斯蒂尔顿快要离开警队的时候,他在做些什么工作呢?她能查出答案来吗?

她下定了决心。她不会放弃沦为流浪汉的斯蒂尔顿,她要用尽一切办法把他找出来。或者具体地说,她要去《斯德哥尔摩形势》编辑部,尽力搜寻关于斯蒂尔顿的任何信息。

然后再次跟他联系。

这次要事先做好更充分的准备。

* * *

他俩再次相遇的地点是那些石阶。时间已经很晚了,刚过凌晨一点。当明克沿着石阶走上来时,斯蒂尔顿正好是第四次沿着石阶往下走。

在第二段阶梯顶部的平台,他们遇见了彼此。

"嗨,你好。"

"牙齿还疼吗?"

"坐下说吧。"

斯蒂尔顿指着阶梯,示意明克坐下。明克略微有些吃惊,一方面是因为斯蒂尔顿的语气很坚决,跟以往完全不同,另一方面是因为斯蒂尔顿并没有像从前那样只是跟他打个招呼就走开。今天他有话想说?明克看着斯蒂尔顿所指的阶梯,心里嘀咕着说不定不久前才有狗在那里拉过粪便呢。最后他还是坐了下来,斯蒂尔顿坐在他身边,靠得很近,以至于明克没法不嗅到一股混杂着垃圾和氨水的不那么令人愉快的气味。

而且还有汗液的气味。

"你还好吗,汤姆?"明克的声音尖利刺耳。

"他们杀死了薇拉。"

"就是那个住在活动房屋里的女人吗?"

"没错。"

"你认识她?"

"是的。"

"你知道是谁干的吗?"

"我不知道,你呢?"

"我怎么会知道?"

"从前,一旦有什么恶事发生,你总是比大多数人先知道。现在的你已经不再是那样了吗?"

从理论上讲,除了斯蒂尔顿之外的任何人,只要针对明克说出一条类似这样的评论,那么一定会导致自己被明克用头撞击,或者被明克打破鼻子。可是明克不会用头去撞击斯蒂尔顿,他只是咽了一下口水,然后打量着坐在自己身边的这名浑身散发出难闻气味的高个子流浪汉。几年前,两人所扮演的角色跟现在无疑是反过来的,那时明克的社会地位比今天低好几个级别,而斯蒂尔顿的情况则恰恰相反。

明克轻轻地拽了拽扎在自己脑后的马尾。

"你需要一些帮助吗?"

"是的。"斯蒂尔顿直截了当地回答道。

"好的。那么你打算怎么做呢?如果你逮到他们的话?"

"替薇拉问候他们。"

斯蒂尔顿站起身来,走下了两级阶梯,然后转过头来看着明克。

"每天晚上我都会来这里,差不多就是这个时段。我们保持联系吧。"

斯蒂尔顿继续往下走去。明克继续坐着,脸上写满了惊讶。斯蒂尔顿身上散发着同以往不太一样的气息。简单说他变了,从他的步态和眼神都能看出来。

他的眼神再次变得坚定起来。

恢复到了以前的状态。

在刚刚过去的几年里,这样的眼神已经在不经意间从斯蒂尔顿的眼中溜走了,可是现在明克却发现眼前的杰利又再度拥有了跟当年的汤姆·斯蒂尔顿一模一样的眼神,分毫不差。

发生什么事了?

斯蒂尔顿对刚才在石阶上的会面非常满意。他了解明克,而且非常清楚明克的能力。明克所拥有的为数不多的天赋之一便是迅速获取资讯,他很善于从完全不处于同一圈子的人们的对话中捕捉到细微的有用信息——比方说一个名字或一件琐事,然后将它们整合起来。如果环境允许的话,他本来是能够成为一名出色的时事分析家的。

当然,前提是让他置身于跟现在完全不同的环境下。

不过明克充分利用了自己的天赋,在他初次接触到当时的侦缉总督察汤姆·斯蒂尔顿时尤其如此。于是斯蒂尔顿立即知道自己能够如何利用明克的汲取能力和愿意肆无忌惮地告密的特点。

"我没有告密!"

"抱歉。"

"你把我视为卑鄙的告密者吗?"

斯蒂尔顿仍然还记得两人间的这段对话,当时明克相当生气。

"我把你视为线人。你又是如何看待自己的呢?"斯蒂尔顿问道。

"说我是线人也行。当然,如果把我们之间的交流看作是两名专业人士在互相交流经验就更好了。"

"那么你所从事的专业是什么呢?"

"我是走钢丝的杂技演员。"

听了这话,斯蒂尔顿才意识到明克也许是比自己所利用的其他人复杂得多的告密者,也许这人值得自己投入更多的关注。

走钢丝的杂技演员。

大约一个小时之后,斯蒂尔顿扛着一个搬运工通常用的那种纸板箱,穿过了英根特森林。他已经忘掉了同明克的会面,此时他的注意力完全集中在那座脏兮兮的灰色活动房屋之上。他拿定了主意,暂时搬到那里去住。

他知道警察对活动房屋的调查取证工作已经结束了,而市议会打算将其拆除。可是薇拉被谋杀这件事阻滞了相关部门的公文审批进度,于是那座活动房屋仍然还在原地。

只要它还在,斯蒂尔顿就会一直住在那里。

只要他能做到的话。

这件事做起来其实也并不是那么容易的。首先,单是看到他们曾经亲热过的床铺就已经令他的心情难以平复。不过他努力控制住自己,先将纸板箱放在地上,然后坐在那张床铺对面的床铺上。总的来说,这房子至少还比较干燥。房子里有一盏灯和几块垫子,如果再买一根新的管道,再加上一点维修工作,他就一定能让液化气炉重新投入使用。蚂蚁在他周围爬来爬去,但他完全不在乎这一点。他环顾了一下,警察已经将薇拉放在活动房屋里的大多数东西都带走了,包括一幅他所画的鱼叉。他曾经和薇拉一起坐在这张桌子旁边,薇拉问起他的童年生活是怎样的。

"跟鱼叉有关吗?"

"有一点吧。"

他曾向她讲过一些关于鲁德洛加的事情,鲁德洛加是位于斯德哥尔摩北面的群岛。他还谈到过自己是由祖母抚养长大的,他常常想起小时候看到人们捕猎海豹和抢掠失事船只的情形。薇拉总是全神贯注地听着他所说的每一个字。

"听起来你的童年生活不错啊。对吗?"

"是的,确实不错。"

她不必再知道更多的内容了。除了梅特、马尔腾和他的前妻之外,没有人知道得更多了。

甚至连阿巴斯·法西也不知道。

这个时候鲁内·福尔斯可能正坐在警局办公室里看着一幅画上的鱼叉,思考着这跟薇拉·拉尔森谋杀案是否存在某种关联……想到这儿斯蒂尔顿心里暗自发笑。福尔斯是个笨蛋,他绝不可能破获谋杀薇拉的案子,他的工作不过就是混混时间而已,完了交一份报告上去,然后他就会迫不及待地将自己肥硕的手指伸进保龄球里去了。

那才是他最想做的事情。

斯蒂尔顿躺在床铺上,伸展开四肢,随即再次坐了起来。

要接管薇拉的活动房屋并不是一件容易的事情。她似乎仍然留在这里,他能感觉得到,也能看得到。地板上仍然有未擦净的血迹。他站起身来,将一只拳头砸到了墙上。

他再次看着地上的血迹。

他从来不曾有过报复的念头。作为一名谋杀案调查员,他始终跟受害人、行凶者都保持着一定的距离。至多,他偶尔会因看到事情对双方家人所造成的影响而动容,那些原本过着正常生活的普通人就像突然被一颗闪电球击中了心脏一般。他还记得有一天清晨他得唤醒一位单亲母亲并告诉她,她的独生子已经坦承自己杀了三个人。

"你是说……我儿子吗?"

"是的,拉赫·斯文松是你儿子,对吗?"

"没错,你刚才说他做了什么?"

诸如此类的对话常常会在斯蒂尔顿的脑海里留下深刻印迹。

不过他从来都没有想过复仇。

现在薇拉被杀害了,这一次跟以前不一样了。

他再次坐在床铺上,抬起头看着脏兮兮的天花板,少许雨水穿过略微破损的有机玻璃穹顶的缝隙,滴流进了屋子里。他慢慢地开始考虑一些通常都会被他阻隔在心门之外的事情。

他是怎么来到这里的?

他怎么会拖着自己差点儿就彻底报废的身体,来到这间遍地蚂蚁、有着尚未完全拭掉的血迹的活动房屋里呢?

他清楚记得六年前是什么事促使他变成了现在的样子,这是他永远都忘不了的。事情跟他母亲的遗言有关。然而,他仍然因一切都发生得如此迅速而吃惊不已。放下各种事情……他是如此轻易地做出了决定,然后如此迅速地故意使自己走向枯竭。他放下了自己能放下的所有事情,也放下了一些自己觉得还不能放下的事情,接着便努力地让自己开始沉沦。随后,他发现原来一件事可以如此容易地导致紧随其后的另一件事发生。没有什么东西能够阻止他自我放逐,于是他很快就进入了一种完全不承担任何责任、完全无所作为的生命状态。

他进入了一种空无的状态。

他曾经多次在心底思索过这种空无状态,在这种状态下其他所有人的存在都与自己无关。他曾思考过人生中一些重大问题,诸如生与死,以及人活着的意义等等。他想找到生命的锚,想找到人生的目的,可是最终他什么都没能找到。他从大众都能认可的生活状态沦落到了被众人鄙视的生活状态,在此期间他一无所获。

心智和身体,全都一无所获。

有一阵子他试图将自己的存在视为自由的一种形式,一种不用承担社会义务、不用承担任何责任、不用承担一切的自由状态。

做一个自由的人!

别的流浪汉也有这样的自欺心理,于是他很快便否定了这种想法。他并不是一个自由的人,这一点是他清楚知道的。

不过,他是一个独立的人。

很多人都会认为他是一个住在活动房屋里的废人,他们的确有理由这样认为。但他其实是一个明白"站在最底层的人起码脚踏着实地"这个道理的废人，别的雄心勃勃的人恐怕很难明白这个道理。

斯蒂尔顿坐了起来。难道自己要在薇拉的活动房屋里一直像这样沉思过往？他在自己的小木屋里一直避免做这样的事。他在背包里翻找了一下，拿出一个小药瓶放在桌上。

这是一个"逃避瓶"。

在他的沦落之旅初期，他学会了如何处理某些问题——你只需避开它们就行了。你往一个杯子里装满水，再放几片地西泮药片进去，这就制成了一剂"逃避药"。

再没有比这更容易的事儿了。

"你就像是'撒谎者本'。"

"他是谁？"

斯蒂尔顿还记得这段对话。那时他和一名从前的老囚犯一起坐在摩斯巴克广场上，他感觉非常糟糕，最后他掏出了自己的药瓶子。老囚犯看着他，摇了摇头。

"你就像是'撒谎者本'。"

"他是谁？"

"一旦事情变得困难了，这个叫本的家伙就总是在逃避。他吞下一些白色的东西，躺在地板上，然后让自己沉迷于汤姆·威兹的电影里。很多时候他还会在酒吧里喝得烂醉如泥。可是做这些事又有什么用处呢？三十年后，他在同样的地板上死去了，过了一个星期才被别人发现。不过汤姆·威兹可不会知道本已经死了的消息。事情就是这样，你不断地逃离，等你逃到足够远的地方，人们就不再能找到你了，直到最后你的尸体散发出恶臭为止。这样做有什么意义呢？"

斯蒂尔顿没有说话。他为什么要回答这样的问题？再说他自己也不知道答案是什么。如果你失去了什么，那就让它失去好了，然后再逃离自己所失去的一切，好让自己继续活下去。

斯蒂尔顿把药瓶拿到身边。

他为什么要在乎"撒谎者本"的故事？

* * *

小阿茨凯并没有像奥维特所想的那样去练习足球。事实远非如此。

而且他去的地方离家很远。

他被一些年龄比自己更大的男孩接走了，现在他正半蹲着靠在一面岩墙边，两眼注视着不远处正在发生着的事情。这是他第二次和他们一起待在这个位于阿斯塔的巨大地下洞穴里,这里最初是为一家污水处理厂所用的。

这个洞穴在地下很深很深的地方。

他们在洞穴前端草草装配了几盏彩色聚光灯,灯光在岩石表面投射出蓝色、绿色和红色的光斑。在阿茨凯所处的位置能清楚地听到他们发出的声音,那可不是什么悦耳的声音。出于本能,他立即用手捂住了自己的双耳,不过他很快便将手放了下来。他知道自己在这种时候不应该捂住耳朵。

阿茨凯很害怕。

他掏出一个打火机,"咔哒咔哒"地按压了几次点火按钮。

很快就要轮到他了。

他想到了钱。如果事情进展顺利,他将得到一些钱,这是他们承诺过的。如果事情进展不顺利,他就什么也得不到。他想要那笔钱,他知道家里的境况,他妈妈除了能购买非常必需的物品之外就再没有多余的钱用在其他地方了。阿茨凯的同学可以和父母一起去主题游乐园玩耍,诸如此类的活动还很多,可是阿茨凯一家没有足够多的钱让他和妈妈做同样的事情。

这是他妈妈亲口说的。

事成之后,阿茨凯想把这笔钱交给妈妈,他已经想好了如何解释这笔钱的来源。他会说自己捡到了一张彩票,而这张彩票让他中了一百克朗的奖金。如果今天晚上一切进展顺利的话,他将得到的钱正好是这么多。

他会把这笔钱一分不少地交给妈妈。

突然他看到了几道刺目的金属闪光。

九

有两个人影蹲伏在一辆停着的厢式货车后面。

这里是布鲁玛市一个小型住宅区的中心位置,现在是正午,对面的人行道上刚刚走过一位推着婴儿车的父亲。他戴着耳机,正在讲一通跟工作有关的电话。休陪产假是一回事,不过放下工作又是另一回事,幸好现今人们能将育儿和工作结合起来同时进行。这位父亲一面专注地讲着电话,一面推着婴儿车离开了。

这两个人相互对视了一眼。

这时街道再次变得空旷了。

他们飞快地从房子背后的树篱缝中钻了进去。花园里种满了苹果树和淡紫色的大灌木,这为他们提供了极佳的藏身之处。他们安静而迅速地打开厨房门,瞬间就进到门内消失不见了。

半个小时之后,一辆出租车停在了这栋黄色外墙的小房子跟前,伊娃·卡尔森从车上下来,看了看自己的房子,暗暗提醒自己得弄一个新的瓦屋顶了。还有新的排水管,现在这些事都成为了她自己的工作。以前,这类事情都是由她丈夫安德斯负责打理,不过在他们离婚之后,大大小小的事情都得由她本人来应付。

所有的实用性事务。

包括让房子保持良好的状态和照看好花园。

还有其他所有事情。

她走进房子外面的大门,突然感到一股怒气像剃须刀片一样划过自己的心脏。锋利的刀片迅速而有力地将她内心的伤口再次划开。自己被抛弃了!被甩了!这样的想法来得如此猛烈,以至于她的身体差点儿失去平衡,于是她不得不停下了脚步。该死！她心里想着。她极度讨厌这种没法控制自己身体的情形，她是一个富有逻辑思维的人，不喜欢失控的感觉。她深呼吸了几下，想让自己平静下来。他不值得我这样，她告诉自己，这话就像咒语般地在她心里萦绕。

她继续朝房子走去。

两双眼睛紧紧地尾随着她。

当她从大门一直走到房子的前门，继而消失在他们的视线之外时，他们便从躲藏的地方悄悄溜了出来。

伊娃将手伸进手提包，正要掏出钥匙，突然她觉察到邻居的房子里有些动静。一定是莫妮卡正站在那里祷告。莫妮卡一直喜欢安德斯，非常喜欢，她曾因他所讲的笑话而隔着树篱大笑不已，眼里还闪耀着热情的光芒。当她听到伊娃和安德斯离婚的消息时，甚至差点儿隐藏不住自己带着恶意的喜悦之情。

伊娃掏出钥匙，打开了房门。现在她终于能让自己痛痛快快地洗个淋浴了。把那些不好的感觉统统洗掉，然后让自己专注于应该专注的事情——那一系列尚未完成的文章。她走上几级阶梯，进入门厅，然后把自己的薄外套脱下来挂在衣架上。

突然有人将她击倒在地。

对方是从她身后出手的。

* * *

销售会议刚刚结束，所有人都急着想赶往城区去贩卖自己买进的杂志。奥莉维亚不得不往门侧挪动了一小步，以便腾出足够多的空间，让一大群手里拿着杂志的流浪汉涌出门去。走在最后面的是步履轻快的穆丽尔，她在早餐时吸食过大量毒品，所以现在感觉极佳。她的手里没有杂志，因为她并不是杂志贩卖者。只有符合某些特定要求的对象才有资格贩卖《斯德哥尔摩形势》，比方说具备了领取本国公民福利救济金的条件，或者拥有社会福利部门、缓刑监督官或精神疾病医疗部门所出具的证明。穆丽尔不符合上述任何一项条件。不过对她来说，可以吸食毒品，又能够活下去，不至于成为行尸走肉，就已经很令人满意了。待穆丽尔出来后，奥莉维亚趁机溜了进去，她径直走到接待处去询问杰利的情况。

"你是说杰利吗？我不知道他在哪里，今天他没来参加会议。"接待处的男子告诉奥莉维亚，他的眼神充满好奇。

"他有固定的居所吗？"她问道。

"没有，他是无家可归的流浪汉。"

"不过,他常常在这里出现,对吗?"

"是的,当他需要杂志的时候会来进货。"

"他有手机吗?"

"应该有的,供紧急情况下联系之用。"

"那你有他的手机号吗?"

"我不想公开他的号码。"

"为什么?"

"因为我不知道他是否希望我这样做。"

他的这种想法和做法令奥莉维亚感到钦佩,毕竟就连流浪汉也该享有一些属于自己的权利。她把自己的手机号留给对方,并请对方在下次见到斯蒂尔顿时转交给他。

"你可以去霍恩斯大街的手机店问问看。"

说话的人是布·法斯特,他坐在角落里,无意中听到了奥莉维亚和男接待员的对话。奥莉维亚转过头去,用感激的目光看着法斯特。

"他跟那家手机店的工作人员关系不错。"他继续说道。

"好的,我知道了,谢谢你!"

"你见过杰利吗?"

"只见过一次。"

"他有些特别……"

"你是指哪方面?"

"具体我也说不清,就是感觉而已。"

好吧,奥莉维亚心想,他有些特别,那是跟什么相比呢?是其他的流浪汉吗?还是他的过往?这人究竟想表达什么?她本想再多打听一下的,可她清楚地看出布·法斯特并不是一个善于提供信息的人。于是,她只得等待斯蒂尔顿主动跟自己联系,尽管她本人对这件事的可能性深表怀疑。

* * *

医护人员为伊娃·卡尔森戴上了一副氧气面罩,然后迅速将她抬到了救护车上。她的脑后渗出了大量的鲜血。刚才要是她的邻居莫妮卡没留意到她家的大门无缘无故地敞开着,从而心生疑窦的话,后果很可能不堪设想。救护车鸣着笛开走了,一名警察掏出一支笔和一个本子,朝莫妮卡走去。

她并没有在住宅小区里看到过可疑的陌生人,也没有看到什么特别的汽车,而且没有听到任何异常的声音。

警察在伊娃的房子里倒是看到了一些常见的场面:似乎整个房子都被人

搜寻过,抽屉和衣柜里的物品几乎被清空了,扔得遍地都是,五斗橱倾翻在地,到处都是瓷器残渣和玻璃碎片。

纯粹的破坏行为。

"是强行入侵吗?"一名警察对自己的同事说道。

* * *

斯蒂尔顿需要更多的杂志。昨天买进的杂志已经全部卖完了,其中有一本卖给了奥莉维亚·朗宁。他来到柜台,打算再买十本。

"杰利!"

"什么事?"

是那名接待处的工作人员在叫他。

"有个女孩来过这里,她想要你的手机号……"

"哦,是吗?"

"她已经走了,留下了她自己的号码。"

工作人员递给斯蒂尔顿一张便笺纸,他看到一排数字的下面写着"奥莉维亚·朗宁"。他拿着这张简易名片走到圆桌跟前坐了下来,在他身后的一面墙上挂着很多黑框照片,照片中的人都是去年死去的流浪汉。差不多每个月都会有一名流浪汉去世,不过相同的时间内又会新增三名流浪汉。

薇拉的照片也在墙上,是刚被挂上去的。

斯蒂尔顿摆弄着手里的纸片,心情有些复杂。他不喜欢被人纠缠的感觉,如果有人试图走进他的"空无"世界,使得他不能再安静地独处,他会很生气。如果是像奥莉维亚·朗宁这样的不属于流浪汉圈子的外人来打扰他,他会更加生气。

他再次看着纸片上的名字和号码。他有两个选择:要么现在就给她打电话,回答一些她提出的问题,赶紧把事情给彻底了结了;要么根本不去理睬她。不过后一种做法风险比较大,她可能会四处打听他的情况,并最终找到薇拉的活动房屋,然后再去到那里继续纠缠他……他可不想看到这样的局面出现。

他拨通了她的号码。

"奥莉维亚!我是杰利,也是汤姆·斯蒂尔顿。你给我打过来!"

话音刚落他就挂断了电话,他可不愿为了这个素不相识的女子而浪费自己的电话费。五秒钟过后,他的手机响了。

"嗨!我是奥莉维亚!真高兴你能跟我联系!"

"有话快讲,我现在很忙。"

"好的,请听我说,我……我们能见个面吗?只需要很短的时间就行了。"

我可以过来……"

"你要问什么问题？"

"这个嘛……我现在可以把列出的问题一一讲给你听吗？"

斯蒂尔顿没有说话，于是奥莉维亚决定抓紧时机将自己想问的问题尽快说出来。还好她的笔记本就在身边，她开始逐一读出自己的问题，生怕错过了眼前这个机会，因为她不知道下一次同他对上话会是什么时候。或者，甚至也许根本就没有下一次可言了。"海滩上的那个女人在溺死之前被人麻醉了吗？你们有没有获取她腹中胎儿的 DNA 样本？案发时海滩上除了受害人之外就只有三个人，对此你们确定吗？你们如何断定她是从拉丁美洲来的呢？"

就在奥莉维亚继续连珠炮似的问出另外两个问题时，斯蒂尔顿突然挂断了电话。

奥莉维亚不知道他究竟听进去了多少。

坐在敞篷车里的奥莉维亚不由得脱口而出："该死的混蛋！"

"谁？你在说我吗？"

一名行人正好从奥莉维亚的车前经过，他以为她是在咒骂自己。

"你竟然把车停在斑马线上！"

这倒是真的。她一接到斯蒂尔顿的电话就赶紧把车停了下来，而现在她的车还停在十字路口的斑马线上。她看到那名行人冲她竖起中指，然后头也不回地走开了。

"祝你今天过得愉快！"奥莉维亚在他身后喊道，随即发动了汽车引擎。

真是太让人愤怒了。

斯蒂尔顿把自己当成谁了？一个该死的流浪汉竟然以这种态度来对待我！他以为这事儿就这么算了吗？

她违反交通规则转了个 U 形弯，掉头往来的方向驶去。

那家手机店很好找，就在霍恩斯大街地铁站的出口对面，脏兮兮的外墙橱窗里展示着手机、闹钟和其他一些零碎物品。奥莉维亚登上门前的两级阶梯，推开了店门。门背后是一条被收拢起来的布满污迹的门帘，店内摆放着几个展示手机用的玻璃展柜。手机的材质、颜色各异，都是二手货，加起来恐怕有成百上千部。在展柜背后的架子上有几个黄色或蓝色的塑料容器，里面堆放了更多的手机，这些手机也是二手货。一条狭窄过道通往一个小房间，那里是工作人员维修旧手机的地方。

这跟奥莉维亚想象中的大型电子卖场相距甚远。

"嗨,我在找汤姆·斯蒂尔顿,请问你知道我能在哪儿找到他吗?"

奥莉维亚找到一名男店员问道,后者正站在玻璃展柜前。她努力使自己的神情和态度都不要泄露内心的情绪。

友善,平静,摆出一副寻找好朋友的姿态。

"斯蒂尔顿?我不知道这个人……"

"噢,那么杰利呢,他自称杰利。"

"哦,你说杰利啊?他叫斯蒂尔顿吗?"

"是的。"

"你确定他叫这个名字?斯蒂尔顿不是一种味道浓烈的奶酪吗?"①

"我确定。"

"他的名字跟奶酪的名字一样?"

"没错。你知道他去哪儿了吗?"

"你是说现在吗?"

"是的。"

"我不知道。他偶尔会来这里修手机,不过上次已经是几天前的事了。"

"哦,这样啊……"

"你可以去问问威利,他在那边卖杂志,就是地铁站的入口那里。也许他知道杰利在哪儿。"

"威利长什么样?"

"你去吧,一定很容易就能认出他来的。"

男店员说得对,威利的确很容易被人认出来,原因不仅仅在于他叫卖《斯德哥尔摩形势》的声音极富穿透力,他的外貌也跟普通地铁乘客有着显著的差异。他戴着一顶宽边软帽,上面还插着几根濒危鸟类的羽毛。他嘴唇上方的两绺胡子像极了艾克·古斯塔弗森的眉毛。当然,不得不说的是他的深色眼睛里流露出热情而又真诚友善的目光。

"你说杰利啊?我亲爱的小姐,他属于那种刚刚还在某个地方,可是转眼就不见了的家伙。"

奥莉维亚认为这句话表明杰利是个行踪不定的人。

"那么最近他经常去哪些地方呢?"

---

① 斯蒂尔顿奶酪是世界三大蓝纹奶酪之一,味道比较浓烈。

"这是我们没法知道的。"

"此话怎讲?"

"杰利常在夜间悄然出来活动,我们也不知道他究竟在哪里出没。有时候你明明跟他一起坐在雅科布斯堡郊外的长凳上,各自静静地想着心事,然而突然间你就会发现他从你身边消失不见了,就像海豹猎人消失在了岩石丛中一般。"

奥莉维亚发现威利更像一名推销人员,而不怎么像信息提供者,于是她草草从他手上购买了一本先前已经在斯蒂尔顿那里买过的杂志,随后便朝自己的汽车走去了。

后来他打来了电话。

奥莉维亚颇费了些工夫才找到这里。

她不得不承认这地方其实离自己的住处相当近,差不多拐个弯就到了,所以她本来应该更快找到的。邦德大街 25 号是一扇铁栅密码门,里面有一间垃圾房。先前斯蒂尔顿已经在电话中将打开密码门所需的数字告诉给她了,可她还是尝试了好几次才把门打开。

她在水泥走廊里遇到了一个穿着宽背带短裤的男人,他戴着一副奇怪的红色边框眼镜,脖子上有一个自戴上后就再没有清洗过的颈托,看起来正处于半醉的状态。

"你这是要去哪儿? 比布兰!"他大声问道。

"比布兰?"

"今天她负责洗衣服,你就不用来了。你去滚筒式烘干机那里待着吧!"

"我在找垃圾房。"

"你不会在那里睡觉吧?"

"不会。"

"那就好,因为我刚在那里撒了一圈老鼠药。"

"这么说,垃圾房里有老鼠吗?"

"有些家伙可能会说它们像海狸,它们足足有半米多长。那里可不适合你这样的年轻女孩。"

"垃圾房在哪里呢?"

"在那边。"

戴着颈托的男人指了指走廊深处,奥莉维亚从他身边经过,朝着有老鼠的地方走去。

"这里有老鼠吗?"当斯蒂尔顿推开那扇沉重的铁门时,奥莉维亚有些战战兢兢地问道。

"没有。"

他很快就消失在了黑暗中。奥莉维亚把门开得更大一些,然后跟在他后面走了进去。

"把门关上。"

奥莉维亚感到十分犯难,毕竟那扇门是她逃生的唯一通道,不过最终她还是遵照指示关上了门。这时她立即嗅到了弥漫在空气里的臭味。一般情况下在有通风设备的垃圾房里不会有这样的臭味,但是这里的通风设备并没有开启。

这臭味实在是令人招架不住。

奥莉维亚用一只手捂住口鼻,努力让自己的眼睛适应前方的黑暗。事实上这里也并不是完全漆黑一片,地板的正中放着一个金属盒,里面有一根小圆蜡烛。借助烛火的微光,她能看到斯蒂尔顿正坐在水泥地面上,他背后的墙壁隐约显露着巨大的影子。

"这根小蜡烛就是你的时间。"他说。

"我的时间?"

"等它熄灭了,你的时间也用完了。"

斯蒂尔顿的声音很平静,谈吐清晰而简洁。看来他已经决定要做回他自己了。奥莉维亚决定将所有问题都问个明白。

然后她就会离开。

从此以后她不会再靠近汤姆·斯蒂尔顿半步。

"好的,唔,那些问题……"

"海滩上的那个女人并没有被麻醉。她体内的洛喜普诺的数量足以让她失去行动能力,但远没有达到麻醉她的程度。所以当他们用沙子掩埋她时,她的神志是清醒的。她的外套是我们找到的唯一一件衣物,我们认为凶手将她的其他衣物都带走了,却在黑暗中落下了她的外套。我们在她的外套里找到的唯一有价值的物品是一枚小耳环。"

"这一点可没在……"

"我们提取了一份胎儿的血液样本,这份样本被送到英国去进行了DNA检测,还打算做亲子鉴定,可是后来一直没有机会做这件事。我们并不确定海滩上除了受害人之外是不是真的只有三个人。目击者只有九岁,当时被吓坏了,而且他是在大约一百米之外的地方看到事情发生的经过,天也已经黑了,只不过我们没法通过别的途径来确认这条信息是否准确。死去的女人很可能有拉丁美洲血统，但我们没法完全确认这一点。奥维·加德曼住在离海滩很近的地方，他跑回去把事情告诉给了父母，大约四十五分钟过后救护飞机就抵达了案发地点。你还有什么问题吗？"

奥莉维亚目不转睛地看着黑暗中的斯蒂尔顿，同时注意到小圆蜡烛的光芒颤动了一下。他已经回答了她当时在电话中飞快地说出的所有问题，一个也没有漏掉，而且就连回答的顺序也跟她提问时是一模一样的。这究竟是个什么怪人啊？

不过她努力保持冷静，继续打探细节问题。

"那枚耳环有什么价值呢？"

"受害人的两边耳朵都没有耳洞。"

"那么那枚耳环是针式的吗？"

"是的。你问完没有？"

"还没有，我很想知道你对这起案子的看法。"她诚恳地说。

"我们有很多种推测。"

"比方说呢？"

"毒品。那女人可能是毒品传递者，为当时活跃在西海岸的某个贩毒集团工作。也许她在一次送货的过程中出了岔子。我们询问过一名事发前曾待在岛上的瘾君子，可是并没有得到什么有价值的线索。其二，那女人可能是非法移民，结果却没法支付足够多的钱给蛇头。其三，那女人可能是妓女，她想逃离皮条客，最终事情败露被杀害了。我们没能为上述任何一条推测找到确凿证据。最大的问题在于，受害人的身份一直无法识别。"

"有人报告过她的失踪吗？"

"没有。"

"可是她肚子里的孩子总有个父亲吧？"

"是的，不过他可能根本不知道那女人怀了他的孩子。或者，也许他本人就是行凶者之一。"

奥莉维亚以前还没有想到过这一点。

"你们有没有考虑过这可能跟某种宗教仪式有关呢？"她问道。

"宗教仪式？"

"是的，也许某种宗教仪式跟潮涨潮落和月亮有关，还有……"

"我们从来没有往这方面调查过。"

"嗯。那你们有没有考虑过案发地点为什么是诺德科斯特岛呢？要去到那里很不容易,离开那里同样很不容易。那个岛可不是个理想的谋杀地点。"

"那么理想的谋杀地点应该是什么样子的?"

"如果是提前计划好要作案的话,应该选择一处作案后能迅速逃离的地方。"

斯蒂尔顿沉默了片刻。

"凶犯选择在那里作案的确有些令人费解。"

就在这时,小圆蜡烛闪了几下,然后彻底熄灭了。

"你的时间到了。"

"杰奎琳·贝里隆德。"奥莉维亚没有放弃。

垃圾房里已陷入一片漆黑,他们相互都看不见彼此,只能听到两人呼吸的声音。现在是不是到了"海狸"该出来活动的时候了呢?奥莉维亚心里琢磨着。

"杰奎琳·贝里隆德怎么了?"

斯蒂尔顿在黑暗中又多给了她几秒钟的时间。

"在我印象中,她在一定程度上跟这起案子有些关联。那时她是一名应召女郎,而那名受害人也许也是应召女郎,或者起码她应该认识杰奎琳……她俩之间可能存在某种关联,你们有考虑过这条线索吗?"

斯蒂尔顿并没有马上做出回应。他的思想已经飘到了别处:杰奎琳·贝里隆德……这个在黑暗中坐在自己对面的女孩,竟然跟从前的他有着一样的想法。

不过他的回答是:

"没有,现在你说完了吗?"

奥莉维亚还远远没有说完,可是她已经了解斯蒂尔顿的行事风格了,于是她站起身来准备离开。

黑暗给了人一种相对隐匿的感觉,也给了她一种模糊的勇气。就在她摸索着朝铁门走去时,她又壮着胆子问了一个问题。

"你为什么成了流浪汉?"

"我无家可归。"

"这又是为什么?"

"因为我没有任何地方可以居住。"

再没有什么好说的了。奥莉维亚来到门边按下了门把手,就在她快要打开铁门的时候,她听到他在自己身后说话。

"喂。"

"怎么了？"

"你父亲参与过这起案子的调查。"

"这我知道。"

"那你怎么不去问他？"

"他在几年前去世了。"

奥莉维亚推开门走了出去。

原来他还不知道我父亲已经去世了，奥莉维亚在朝自己的车走去时，心里这样想着。他成流浪汉有多久了呢？他刚一离职就开始了流浪生涯吗？那岂不是都六年了？可是，一个正常人肯定不可能在极短的时间内就发生如此大的变化呀，总得有个过程吧？再说，难道他跟以往认识的人全都中断联系了吗？真是奇怪。

但不管怎么说，她已经得到了所有问题的答案，而且以后应该不会再跟斯蒂尔顿打交道了。现在她需要把自己获得的全部信息整合一下，得出一项结论，然后她就可以把这份作业交给艾克·古斯塔弗森了。

不过耳环的事是始料未及的。

受害人的外套口袋里有一枚耳环。

可是她的耳朵却没有耳洞。

那么耳环是从哪里来的呢？

奥莉维亚决定把提交总结报告的时间再往后延迟一点。

垃圾房里的斯蒂尔顿点燃了一根新蜡烛，他要一直坐在这里，直到自己可以确定她已经消失了为止。这样他才可能摆脱她。他非常清楚，自己已经向她提供了太多的信息，也透露了太多的机密细节。不过他对此倒是毫不在乎，因为他的从警生涯已经离自己非常遥远了。在将来的某个时候，他也许会对某个人讲述这一切变化的原因。

可是对谁讲述呢？他还不知道。

尽管奥莉维亚提问心切，但他故意隐瞒了一个非常重要的事实。那个被杀害的女人腹中的孩子活了下来，赶到现场的医生用紧急剖宫产手术救下了那个孩子。为了保护那个孩子，这条信息从来没有向公众提起过。

随后他想到了阿尔涅·朗宁。这么说他已经死了？真令人难过。阿尔涅生前是一名很优秀的警察，也是一个好人。在两人还是同事的好几年间，他们有着非常密切的私交。他们彼此相互信任，常常向对方吐露自己的秘密。

现在阿尔涅已经死了。

而他的女儿突然出现在了斯蒂尔顿的生活中。

斯蒂尔顿看着自己瘦削的双手,它们正微微颤抖着。近来他被迫想起了跟诺德科斯特岛谋杀案的调查有关的种种细节,而一些往事也再次浮现在了他的脑海中。现在他的头脑里充斥着各种信息,而阿尔涅的死排在了所有信息的首位。他掏出自己的地西泮小药瓶,旋开了瓶盖……他突然改变了主意。

他得抵抗住诱惑。

他不想变成"撒谎者本"。

他要找出几名凶犯。

他吹灭了小圆蜡烛,然后站起身来。

他准备去一趟石阶那里。

* * *

伤势非常严重。要是她后脑被击中的部位比现在高一点点,那么她的颅底很可能已经被击碎了。

这是医生告诉伊娃·卡尔森的。

医生为她缝了针,缠上了绷带,还让她服用了一些止痛药。这名医生是个突尼斯女人,她对卡尔森的遭遇感同身受。并不是因为伤口——伤口总会愈合——而是因为卡尔森受到袭击的过程,这种暴力侵犯行为对她产生了极大的影响。而且,陌生人在自己家里随意翻找自己的私人物品这件事也令人深恶痛绝。

这是盗窃行为吗?还是单纯的非法入侵呢?

可是她能在家里放什么贵重物品呢?名画?相机?电脑?家里没有放任何现金。也许他们并不是窃贼?他们会不会是专门冲着她本人来的呢?他们躲在房子里的某个地方,等着她出现,然后对她发动袭击?

这是青少年暴力犯罪的一种吗?

就像电视节目中所说的那样?

卡尔森回到家里,止痛药的副作用使她有些昏昏欲睡。她查看了一下整个房子里的情形,发现家中没有任何东西被人偷走,只是被破坏得一片狼藉。

她突然觉察到了什么。

然后她去了索尔纳警察局。

在去警察局的途中,她因自己没把个人信息从瑞典黄页网站上删除而后悔不迭。鉴于她目前所从事的工作,她本不该把自己的联系信息列在公共网站上的。

她得尽快把自己的信息删除掉。

* * *

黄昏降临到斯德哥尔摩上空，城市交通变得没那么拥挤了。早在几个小时之前，公司员工就纷纷离开大办公室回家了，此刻还剩下唯一一个人留在大厦顶楼的总裁办公室里。他是柏迪尔·马格努森，正借着酒精的帮助使自己保持平静。他喝的是威士忌，从更长远的角度来看，这可不是什么好方法，不过少量的威士忌可以暂时让人放松一点。他很快就要回家了，他知道琳恩的"探测雷达"又打开了，自己稍微偏离一点点正常的生活轨道就会被她"咬住"不放。

噢，不，不是"咬住"——这样说可不公平，琳恩不是那样的人。在他的人生中，来自另一个几乎不相交的世界里的人才会"咬住"他，或者也许说"刺伤"还更确切些。对方的攻击可能来自四面八方，他们不择手段，为了达到目的甚至不惜杀人害命。这是商业文化的一部分，有时你会杀死一个自己其实并不想杀死的人，可是你却别无选择，只能这么做。他也曾这样做过，以间接的方式。不幸的是世上没有不透风的墙，总有人会把事情捅出去。

尼尔斯·文特。

他喝了一大口酒，点燃了一支小雪茄，俯瞰着窗外的斯韦亚大道，也望见了街对面位于阿道夫·弗雷德里克教堂周围的墓园。他想到了自己的死，他曾在一本美国杂志上读到现今已经有带空调的棺材可供使用了。真是有趣！这种思路倒是挺吸引他的，在棺材里内置一个空调装置也许能让尸体保存得更好吧？想到这儿，他微笑了一下。

那么墓地呢？

应该选在哪里呢？诺拉墓园里有他们的家族墓穴，不过他不希望自己死了以后也去那里。他想拥有一个完全属于他自己的地方，一座陵墓，一座专属瑞典最杰出企业家的纪念陵墓。

或者像瓦伦堡家族一样，他们的墓园秘密地隐匿在家族自己的地产上。尽管他的父亲和叔叔为他打下了一些基础，但他仍然算得上是一个靠自我奋斗而成功的大人物，所以他希望自己的身后事也要安排得不落俗套。

他是柏迪尔·马格努森。

威士忌已经在他身上起到了应有的作用。

让他的精神振作到了他所需要的程度。

他还得对付那个令人讨厌不安的尼尔斯。

* * *

奥莉维亚在香提餐厅买了一份印度餐,虽然是外卖食品,但味道很不错,而且等候的时间也不长。她吃完后便倒在沙发上睡了一小会儿,其间埃尔维斯一直舒舒服服地趴在她肚子上。醒来后,她的脑子里开始思考各种各样的事情。她想到了在垃圾房跟斯蒂尔顿的会面,"我要找个时间把这件事告诉妈妈。"她自语道。那充满恶臭的垃圾房里有着像海狸般大小、沿着墙壁爬来爬去的老鼠,那场景真像是某些电影中才会有的画面……她实在想不出该如何描述那里的环境,便转而回顾自己和斯蒂尔顿的对话。

她在脑海中回放两人所说的每一句话,其中有一个时刻有些触动她。那时她说出了有关杰奎琳·贝里隆德的推测,还问斯蒂尔顿是否考虑过这方面的线索。当时他们的对话暂时中断了片刻,斯蒂尔顿并没有立即做出回应,他沉默的时间比先前对话的正常间隙要长好几秒。显然那时他陷入了某种思考。

奥莉维亚回想着当时的情景。

他为什么会有那样的反应呢?

因为他也想到了跟杰奎琳有关的事情!

尽管埃尔维斯极不情愿,她还是硬生生地把它放到了地板上,然后将伊娃·卡尔森给她的文件夹找了出来。已经快到晚上九点了,不过现在是夏天,天还没有完全变黑。再说,如果实在打扰到了伊娃的话,她还可以向对方道歉。

"不好意思,这么晚还来打扰你。"

"没关系,进来吧。"

"谢谢。"

伊娃示意奥莉维亚进到门厅,就在奥莉维亚把文件夹递给伊娃时,她看到了伊娃头上缠着的绷带。

"天哪!你怎么了?"

"有人闯入我家,击中了我的后脑。我去了医院和警察局,现在刚回到家。"

"啊!对不起!那么我不……"

"真的没关系,现在我觉得没什么大碍。"

"可是,这到底……有人闯入你的家吗?"

"是的。"

奥莉维亚跟在伊娃身后走进了客厅，几盏低低的吊灯将平静柔和的光芒投射在沙发和扶手椅上，家里的混乱状况已经差不多整理好了。伊娃指着一把扶手椅，奥莉维亚坐了下去。

"他们偷走了什么？"

"什么都没偷走。"

"真的？那他们是为了什么呢？这是……"

"我认为是有人想吓唬我。"

"因为……你的意思是说因为你写的那些东西吗？"

"没错。"

"真是太可怕了……是那些殴打流浪汉的家伙干的吗？"

"应该说是谋杀流浪汉的家伙。住在活动房屋里的那个女人已经死了。"

"我也看到新闻了。"

"我们可以看看我会不会出现在'踢废物'网站上。"伊娃笑着说，"你想喝点什么吗？我正在煮咖啡。"

"谢谢你，我也想喝咖啡。"

伊娃朝厨房走去。

"需要我帮你吗？"奥莉维亚问道。

"不用了，我一个人就行。"

奥莉维亚环顾了一下这间整体呈亮色调的客厅，地上铺着漂亮的地毯，几面墙的旁边都摆着与天花板齐高的书架。不知道这些书她是不是都读过了，奥莉维亚想道。这时，她的注意力被其中一个书架上专门摆放照片的一层空间给吸引了。说实话，是她的好奇心被激发起来了。她站起身来，走到书架边想看个究竟。第一张照片是年代久远的婚纱照，照片中的人很可能是伊娃的父亲和母亲。旁边是一张相对新一点的婚纱照，主角是伊娃和一个体格健壮的男人。另外还有一张照片，照片中的伊娃看上去比现在年轻很多，一个年轻英俊的男人站在她身旁。

"你的咖啡里是加牛奶还是加糖呢？"

伊娃的声音从厨房里传了出来。

"请帮我加牛奶吧，谢谢！"

伊娃端着两个杯子走进客厅，奥莉维亚迎上前去接过了其中一个杯子。伊娃指了指沙发，"坐吧。"

奥莉维亚在柔软的沙发上坐了下来，把杯子放在茶几上，然后朝伊娃的婚纱照点了点头。

"照片中的人是你丈夫吗?"

"曾经是。我们已经离婚了。"

伊娃坐在一把扶手椅上,谈了一点关于自己前夫的事情。多年前他是一名出色的运动员。他们是在伊娃读大学新闻系的时候认识的。大约一年前他们离了婚,原因是他遇见了另一个喜欢的女人。他们离婚的过程非常不顺利。

"他表现得像个地道的混蛋。"她说。

"真是遗憾。"

"没错。我这辈子从未从男人那里得到过什么福气,男人带给我的几乎全都是痛苦和悲伤!"伊娃看着杯子里的咖啡,苦笑着说。

奥莉维亚心想,如果他真的是个混蛋,那她为什么还要把两人的婚纱照摆在那么明显的位置呢?如果是我自己遇到了这样的事,我会在第一时间就把照片收起来,或者扔掉。

"那个被你搂着的相貌英俊的年轻男人,他是第一个带给你痛苦的男人吗?"奥莉维亚朝另一张照片点了点头。

"噢,不,那是我的弟弟斯夫克尔,他因吸毒过量而死。好了,现在我们别再说关于我的事了。"伊娃的语气突然变得跟刚才截然不同。

"噢,我很抱歉。我并不是有意……对不起。"

有那么几秒钟,伊娃的面部表情非常严肃,不过紧接着她将身体向后靠在椅背上,再次露出了微笑。

"该道歉的人是我,主要是因为……我的头感觉就像要爆炸了似的,而且我今天实在是太倒霉了,真的很抱歉。对了,你的工作进展得怎么样了?你从那些资料里找到有用的东西了吗?"

"是的,找到了一些。不过有件事我还想问问你,你知道杰奎琳·贝里隆德在1987年做三陪小姐时是为谁工作吗?"

"我知道,是个相当有名的家伙,叫卡尔·韦迪昂,他那时经营着金卡公司。我记得我给你的文件里提及了这方面的信息。"

"哦,是吗?我没注意到。'金卡'是家怎样的公司呢?"

"是一家专门提供异性陪侍服务的公司,杰奎琳·贝里隆德是该公司的陪侍人员之一。"

"好的,我知道了,谢谢你。卡尔·韦迪昂,这个名字可真奇怪。"

"用在一个色情行业大佬身上尤其奇怪。"

"他现在怎么样了?"

"这我就不知道了。你还在调查杰奎琳吗?"

"是的。"
"你还记得我跟你说过的话吗?"
"关于她的?你要我多加小心。"
"没错。"

* * *

杰奎琳·贝里隆德站在北马拉尔海滩上的一套公寓的落地窗旁边,从这里可以望见大海。她很喜欢自己的公寓。这公寓位于顶楼,有六个房间,可以远眺索德镇。唯一让她觉得不太舒服的是街对面的那棵柳树,它特别妨碍视线,她认为自己得想办法除掉那棵树才行。

她转身走进了宽敞的客厅。她给了一位新潮的室内设计师大概一年的时间来自由发挥,最终公寓的装饰风格竟然完全符合她的心意。客厅里冷暖两种色调和谐地交织在一起,这里那里还随意地摆放着一些毛绒玩具。她往小杯子里倒了一些干马提尼酒,开始播放一张CD,探戈舞曲响了起来。她非常喜爱探戈,她不时会跟不同的男人在她的公寓里跳舞,不过鲜有人会跳探戈。总有一天我会找到一个会跳探戈的男人,她心里想着,一个用身体语言来和我交流的男人。

她盼望着这一天快点到来。

就在她准备再为自己倒上一杯干马提尼酒时,她听到电话响了。响铃的不是她身边的手机,而是书房的座机。她看了看时钟,现在快到午夜十二点半了。正是他们打电话来的时候。

他们常在这个时间打来电话。

她的老主顾们。

"我是杰奎琳·贝里隆德。"

"嗨,杰奎琳,我是'拿铁咖啡'!"

"嗨。"

"杰奎琳,我们要举办一场小型派对,我们需要一些帮助。"

像拉斯·奥尔赫姆这样的常客很清楚在电话里应该用什么样的方式表达自己的需要,他们绝不会选择错误的措辞。

"你需要多少?"

"七八个。要优质的!"

"有没有什么特殊要求?"

"没有,不过你知道的,我们需要达成完满的结局。"

"好的。地方在哪儿?"

"我会发短信告诉你的。"

杰奎琳挂断电话后微笑了一下。"完满的结局",这是她们从那些亚洲来的三陪小姐那儿学来的,当她们询问主顾们是否需要高级按摩时,就会用"完满的结局"这个词组来替代。

"拿铁咖啡"需要一些能提供"完满的结局"的甜美女孩。

这完全没有问题。

* * *

阿茨凯晚上回家时状况非常糟糕,他的身体受到了重创。这个十岁的男孩在弗莱明斯伯格住宅区高耸的大楼之间穿梭着,他尽量避开街灯,走在道路的阴暗处。他把自己的滑板夹在腋下,走路时一瘸一拐。他的疼痛来自于被衣裤所遮挡着的身体,他身体的很多部位受到了连续的殴打。他觉得无比孤单,这时那些想法又浮现在了他的脑子里——是跟他父亲有关的,一个不存在的父亲。他母亲从来没有谈论过跟他父亲有关的任何事情,不过他知道父亲一定就在某个地方。所有的孩子肯定都有一个父亲,不是吗?

他暂时摒弃了这些想法,紧紧地握住了挂在脖子上的钥匙。他知道妈妈在哪里工作,而且他也知道她做的是什么样的工作。

不久前,在一场足球比赛踢完后,学校里一个比他年长的男孩告诉他:

"娼妇!你妈妈是娼妇!"

阿茨凯不明白"娼妇"是什么意思。回家后他在网上查到了这个词的含义。

当然,是他独自一人待在家里的时候。

他把妈妈去工作之前为他储存在冰箱里的那罐冰水一饮而尽,然后他就上床睡觉了。

他的脑子里一直想着妈妈。

也许他能想办法帮她挣钱,这样她就不用再做那种工作了。

十

现在是清晨时分，雾气很浓，不时有汽车驶进或驶离这座名叫瓦克斯霍姆的小镇，没有人留意到那辆灰色的沃尔沃轿车。它停在离漂亮城堡不远的一片砾石区域，四周被树林环绕着，一群野猪正在雾中觅食。

坐在驾驶座上的尼尔斯·文特通过后视镜看着自己的脸，镜子里的他非常憔悴。今天他凌晨三点就醒了过来，五点不到就钻进了自己租来的车里，趁着夜色一路赶往瓦克斯霍姆镇。他想远离人群。他看着镜子里的自己，心里在说，你看起来很憔悴啊，尼尔斯。

不过他还能应付。

现在他还需要做的事情已经不太多了，今天早上他已经想好了最后一步棋该怎么走。他对柏迪尔的骚扰引致了一个计划的闪现，而当他看到强烈谴责马格努森世界矿业公司在刚果作业的电视新闻时，这个计划便在他的脑海中成型了。

和从前一样残忍无情。

后来他目睹了示威游行的队伍，也读到了示威者分发的小册子，还在各种各样的脸书网站群组上读到了很多帖子。他深切体会到了民众的愤慨之情。

就在那时他彻彻底底地肯定了自己的计划。

他会针对最群情激昂的地方发动攻击。

在九点一刻的时候，柏迪尔已经解决了与那名瓦利卡莱地区的土地所有者之间的问题。当然，他并不是亲自去解决的，而是通过他的一位军事指挥官朋友。军事指挥官派了一群秘密警察去见那名土地所有者，向他解释说由于该地区遇到了一些麻烦，所以他们可能需要下令在此处进行人员疏散工作。

当然,只是"为了安全起见"而已。那名土地所有者并不是傻瓜,他问他们有没有办法避免强制疏散。警察称一家名为马格努森世界矿业公司的瑞典公司曾提议由公司出面来确保这里的安全,条件是让他们使用这里的部分土地以进行矿物勘探工作,这同时意味着这里的麻烦能暂时得到解决。

土地所有者让步了。

事成之后,柏迪尔提醒自己的秘书给公司驻金沙萨的高级经理打电话,确保尽快将一份分量充足的礼物送到军事指挥官那里。

"他很喜欢黄宝石。"

当柏迪尔站在窗边感受着朝阳的强烈光芒时,他的心情好极了。瓦利卡莱地区的问题解决了!就在他还想着刚果的事情时,他的手机开始振动,于是他下意识地把手机从兜里掏出来,按下了接听键。

"我是尼尔斯·文特。"

尽管柏迪尔此前在录音里所听到的尼尔斯的声音要比现在年轻好几岁,可是他能确凿无疑地听出现在电话里的声音与录音里的声音是出自同一个人。关键是,现在的声音不是录音。

是尼尔斯·文特本人亲自在说话。

柏迪尔感到血直往头上涌。他恨尼尔斯,那家伙就像一只能引致大祸患的小昆虫,不过他努力抑制住了自己的情绪。

"你好,尼尔斯,你在斯德哥尔摩吗?"

"我们能在哪里见面?"

"我们为什么要见面?"

"你要我挂断电话吗?"

"不!等一等!你想和我见面吗?"

"难道你不想吗?"

"好的,没问题。"

"我们在哪里见?"

柏迪尔迅速地在脑子里搜索着可能的见面地点,随后他看了看窗户外面。街道对面是阿道夫·弗雷德里克教堂的墓园。

"确切地点在哪里?"文特问道。

"在帕尔梅的墓地边上。"

"晚上十一点。"

文特说完便挂断了电话。

※ ※ ※

　　上午十点刚过，奥维特·安德森独自一人走出了学校的大门。她违背了阿茨凯的意愿，坚持去学校咨询过了负责课外休闲活动的老师们。她去找他们是想问问关于儿子身上的瘀伤的缘由，因为最近有好几次阿茨凯都是全身带着大块大块的青紫色瘀伤回到家里。起初他试图隐瞒，每天早上都避开奥维特，不跟她见面。可是有一次当他傍晚脱衣服时，奥维特偶然推开了他的房门，一眼就看到了他身上的伤。

"你到底怎么了？"

"什么？"

"你全身都是伤！"

"是踢球受的伤。"

"踢球会让你受这么大面积的瘀伤吗？"

"是的。"

　　阿茨凯上床睡觉了，奥维特坐在窗边点燃了一支香烟。那些伤真的是踢球造成的吗？

　　自那时起她便时常将儿子的伤势挂在心头。几天之后，她在晚班结束后回到家里，偷偷溜进阿茨凯的房间，小心翼翼地掀开被单，再次仔细察看他的伤势。

　　他全身都布满了青紫色的瘀伤，还有大块大块的疤痕。

　　她就是在那时下定了决心要跟学校休闲活动中心的老师谈谈。

"不可能啊，他没有被欺负。"

　　阿茨凯的老师非常吃惊。

"可是他浑身上下到处都是瘀伤。"奥维特说。

"那他自己是怎么说的呢？"

"他说是踢球时受的伤。"

"既然如此，应该就是这个原因吧。"

"可是踢球受的伤不应该是那样的。再说他的伤遍及全身各处！"

"唔，这我就不清楚了。他肯定没有被欺负，起码在我们这里是这样。我们有专门的防止欺负和暴力行为的措施，如果有类似的行为发生，我们肯定会知道的。"

　　奥维特只得对老师的回答表示认可。

　　她还能找谁说这件事呢？她没有什么社会关系网，跟周围的邻居也不怎么打交道。跟她有来往的人就只有同她一起工作的"同事"了，她们对别人的孩子可不感兴趣,而且这对她们来说是个雷区。

奥维特离开了学校,一阵突如其来的孤单和绝望的感觉随即涌上她的心头。她眼前所看到的是自己无助的人生,而她也无力摆脱靠出卖肉体谋生的境况,她已经被打上了妓女的印记。现在她唯一的孩子被伤害了,她却找不到任何人求助,翻遍了电话本也挑不出一个愿意倾听、可以安慰和帮助自己的人。在这整个空虚、寂寞的世界里就只有她和阿茨凯两个人,再没有别人了。

她在一盏街灯旁边停下了脚步,点燃了一支烟。一双皲裂的手在颤抖,并非是冷风的缘故,而是由于一些从她内心散发出来的更冷的东西。她的胸腔里仿佛有一个漆黑的深坑,而且这个深坑伴随着她的每一次呼吸会变得越来越大,并等待着将她整个人都吞噬下去。如果有一扇逃离生命的密门,她一定会从那扇门跨出去的。

就在这时她想起了他。

一个也许能够帮助她的人。

他们一起在克尔托普区长大。他们曾住在同一栋公寓大楼里,而且多年来一直偶尔会有联系。不过他们最后一次见面也是很久之前的事情了。每次他们在路上偶遇的时候,彼此都觉得比较轻松。他们以往在一样的地方过着类似的生活,彼此都知道对方的弱点并且不以为意。

她应该找他谈谈。

他叫明克。

* * *

为了搜寻他,奥莉维亚花了不少时间。当她最终看到他的名字出现在"罗丹老年之家"的顾客名单上时,不由得万分欣慰,自己的努力总算获得了充分的回报。

而且还有一件事令她十分惊讶。

老年之家就在警察学院附近。

这个世界可真小啊,奥莉维亚一路感慨着。驶过一段熟悉的道路后,她将车停在了老年之家的门口,站在这里透过树丛就隐约可以看到警察学院。她觉得整个校园给人一种非常遥远而陌生的感觉,可是在她坐在学校的长凳上选择了一起不知道会把自己领向何处的案子之前,学校从不曾令她有过这样的感觉。

此时此刻,这起案子领着她上到老年之家的二楼,然后走到一个小小的露台上,在那里有一位佝偻着身子坐在轮椅上的老人。

他就是从前的色情业大亨卡尔·韦迪昂。

如今他已经快九十岁了。他在这个世界上没有任何近亲,正苟延残喘地熬完人生最后一段岁月。在这样的情况下,无论是谁给他的生活带来任何一点改变,都会让他觉得有些兴奋。

　　这个令他如死水般的人生泛起微澜的人是奥莉维亚·朗宁。她很快便意识到韦迪昂的听力很不好,而且有些言语障碍,于是她只得用更简洁明了的方式大声地表达自己的想法。

　　"杰奎琳·贝里隆德!"

　　在喝过两杯咖啡,吃过一些姜汁饼干之后,韦迪昂的大脑终于对这个名字产生了一些反应。

　　"她是一名应召女郎。"

　　奥莉维亚设法简单明了地进一步挖掘。

　　"你还记得其他的应召女郎吗?"

　　在韦迪昂喝过更多咖啡,也吃过更多的姜饼之后,终于点了点头。

　　"那么,她们的名字是什么呢?"

　　现在看起来再多的咖啡也不顶用了,而且他的姜饼也已经被吃光了。坐在轮椅上的老人只是微笑着看着奥莉维亚,持续了好长时间。他这是在对我进行鉴定吗?奥莉维亚心想,看我适不适合做一名应召女郎?他是个猥亵而下流的老家伙吗?这时老人比画了一个动作,看起来好像是表明自己想写下什么东西。奥莉维亚迅速拿出了一支笔和一个本子,将它们递给韦迪昂。他没法自己握住本子,奥莉维亚得将本子平放在他那瘦削的膝盖上,然后按住它。他开始写字,笔迹确实是年近九十的老人的风格,不过起码还能辨认得清。

　　米里亚姆·维克赛尔。

　　"其中有个应召女郎叫米里亚姆·维克赛尔吗?"

　　韦迪昂点了点头,随后放了一个长长的屁,恶臭的气味迫使奥莉维亚将头略微转开了一点,接着她合上了笔记本。

　　"你还记得有外国血统的女孩吗?"

　　韦迪昂微笑了一下,点了点头,随即伸出了一根手指。

　　"其中有一个是吗?"

　　韦迪昂再次点了点头。

　　"你还记得她是从哪里来的吗?"

　　这次韦迪昂摇了摇头。

　　"她的头发是黑色的吗?"

韦迪昂转头看着窗户,指了指摆放在窗台上的一盆非洲紫罗兰。奥莉维亚看到了那盆花。

花朵是亮蓝色的。

"她的头发是蓝色的吗?"

韦迪昂点了点头,再次微笑着。蓝色的头发……奥莉维亚心里想着,那么这一定是染发后的颜色吧?如果你的头发是黑色的,你会把它染成蓝色吗?也许会吧。八十年代的应召女郎的染发风格是怎样的呢?

她对这些都一无所知。

她站起身来,对韦迪昂表示了谢意,然后匆匆离开了露台,以避开再次嗅到这名从前的色情业大亨放出的臭屁。

她起码还是搞到了一个名字。

米里亚姆·维克赛尔。

* * *

奥维特·安德森在咖啡馆的最里端找了个座位坐下来,她可不想在这里遇见自己的"同事"。她背对着咖啡馆的入口,面前桌子上放着一杯咖啡。这里不允许抽烟,她把两只手放在桌上,不安地摆弄着糖罐和餐具,心里忐忑不已。她不知道他会不会赴约。

"嗨,维特安!"

他总是叫她维特安。

明克来了。

他走到她身旁,将脖子上的马尾辫拂到脑后,然后在她对面坐了下来。他看起来心情极佳,刚才他路过赛马场外的彩票销售部时,买了一注支持赢家的彩票,得到了四百克朗的奖金。看来他恨不得立马就把那笔钱花掉。

"你赢了多少钱?"

"四千克朗!"

明克总是喜欢在数字后面加上一个零,除了自己的年龄之外。他今年四十一岁,不过他更喜欢根据谈话对象的情况,在二十六和三十五之间选择一个数字来作为自己的年龄。他曾冒着极大的风险对一个北方来的姑娘说自己"刚刚二十岁出头",而那个姑娘是刚到这城市来寻找乐子的,尽管她觉得他看起来比他描述的年龄更老一些,可还是照单全收了。

"这城市多漂亮。"明克对那姑娘说,"纽约就像斯德哥尔摩的郊区。"

不过奥维特不是从北方来的,而且她也清楚知道明克的年龄,所以他不必装假了。

"谢谢你能来。"

"明克从来不爽约的。"

他笑了,他一直认为自己是个擅长暗讽和影射的大师级人物,但其他人却很少这么认为。大多数人在看穿他的虚伪面目和耳闻他的夸夸其谈之后都会对他敬而远之。他时常会说些诸如自己破获了奥洛夫·帕尔梅谋杀案或发掘了罗克塞特乐队之类的不着边际的话,每当他讲述这类题材的时候,大多数人往往就会中止谈话并转身离开。他们都不知道,其实在明克喋喋不休的外在之下还有着一颗宽大的心。当奥维特给他看了手机上的照片之后,他的这颗心不禁开始起伏不定。照片里是一个脱了衣服正在睡觉的男孩,他的身体就像被人殴打过似的,全身各处都是青一块紫一块的,而且疤痕累累。

"这是我趁他睡着的时候拍的。"

"发生什么事了?"

"我不知道。学校休闲活动中心的老师声称阿茨凯并没有在校内遇到任何意外,阿茨凯自己则说那些伤是踢足球造成的。"

"踢足球不会造成那样的伤,我曾在贝基队踢过好几年的足球。当然,在禁区内被人推撞是很正常的事情,那时我是球队的中锋,不过我从来没有受过那样的伤。"

"我也这样觉得。"

"天哪,他看上去像是被人殴打过了!"

"没错。"

奥维特迅速抹掉了眼里的泪水。明克看着她,把她的手握在了自己的手心里。

"你想让我去跟他谈谈吗?"

奥维特点了点头。

明克决定跟小阿茨凯好好聊一聊。

是聊足球吗?

当然不是。

* * *

现在快到结束营业的时间了,位于希比拉大街的精品店已经纷纷开始熄灯,而维尔德精品店里的灯还依然亮着。杰奎琳·贝里隆德总是比别家晚一个小时关门,她了解她的顾客,他们通常会在自己关门前的最后一分钟在店内找到一件服装或饰品来为当晚的派对增色。今天也不例外,一位来自奥斯特玛姆高档住宅区的年长绅士正在店里寻找一款礼物来安抚自己的妻子。据他所言,他因错过了前一天的某个纪念日而把事情搞砸了。

"搞砸了。"

现在他用手指拨弄着一对耳环。

"这对耳环怎么卖呢?"

"卖给你的话,是七百克朗。"

"那卖给其他人呢?"

"五百克朗。"

杰奎琳总是用这种方式与那些看起来或多或少比较富有的主顾们谈生意。

"你觉得她会喜欢这对耳环吗?"男人问道。

"所有女人对耳环都有特别的偏好。"

"真的吗?"

"千真万确。"

这位年长的绅士对女人偏爱什么一无所知,他不加深究地接受了杰奎琳的建议,最后心满意足地拿着一个装有耳环的漂亮粉色小盒离开了精品店。杰奎琳刚关好店门,她的手机响了。

电话是卡尔·韦迪昂打来的。

他的发音非常清晰,听力也很好,完全可以跟杰奎琳顺畅地沟通。他告诉杰奎琳,自己在今天早些时候接待了一名访客,那人是警察学院的年轻女学生,她向他打听他从前所经营的异性陪侍服务。当时他佯装自己已经处于半死不活的状态,这样一来便能查明她究竟想打听什么。

"当我知道她跟警方有关时,禁不住有些好奇。"他说。

"嗯,那么她到底想从你这儿打听什么呢?"

"我不知道,不过她问到了关于你的情况。"

"我吗?"

"没错,她还问我谁和你在同一时期从事同样的工作。"

"在金卡公司?"

"是的。"

"那你是怎么说的?"

"我把米里亚姆·维克赛尔的名字告诉她了。"

"你为什么要那样做?"

"因为米里亚姆刚开始干这行就很快退出了,这可不是什么体面的工作,难道你不记得了吗?"

"我记得。那又怎样？"

"我想如果警察学院的学生们去打听米里亚姆的过往的话，她也许会觉得有点尴尬吧。"

"你真可恶。"

"也许你说得对。"

"你还说了什么关于我的事情？"

"什么都没说。所以我也没那么可恶。"

在韦迪昂看来，对话进行到这里便可以结束了。杰奎琳思索着他们先前对话的内容。为什么这个女孩会跑来打听自己做应召女郎那段时期的事情呢？还有，她是谁？

"她叫什么名字。"

"奥莉维亚·朗宁。"

韦迪昂回答道。

奥莉维亚·朗宁？

* * *

奥莉维亚坐在家里的沙发上翻阅着2006年版的《北欧犯罪年鉴》，这本书记载了整个2005年发生的各种刑事案件的详细情况。从"罗丹老年之家"回家的路上，她顺道去警察学院图书馆借来了这本书，这样做是出于一个特别的理由：她想看看在2005年发生的刑事案件中，是否有哪起案件与汤姆·斯蒂尔顿有关，并导致他跟别人发生了冲突。艾克·古斯塔弗森相信有这样的事情发生过。

2005年的刑事领域发生了不少事情，各式各样的案件引起了她的兴趣。其中有一篇文章提到了一起发生在哈尔重刑犯监狱的惊人越狱事件，马历山大镇的凶犯托尼·奥尔森牵涉在此案当中。她读了好一会儿才将书翻到了第七十一页。

她在这里找到了自己想找的东西。

这是一起相当残忍的谋杀案，一名年轻女子在斯德哥尔摩被杀害了，她的名字叫吉尔·恩格博格。案件的细节牵动着奥莉维亚的心弦：吉尔是一名三陪小姐，而且有孕在身，这起案子尚未破获。这起谋杀案是2005年发生的，而斯蒂尔顿正好是在那一年从警队离职的。这起案子是由他办理的吗？这篇署名鲁内·福尔斯的文章里并没有提到他的名字，而这个鲁内·福尔斯不就是不久前才在电视上露过面的那个人吗？据说此人正负责处理袭击流浪汉的案件。奥莉维亚一边想着，一边拨通了艾克·古斯塔弗森的电话。

此时她劲头十足。

"斯蒂尔顿在 2005 年负责调查吉尔·恩格博格谋杀案吗?"

"这我不知道。"古斯塔弗森回答道。

听了这话,她的热情劲头消减了一些,不过这并不影响她发挥自己的想象力。吉尔是一名怀孕了的三陪小姐;杰奎琳在很多年前也是一名三陪小姐;在海滩上被谋杀的女人遇害时有孕在身,而那时杰奎琳也在同一个小岛上。在吉尔和杰奎琳之间,是否存在着某种关联?吉尔是为杰奎琳工作的吗?为红色天鹅绒公司工作?斯蒂尔顿是不是发现了这些事件和人物之间千丝万缕的关系,从而以此来确定海滩谋杀案的调查方向?他会不会正是基于此才从公众视线中神秘地消失,躲进了垃圾房里呢?

她深呼吸了一下。她记得自己最后一次与汤姆·斯蒂尔顿的联络就是在垃圾房里的那次会面。她又接连深呼吸了好几下,然后再次拨通了他的电话。

"你在 2005 年的时候负责办理吉尔·恩格博格谋杀案吗?"

"是的,有一阵是这样的。"他讲完这一句便挂断了电话。

对此奥莉维亚似乎已经习以为常了。他有可能会在十分钟之后再给自己打过来,然后说他想在某个"舒适"的地方和她见面,他会坐在散发着恶臭的阴暗角落里回答她所提出的二十个问题。

而且周围还有像海狸一般大小的老鼠。

可是这一次他并没有这样做。

* * *

斯蒂尔顿坐在《斯德哥尔摩形势》杂志社的编辑部办公室里,他差不多是自个儿待着的,接待处的值班女孩正在忙碌工作。他借用了编辑部的一台电脑,开始上网查看"踢废物"网站上的影片。头两段影片已经被删除了,不过其余的都还在,目前总共还有三段。第一段是名叫胡里奥·赫尔南德斯的移民流浪汉在瓦斯特尔大桥下受到袭击,接下来是本斯曼被袭击,其后便是"独眼"薇拉了。在她遇袭的视频被公布之后,暂时还没有新的视频被上传到这个网站上。

斯蒂尔顿强迫自己仔细地看完了所有视频,其间他没有放过屏幕上的任何一丁点儿细节,就连画面中一些看似不起眼的角落也顾及到了。很可能就是因为他超乎寻常的认真态度,他在那段瓦斯特尔大桥下的视频中发现了一个鲜有人关注的细节。由于是在线视频,他没法将画面截取下来并放大观看,不过他可以将视频暂停,然后让眼睛凑近屏幕仔细察看,这样一来他便能很清楚地看到那处细节了。在其中一名暴徒的前臂上有一个文身,是圆圈里的两个字母——KF。

斯蒂尔顿将身子向后靠着椅背，抬起头来，目光停留在了薇拉的黑框照片上。她的照片挂在墙上，位于其他死者照片的最末尾处。斯蒂尔顿把笔记本拉近了一点，在上面写下了"KF"，然后画了一个圆把它圈了起来。

随后他再次看着薇拉的照片。

* * *

《黑天鹅》的最后一幕结束了，观众纷纷从斯韦亚大道的格兰德电影院一拥而出，大多数人都朝着康斯大街的方向走去。这是一个宜人的晚上，微风拂面的感觉非常舒服。风从阿道夫·弗雷德里克教堂四周的墓园席卷而过，地上的鲜花被吹得摇摆不定。墓园里的光线比别处更暗，不过帕尔梅的墓地旁边显得亮堂一些，从斯韦亚大道上也能清楚地看到此时有四个人正聚在那里。

其中有两个人是柏迪尔·马格努森和尼尔斯·文特。

另外两个人是被赛多维克临时叫来的。在需要处理任何令人略感不安的事情时，柏迪尔总是会联络赛多维克，他认为今天晚上要处理的事情正属于上述范畴。

文特对这件事的看法也和他类似。

他知道柏迪尔是怎样的人，知道柏迪尔不会毫无准备地前来赴约，所以当文特看到另外两个人出现的时候并没有做出任何反应。而且，当柏迪尔用一种友善的口吻解释说自己的两名"顾问"将要对文特进行搜身以确保他身上没有携带录音装置时，文特也没有表示异议。

"也许你理解我们这样做的原因何在。"

文特当然理解。他任由那两名"顾问"完成了他们的工作。他并没有随身携带磁带录音机，这一次没有，不过他口袋里有一盘盒式录音带。其中一名"顾问"把这盒录音带交给了柏迪尔，后者将其在文特面前举了起来。

"是那段对话的录音吗？"

"是的。请务必听清楚，这是一份拷贝件。"文特说。

柏迪尔看着那盒录音带。

"其余的对话内容也包含在里面吗？"

"是的，里面有完整的对话内容。"

"那么原件在哪里呢？"

"原件在另一个地方，而我的计划是在七月一日之前回到那里。要是我没能如期回去，那盒录音带将会被交给警方。"

柏迪尔微笑了一下。

"你这样做是为了确保自己的人身安全吗？"

"没错。"

柏迪尔看了看整片墓园，然后朝两名"顾问"点了点头，示意他们后退一点点，他们照做了。文特看着柏迪尔，他知道柏迪尔一定了解他的处事风格——他从来都是不留退路的。以往他俩之间的所有商业合作都建基于此，柏迪尔有时会行事冲动，不过文特却不会。无论面对何种情况，文特都以稳妥可靠的态度来面对，确保事情万无一失。要是他没能在七月一日之前赶回某个地方，那盒录音带原件将被交给警方。既然他这样说了，那么事情一定会按他所说的方式发生。他知道柏迪尔是非常了解他的。

柏迪尔再次转而面对文特。

"你老了。"他说。

"你也一样。"

"你还记得那件事吗？"

"记得。"

"后来怎么样了？"

"它在扎伊尔消失了。"文特说。

"不止于此。你连同差不多两百万美元一起消失了。"

"你当时很惊讶吗？"

"我非常生气。"

"这我能理解。你仍然和琳恩维持着婚姻关系吗？"

"是的。"

"她知道这件事吗？"

"她不知道。"

温和的晚风在一座座墓碑之间穿梭，两个男人注视着彼此。片刻之后，柏迪尔扭头看着周围的墓园，而文特直直地盯着柏迪尔的脸。

"你有孩子吗？"他问道。

"我没有，你呢？"

如果他们所处之地的光线没这么暗淡，也许柏迪尔能看到在这短短一两秒钟的时间内文特的眼睑略微颤动了几下，不过现在他可没看出这点来。"没有，我没有孩子。"文特说。

随即两人都沉默了。柏迪尔用眼角的余光看着他的"顾问"们，他仍然不明白文特究竟想干什么。

"唔，你想做什么？"他转过头来直视着文特。

"你得在三天之内发表一个声明,宣告马格努森世界矿业公司将立即终止在刚果的一切钶钽铁矿开采活动。另外,瓦利卡莱地区所有因你的开采活动而受到不良影响的居民,你将为他们提供经济方面的补偿。"

柏迪尔看着文特,他的脑子里掠过了一个想法:自己面对的是一个精神方面有毛病的人。噢,不对,他的确是有毛病,但不是精神病,只是又疯又傻而已。

"你不是在开玩笑吧?"

"我是个常常开玩笑的人吗?"

的确,尼尔斯·文特从来都不开玩笑,他是柏迪尔所见过的人里面最生硬最乏味的一个。即便从他们彼此熟识至今已经过去很多年了,柏迪尔现在仍然能从文特的面部表情里看出这些年的岁月并没有将他变成一个更有趣的人。

他仍然非常严肃,非常刻板。

"那么你的意思是如果我不照你刚才所说的做,那盒录音带就会被交给警察?"

他大声地说出这句话,以便确认自己是否已经完全明白文特的意思。

"是的。"文特回答道,"而你肯定非常清楚警方拿到那盒录音带的后果是什么。"

柏迪尔当然清楚这一点。他不是傻瓜,在他通过手机第一次听到那段录音的一小部分时,就已经设想过要是这段对话被公诸于众会怎么样。这无疑将引发灾难性的可怕后果。

从各方面来看都是灾难性的。

文特自然也对此了如指掌。

"祝你好运!"

文特转身准备离开。

"尼尔斯!"

文特回过头来看着柏迪尔。

"说真的,你这样做到底是……为了什么?"

"复仇。"

"复仇?为了什么?"

"为了诺德科斯特岛的事情。"

文特头也不回地继续往前走。

站在一旁的两名"顾问"动了动身子,看着柏迪尔,后者正低头盯着帕尔梅墓地的地面发呆。

"你需要什么帮助吗?"其中一名"顾问"问道。

柏迪尔抬起头来,望着在墓地间穿梭、愈走愈远的文特的背影。

"是的。"

* * *

斯蒂尔顿坐在第三段石阶的平台上,用手机和明克交谈着。

"两个字母。'K'和'F'。字母外面还有一个圆圈。"

"那是个文身吗?"明克问道。

"看起来很像文身,当然也可能是用笔画上去的,这我没法确认。"

"在哪只手臂上?"

"应该是右臂,不过因为从画面上很难辨认清楚,所以我也不能百分之百肯定。"

"好的。"

"你还听说其他什么事情了吗?"

"还没有。"

"回头见。"

斯蒂尔顿挂断了电话,然后继续沿着石阶向上朝克里夫大街走去,这已经是他今天晚上第五次往上攀爬阶梯了。相比从前,他加快了攀爬的速度,但他感到自己的肺能够跟上自己的节奏。他已经不像前段时间那样喘得厉害了,汗也出得少些了。

事情按他所预期的那样步入了正轨。

十一

琳恩·马格努森感到焦虑不安。她刚出家门就遇上了交通堵塞,而不到半个小时之后她将站在瑞典地方当局和地区协会的讲台上,面对来自全国各地的许多中级主管谈论"良好的领导能力"。幸好她非常清楚自己即将谈论的要点:清晰的思路,有效的沟通,人际关系的处理,这三个要点都是她非常熟悉和精通的。

人际关系的处理……她一边等待一边琢磨,幸亏是跟工作相关而不是跟个人生活相关的人际关系。她觉得目前自己在处理与个人生活相关的人际关系时并不是一名专家。她和柏迪尔之间的关系有些摇摆不定,她也不知道原因是什么。问题不在于她,在于柏迪尔。他半夜才回家——她认为那时大概是凌晨三点左右——然后径直走到露台,在黑暗中兀自坐着。其实这件事本身并非不同寻常,他经常会在非常奇怪的时间段参加电话会议,并在会议结束后才回到家里。不同寻常的地方在于他坐在露台上的时候喝的是一小瓶矿泉水。在琳恩的记忆中,这样的事以前可从来没有发生过——他半夜坐在露台上喝着矿泉水。没错,他从来不曾做过这样的事。在类似的情况下,他总是会喝一小杯棕色的液体——威士忌、苹果白兰地或法国白兰地——而不是水。琳恩和柏迪尔之间关系非常亲密,这种发生在日常生活中的看似无关紧要的微小偏差也会令她胡思乱想起来。

这事跟他的公司有关吗?还是跟别的女人有关?抑或跟他的膀胱有关?莫非他偷偷地去医院做了检查,结果发现自己患上了癌症?

有些事情不太对劲了。

有些事情跟长久以来的情况不太一样了。

待她次日清晨想要问他的时候,他却已经离开了。不仅仅是离开了,他一整夜都没有上床睡觉。

她终于从排成长龙的车队中脱离了出来。

* * *

"学生论文?"

"没错。"

奥莉维亚以一个有些虚假的借口为由,将米里亚姆·维克赛尔约出来与自己见面。她声称自己正在警察学院就读——这一点倒是实情——被要求写一篇跟所谓的异性陪侍服务有关的论文。"对我来说这真的是非常重要的一篇论文。"她故意用一种有些天真的语调和措辞来描述这件事,把自己伪装成一名幼稚而无知的女大学生。她说自己是在老师给的金卡公司旧档案上看到维克赛尔的名字的,至于档案中的其他人,她都没法联系上本人。

"你想要知道些什么呢?"

维克赛尔在电话中这样问道。

"唔,我主要是想了解你的想法。我自己才二十三岁,阅历很浅,我很想知道像你这样的人过着怎样的生活。比方说你是如何成为异性陪侍人员的?对你而言,那份职业的吸引力何在?"

在说了一大堆空洞的废话之后,她终于提起了维克赛尔的兴趣。

现在她俩正坐在比耶亚尔斯大街的一家露天咖啡馆里。刺眼的阳光透过高楼大厦的缝隙照射下来,因此维克赛尔一直没有取下墨镜。奥莉维亚老老实实地掏出一个小笔记本放在面前,然后抬头看着对方。

"你是写美食文章的?"

"是的,以自由撰稿人的身份来写。主要是投稿给各类旅游杂志。"

"真有意思。不过这样的工作不会令你发胖吗?"

"此话怎讲?"

"唔,因为你总得先品尝过很多美食之后才能写出相关的文章啊。"

"哦,情况还好吧,不至于太过头。"

维克赛尔微微笑了笑,同意接受访问并享用一顿免费的午餐。她迅速而简短地讲述了自己当初做三陪小姐时的经历,当她被要求做一些本没打算要做的项目时,便选择放弃了那份职业。

"你是说跟上床有关的项目吗?"

奥莉维亚尽最大努力瞪大了眼睛。

"差不多就是你说的那个意思吧。"

"不过当时有很多人像你一样为金卡公司工作,对吗?"

"是的。"

"你是那里唯一的瑞典女孩吗？"

"这我不记得了。"

"你还记得其他还有谁跟你一起在那里工作吗？"

"你为什么问这个问题呢？"

"唔，没准儿我还能联系上其他人呢。"

"我不记得另外还有谁了。"

"好吧……"

奥莉维亚发觉维克赛尔变得有些谨慎起来，不过她还有别的很多问题可以问。

"你记得那里有一个头发染成蓝色的女孩吗？"她问道。

"是的，我记得！"

维克赛尔突然笑了起来，可见跟这个蓝发女孩有关的事情显然非常好笑。

"她是来自克尔托普区的金发女孩，我记得她的名字是奥维特，她认为把头发染成蓝色是很性感的事儿！"

"那么事实不是如此吗？"

"当然不是，那真的很难看。"

"我能想象得出来。有没有一个女孩长得有点像拉美人？你还记得吗？"

"有的……她……我忘记她的名字了，不过真的有个漂亮姑娘长得挺像拉美人的。"

"她的皮肤颜色比较深吗？头发是黑色的？"

"没错……你认识她吗？"

"不是的，档案中有一些她的资料，我觉得她看上去不太像瑞典人，而且我觉得当时瑞典的移民应该不是太多。"

"是吗？"

维克赛尔突然觉得自己搞不清楚眼前这个女孩的真实意图。她草草地对奥莉维亚请自己吃午餐表示了感谢，随即便非常唐突地起身离开了。奥莉维亚还有一个问题没有机会说出口：

"那个黑头发的女孩经常和杰奎琳·贝里隆德待在一块儿吗？"

奥莉维亚也站起身来，朝着斯特尔普兰酒店的方向走去。一阵微风从尼布鲁维肯海湾刮了过来，衣着单薄的行人们各自朝着不同的方向前行。奥莉维亚漫无目的地随着人流往前走，在她走到东方餐厅附近的时候，脑子里突然冒出了一个想法。

现在她离那家名为"维尔德"的精品店只有几个街区的距离。

找到了!

杰奎琳·贝里隆德经营的精品店在希比拉大街,位置很好,奥莉维亚站在街对面打望了一会儿。她仿佛听到伊娃·卡尔森的话在自己耳边回响:别去查探杰奎琳·贝里隆德的情况。

我并不是去查探她,我只是顺道去她的店里看看出售的物品。对她来说,我不过就是一名陌生的顾客而已。这样做会有什么害处呢?奥莉维亚思索着。

随即她跨进了精品店的大门。

刚一进门,她就嗅到了一股浓烈的香水味。

只花了很短的时间,她便发现这家精品店所售的货品跟自己完全不沾边儿。她绝对不会想把这里的某个装饰品或零碎物件摆放在自己家里,而这里出售的服装也完全不适合自己穿着。这些商品的标价实在是荒唐离谱,她心里默念着。待她抬起头来的时候,看到杰奎琳·贝里隆德正好站在自己面前。她浓妆艳抹,头发是黑色的,个头偏矮。杰奎琳·贝里隆德用她那双热情的蓝眼睛打量着眼前的年轻女孩,与此同时奥莉维亚突然想起了当伊娃·卡尔森问及"红色天鹅绒"时,从杰奎琳脸上那双眼睛里流露出来的抗拒神色。

"你想买些什么呢?"

奥莉维亚没法清晰地思考,也不知道该怎么回答才好。

"还没想好,我只是随便看看。"

"你对家居用品感兴趣吗?"

"不。"

这可不是明智的回答,奥莉维亚马上就感到后悔了。

"也许你会喜欢这里的裙子,有时髦的新款,复古的也有。"杰奎琳说。

"是的,没错……呃……我觉得它们并不符合我的穿着风格。"

可是在我刚走进店门的那一刻,她就已经发现这一点了,奥莉维亚不禁有些懊悔,自己是不是太冒失了?她又四处逛了逛,其间拿起一些耳环和一个二十世纪三十年代的留声机喇叭端详了片刻,随后她认为是时候溜走了。

"不过还是很谢谢你!"

奥莉维亚前脚刚跨出店门,杰奎琳的脸色立马阴沉了下来。

她拨通了卡尔·韦迪昂的电话。

"那个拜访你并向你打听我的情况的奥莉维亚·朗宁,她长的什么模样?"

"黑头发。"

"眼睛有点斜视吗?"

"没错。"

杰奎琳挂断了电话,随即拨通了另一个号码。

* * *

明克不是一个喜欢早起的人,因为他是个十足的夜猫子,夜晚是他如鱼得水、最为活跃的时候。他周旋于各个圈子之间,为的是在某处找到一些有用的东西,然后又在另一处将其卖掉。他找到的东西可能是一则秘密情报,也可能是一个白色的包,或者仅仅是一条狗而已。昨天晚上他就在康斯特拉德大街找到了一条疲惫不堪的阿尔萨斯狼狗,狗的主人是一名吸毒过量的濒死男子,他将这名男子送到了郊区的一家医院,但医生和护士都无力回天。那条狗明知道自己的主人是个瘾君子,不过它原以为他仍处于自我可控的情况下,可惜事实并非如此。

那条阿尔萨斯狼狗有名字,叫莫娜。明克相信这名字跟政界有一些关联——那条狗是不是以某个著名的社会民主党政治家的名字来命名的呢?

现在明克正坐在开往弗莱明斯伯格住宅区的列车上,心里默默地决定了要找阿茨凯谈一谈,地点是学校的休闲活动中心。

当然,明克未必就是一名战略天才。

阿茨凯没在休闲活动中心。

明克在活动中心大楼外问过一些孩子,可他很快就发现没有人知道阿茨凯在哪里。

"你是阿茨凯的爸爸吗?"有人这样问他。

"不是的,我是他的导师。"

明克是这样回答的。"导师"这个称呼还不错,他想道。事实上,他并不完全清楚这个称谓意味着什么,不过他知道一个比别人知道得略多一点的人是可以配得上这个称谓的,而他本人对大多数事情都很在行。

他的自我感觉还算良好。

他在回火车站的路上十分偶然地遇见了阿茨凯。或者可以这么说:他看到一个男孩正在远处街角的围墙边踢足球,而凭着维特安手机里的照片,他认为那个男孩可能是阿茨凯。再说,在阿茨凯年龄更小一些的时候,他曾好几次见到阿茨凯跟维特安在一起。

"嗨,阿茨凯!"

阿茨凯疑惑地转过身来，明克带着笑容朝他走去。

"能让我踢一下你的球吗？"

阿茨凯带着球跑向这个扎着马尾辫的矮个子男人，当明克想要抢断时，阿茨凯迅速做出了一个漂亮的过人动作。明克完全估计不到他的跑位，更没法碰到球。

"好球！"

明克笑了。阿茨凯人球分过时，似乎就算闭上眼睛也知道球在哪里。

"你喜欢足球吗？"明克问道。

"是的。"

"我也是。你知道伊布是谁吗？"

阿茨凯觉得眼前这家伙实在是不可理喻，竟然问我知不知道伊布？这人脑子有毛病吗？

"我当然知道。他现在效力于 AC 米兰俱乐部。"

"在那之前他在西班牙和荷兰的俱乐部都踢过球。你知道吗，在伊布足球生涯的早期，也就是他在马尔默俱乐部效力时，我曾以他的导师身份跟他一起踢过球。正是我帮助他去欧洲大陆开拓自己的足球事业的。"

"哦，这样啊……"

"实话跟你讲吧，没有我，就没有伊布的今天。是我发掘了伊布的第七感。"

阿茨凯已经十岁了，跟成年男子沟通本不成问题，可是现在眼前这个成年男子在谈论大球星伊布，而阿茨凯根本不明白他究竟在说些什么。

"你真的认识伊布？"

"当然了！要是伊布遇到什么问题需要打电话找人求助，他第一个想到的人非我莫属。我和他是好伙计！哦，我好像忘了自我介绍，我叫明克。"

"你好！"

"我是你妈妈的朋友，她叫奥维特，对吧。其实几年前我见过你的，现在你想吃个汉堡吗？"

在学校休闲活动中心的餐厅里，阿茨凯大口大口地吃着一块双层奶酪汉堡。明克坐在他对面，思索着自己应该如何打开话题。他并不擅长跟十岁的孩子聊天，于是便选择了开门见山的方式。

"你妈妈说你身上受了不少伤，而你将其归咎于踢球。我认为你是在撒谎。"

十一

阿茨凯差点儿就起身走开了。妈妈把自己受伤的事告诉这个陌生人了吗？她为什么要这样做呢？

"这事跟你有什么关系？"

"这么说你确实撒谎了？"

"我没有撒谎！"

"我在顶级的足球俱乐部里踢过好几年球，这也是我认识伊布的原因，我知道踢球的人在球场上受的伤是什么样子的。你身上的瘀伤并不是踢球造成的，你该想个更好的理由才对。"

"妈妈相信我。"

"你是存心对她撒谎吗？"

"不是的。"

"那你为什么要那样做呢？"

阿茨凯在自己的座位上不安地动了动身子。他并不想对妈妈撒谎，可是他更不敢把实情告诉她。

"好了阿茨凯，我们这么说吧，你可以继续对奥维特撒谎，我觉得这没什么问题。我以前也经常对我妈妈撒谎，而且我曾很多次这样做，可是在我们之间——就只有我们俩知道而已——那些伤不是踢球造成的，对吗？"

"是的。"

"是打架造成的吗？"

"差不多吧。"

"你可以把实情告诉我。"明克说。

阿茨凯犹豫了几秒钟，随即将一只手的袖子挽了起来。

"你看看吧。"

明克看着男孩裸露出来的手臂，那里有一个用记号笔画的圆圈，圈内有两个英文字母——KF。

"这是什么意思？"

十分钟后，明克离开餐厅去打电话，而阿茨凯仍在自己的座位上等着他。接电话的是斯蒂尔顿。

"少年拳手？"[①]

"是的。"明克说，"他们是这样称呼自己的，比他年长一些的男孩们都在自己的手臂上文上了字母'KF'，字母外面还有一个圆圈。"

[①] KF 是少年拳手（Kid Fighters）的英文首字母缩写。

"他们在哪里活动呢?"

"他也不完全清楚,说是在阿斯塔的地下某个地方。"

"每次都在同一个地方吗?"

"没错。"

"他们每天晚上都去那里?"

"他认为是这样的。"

"你在城市勘探所里有认识的人吗?"

"应该有的。呃,你记一下这个号码……"

斯蒂尔顿知道明克从来都不会删除手机里的联系人信息,社交圈子是他赖以生存的基石。

明克跟着阿茨凯回到了后者的家,他觉得这样做是最好的方式。当奥维特让他们进门之后,阿茨凯紧紧地拥抱了妈妈,然后迅速地跑进自己的房间去取球衣了。

"你现在要去踢球吗?"

"是的!"

奥维特看着明克,明克看着阿茨凯,阿茨凯朝他眨了眨眼,随即消失在了门外。

"他真的是去踢球吗?"奥维特看起来略微有些担忧。

"是的。"

明克兀自走进了厨房里。

"那么他是怎么说的? 你从他嘴里打听到了什么没?"奥维特焦急地问道。

"他身上的瘀伤不是踢球造成的。你今天晚上要去工作吗?"

"不去。"

奥维特坐在明克对面,水槽上方的日光灯发出的冷光无比真实地暴露了她的脸部细节。她的脸保养得并不好,而明克则是第一次透过她的脸看出她的生活其实过得十分艰难。从前他每次见到她的时候,甚至当他们上次在咖啡馆见面时,她都是化了浓妆的,可现在她的脸上没有一丁点儿化妆品。反差如此强烈,所以从她的脸便可以看出她是靠什么过活的。

"你必须得继续干那个吗?"

"你是说去街上工作?"

"对。"

奥维特打开了一扇小通风窗,然后点燃了一支香烟。从过去到现在,明克一直都很了解她,他知道她生活中的一些事情,但不是全部。他并不知道她为什么要在街上出卖自己的身体,不过他猜测原因应该跟钱有关。一方面是为了生存,另一方面心里也在不断地幻想这一晚就是干这活的最后一个晚上了,或者说倒数第二个晚上,还可以说再干几个晚上就可以洗手不干了。

然而那最后的一个晚上却总是没有到来。

"不然我还能做什么呢?"

"比方说找一份工作?什么工作都行?"

"像你一样吗?"

明克笑了笑,接着耸了耸肩。在现实中,他自己在这方面绝不是什么杰出的榜样。确切地说,自打他年轻时在卡塔琳娜电梯①上工作过一段时间之后,就再没干过什么正儿八经的工作了。他在卡塔琳娜电梯工作的时候,每天要随着电梯上上下下九个小时,然后回到熙熙攘攘的都市生活中。

"你有咖啡吗?"

"有的。"

在奥维特滤咖啡的过程中,明克向她解释了阿茨凯身上瘀伤的由来。他尽可能用最婉转最柔和的方式来述说,以免让奥维特受到过于强烈的刺激。

* * *

多年前斯蒂尔顿还是一名警察时,曾在明克的帮助下与城市勘探所的人有过联系,那次主要是为了处理一起涉嫌侵犯地下军事区域的事件。城市勘探所并非官方机构,而是由一些愿意花时间绘制城市地下地图的个人所组成的松散团体。他们绘制的地图涵盖隧道系统、废弃工厂、岩窟、防空洞以及一些禁止无关人士进入的废弃地下场所。

城市勘探所的活动并不是完全合法的。

明克将联系人的电话号码以短信形式告诉给了斯蒂尔顿,后者立即给对方打电话并约定了见面时间。斯蒂尔顿的说辞是自己将为《斯德哥尔摩形势》准备一份报告,其内容与大斯德哥尔摩地区某些奇怪而隐秘的环境状况有关。接电话的人对《斯德哥尔摩形势》有所了解,也很喜欢它。

所以对方爽快地答应了斯蒂尔顿的见面请求。

由于自己的活动并不完全合法,所以城市勘探所的两个人戴着可以遮挡住脸部的巴拉克拉瓦盔式帽前来同斯蒂尔顿见面就显得不足为奇了,斯蒂尔顿对此也没有提出任何异议。他们会面的地点也是双方谨慎考虑后选定的。

---

① 一座建于1935年的登山电梯,是瑞典著名景观。

一辆厢式货车停在哈马比尔码头,其中一人坐在驾驶座上,另一人坐在后面的货厢里,斯蒂尔顿则坐在副驾驶座位上。他的外表没有什么问题,完全符合《斯德哥尔摩形势》撰稿者的形象,另外两个人并未对他的身份起疑。

"你想知道些什么?"

斯蒂尔顿解释说这份报告主要是为了表现在像斯德哥尔摩这样的大都市地下,也有着许多不可思议的隐秘地点,而他认为城市勘探所的人可能对这些地点的情况最为清楚和熟悉。这是善意而奉承的谎言。来自城市勘探所的其中一人微微笑了笑,问这份报告是否旨在向无家可归的流浪汉透露更多的过夜地点。斯蒂尔顿附和着笑了笑,承认说这种连带风险也是不可避免的。接下来那两个人对视了一眼,之后一起脱下了自己的巴拉克拉瓦盔式帽,原来其中一人是个女孩。

看来先入为主的观念的确是要不得的,斯蒂尔顿心里想着。

"你有地图吗?"女孩问道。

斯蒂尔顿事先准备了一份地图。他掏出地图,将其平摊开来。

在接下来的半个小时里,女孩和那名男子配合着地图说明了市内一些奇怪的地下场所的情况。在这期间,斯蒂尔顿时而表现得深深着迷,时而又表现得相当吃惊。当然,其中某些地点是真的令他感到惊讶不已,所以他也并不是完全在做戏。这些地点的存在本身就令他吃惊,而这两个年轻男女对这些地点的了解程度也令他吃惊,他几乎是对他俩佩服得五体投地。

"真令人难以置信。"他不止一次地这样说。

就这样过了半个小时之后,他觉得是时候说正事了。他说自己认识的一名流浪汉朋友声称在阿斯塔区有个非常奇特的地下空间,而且几乎没有人知道那个地方。

"你们知道吗?"

女孩和男子微笑着对视了一眼。在斯德哥尔摩的地下空间中,如果有连他们也不知道的,那么那些地方恐怕也不值得为其他人所知了。

"那里的确有个地下空间。"男子说,"它被称为'葡萄酒和烈酒'。"

女孩把地图拉到自己面前,指出了那个地点在地图上的位置。

"就在这儿。"

"那里很大吗?"斯蒂尔顿问道。

"大得惊人。起初那里是被打算用作处理污水的,不过现在那里完全是空的。它在地下有好几层。"

"你们去过吗?"

这对男女再次对视了一眼，似乎在考虑他们应该讲多少呢？

"我不会在报告中提及你们的名字，更不会公布你们的照片，所以没有人会知道我找你们谈过话，请放心好了。"斯蒂尔顿说。

他们又用了几秒钟的时间来权衡。

"我们曾经去过。"女孩说。

"你是怎么下去的呢？很困难吗？"

"说难也难，说不难也不难。"男子回答道。

"这话是什么意思？"

"你可以从前面的栅门进去，然后向下经过一段非常长的岩石隧道，那是旧时的电缆隧道，紧接着有一扇通往主洞穴的钢门，那扇门通常是锁着的……这是简单容易的进入方式。"男子说。

"那么复杂艰难的进入方式是什么呢？"

女孩看着坐在方向盘后面的男子，而后者此时正看着斯蒂尔顿。现在他们要讲的话可都是秘密了。

"街上某个下水道出入孔下面有一条狭窄的竖井……在这里……"男子再次指着地图说道，"下水道井盖下面有一个筑在井壁的狭窄金属梯子，你得沿着梯子在竖井里向下攀爬十五米，然后就抵达了一扇铁门跟前，铁门的另一侧是一条通道。"

"这通道可以通往那个洞穴？"

"是的，不过它……"

男子突然沉默不语了。

"它怎么了？"

"那条通道非常狭窄。"

"而且很长。"女孩补充道，"同时也很黑。"

"我知道了。"

斯蒂尔顿点了点头。女孩将地图折叠起来，男子则继续看着斯蒂尔顿。

"你打算用第二种方式进到那里吗？"

"绝对不会。"

"很好，凭你的身材是不可能从那条通道钻过去的。"

当斯蒂尔顿刚离开哈马比尔码头时便接到了明克的电话。

"你见到他们了吗？"

"是的。"

"他们知道那里吗?"

"知道。"

"这么说在阿斯塔有一个岩窟咯?"

"没错。"

"好的,现在我们也知道了。"

"我们?"斯蒂尔顿觉得这话听起来就像是回到了从前。明克认为他俩是一个团队吗?

"那么你打算怎么做呢?"明克问道。

"去查个明白。"

斯蒂尔顿说完便挂断了电话。

他准备沿着下水道出入孔下面的金属梯子爬下狭窄的竖井,下行十五米之后在井壁岩墙上有一扇铁门。如果运气好的话,那扇铁门也许是开着的。如果运气更好的话,他也许能钻进门内,再沿着漆黑的通道匍匐着往里爬。通道极其狭窄,进去之后可能就没法再调转方向了。如果他不能再继续前进,那么就只得倒退着爬出来。

当然,前提是他没有被卡在通道里。

他时常做这样的噩梦。在每次的梦境中他被卡在不同的地方,不过情节却很相似:他被紧紧地卡在一个地方不能动弹,而且他也知道自己没法脱身。恐惧感攫住了他,使他丧失了一切意识。

如今他将主动在现实中把自己正确地放进噩梦的场景中,他需要在一条比普通人的身体大不了多少的陌生岩石通道里爬行很长一段距离。

如果他被卡在了通道里,那么他将被永远地卡在那里。

他开始缓慢地沿着狭窄竖井里的金属梯子往下攀爬,微光中他能看到一些肥大的黑蜘蛛正在井壁上爬行。下行到一半的时候,他突然想到下面的铁门可能是锁住的,那样他就不用再去经历接下来的种种未知风险了……不过他迅速地把这种模糊的盼望抛诸脑后。

铁门是开着的。

确切地说,是半开着的。斯蒂尔顿用一只脚尽力将其推开,设法让自己的上半身钻进了门内。他看着前面,在几米远的地方有一个黑乎乎的洞,再往前就是一片漆黑,什么都看不清了。待他打开自己的手电筒之后,看到通道在前方略微有些弯曲,往一旁拐去。

他将自己的整个身体挤进门去之后,不由得喘了口气。这条通道比他预期的还要狭窄得多。他趴在地上,两只手臂伸向前方,这才意识到自己来这里探险的想法真是太疯狂了,但紧接着他想到了薇拉……他关掉了手电筒,开始沿着通道爬行。

他只能用自己的两只脚尖使劲蹬地才能前进。如果他把头抬起来就会碰到上方的岩石,可如果头埋得太低的话,下巴又会被地面摩擦到。他以极慢的速度艰难地前行着,脚尖每蹬一次地,整个身体大概能在通道里前进十厘米。他感觉到汗水不住地顺着自己的脖子往下流淌。过了好一阵子,他才来到了先前所看到的通道拐弯处,到了这里他得做出一个决定。如果拐弯处弯曲的幅度很大,那么他就不可能钻过去。要是贸然行进的话,他被卡在拐弯处的风险极高。

那意味着他的噩梦在现实中再现的可能性将达到最大值。

现在他就在通道的拐弯处,是进是退?

他打开了手电筒,看到前方一米多远的地方有一双老鼠的黄色眼睛。对他来说这倒不是什么困扰,一个经历过多年流浪生活的人肯定对褐家鼠非常熟悉,流浪汉的身边通常也只有褐家鼠与之作伴。一眨眼间,那只老鼠便转身逃窜,消失在了通道深处。

斯蒂尔顿拖拽着自己的身体继续向前爬去,爬到一半的时候他停了下来,这道弯确实有些急,然而当斯蒂尔顿意识到这一点的时候已经太迟了,他身体的大部分已经进入了弯道。他没法钻过去,而且更糟的是他可能也没法退回去了,他的身体被卡在了弯道里。

他被卡住了,就像被一把大钳子夹住了一般。

* * *

他将自己的灰色捷豹车停在离海洋博物馆不远的地方,车头正对着动物园岛,附近几乎没有停其他车辆。不过他还是先看了看四周,然后才取出了文特给他的盒式录音带。这是一盘老式磁带,而他心里在想:文特为什么没把磁带内容复制到光盘上呢?这可真是文特的典型作风。幸好他的这辆车上还配有磁带播放器。

尽管那场对话的每一个字一直以来都深深烙在他的头脑里,但他还是完完整整地将磁带里所有的对话内容都听了一遍。

这真是一种极其虐心的感觉。

他取出磁带,将细细的磁条一点一点地扯了出来,最后全部磁条乱七八糟地在他手上缠绕在一起。不过他把这盒磁带破坏掉是无济于事的,原始的录音带还在某个未知的地方等着呢,那里面有着完全相同的对话内容和充满灾难性的信息。他无论如何也必须拿到那盒原始录音带,而且这件事最好在三天之内就完成。他决不会考虑接受文特在最后通牒里的要求,这可不是他计划的一部分。

起码目前还不是。

不过他也清楚地认识到三天过后自己的计划也将面临风险。

到时候他该怎么做才好?如果文特将对话的内容公之于众怎么办?他的律师们能做些什么呢?声称那是伪造的对话录音吗?可是如果对录音进行声学分析的话,必然能证明对话里的声音的确出自他本人。还有琳恩,她肯定一下子就能认出他过去的声音。

柏迪尔点燃了一支小雪茄,今天他差不多已经抽完一整盒雪茄了。他透过后视镜看了看自己的脸,他看上去和文特一样疲惫不堪,脸色发灰,满面胡子楂。他一整夜都没有睡觉,今天早上也没有吃早餐。他想到了琳恩,他知道她对自己的任何一丁点儿行为改变都很敏感,她一定很想知道自己到底遇到了什么事情,而且一旦有机会,她必然会问一些令他难以回答的问题。如果他不对她撒谎,就没法回答那些问题,但是要对琳恩撒谎可不是件容易的事。

他处于极大的压力之下。

"你的声音听起来可不怎么轻松啊?"

"噢,是吗?唔,对,最近手头的事情比较多。"

柏迪尔突然接到了埃里克·格兰登的电话,后者已经从布鲁塞尔回到了家里。埃里克坚持要和柏迪尔一起吃顿便饭,而柏迪尔正好想尽量避免与琳恩靠得太近,这顿晚餐正好可以帮助他实现这个目的。

"七点半在'剧院烤肉店',怎么样?"

"很好。"

"你会带琳恩一起来吗?"

"今天不会。"

柏迪尔没有挂断对方的电话。他看了看手中缠在一起的磁条,再望着车窗外的动物园岛,这时他感到有些话就要从自己的嗓子里冒出来了。他克制了好几次,最后还是忍住没说。

"剧院烤肉店"的内部装潢称得上是舒适怡人的。淡淡的灯光映照在贴着红色墙纸的墙面上,镶有金框的小型挂墙画作点缀其中,朦胧而又优雅。埃里克·格兰登很喜欢这里的环境,而且这家店正好位于市中心。他刚刚顺道去阿森纳大街上的布科夫斯基拍卖展厅看了看,那里即将举办一场现代艺术品拍卖会,而格兰登很感兴趣的一幅奥勒·巴尔特林的早期作品将参加拍卖,因此他可能会为该作品出价。如今巴尔特林的作品又再次变得炙手可热起来。

格兰登身材瘦高,此时他正坐在"老同学"柏迪尔·马格努森对面的小沙发上。虽然两人并非同学关系,不过在他们所处圈子里的人都喜欢用"老同学"来彼此称呼。他们就像久违的老同学一样坐在这里,享用着香煎鳎目鱼和上好的冰镇葡萄酒。格兰登也涉足了葡萄酒生意,他投资买下相当大数量的珍稀葡萄酒,放在"歌剧酒窖"餐厅的专柜里出售。

"干杯!"

"干杯!"

柏迪尔很安静,这反倒令格兰登觉得非常舒适,他喜欢听自己高谈阔论的声音。格兰登颇善于表达自己,字字珠玑,这是他常常在公众面前讲话所练就的本事。

他也很喜欢在公众面前讲话。

在他开始谈论自己将来"可能"会得到欧洲最高级别的政界职位时,就仿佛是在发表自己的竞选演说一般。

"我说'可能'是因为'事无定论乃世间常理',这是萨科齐常常爱讲的一句话。说句题外话,萨科齐和我在法国用的是同一位理发师。当然,这件事并不令我感到惊讶,不然他们那种身份的人还会选择怎样的理发师呢?"

柏迪尔知道这句话是反问的语气,无须回应,于是又咬了一口鳎目鱼。

"我讲了太多关于自己的事情了,现在说说你吧,马格努森世界矿业公司最近的情况怎么样啊?我听说公司获奖的事情激起了很大的反响。"

"没错。"

"跟刚果有关吗?"

"是的。"

"我读过一些谈及雇用童工的报道,看起来情况不太妙啊。"

"的确如此。"

"也许你应该做出一些捐赠。"

"捐给谁?"

"比方说捐给瓦利卡莱地区的一家儿童医院,用来支持医院的建筑工程和医疗设备购买,再投入几百万克朗支持当地的医疗保健服务。这样一来,情况肯定能得到很大的改善。"

"也许吧。问题跟开采活动有关,我们没法在想要开采的土地上开展工作。"

"你是不是行动得太快,太急于求成了呢?"

柏迪尔微微笑了笑。格兰登看起来就像个外行,不过话说回来,谁又有那么大的能耐,可以设身处地地洞悉各行各业的不尽如人意之处呢?

"你应该知道我们行动的速度,你自己也看过我们的所有计划,不是吗?"

"我们没必要再提这件事。"

格兰登不喜欢别人提醒自己仍与公司有关联。大家对外的说法是他在很久之前就已经跟公司彻底撇清关系了。

"你看起来有点不对劲,就是因为这件事吗?"格兰登问道。

"不是的。"

接下来柏迪尔差点儿就管不住自己的嘴,差点儿就吐露出过多的信息了。也许是因为刚喝下的葡萄酒,还有缺觉、压力或者放下心头重担的迫切需要使然,他觉得自己很想在一名从前的"火枪手"面前为内心松松绑。

不过他及时地控制住了自己的舌头。

因为话一旦出口,他就再没有机会为自己解释了。即便他有机会解释,那么如果他向"老同学"格兰登坦承了那次对话的缘由,他也很清楚这位老朋友将作何反应。他知道格兰登和自己完全就是同一种人,就像同一个钢模里塑造出来的利己主义者。如果格兰登听到了那段录音,他很可能会立马示意侍者过来买单,然后谢谢眼前这位老朋友与他维持了这一段长久而互利的友谊,接下来,他就会从柏迪尔的生命中消失掉。

而且是永远消失。

于是柏迪尔将话题引到了格兰登感兴趣的方向。

"你具体什么时候会得到新的任命呢?"

"这还得保密。不过在这件事实现之后,等下次我们再坐在这里时,你就会和全欧洲最有权势的人说'干杯'了。"

埃里克·格兰登微微抿着下唇,这是他表达潜台词时常用的表情。

在柏迪尔看来,这是极其做作的表现。

* * *

他醒过来的时候,感觉到狭窄的通道里吹过了一阵冷风。他估计自己一定是昏迷了一段时间,具体有多久呢? 他也无从知道。在他想要钻过去的通道的另一头,一定有一扇门被打开了,所以才会起风。很可能正是那阵冷风使他的身体略微收缩了一点点,于是他觉得自己不再是被卡得死死的了。尽管只是松动了一点点而已,不过这足以让他可以再次用脚尖蹬地的方式缓慢前进。

他的呼吸很急促,过了几分钟,他发现自己没法再往后退了。如果他想离开这里,唯一的办法就是拐过弯道,继续前进。

他继续一点一点地往前爬行。

先前的昏迷状态使他失去了对时间的感知,所以他也不知道自己到底爬行了多久,不过突然间他发现自己已经从弯道出来了,此刻正处于靠近通道尽头的地方。他费力地爬完了最后一段距离,来到了一个从岩石上凿出的大洞口旁边。

他把头探进洞口张望,里面的情景他永远都不会忘记。

他首先看到的是那些灯。大量的聚光灯安装在各自的支架上,闪烁着、旋转着的灯光照亮了整个洞穴。灯光非常强烈,斯蒂尔顿花了好一阵子才让自己的眼睛适应了这里的环境。

随后他看到了笼子。

笼子是矩形的,总共有两个,被放置在洞穴的中央。每个笼子大约有三米宽,两米高,是由钢铸成的。两个笼子之间由灰色的金属网连接着。

接下来他看到了笼子里的男孩们。

每个笼子里有两个男孩,年纪约莫十岁,全身上下只穿了一条黑色皮革短裤。同一个笼子里的男孩正拼尽全力地相互打斗,他们都没有戴手套,每个人的身体上都是血迹斑斑。

另外还有观众。

观众分布在两个笼子的周围,坐成了好几排。他们叫喊着,喝彩着,激励笼子里的男孩们更加勇猛地打斗。观众的手里都握着大把的钞票,在打斗的过程中,那些钞票好几次易主。

笼中格斗。

而且有人打赌下注。

如果他事先不曾听过阿茨凯的故事,他也许需要花很长时间才能看明白眼前的场景是怎么回事。

总之,这情景着实是极其恶劣。

几个小时之前,他曾借用《斯德哥尔摩形势》编辑部的电脑在网上搜索过关于"笼中格斗"的信息,也读过不少与之相关的骇人听闻的资料。这种格斗形式多年前起源于英国,父母们让自己的孩子在金属笼子里彼此打斗。其中一位父亲声称这样做的目的是为了"训练"孩子们。他还在 YouTube 网站上看过英国普雷斯顿市的两个八岁男孩在格林兰兹工人俱乐部的钢笼里打斗的视频,那个视频令他感到极度恶心和不适。

不过他还是坚持看完了视频。

之后,他有条不紊地在网上搜集了更多与之相关的信息。他查到了这种格斗方式是如何传到其他国家的,以及它是如何逐年"升级"的。笼中格斗所涉及的赌博下注金额越来越高,随着它的广泛传播,这种格斗方式也越来越远离公众的视线,最后变成了完完全全的地下活动。

它远离普通人的日常生活,但那些热衷于观赏孩子们在笼子里彼此打斗的人却对其非常熟知。在他们眼中,这些孩子就像尚未成年的角斗士。

这样的活动是如何做到在公众面前保密的呢?斯蒂尔顿十分好奇。

还有,他们又是如何吸引孩子们参与其中的呢?

后来他读到了一篇文章,其中解释道:每赢得一场比赛的孩子可以在一个特定的排行榜上上升一名。每经过十场比赛之后,位列排行榜首位的孩子可以赢得一笔钱。这个世界上到处都是可怜的小孩,有无家可归的孩子,有被人诱拐的孩子,有无人照顾的孩子,还存在一些也许能靠着在笼子里与人格斗而获取某种成就感的孩子。

当然,其中也有只想通过笼中格斗挣一笔钱来帮助母亲减轻负担的孩子。

这可真让人心里不是滋味。他还在资料中读到笼中格斗的活动通常是由一些从前也亲自参加过格斗的青少年来组织和安排的,他们借助身上特别的文身来表明自己独特的身份。

他们的文身图案是一个圆圈里的两个英文字母——KF。

一个曾在瓦斯特尔大桥下殴打流浪汉的年轻人身上就有这样的文身。

据阿茨凯所说,这两个字母代表的是"少年拳手"的意思。

这就是他下到这里来的原因。

他觉得一直看着笼子是件非常痛苦的事情。其中一名男孩被击倒了,鲜血淋漓地躺在笼子里。一扇金属门被略微抬起了一点,那名男孩被人拖了出来,他看上去奄奄一息,甚至像一具尸体。另一名留在笼子里的男孩则围着笼子跳起舞来,观众们都站起来吹着口哨欢呼。接下来一切迅速归于安静,因为一场新的比赛即将开始。

就在这时他打喷嚏了。

他并不是只打了一个喷嚏,而是接连打了四个,可能是因为他的鼻子吸进了通道里的尘土。这四个喷嚏暴露了他的存在,也暴露了他的位置。

过来了四个人,他们把斯蒂尔顿从通道口拖了出来,其中一个人将他打倒在地。在他倒地的过程中,头撞上了岩石壁,伤得不轻。他被拖进了一个更小的洞穴中,这里处于观众们的视野范围之外。他们扒掉了他身上的衣物,将他举起来然后扔向冰冷坚硬的花岗岩壁。这时他看到他们依旧是四个人,其中两个的年龄明显要大一些。他头上涌出的鲜血顺着双肩往下流,一名年纪较小的攻击者取出一个喷漆罐,用喷出的油漆在他赤裸的背上写下了"踢废物"几个字。

另一个暴徒掏出了一部手机。

当人需要用一部放在衣兜里的手机往外拨号的时候,很不容易按出自己想要的号码,但却很容易选到先前拨出过的最后一个号码。就是基于这个原因,明克的手机接到了一个电话。这是一个人回拨给他的,此人先前与明克通话时还生龙活虎的,可现在却处于截然不同的境况。明克只听到了一声虚弱无力的喘息,他看到手机屏上显示的来电者是——斯蒂尔顿。

明克很快就猜出了斯蒂尔顿所在的地方。

八九不离十。

阿斯塔区很大,再加之明克完全不知道该从何处寻起,所以他花了好长时间进行搜索却徒劳无功。最后他拨通了维特安的电话,接着与阿茨凯通话,让阿茨凯更具体地告诉他应该如何去到阿斯塔的地下空间。阿茨凯的描述对他起到了一点帮助,起码令他对那片地区有了更清楚的印象。他终于找到了斯蒂尔顿,后者正蜷缩着靠在一块灰色岩壁上,全身赤裸,鲜血淋漓。他的衣物被乱七八糟地扔在周围。斯蒂尔顿双眼紧闭,手里握着自己的手机,明克能看出斯蒂尔顿遭受了残酷的殴打,也想象得出他先前拨出电话的情景。不过他还活着,而且能与人交流。明克为他重新穿上了裤子和外套。

"你得去医院才行。"

"我不去!"

斯蒂尔顿对医院充满了憎恶。明克本想强迫他去医院,但后来还是改变了主意,他打电话叫来了一辆出租车。

第一辆出租车来了,司机一看到他俩的模样便立即掉头开走了。第二辆出租车停下来之后,司机建议他们打电话叫救护车,随即也开走了。又等了一会儿,明克看到有一辆载着乘客的出租车驶到了离他们不远的地方,在司机等待乘客下车的时候,他朝司机挥了挥手。这一次他吸取了前两次的教训,事先将斯蒂尔顿藏在灌木丛后面,然后才走上前去跟司机说话。他迅速解释说自己的同伴被人打伤了,现在亟须找个地方包扎一下伤口。趁司机还来不及说话,明克飞快地将两张五百克朗纸币塞进了车窗里。

这是他今天赢得的彩金。

"我曾开过好几年出租车,在那期间遇到过各种各样的场面,也载过一些醉鬼和人渣,而你今天遇到的情况其实还算好了。我们要去索尔纳的温博姆斯大厦,不用开计价器了,我直接付你一千克朗吧,这么短的路程对你来说肯定是赚的,怎么样?"

奥莉维亚坐在厨房里吃着冰淇淋,同时用笔记本电脑上网。突然,她的冰淇淋掉落到地上,看着屏幕的眼睛瞪得圆圆的。

刚才她纯粹出于好奇心点进了"踢废物"网站,看到最新的视频里有个浑身赤裸的男人正在被人殴打。视频的背景像是某处岩窟,光线非常暗。后来那个男人被扔了出去,撞在了一面岩石墙上。

"斯蒂尔顿?"

她觉得自己的内心就像刚刚吃进去的冰淇淋一样冰冷彻骨。她马上拨通了斯蒂尔顿的电话号码,等待着对方接电话。

埃尔维斯迅速跑过去舔舐着正在融化的冰淇淋。

他会接电话吗?

他终于还是接了,不过接电话的并不是他本人,而是个完全陌生的声音。

"你好,我是明克,代接斯蒂尔顿的手机。"

明克?他是殴打斯蒂尔顿的人之一吗?他抢走了斯蒂尔顿的手机吗?斯蒂尔顿自己怎么不接电话呢?

"你好,我叫奥莉维亚·朗宁,我想问问……你认识汤姆·斯蒂尔顿吗?"

"认识。"

"他在哪里呢?"

"在薇拉的活动房屋里。你打电话来是有什么事吗?"

薇拉的活动房屋?薇拉又是谁?是网站上那个被打死的薇拉吗?

"他怎么样了?我在网站上看到他被殴打的视频,所以……"

"他还好。你认识他吗?"

"是的。"

接下来该说什么好呢?奥莉维亚心想,也许得用点没有恶意的谎言。

"他正在帮我完成我目前在做的工作。薇拉的活动房屋在哪里?"

明克需要帮手和自己一起为斯蒂尔顿处理伤情,他最需要的是绷带和创伤药膏,而奥莉维亚可以帮他搞到这些物品。于是他告诉奥莉维亚如何找到薇拉的活动房屋,并催促她尽快赶来。

奥莉维亚找出自己的急救箱,带着箱子一起上了车。其实她并不完全明

spring tide ▍十一

白自己为什么要这样做，是出于对被殴打的斯蒂尔顿的同情心吗？
　　大概是吧。
　　不过主要还是出于一种莫名的冲动情绪。

　　斯蒂尔顿用手指着一个橱柜，那里存放着一种东西，薇拉自己身上受伤或长疮的时候经常会用到它。明克倒腾着取出了一个装有黄棕色蜡状物的玻璃罐，罐身上的手写标签写着"疗伤树脂"，同时还列出了它的各种成分。
　　"树脂，绵羊脂肪，蜂蜡，明矾提取物……"
　　他念着标签上的内容。
　　"快给我抹上吧。"
　　斯蒂尔顿半裸着身子坐在床上，头上裹着一条布满血迹的毛巾。他的头顶有一道很大的伤口，是他被人抛向洞穴岩壁的时候撞击所致。他指了指自己身上其他各个明显的受伤部位，这些地方的血基本上已经止住了。明克看着玻璃罐里的奇怪混合物，"这玩意儿可靠吗？"
　　"是薇拉做的。她是用祖母上吊自杀前给她的方子照着做的。"
　　"噢，疗效还有待验证。"
　　明克开始把药膏往斯蒂尔顿身上涂抹。

　　奥莉维亚靠近活动房屋，好奇地透过窗户往里张望。借着微弱的灯光，她看到了一幕奇怪的场景：一个尖鼻子、扎着马尾辫的瘦小男人蹲在没穿衣服的斯蒂尔顿旁边，将一些黄棕色的糊状物从一个很旧的玻璃罐中舀出来抹在斯蒂尔顿身上。有那么一阵奥莉维亚心里打起了退堂鼓，她在想自己是不是应该回到车里，然后去买更多的冰淇淋。
　　她最终还是敲响了门。
　　开门的是明克。
　　"你是奥莉维亚？"
　　"是的。"
　　拿着玻璃罐的明克退回去，继续往斯蒂尔顿的胸口涂抹药膏。奥莉维亚走上两级阶梯，进到活动房屋里，把自己带来的急救箱放在地上。斯蒂尔顿看到了她。
　　"你好，汤姆。"
　　斯蒂尔顿没有回答。
　　在前来英根特森林的路上，奥莉维亚才意识到自己的行为是多么的冲动。

她为什么要去活动房屋呢？重要的是斯蒂尔顿会怎么想呢？他知道她要来吗？也许明克会告诉他，但他会不会神志不清以至于不能明白正在发生的各种事情？她来这里是不是严重侵犯了斯蒂尔顿的隐私呢？他俩只是在垃圾房里见过一面而已。当她看到斯蒂尔顿以后，后者的视线一直停留在地板上。他生气了吗？

"发生什么事了？"她问道，"你被……？"

"别再说了。"

斯蒂尔顿头也不抬地打断了她，奥莉维亚一时不知道自己是不是应该离开这里，或者应该坐下来。她选择了坐下来。斯蒂尔顿迅速地瞄了她一眼，然后躺倒在床铺上。他的身体所感受到的疼痛，远远超过肉眼可见的外伤所带来的，他需要平躺着休息。明克为他盖上了一条毛毯。

"你这里有止痛药吗？"明克问道。

"没有……等等，有的，在那里。"

斯蒂尔顿指着自己的背包。明克打开它，从中取出了一个很新的小药瓶。

"这是什么？"

"地西泮。"

"这不是止痛药，是一种……"

"给我两颗药，还有水。"

"好吧。"

奥莉维亚迅速环顾了一下四周，找到了一个装着水的塑料瓶。她将瓶里的水倒进了一个显然没洗过的玻璃杯，屋子里就只有这一个杯子。明克端起玻璃杯，帮助斯蒂尔顿服下了两颗药丸，然后低声对奥莉维亚说："地西泮是镇静剂，不是止痛药。"

奥莉维亚点了点头，两人都看着斯蒂尔顿，后者慢慢地闭上了眼睛。奥莉维亚坐在另一张床铺上，明克则背靠着门坐在地上。奥莉维亚再次环顾了一下活动房屋里的情景。

"他住在这里吗？"

"看起来应该是吧。"

"难道你不知道？你不认识他吗？"

"我认识他。他有时住在这里，有时住在别处，现在他住在这里。"

"是你找到他的吗？"

"是的。"

"你也是流浪汉？"

十一

"我？当然不是！我住在克尔托普区的公寓房里，那是我自己的公寓，现在起码价值五百万克朗。"

"噢，对了，你是艺术家吗？"

"我是走钢丝的杂技演员！"

"这是什么意思？"

"意思是各种活儿我都干。资金管理、金融衍生品，偶尔也做做艺术品生意，贩卖毕加索、夏加尔和狄更斯的画作。"

"狄更斯不是一位作家吗？"

"他的主要身份的确是作家，不过他在年轻的时候也创作过一些蚀刻版画，虽然并不广为人知，但欣赏价值极高，也很有影响力。"

听到这里斯蒂尔顿微微睁开眼睛，盯着明克看了一会儿。

"我得去一趟外面的灌木丛。"

明克消失在了门外。在他关上身后的门时，斯蒂尔顿完全睁开了眼睛。奥莉维亚看着他，问道："那个人，是你的朋友吗？"

"他从前是一名告密者，而且喜欢吹牛，很快你就会听到他如何破获帕尔梅谋杀案的故事了。你为什么来这儿？"

奥莉维亚不知道该如何回答这个问题。是为了送急救箱过来吗？这不过是个借口而已。

"说真的我也不知道为什么来。你想让我走吗？"

斯蒂尔顿没有回答。

"你希望我消失吗？"

"我不喜欢有人用海滩上的那起案件来打扰我。你曾打电话来问我是否负责过吉尔谋杀案。是的，案子是我负责的，而且我发现那起案子与杰奎琳·贝里隆德有一些关联。吉尔为杰奎琳工作，在红色天鹅绒公司工作。考虑到吉尔遇害时是有孕在身的状态，于是我再次开始调查海滩谋杀案，不过最后并没有什么新的收获。现在我们之间的事是不是该做个了结了？"

奥莉维亚看着斯蒂尔顿的脸，意识到自己应该离开了。不过她想告诉他一件事，而现在很可能就是说出那件事的最后机会。

"几天前我曾去过诺德科斯特岛，结果在海瑟尔维卡尔纳海湾的沙滩上遇到了一个奇怪的男人。我能跟你讲讲这件事吗？"

在活动房屋外面，明克站在黑暗中吸毒。其间他抬起头，用眼角的余光透过卵圆形窗户看着活动房屋里面的情形，发现奥莉维亚正在滔滔不绝地说话。

这女孩真漂亮,他心想,他们俩到底是怎么认识的呢?

漂亮女孩又为斯蒂尔顿盛了一杯水。她的故事已经讲完,可斯蒂尔顿却一言不发。她一面将水杯递给斯蒂尔顿,一面用手摸了摸墙壁。
"这里曾是薇拉·拉尔森居住的地方吗?"
"是的。"
"她就是在这里被……"
"别再说了。"
他又出言不逊了。
明克走了进来,朝躺在床上的斯蒂尔顿展露出一个招牌式的意味深长的笑容。
"你感觉好些了吗?"
"你呢?"
明克微微笑了笑。被发现了,不过那又怎样? 自己不是刚把一名从前的警察从极度危险的情况中救出来吗?
"我感觉好极了!"
"很好。你们现在可以走了吗?"斯蒂尔顿问道。
他再度闭上了眼睛。
明克和奥莉维亚并肩走在活动房屋外面。奥莉维亚心事重重,在她身边的男人是一个矮个头、因吸毒而精神恍惚的告密者。
"你知道吗,我涉足的行业很多,还扩展到了……"
"你认识斯蒂尔顿很久了吗?"
"确实很久了。他以前是个警察,多年来我和他就像是个小团队一般。我敢说,要是没有我的话,他肯定没法将那么多罪人绳之以法。决定很多事情成败与否的关键因素其实就在于我。顺带说一句,帕尔梅谋杀案也是我破获的。"
"噢,真的吗?"
奥莉维亚迫使自己做好准备应对即将发生的不愉快。她在满是泥泞的森林里朝自己的车走去,这时她突然想到他肯定会要求搭顺风车的,她该怎么做才能在这英根特森林中摆脱他呢?
"是的,我把我的破案思路告诉给了谋杀专案组,可是他们采取行动了吗?完全没有。我认为帕尔梅显而易见是被他的妻子开枪射杀的。他背地里干了不少对不起她的勾当,最后她忍无可忍了便开枪结束了他的性命! 没有人亲眼看到凶手开枪！不是吗？"

现在他们已经来到了奥莉维亚的车跟前。

关键时刻到了。

明克只是看着那辆野马汽车。

"这是你的车吗？"

"是的。"

"哇哦,这车可贵了！这是……福特雷鸟！"

"是野马。"

"哦,没错。你会载我一程的,对吗？我们先经过克尔托普区,我能去那里置办一些物品,然后再去我家,有一张床等着我们。唔,让你见识一下明克的床上功夫！"

这句话终于冲破了奥莉维亚忍耐的极限。她低头瞪着他,明克比自己还矮一个头,肩膀又窄又斜,正咧开嘴笑着。她朝他走近了一步。

"你吗？不过真抱歉,就算有人用一把装满子弹的枪指着我的脑袋,我也不愿碰你一下……你就是个可悲的混蛋,明白吗？搭你的地铁去吧！"

她钻进车里,发动引擎扬长而去。

* * *

阿斯塔的地下岩窟里此时可不平静,斯蒂尔顿的出现吓坏了格斗比赛的组织者们。还有其他人知道他们在这里聚集吗？岩窟里的观众被迅速地撤离了现场。组织者们开始拆卸笼子,并打算将所有的灯具和其他电子设备统统搬离岩窟。这个地方已经不能使用了。

"我们要把这个搬到哪里去？"

问话的人穿了一件黑色连帽衫,名叫利亚姆,他的助手伊斯身着墨绿色连帽衫,正抱着一个大金属盒子从利亚姆身边经过。伊斯小臂上的"KF"字样文身清晰可见。

"我也不知道,他们现在正在讨论这件事！"

伊斯朝着后面的一面岩壁点头示意,那里聚集着四名年龄较大的男孩,他们中间摆放着一张大地图。利亚姆转过身去掏出了自己的手机,打算看看他们放在网站上的视频吸引了多少人来浏览。

就是有裸体流浪汉的那段视频。

* * *

"让你见识一下明克的床上功夫！"去他妈的！奥莉维亚走进公寓大楼时仍然狂怒不已。当她伸手准备打开楼梯井的电灯时,心里还想着先前在英根特森林里遇到的事情。突然,她的脸上挨了重重一记耳光。她还来不及叫出声来,就被一只手捂住了嘴巴,另外还有一条手臂死死揽住她的腰并将她拖进了电梯里。这是一部一次仅能供两人乘坐的老式电梯,用的是伸缩式铁门。楼梯井里一片漆黑,她什么都看不见,不过她能感觉到推搡着自己进到狭窄电梯轿厢里的人不止一个。那只捂住她嘴巴的手一直没有松开,电梯的伸缩式铁门"轰隆"一声关上了,随即电梯轿厢开始缓缓上升。奥莉维亚非常害怕,她完全不知道发生了什么事。她感觉挤在自己身边的两个人都很结实,她推断他们是男人。她能嗅到汗味和难闻的口气,所有人都挤在电梯轿厢里无法动弹。

突然,电梯在两层楼之间停住了。

四周一片死寂……奥莉维亚感到胃部一阵痉挛。

"我现在要把我的手拿开了。要是你敢尖叫的话,我就拧断你的脖子。"

一个粗暴的声音从她身后传来,奥莉维亚的脖子上能感觉到那个男人呼出的热气。那只捂住她嘴巴的手扭着她的头前后转动了好几次,随后从她嘴上拿开了。险些窒息的奥莉维亚大口大口地吸入空气,剧烈地咳嗽起来。

"你为什么对杰奎琳·贝里隆德感兴趣?"

这声音是从奥莉维亚侧面传来的。声音很轻,是从距离她左脸颊十厘米远的地方传来的。

杰奎琳·贝里隆德?

原来是为了这件事。

这时奥莉维亚才感到了一阵实实在在的恐惧。

她具备道德上的勇气,这是肯定的,可她并不是莉斯·莎兰德①,她还远远没到那个程度。他们接下来要做什么?她应该尖叫吗?然后被他们拧断脖子?

"杰奎琳不喜欢别人打听她的生意。"声音较轻的男人说道。

"好的。"

"你不会再四处打听了吧?"

---

① 莉斯·莎兰德是史迪格·拉森的系列小说"千禧年三部曲"中的人物。莎兰德在网上使用"黄蜂"这一网名,是一名世界级的黑客。她凭借自己的技术进入了一个国际黑客联盟——"黑客共和国",成为了一名"公民"。在日常生活中,莎兰德凭借自己的黑客技能和照相机式记忆成为了米尔顿安保中最好的独立调查员。同时她还持有多个不同身份的护照并擅长变装,能经常在无人察觉的情况下四处行动甚至出入多国国境。由于童年的强烈心理创伤,莎兰德的个性极为封闭、不合群,非常不擅长和人交流,同时极度憎恨各种摧残女性的男人,也很乐于将这些人的恶行公之于世。

"不会了。"

"很好。"

一只粗糙的手再次捂住了她的嘴巴。她费力地用鼻孔呼吸着,两行眼泪顺着脸颊直往下流。两个男人死死地挤在她身边,他们呼出的热气吹在她的脸上。似乎过了很久,电梯突然开始下降,径直降到了一楼。紧接着,电梯的伸缩式铁门突然打开了,两个男人松开奥莉维亚,夺门而出。她向后倒在了电梯壁上,只看到两个大个子男人的背影消失在了街道上。随即电梯门再次关上了。

奥莉维亚跌坐在地板上,胃部痉挛得厉害。她几近崩溃,突然尖叫起来。她的音调很高,令楼梯井的声控电灯全部亮了起来,一位住在一楼的邻居循声跑过来发现了她。

邻居陪着她走上楼梯,奥莉维亚说刚才有两个男人在入口大堂对自己进行恐吓,不过并没有说出他们那样做的原因是什么。她对邻居的帮助表示感谢之后,他便下楼离开了。奥莉维亚朝自己的公寓房门走去——门是半开着的,他们已经去过她的公寓了吗?这帮该死的混蛋!奥莉维亚把房门推开,迅速走了进去,然后将其锁好,随即一屁股坐在门厅里。当她掏出手机的时候手还在颤抖。她的第一反应是打电话报警,可是报了警之后自己又该说些什么呢?目前她的头脑没法去思考这样的问题,于是她转而拨通了伦妮的号码,结果却听到了电话答录机的提示音,于是她挂断了电话。她应该给妈妈打电话吗?她放下手机,抬起头来,现在她的手抖得没那么厉害了,胃部的痉挛也平息了下来。坐在门厅的地板上,她可以看到客厅里面的情景。她发现客厅的一扇窗户半开着,而她记得自己先前离开公寓时窗户明明是关好了的。难道是自己记错了吗?她站起身来,突然想到了埃尔维斯。

"埃尔维斯!"

她在小公寓里迅速搜寻了一番,没有见到埃尔维斯。它从窗户跳出去了吗?她住在二楼,有时候埃尔维斯会去窗台上玩,春天的时候它甚至还有一两次设法跳到了楼下邻居的窗台上,然后跳进了院子里。她关上窗户,拿起一把小手电筒,往楼下的院子跑去。

这是一个很小的后院,院子里种着一些树,另外还有几把长椅,一只敏捷灵活的小猫很容易就可以从这里跑进四周临近的后院。

"埃尔维斯!"

没有小猫的影子。

柏迪尔·马格努森躺在自己的大办公室里的一张沙发上,他是醒着的,手里握着一支点燃的小雪茄。他是直接从"剧院烤肉店"来到这里的,刚一进门就焦虑不安地给琳恩打了个电话,令他觉得欣慰的是应答的不是人而是电话答录机。他在电话里解释说自己得在凌晨三点跟悉尼的人开电话会议,所以很可能会在办公室过夜。这样的事以前也时有发生,在他的大办公室里有一间舒适的小卧室,每逢这种时候小卧室就可以派上用场了。不过柏迪尔现在不打算去卧室,他根本就不打算睡觉,只是想独自待着而已。他在几个小时之前做出了一个决定,而促使他做出这个决定的导火索是头天晚上在墓园里的几句对白。

　　"你仍然和琳恩维持着婚姻关系吗?"
　　"是的。"
　　"她知道这件事吗?"
　　"她不知道。"
　　这是含蓄的威胁吗?尼尔斯·文特打算联系上琳恩并让她听到磁带里的录音吗?他真的会做出这么混蛋的事情来吗?不管怎么说,柏迪尔都不能冒这样的险,于是他做出了一个决定。
　　现在他需要独自待着。
　　但不巧的是电话又响了起来。
　　这个晚上"拿铁"已经打了好几次电话,不过柏迪尔之前一直都不愿接。这次他终于接了,免得对方再次打来。
　　"你在哪里?我们现在正在开一个很棒的派对!""拿铁"在电话那头喊道。
　　"卡布联盟"正在开派对。该联盟由十八名相互之间有着千丝万缕关联的成年男子组成,他们当中有的是家人关系,有的是商业合作关系,有的曾是寄宿学校的同学,所有人对联盟中其他人的审慎都有着充分的信任。
　　"我们把整个夜总会都包下来了!"
　　"'拿铁',我现在不……"
　　"杰奎琳还派了一些真正优质的'货品'来!年龄都在二十四岁以下!合同上写明了要提供完美的结局!你可一定要来啊!"
　　"我现在没那个兴致,'拿铁'。"
　　"你会有兴致的!我们这次一定要好好庆祝一下公司取得的荣誉!我还找了一帮穿着芭蕾舞裙的侏儒来为我们助兴。还有,尼普找人空运了五公斤伊朗鱼子酱过来!你当然得来啊!"

十一

"不行!"

"出什么事了吗?"

"没什么,只是我现在真没那个兴致。你代我向其他人问好吧!"

柏迪尔挂断电话后就关掉了手机。他知道"拿铁"还会打电话来的,而且尼普和其他"老同学"也会打来找他的。一旦他们决定要开一个派对,那么就一定会开,没有任何事能妨碍他们把这件事做成。他们从来都不缺钱,也不缺奇思异想。柏迪尔曾参加过一些布景奇特的派对。一两年之前,他们曾在厄斯特约塔平原的一间巨大车库里开过一个派对。车库里面停满了昂贵的豪车,地上铺着人造草坪,各处分布着一些喷泉,还有一个移动吧台沿着一条特殊的钢轨在车库里来回移动着。每一辆豪车的驾驶座上都坐着一名半裸的年轻女子,这些女子是从杰奎琳·贝里隆德那里雇来迎合"老同学"们心血来潮的古怪需求的。

柏迪尔现在完全没有心情参加那样的活动。

他什么派对都不想参加。

无论是怎样的派对。

总之今晚不行。

十二

今年夏天才刚刚开始,可天气就已经很热了,几乎每天都是大晴天。不过对有些人来说,这也有积极的一面:冰封的梅拉伦湖很快就达到了融化温度,起码湖面的大部分区域是这样的。尽管如此,莉娜·哈尔姆斯塔德觉得湖水还有些凉,不是特别适合游泳。她坐在湖边一块被太阳晒得发热的岩石上,正戴着耳机听一本有声读物。她拿起身旁的咖啡,喝了一大口,感觉非常满足。她是一位聪明的母亲,和两个儿子一起骑车来到了卡尔森地区里他们最喜欢的地方,还带着野餐篮。

这是他们今年夏天第一次游泳。

她甚至还亲手烤了蛋糕。

她认为自己应该为野餐篮拍一组照片,然后上传到脸书网站的个人页面上。这样一来,她的所有朋友都能看到她是一位怎样的好妈妈。

莉娜正翻看着自己的手机,突然她的大儿子丹尼尔跑了过来。他浑身湿漉漉的,嘴唇发紫,但人很亢奋。他来是找妈妈要自己的潜水面罩和通气管。莉娜取下耳机,指了指她带来的沙滩包,并建议儿子在再次入水之前先晒晒太阳暖暖身子。

"可是我已经很暖和了!"

"你在发抖呢,宝贝儿!"

"不碍事!"

"西蒙在哪里?"

莉娜边问边望向湖面,她的小儿子在哪里呢?几分钟之前她还看到过他的。她的心头突然涌起了一阵恐慌,她看不到小西蒙了。她迅速站起身来,不小心撞倒了身旁的咖啡杯,杯里残留的咖啡泼在了她的手机上。

Spring tide | 十二

"你怎么不看好弟弟呢?"

丹尼尔捡起了沾满咖啡的手机。

"妈妈,他在那儿。"他大声说道。

她总算瞧见了西蒙,小家伙穿着救生衣,小脑袋上下摆动着。她再定睛一看,西蒙正朝着左面的岩石群游去。那里太远了,莉娜心想。

"西蒙!快游回来!那里的水对你来说太深了!"

"这里的水一点都不深!"五岁的小男孩喊道,"你看!我还能站在这里呢!"

西蒙一面小心翼翼地维持着身体的平衡,一面站了起来,水面居然跟他的腰部齐平。

丹尼尔来到莉娜身边,"他竟然能站在那里?真是太奇怪了。"

的确很奇怪。莉娜知道那一带的水很深,有时人们还会站在岩石上跳进湖水中。丹尼尔也知道这一点。

"我要游到他那里去看看!你就待在原地别动。西蒙!我来找你了!"

丹尼尔戴着潜水面罩和通气管跳进水中,朝着弟弟的方向游去。莉娜密切关注着儿子们,她感觉自己的脉搏渐渐恢复了正常。刚才她怎么会如此担心呢?毕竟西蒙还穿着救生衣呢。自打生下第一个孩子之后,这么多年来,她就没少为孩子们瞎操心。

其实天底下的父母都是一样的,总担心子女会遇到什么灾祸。

丹尼尔快要靠近弟弟了。西蒙觉得有些冷,于是将两只手臂抱在胸前,想让自己暖和一点。

"西蒙!你站在什么东西上面啊?"丹尼尔喊道。

"我觉得是一块石头吧。它有点光滑,不过很大。妈妈生气了吗?"

"没有。"

丹尼尔来到了弟弟身边。

"她只是有点担心。"他说,"我来看看你踩的是什么东西,然后我们再一起游回妈妈那里去。"

丹尼尔将头埋进水里,开始靠着通气管呼吸。他很喜欢用通气管潜泳,不过这里的水下风景不像泰国那么美。透过相当浑浊的湖水,他勉强能看到弟弟正踩在一个物体上面。那是什么呀?为了看得更清楚,丹尼尔游得更近了一些。最后他终于看清楚了……

莉娜还站在岸边,正打算重新开始看手中的有声读物。突然,她看到丹尼尔的头冒出了水面,紧接着听到了他的喊叫声。

"妈妈！这下面有一辆汽车！他正站在车顶上。而且车里还有一个人呢！"

* * *

马上就到上午十一点了，她和衣躺在床上昏昏沉沉地睡了八个多小时。醒来后，她脱掉身上的衣裤，准备去洗个澡，就在这时她突然想起了什么。

"埃尔维斯？"

公寓里没有埃尔维斯的身影。她在床边俯身看了看楼下的院子。

院子里也没有猫。

她开始洗澡，任由喷头里流出的温水冲在身上，想让昨晚的不愉快经历也一并被冲走。然而，昨晚在活动房屋和电梯里的大部分经历都还残留在她脑海里。电梯里的那两个混蛋对埃尔维斯做了什么？是他们故意打开窗户，想让猫咪跑出去吗？她该怎么做才好呢？

她给警察局打了个电话，告诉他们自己的猫失踪了，猫的一只耳朵里有身份识别芯片，不过没有戴颈圈。与她通话的警察对她表现出适度的同情，并承诺说如果他们找到了任何消息都会直接跟她联系。

"谢谢你。"

她并没有在电话里提及电梯里的那两个混蛋。如果不把自己正在做的事告诉警方的话，她真的不知道该如何解释发生在电梯里的那件事。难道她需要告诉警方，自己正为了一个与1987年发生在诺德科斯特岛的未决谋杀案有关的暑期研究项目，而去暗中调查一位看起来正派的奥斯特玛姆高档住宅区精品店店主？

这样的解释未必能让人信服。

不过，她准备开车去斯蒂尔顿那里看看他的情况，她觉得他的真实状况其实比昨天晚上自己所看到的要糟得多。再说，也许她应该把自己在电梯里遭遇的那件事告诉他，起码他知道杰奎琳·贝里隆德是谁。

奥莉维亚将鱼酱涂在烤面包片上，一边大口大口地吃着手里的食物，一边朝自己的车走去。当她沐浴在阳光下时，整个人的感觉好了一些。她把车的顶篷打开，坐进驾驶座，然后戴上了耳机。随着直列四缸引擎开始轰鸣，奥莉维亚驱车朝着英根特森林的方向驶去。

在阳光和清风的关怀之下驾着敞篷车奔驰，这让她感到轻松惬意。她暂时将昨晚的不愉快经历抛诸脑后，头脑也渐渐恢复了平静。或许她该买些东西带到斯蒂尔顿那里去？看起来他的活动房屋里并没有储备什么食物。她将车停在一家7-11便利店的门口，准备进去买一些三明治和点心。当她下了车并经过车头的时候，突然嗅到了一种奇怪的气味。似乎是从引擎盖下面传出来的，总之她以前从未感受过这种气味。噢，但愿不是里面有什么东西烧着了！拜托！不要让我在今天遇到这样的事。她定了定神，随即掀开了汽车的引擎盖。

五秒钟过后，她在街道边呕吐起来。

她心爱的埃尔维斯的尸体正躺在发动机组的一侧。在汽车从索德驶到索尔纳的路途中，猫已经被烤成了一团又黑又焦的肉块。

* * *

吊车刚刚将这辆灰色的汽车从海水中吊起来，放在了岸边的岩石群中。驾驶座旁边的车门是开着的，大量的海水从中涌出。车里的尸体先前就已经被潜水员拖出来，装进了一个放在担架上的蓝色口袋中。这一大片区域都被戒严了，犯罪现场工作人员正在检查岩坡上的轮胎辙痕和其他一些可能的线索。

一个女人掀起警示带，朝着担架走去，她是一个小时之前接到当地警察局长的电话后赶来的。由于目前警方正在着手调查好几起谋杀案，再加之现在本来也是暑假，所以最近警局里很缺乏谋杀案调查员，于是来自国家犯罪调查小组的梅特·欧诺沙特便奉派来到了这里。而且，总警司卡琳·哥特布兰德已经关注梅特很久了，她很放心把这起案子交给梅特，因为长久以来梅特的记录都是清白无瑕疵的。这起案子将成为梅特负责调查的第十五起谋杀案。

没过多久，这起案子便被定性为蓄意谋杀案或过失杀人案。本来还可能存在这么一种情况，那就是车里的男人自己将车驶下斜坡，然后冲进海里被淹死了。不过，在死者的尸体被放上担架之后，法医留意到他的后脑部有一个相当大的洞。在这样的伤势下，没有人还能独自驾驶汽车。接下来，他们还在离斜坡不远的花岗岩上发现了一些血迹。

这很可能是车内的男子所流的血。

梅特认为应该有一个或几个人随着那辆汽车一起来到了这里，当时车上的男子可能已经死了，或者他也可能是到了这里之后才死去的。他的尸体被人放进了驾驶座，然后一个或几个人将车推下了斜坡。

就目前所掌握的情况来看，这样的推测是比较合理的。

死者的身份尚未确定，他身上没有携带任何私人物品。梅特让法医拉开裹尸袋的拉链，想再次看看死者的脸。她仔细地察看了许久，将死者的面部特征与自己过目不忘的头脑里的人脸一一比对。她似乎可以模糊地判断出死者是谁,不过并不能确定,也不知道他的名字,只是隐约觉得自己以前知道这个人。

* * *

"你觉得……当我发动引擎的时候,它还活着吗?"

"这个不好说……"

坐在奥莉维亚对面的女警官再次递了一张纸巾给她。

奥莉维亚已经渐渐从最初的极度震惊状态中恢复过来,但她还在继续哭泣,因为她怎么都停不下来。7-11便利店的店主打电话报了警,警察们在便利店一名雇工的帮助下将埃尔维斯的尸体取出来,放进了一个塑料口袋。他们让奥莉维亚坐进一辆警车,然后把她带到了警察局。最终,她还是决定将一些事情告诉给了警方。她描述了电梯里的男人们是如何威胁她的,也谈到了自己回家时发现门被打开,而且猫不见了。警察们让她描述一下电梯里那两个男人的特征,不过当时她身处黑暗之中,也没怎么看清楚。现在看起来警察们也做不了什么。

"我的车在哪里呢?"她问道。

"就在警察局,我们把它开过来了。不过也许最好还是……"

"你们能帮我把它开回家吗?"

也许警察们考虑到奥莉维亚将来会成为他们的同事,于是照她说的做了。

她暂时还不想坐在自己的车里。

* * *

梅特·欧诺沙特和一名病理学家一起站在索尔纳法医部的办公室里,面前放着一具赤裸的尸体。就在一个小时之前,梅特终于将这具尸体的脸与记忆中的某张脸对上了号。那个男人在很久之前失踪了,而她本人曾奉命搜寻过他。

他叫尼尔斯·文特。

没错,一定是他,梅特想道。眼前这具尸体的脸看起来比她记忆中的尼尔斯·文特苍老了好几岁,不过死者在其他方面的一些特征却使梅特相信自己没有认错人。

这可真有意思,她自语道,随后仔细察看着这具赤裸的尸体。

"一些外貌特征能帮助我确认死者的身份。"

病理学家有些吃惊地看着梅特。

"他有一颗上臼齿用金子补过,他做过阑尾手术的地方有一道疤痕,他的眉毛这里也有一道疤痕……"

Spring tide | 十二

病理学家指着死者左大腿外侧的一块大胎记。梅特倾身细看那块胎记，依稀记得自己曾看到过它。不过是在哪里呢？她一下子想不起来。

"他的死亡时间是什么时候？"

"是初步估算的时间吗？"

"没错。"

"应该是在刚刚过去的二十四小时之内。"

"另外，他后脑部的伤是他与岩石撞击形成的吗？"

"有可能。我得进一步核实之后才能确认。"

梅特·欧诺沙特迅速组建了一支小团队，由几名有经验的老手和几名年轻有为的后生组成，他们都没有外出度假。团队成员们在位于波尔赫姆斯大街的一间中央指挥室里有条不紊地开展工作。

他们派了一些人去卡尔森地区寻找目击者，同时还安排人手寻找尼尔斯·文特的近亲。最后，他们发现文特有个姐姐住在日内瓦。自从上世纪八十年代文特失踪之后，他的姐姐就再也没有他的任何消息，不过她确认了警方提供的关于死者的种种外貌特征。眉毛处的伤疤是在他们孩童时期留下的，那时她将弟弟推向家里的一个书柜，从而令他受了伤。

目前所掌握的东西就只有这么多了。他们必须尽快将所有的检验报告汇总起来，最重要的是来自技术人员的报告。

而此时技术人员正忙着检查那辆车的情况。

梅特向团队里的两名年轻成员丽莎·赫德奎斯特和博斯·泰仁简单地讲了讲1984年文特失踪时的情形。当年有一名瑞典记者贾恩·奈斯特龙被人发现死在一辆车里，在那之后不久文特便失踪了。那名记者也是被扔进了扎伊尔首都金沙萨境外的一个湖里，那时候刚果还叫扎伊尔。

"那件事在当时引起了极大的轰动。"梅特说。

"它的作案手法跟现在这起案子似乎很相似？"丽莎试探性地问道。

"是的。扎伊尔当地警方将那件事判定为一起意外事故，不过我们强烈怀疑那其实是一起谋杀案。而且，文特也在事发后从金沙萨失踪了，于是有人猜测他是不是也牵涉在其中。"

"你的意思是，文特是那起记者遇害案的嫌疑人之一？"

"没错。当时那名记者正在写一篇与文特所在的公司有关的文章，不过这件事尚无定论。"

丽莎·赫德奎斯特的手机响了。她一边接听，一边做着一些笔记，电话很快就结束了。

"潜水员在汽车所在的水域找到了一部手机。"她说,"它有可能是从驾驶座旁边打开着的车门掉出来的,对吗?"

"手机能不能正常使用?"梅特问道。

"现在还不行,它正被送往技术部门检修。"

"很好。"

梅特转头看着博斯·泰仁。

"也许你能试着去找找文特从前的伴侣,他在失踪之前是跟一个女人住在一起的。"

"是在八十年代吗?"

"是的。我记得她好像叫汉森,我会去核实一下。"

博斯·泰仁点了点头,随即便离开了。一名年龄较大的同事走到梅特跟前。

"我们对斯德哥尔摩的所有酒店进行了快速搜查,没有人用尼尔斯·文特这个名字在这些酒店办理过入住手续。"

"好的。你们再去跟信用卡公司和航空公司联络试试,看看他们能不能提供什么有价值的信息。"

团队成员们纷纷离开了指挥室,他们都有任务要去完成,只剩下梅特独自留在这里。

她开始思考这起案件的作案动机。

* * *

奥莉维亚努力让自己振作起来,尽量保持平静。

她把猫的餐具洗干净后放进了厨房里的一个橱柜,然后把猫砂端出去倒掉了。她把埃尔维斯曾经玩过的绒球和皮球都收拾起来,在做这件事的过程中她几乎是濒临崩溃。她把所有的小球都装进了一个塑料袋,可她并不确定自己应该把袋子放在哪里。我还没有想好,她心里念叨着,我现在还没有想好。她暂时把袋子放在窗台上,然后望着窗户外面。

她就这样坐着望了好久,动也不动一下。

她内心越来越烦闷,胃部感到一阵阵刺痛,而且愈加难以呼吸。自己每提出一个新的问题,压在心房上的负担就会变得更加沉重。当她发动汽车时埃尔维斯还活着吗?是她用汽车杀死了埃尔维斯吗?这些问题将会在很长一段时间里深深刺痛她的心。

对此她深信不疑。

不过在内心深处,她知道这件事是谁的过错。不是她的过错,把埃尔维斯放在汽车引擎盖下面的不是她,而是那些由杰奎琳·贝里隆德派来的混蛋。

她恨那个女人!

意识到这一点对她自己的情绪是有一点点帮助的。毕竟,她的恨和绝望针对的是一个真正存在的人,一个从前的高级妓女!

她从窗边走开,用一张毯子把自己裹起来,端着一杯热茶走进卧室,然后坐在床上,背靠着床头板。她已将自己能找到的所有埃尔维斯的照片都摆放在床罩上了,数量相当多。她把照片一张一张地拿起来,放在手里抚摸着,这样做略微舒缓了她内心的痛苦。随后,她的心又被一个想法给深深触动了。

他们下一次会杀谁呢?

她继续往下想。

是我本人吗?

已经够了!对她来说,现在是时候放弃海滩谋杀案了。她已经为此赔上了最大的赌注——她心爱的埃尔维斯。

奥莉维亚在床上坐直身子,把杯子放了下来。她还得做一件事情——打一个艰难的电话,趁现在自己情绪还算稳定。

她要给妈妈打一个电话。

"噢,天哪!真不敢相信!"

"我也真的没想到竟然会发生这样的事。"奥莉维亚说。

"不过你怎么能在它独自在家时把窗户开着呢?"

"我忘记关窗户了,它以前也溜出去过一次……"

"上次它是跳进院子里了,不是吗?"

"没错。"

"你去下面的院子里找过吗?有没有认真找过?"

"已经找过了。"

"你报警了吗?"

"报了。"

"那就好。这件事真让人遗憾,不过我相信它一定会很快回来的!猫咪通常能独自在外面生活好几天呢!"

在奥莉维亚结束通话的那一瞬间,泪水从她的眼眶里涌了出来。她没法再继续撑下去了。她已经设法用最合情合理的方式就这件事对妈妈进行了一番解释——她说埃尔维斯失踪了。她没法把真相告诉妈妈。如果妈妈知道了真相,一定会问很多问题,而其中必定会有那个最触痛她内心的问题。

"你用你的车杀了它?"

她不想听到这个问题,尤其不想听到妈妈问这个问题。她没法应对那样的局面,所以最终选择用一个善意的大谎言来为这件事做一个了结。于是,埃尔维斯成了一只失踪的猫,这是她和妈妈都能够接受的结局。

而事情的真相将成为她们家庭永远的秘密。

她蜷缩在摆满了猫咪照片的床上,痛苦地啜泣着。

十三

失踪的公司董事被发现遇害身亡

关于尼尔斯·文特遇害的新闻登上了各大报刊的头条。他失踪时的身份是柏迪尔·马格努森的合作伙伴,与后者共同拥有马格努森－文特矿业公司。当年曾有人推测说文特的失踪是因公司的两名主要董事之间的冲突所致,马格努森本人与文特的失踪难脱干系,不过从那至今一切事情都还没有明朗化。

也许现在是尘埃落定的时候了。

今天自然也有一些新的猜测,比方说文特的遇害与马格努森世界矿业公司是否有关?这些年来文特又去了哪儿?他可是从1984年就失踪了。

现在他突然被人发现,而且已经遇害身亡。

地点就在斯德哥尔摩。

* * *

在斯图尔巴德特温泉浴场的休息区,柏迪尔·马格努森悠闲地坐在一把藤编扶手椅上。他刚去桑拿房里待了二十分钟,现在浑身都感觉很舒畅。在他身边的玻璃桌上摆着一叠报纸,每份报纸上都或多或少地登载了尼尔斯·文特谋杀案的新闻报道。柏迪尔仔细地读过每一篇报道,想看看其间是否有提到文特在斯德哥尔摩露面之前的居住地点。可是他并没有在报纸上找到关于这方面的任何信息,甚至连一丁点儿相关的推测都没有。文特从1984年失踪至今到底做了些什么事,目前还不为人所知,也没有人知道他这段时间是住在哪里的。

柏迪尔用手整理了一下自己身上的浴袍,拿起玻璃桌上的一杯冰矿泉水喝了一口。他正思考着自己目前的处境:他刚刚摆脱了一个在三天之内必须解决的紧急问题,现在还面临一个必须在七月一日之前解决掉的问题。时间还比较宽裕,不过问题依然是存在的。

突然,埃里克·格兰登走了进来,他也穿着一样的白色浴袍。

"嗨,柏迪尔。我听说你来了这里。"

"你要去洗桑拿吗?"

格兰登环顾了一下四周,他能看出这里除了他俩之外便再无其他人了。即使是这样,他还是压低了自己本该抑扬顿挫的嗓音。

"我看到了关于尼尔斯的报道。"

"哦。"

"他是被谋杀的?"

"这是显而易见的啊。"

格兰登在柏迪尔身旁的藤编扶手椅上坐了下来。尽管是坐着,他也比柏迪尔高了差不多一个头。他俯视着柏迪尔,"怎么说呢,这件事不是应该令人很难受吗?"

"令谁难受?"

"这是什么意思?"

"你一直都没怎么想念过他,不是吗?"

"话虽如此,可我们在多年前毕竟是老朋友啊。"

"埃里克,那已经是很久以前的事了。"

"没错,可是听说他遇到了这样的不幸,你难道一点感觉都没有吗?"

"噢,那倒不是。"

我是说我的感觉不是你所想的那样,柏迪尔心里想着。

"他为什么突然出现在斯德哥尔摩这里呢?"格兰登问道。

"我不知道。"

"这件事会和我们扯上关系吗?会不会影响到公司呢?"

"你怎么会这样想呢?"

"我也不知道。不过以我目前所处的状况,如果有人要开始挖掘过去的事,那对我是相当不利的。"

"莫非你担心他们会发现你曾经也是公司董事会成员之一?"

"我不想让人知道我与马格努森世界矿业公司之间有任何关联。尽管其间并没有什么见不得人的勾当,不过有时候一件事很容易就会发展变化为截然不同的另一件事。"

"我认为这件事不会对你产生任何影响,埃里克。"

"听你这样说我就放心一点了。"

格兰登站起身来,脱掉了身上的浴袍,露出了白得跟浴袍一样的匀称身体。在他的脊柱底部有一块很小的蓝黄色文身。

"那是什么?"柏迪尔问道。

"是一只虎皮鹦鹉,它叫尤西,在我七岁的时候飞走了。我现在要去桑拿房了。"

"去吧。"

格兰登朝桑拿房的方向走去。他刚一关门,柏迪尔的手机就响了起来。

电话是梅特·欧诺沙特打来的。

* * *

好几天以来,斯蒂尔顿本不想去理会自己的伤势,可是在经历了又一个被身体内部的疼痛折磨的夜晚之后,他还是决定去一趟佩拉贝肯诊所。这家诊所是专门为流浪汉服务的,里面的医护人员都是来自厄斯塔迪亚科尼地区的失业人员。

斯蒂尔顿在诊所接受了一系列的医疗检查,最终结果表明他的伤势并没有严重到需要住院治疗的地步,尤其幸运的是他的内脏没有受到任何损伤。一名年轻的医生为他包扎了多处伤口,当这名医生看到涂在伤口上的黄棕色糊状物时,感到非常惊讶。

"这些是什么?"

"疗伤树脂。"

"树脂?"

"没错。"

"是吗?真是太不可思议了。"

"怎么了?"

"唔,你的伤口愈合得非常快。"

"真的吗?"

他原本是怎么认为的?莫非只有医生才了解药物?

"这种东西在哪里能买到呢?"

"没有卖的。"

医生在斯蒂尔顿的头上缠了一条干净的新绷带,接下来他拿着一张医生开的处方离开了诊所,但他不打算按处方去药店买药了。走到街上,一些画面又回到了他的脑海里。遍体鳞伤的男孩们在笼子里格斗,周围的观众却在欢呼喝彩,这样的画面着实令人感到很不舒服。他抛开这些烦恼,想到了明克。这一次,多亏了小个子"万能通",他才能捡回一条命。要是他一直被丢在阿斯塔的地下岩窟里,那后果真是不堪设想。明克把他带回了家,帮他往伤口上抹了药膏,还为他盖上了毛毯。

希望他当时是搭便车回家的,斯蒂尔顿想道。

"他是搭你的车回家的吗?"

"你说谁?"

"明克啊。那天晚上是你载他回家的吗?"

在位于弗莱明大街的斯德哥尔摩城市救助中心,斯蒂尔顿接到了奥莉维亚的电话。他正在那里试穿新衣裤,从前的服装上全被沾染了血迹。

"不是。"她回答说。

"为什么呢?"

"你现在感觉如何啊?"

"他为什么没有搭你的车?"

"他想走回去。"

一派胡言,斯蒂尔顿心想,很可能是他们离开活动房屋之后就吵起来了。他了解明克的为人,而根据他对朗宁的些许了解,他知道错一定不在她。

"你打电话来是想干什么?"他问道,"我们之间的事情不是已经完全了结了吗?"

"你还记得吗,我在活动房屋里告诉过你,我在诺德科斯特岛遇见了一个男人,我先是在海滩上看到了他,后来他又出现在了我所住的小屋门口?"

"我记得。怎么了?"

奥莉维亚说自己十分钟之前刚在一家新闻网站上看到了一条令她极度震惊的消息。她说完之后,斯蒂尔顿说道:

"你应该把这件事告诉给案件的调查负责人。"

* * *

此时此刻,在斯韦亚大道一幢大厦二楼的大厅里,案件的调查负责人正坐在被杀害的尼尔斯·文特的前搭档柏迪尔·马格努森对面。马格努森只给了对方十分钟的时间,他声称自己得赶着去开会,于是梅特·欧诺沙特开门见山地直奔主题而去。

"最近你和文特有过联系吗?"

"没有。难道我们应该联系吗?"

"他显然来过斯德哥尔摩,而你们以往也有过不少交情。你们曾一同经营着马格努森-文特矿业公司。"

"我们一直都没有联系。他出事的消息令我非常震惊,这些年来我一直以为他……唔……"

"你以为他怎么样了?"

"我脑子里有过各种各样的念头,有时我会认为他是不是自杀了,或者遇到行凶抢劫一类的事情了,或者也许就只是纯粹的失踪了而已。"

"哦。"

"你知道他为什么突然露面吗?"

"不知道,你呢?"

"我也不知道。"

梅特仔细观察着这个坐在自己对面的男人。这时,一名秘书将头探进来看了一眼,然后朝马格努森招了招手。他匆匆地向梅特表达了歉意,解释说下次等自己有空的时候一定会尽己所能帮助她。

"毕竟,正如你所言,我们过去有过不少交情。"

* * *

在警察总局的咨询处,奥莉维亚查到了尼尔斯·文特谋杀案调查负责人的名字,然而当她表明了自己想跟梅特·欧诺沙特取得联系的意愿之后却碰了壁。咨询处的工作人员声称他们不能把梅特·欧诺沙特的电话号码告诉她。不过,看起来如果奥莉维亚愿意想办法找找别的门道,或许也能得到梅特的号码和办公室所在地。

奥莉维亚没有兴趣去研究这种旁门左道的东西。她再次拨通了斯蒂尔顿的电话。

"我没法联系到案件的调查负责人。"

"负责人是谁?"

"梅特·欧诺沙特。"

"我知道了。"

斯蒂尔顿沉思了片刻。他明白奥莉维亚想说的事一定是梅特·欧诺沙特需要尽早知道的。

"你现在在哪里?"他问道。

"我在家。"

"两小时之后你来伽马卡大街四十六号接我吧。"

"我现在没法开车。"

"什么?"

"是因为……车的引擎出了点问题。"

"哦,那么你来斯鲁森大街的巴士终点站找我。"

当他们一起从448路巴士下车,继而穿过一片有着漂亮老房子的社区时,天已经有点黑了。从巴士站的指示牌可以看出这里的地名是佛萨贝肯,可奥莉维亚对这一带完全不熟悉。

"在这里面。"

斯蒂尔顿用下巴指了指方向,他们走上了一条两旁都是灌木丛的小路,这条小路一直通往斯德哥尔摩附近的海边。突然,斯蒂尔顿在一排水蜡树树篱边停下了脚步。

"到了。"

他指着小路对面一栋很大的老房子。看得出来,这栋略微破旧的老房子也曾有过它的鼎盛时期。现在房子的外墙被漆成了黄绿色,奥莉维亚看着房子问道:"她住这里面吗?"

"没错,据我所知是这样的。"

奥莉维亚略微有些困惑。以前她曾设想过警局的侦缉总督察们会住在怎样的地方,可她绝没有想到会是这样一栋破旧的老房子。斯蒂尔顿一直看着她,"你不打算进去了吗?"

"那么你不去吗?"

"我不去。"

斯蒂尔顿本来也不可能一直跟她在一起,奥莉维亚这次只有靠自己了。

"我会在这里等你。"

看上去他并不打算解释自己不与奥莉维亚同去的原因。

奥莉维亚向前走了几步,从一扇打开着的大木门走了进去。她颇感惊讶地看到门内的一片空地上有不少各式各样奇怪的小型建筑,看起来像是儿童游戏房。空地上还悬挂着绳子、网目很大的网和一些木板,到处都挂着五颜六色的彩灯。这些器具是从某个倒闭的马戏团找来的吗?她心里想着。她看到两个半裸着身体的孩子在一个大型儿童秋千旁边玩耍着,两人都对奥莉维亚的出现毫无反应。她迟疑着走上一段扇形木阶梯,来到前门按下了门铃。

奥莉维亚在门外等了好一阵——毕竟这房子不小——最后梅特·欧诺沙特终于打开了前门。梅特从今天大清早就开始工作了,她已经为文特谋杀案的调查组成员进行了分工安排,以确保整个调查组可以夜以继日地开展工作,而明天就会轮到她自己值夜班。此时的她一脸惊愕地看着门外,花了好几秒钟的时间才反应过来站在门口的这名年轻女孩就是曾找她打听过汤姆的警校学生。她叫奥莉维亚·朗宁吗？没错,梅特记起来了。那她现在来这里是想干什么呢？再次打听关于汤姆的事情吗？

"你好?"梅特打了个招呼。

"你好。警察总局的工作人员不愿意把你的电话号码告诉我,所以我去找汤姆·斯蒂尔顿,然后他带我来到了这里,而……"

"汤姆也来了吗？"

"是的,他……"

奥莉维亚将身子略微朝着小路的方向转了转,梅特的目光也一下子转到了同样的方向。她看到有个人影正在小路上愈走愈远。

"你进来吧!"她对奥莉维亚说。

紧接着她飞快地从奥莉维亚身边跑过去,她健壮的身躯以非常迅猛的速度穿过花园,冲出了房子的大门。斯蒂尔顿才走出十几米就被她追上了。她站在他面前一言不发,而他却将脸转开不愿跟她有目光接触,这也是他的习惯动作。梅特就这样在斯蒂尔顿面前一动不动地站着,过去薇拉也常常这样对待他。过了一会儿,梅特将一只手臂放到斯蒂尔顿腋下,让他的身体转过来,然后拖着他一起朝着房子的大门走去。

他们走在一起的样子就像是一对老夫老妻一般。男人个子很高,头上缠着绷带,他的穿着令他的整体形象减分不少;女人身形宽大——这还是委婉的说法——上唇渗出了几滴汗珠。他们就这样走进了大门,这时斯蒂尔顿停下了脚步。

"房子里都有谁?"

"吉米和孩子们在楼上玩电脑游戏,乔琳娜在睡觉,马尔腾在厨房里。"

奥莉维亚站在前门边听到了梅特跟斯蒂尔顿的对话,随即她独自走进前门,来到了一处很像门厅的地方。这里杂乱不堪,在她朝一个亮着灯的房间走过去的过程中不时需要抬起脚来跨过地上的各种物件。奥莉维亚觉得很难找到合适的词语来描述这栋房子的内部装潢,房间真的很大,毕竟这房子当年应该算得上是非常时髦而有格调的豪宅。墙上有漂亮的木镶板,天花板是素雅的乳白色,房子里各处都摆放着一些奇奇怪怪的小物件。

当然,对于那些经历过数不清的环球旅行的人来说,它们并不奇怪。这里有从菲律宾带回来的新娘花冠,上面嵌着饰以羽毛的小猴头骨。还有从开普敦的犹太社区带回来的彩色纺织品……这些东西都是住在这里的主人相中后买回来,摆放在这栋大房子里的。

奥莉维亚目瞪口呆地看着这里的种种陈设。

竟然有人可以住在这样的房子里？这与她父母位于罗特布罗的房子简直有天壤之别！后者中规中矩，处处都被粉刷成单调无比的灰白色。她小心翼翼地在房子里穿梭着，突然听见房子更深处传来了轻微的"咔哒"声。她朝声音传来的方向走去，其间还穿过了另外几个布置得极富异域风情的房间。这强化了奥莉维亚的某种感觉……唔，不过她自己也说不清那是怎样的一种感觉。总之，当她置身于那些房间里时，似乎觉得自己被某种无法言说的魔力给攫住了一般。

最后她来到了厨房。

以她的标准来衡量，这间厨房非常大，一阵阵浓郁的香味直往她鼻孔里钻。在一台时髦的煤气炉旁边站着一个胖胖的男人，他留着杂乱的灰白头发，身上穿着一件方格图案围裙。这个六十七岁的男人听到动静后转过头来，看到了略显紧张的年轻女孩。

"你好！请问你是谁呢？"

"我叫奥莉维亚·朗宁。是梅特让我进来的，她……"

"欢迎你！我是马尔腾。我们正打算吃饭，你饿吗？"

梅特关上斯蒂尔顿身后的前门，走在前面穿过了门厅，而斯蒂尔顿迟疑了一会儿。门厅的墙上有一面巨大的镜子，他无意中瞄了一眼，竟被吓了一跳。他已经差不多有四年没有看到过自己的脸了，在这期间他从来没有看过商店的玻璃橱窗，去厕所时也刻意回避那里的镜子。他不想看到自己在镜子里的模样，然而现在却没法躲开。他看着镜子里的那张脸，那可不是他记忆中的那张脸。

"汤姆。"

梅特站在门厅尽头看着他。

"我们进去好吗？"

"闻着很香，对吗？"

马尔腾用长柄勺指着炉灶上的大浅锅问道。

"是的，这里面是什么呢？"

"我做了一锅汤，不过不知道味道怎么样，待会儿尝尝吧。"

就在这时梅特和斯蒂尔顿走进了厨房，斯蒂尔顿留意到马尔腾愣了几秒钟，不过后者随即笑着打招呼："你好，汤姆。"

斯蒂尔顿点了点头。

"你想吃点什么吗?"

"不。"

梅特非常清楚眼前这种微妙状况,她知道一旦场面变得有些令人紧张,汤姆立刻就会转身离开。于是她迅速走到奥莉维亚身旁问道:"你想见我吗?"

"是的。"

"她是奥莉维亚·朗宁。"马尔腾介绍道。

"我知道,我们曾经见过面。"梅特转头看着奥莉维亚,"你是阿尔涅的女儿?"

奥莉维亚点了点头。

"你来是想谈谈关于阿尔涅的往事吗?"

"不不不,我想说的是尼尔斯·文特,就是昨天被发现遇害身亡的那个男人。我曾经见过他。"

梅特不由得吃了一惊。

"你在哪里见到他的?什么时候?"

"诺德科斯特岛,就在上个星期。"

奥莉维亚讲述了自己在诺德科斯特岛上的经历,今天她在一份报纸上看到了尼尔斯·文特的照片。尽管那是一张早年的照片,不过奥莉维亚还是非常确信她在岛上见到的神秘男子就是照片上那个人。

"照片上的人肯定是他。他说他叫丹·尼尔逊。"

梅特相信奥莉维亚看到的就是尼尔逊,因为她也知道这个名字。

"他在这里租车的时候,用的正是'丹·尼尔逊'这个化名。"

"噢,真的吗?那么他去岛上是想做什么呢?"

"我不知道,不过他跟那个岛的确有些关联。多年前,在他失踪之前,他曾在岛上拥有一座避暑别墅。"

"他是什么时候失踪的呢?"

"八十年代中期。"梅特说。

"那么她所说的那个人一定就是他了。"

"你说的'她'是谁?"

"她叫贝蒂·诺德曼,是岛上的房东,我住的房子就是她租给我的。她提到岛上曾有人失踪,而且说那个人也许已经被杀害了。她还提到了一个与失踪者相互认识的人,好像是叫马格努森?"

"柏迪尔·马格努森。他们曾经是生意伙伴,而且两个人都拥有岛上的避暑别墅。"

从表面上看,梅特正专注于奥莉维亚·朗宁和她所说的话,不过她眼角的余光却在仔细观察着汤姆的一举一动——他的脸、他的眼睛和他的身体语言。他仍然坐在那里,一言不发。她已经叮嘱过吉米和孙子孙女们不要下楼来,也祈祷上帝能帮助马尔腾具备敏锐直觉,不至于突然想到将汤姆拉进他们的对话中。

"不过,汤姆,你与奥莉维亚又是怎么认识的呢?"

这就是马尔腾的作风,出其不意。他的敏锐直觉去哪儿了?桌边顿时陷入了沉寂。梅特刻意避免注视汤姆,就是为了不给他任何压力。

"我们是在一间垃圾房里见到彼此的。"奥莉维亚回答道。

她的声音沉着而清晰。现在该由他们来自行判断她所说的这句话是出于幽默还是出于想要打圆场的觉悟,或者就仅仅是陈述事实而已。马尔腾选择把这句话视为对事实的陈述。

"一间垃圾房?你们在那里做什么呢?"

"是我让她去那里见我的。"

斯蒂尔顿说这话的时候直视着马尔腾的眼睛。

"噢,上帝啊!你住在垃圾房里吗?"

"不是,我住在一座活动房屋里。凯鲁亚克怎么样了?"

梅特这才感到夹在自己胸膛上的铁钳终于松开了。

"还不算太糟,我认为他得了关节炎。"

"为什么呢?"

"因为他走起路来有点困难。"

奥莉维亚看了斯蒂尔顿一眼,然后又看着马尔腾。

"凯鲁亚克是谁?"

"是我的哥们儿。"马尔腾说。

"是一只蜘蛛。"

斯蒂尔顿说这话时笑了笑,目光与梅特相撞。这短短几秒钟的眼神交流,抹掉了梅特长久以来的绝望心绪。

汤姆终于又能与人沟通了。

"不过还有一些别的情况。"奥莉维亚对梅特说,这时马尔腾站了起来,开始分发一些看起来很有趣的餐盘。

"还有什么?"

"他去海滩的时候带着一个行李箱,是那种带轮子的行李箱,行走的时候可以拖在身后。他来我的小屋敲门时也带着那个行李箱。第二天我起床后，无意中看到他的行李箱放在小屋门外的阶梯下面，于是我把箱子打开，发现里面空无一物。"

梅特找来了一个小笔记本，在上面做了一些记录，其中一句话是——空的行李箱？

"你认为文特有没有可能与海滩谋杀案有关联呢？我说的是 1987 年那起孕妇被溺死的案子。"奥莉维亚说。

"应该没有吧，他失踪的时间比那起案件发生的时间早了整整三年呢。"

梅特将笔记本推开了一点。

"不过他当然也可以神不知鬼不觉地回到岛上，然后再度失踪啊，难道不是吗？"

梅特和斯蒂尔顿都笑了起来。斯蒂尔顿笑得比较含蓄，而梅特的笑意更加明显一些。

"你从这张餐桌上能学到不少东西呢。"

奥莉维亚也附和着笑了笑，随后她低下头看着马尔腾做的汤，这汤看上去很不错。大家都大口大口地吃着喝着，不过斯蒂尔顿进食的速度比其他人要慢五倍。上次遭受的殴打对他的肠胃所造成的后遗症依然存在着，而且梅特也不敢贸然问他头上为何缠着绷带。

他们继续用餐。

汤里有肉、蔬菜和味道较重的香料，佐餐的饮料是红葡萄酒。梅特开始聊起了文特早年的生活，她讲到文特和柏迪尔·马格努森一起创建了当时的马格努森－文特矿业公司，这家公司很快就在国际市场取得了成功。

"他们收买了非洲的许多独裁统治者，从而得以在其境内开发自然资源，然后才发家的！他们完全不在乎种族隔离制度和蒙博托的暴行。"

梅特刚讲到这里，马尔腾突然勃然大怒。他恨从前的马格努森－文特矿业公司，也恨今天的马格努森世界矿业公司。这家公司对一些贫困国家进行残忍的剥削，也给那些国家带来了严重的环境污染问题。作为左翼激进人士的马尔腾，多年来一直参与印刷和分发控诉这家公司恶劣行径的小册子。

"这帮该死的混蛋！"

"马尔腾。"

梅特将一只手放在愤慨不平的丈夫的手臂上。他毕竟上了年龄，每一次情绪爆发都有导致中风的危险。马尔腾略微耸了耸肩，然后看着奥莉维亚。

"你想看看凯鲁亚克吗？"

奥莉维亚用眼角的余光看了看梅特和斯蒂尔顿,但是并没有得到他们的回应。这时马尔腾已经开始朝厨房的门口走去了,她便站起身来跟在他后面。当马尔腾在厨房门外回过头来想看看奥莉维亚是否跟在自己身后时,他看到梅特朝自己使了个眼色。

他离开了厨房。

斯蒂尔顿完全明白梅特眼神的含义。他用手指了指厨房地板下方的地下室。

"他还在吸吗?"

"没有了。"

梅特的回应迅速而简短。斯蒂尔顿没法不去关心这件事,他知道马尔腾曾经偶尔会在自己的音乐间里吸食大麻。除了马尔腾本人之外,这件事就只有梅特和斯蒂尔顿两个人知道。

如今这样的情况还将继续延续下去。

梅特和斯蒂尔顿彼此对视着。几秒钟后,斯蒂尔顿觉得自己必须得问那个问题了,自打他在门外的小路上被梅特追上的那一刻开始,那个问题就一直萦绕在他心头。

"阿巴斯最近怎么样?"

"还不错。他很想念你。"

接下来又是沉默。斯蒂尔顿用一只手指摸了摸杯子的边缘。他拒绝饮用葡萄酒,而是选择喝水。此刻他心里想着阿巴斯,十分痛苦。

"请代我向他问好。"他说。

"好的,我会的。"

随后梅特壮着胆子发问:

"你的头怎么了?"

她看着斯蒂尔顿头上的绷带,而他并不打算回避这个问题,于是他将自己在阿斯塔遭到殴打的事情告诉了她。

"你被打得昏过去了吗?"梅特很惊讶。

接下来斯蒂尔顿又讲述了"笼中格斗"的情况。

"天哪!小孩在笼子里格斗!"梅特瞪大了眼睛。

最后他告诉她,自己正在寻找谋杀薇拉·拉尔森的凶手,也在调查他们是否与"笼中格斗"活动有关联。待他说完之后,梅特明显变得激动不安。

"这实在是太可怕了!我们必须得制止这样的事情!你把这件事告诉给负责流浪汉遇袭案的调查负责人了吗?"

"你是说鲁内·福尔斯?"

"没错。"

他们又再次对视了几秒钟。

"上帝啊,汤姆,那件事已经过去六年了。"

"你认为我已经忘掉那件事了吗?"

"不,我不是那样认为的,或者确切地说,其实我也不知道你是不是忘了。可是如果你想帮助我们找到杀害活动房屋里的女人的那些凶手,我认为你应该忍一忍,然后跟福尔斯好好谈谈!你应该马上去找他!现在孩子们正在受到伤害!不然我就去告诉他。"

斯蒂尔顿没有回答,不过他能听到地下室里有重低音正透过厨房地板传了上来。

* * *

琳恩独自在一艘漂亮的游艇里坐了下来。这是一艘巴伐利亚 31 型游艇,停泊在斯托克松德大桥附近的私人码头。她很喜欢傍晚时分坐在这里,随着游艇一起在海浪中微微摇摆。她环顾四周,看到右手边的大桥上汽车熙来攘往,还看到远方矗立在树丛中高耸入云的塞得格伦塔楼。在她另一侧的博克霍尔姆岛上,有一家漂亮而古老的客栈……这时,她看到柏迪尔从他们的房子朝码头走了过来,他手里拿着一个装有褐色液体的小杯子。

很好。

"你吃过了吗?"她问道。

"是的。"他的回答很简短。

柏迪尔坐在游艇旁边的一根木制系船柱上,喝了一小口杯子里的液体,然后看着琳恩。

"我很抱歉。"

"为什么?"

"为了很多事情。我最近和你在一起的时候总是有些心不在焉。"

"没错。你的膀胱好些了吗?"

膀胱?这一阵他一直都没觉得那里有什么不对劲……

"看起来已经完全好了。"他说。

"那太好了。你听到什么与尼尔斯被杀有关的新消息了吗?"

"没有。也可以说有,警察跟我联系了。"

"他们来找你了?"

"是的。"

"他们想干什么呢?"

"他们想知道尼尔斯是否跟我联系过。"

"真的吗?怎么……不过他应该没跟你联系过,对吗?"

"是的。自从他走出金沙萨的办公室之后,我就再也没有他的任何消息了。"

"那已经是二十七年前的事情了。"琳恩说。

"没错。"

"而他现在居然被谋杀了。他失踪了二十七年之久,然后突然又听说他被谋杀的噩耗,而且这件事就发生在斯德哥尔摩。这真的很奇怪,不是吗?"

"实在是不可思议。"

"那么这些年来他住在什么地方呢?"

"没有人知道。"

如果有人知道文特住在哪里,那么柏迪尔一定会让自己的亲信去找这样的人。长久以来,他一直在思索这个问题的答案。文特究竟是躲在哪里的呢?那盘原始录音带被放在一个未知地点,那里可能是地球上的任何一个角落,搜索起来真像大海捞针一般。

柏迪尔略微后倾了一下身子,把手中的杯子放了下来。

"你又重新开始吸烟了吗?"

这个问题来得太突然了,柏迪尔没有时间去考虑该如何回避它。

"是的。"

"为什么呢?"

"有何不可?"

琳恩迅速觉察到他说这句话的时候声音略微有些刺耳。她知道如果自己再不依不饶地继续往下说的话,他一定会反击的。于是她及时把这个话题打住了。

也许尼尔斯谋杀案带给他的冲击还远甚于他所表现出来的样子。

* * *

"它在那儿!"

马尔腾指着地下室里一面刷成白色的墙。奥莉维亚顺着他的手所指的方向看过去,一只巨大的地窖蜘蛛正从墙上的一条裂缝里爬了出来。

"它就是凯鲁亚克吗?"

"是的。它是一只真正的地窖蜘蛛,而不是普通的家蜘蛛。它现在已经八岁了。"

"噢，这样啊。"

奥莉维亚看到凯鲁亚克细长的腿正在略微颤动，看上去很可能患上了关节炎。它在墙上爬行时非常小心，而且非常慢。奥莉维亚更仔细地看了看，它的身体直径应该不止一厘米，比她见过的任何蜘蛛都更大。

"它喜欢音乐，不过它对音乐很挑剔，我花了好几年的时间才摸清了它喜欢怎样的音乐，我让你瞧瞧！"

地下室的另一面墙边堆满了大大小小的唱片。马尔腾是个狂热的音乐爱好者，他算得上是全瑞典头版黑胶唱片收藏者第一人。他挑出了一张转速为每分钟四十五转的黑胶唱片，歌手是小格哈德，一位来自被遗忘时代的老牌摇滚乐巨星。马尔腾将这张黑胶唱片的 B 面放进了留声机。

这是一台带曲柄和唱针的老式留声机。

音乐声响起没多久，凯鲁亚克便停止了爬行。当小格哈德的歌声达到高潮的时候，蜘蛛改变了自己的行进方向，转而朝墙上的裂缝爬去。

"现在再来听听这个！"

马尔腾就像完全沉迷其中的孩童一般，从唱片墙上取下了一张更小的 CD 光盘。他将留声机的唱针从黑胶唱片上提起来，然后将 CD 光盘塞进播放器里。

"你等着看吧！先听！"

这是格拉姆·帕森斯的音乐，他死于吸毒过量，不过却留下了不少不朽的作品。此时马尔腾的立体声音响系统里播放的是《心碎天使的回归》这首歌曲，奥莉维亚一边听一边注视着凯鲁亚克。蜘蛛在离墙上裂缝还有一段距离的地方突然停下了脚步，它将自己肥胖的黑色身躯转动了差不多一百八十度，然后再度开始沿着墙面爬行。

"这真的太明显了，不是吗？"

马尔腾面带微笑地看着奥莉维亚，后者此时实在有些难以确信自己到底是身处精神病院还是侦缉总督察梅特·欧诺沙特的家里。她点了点头，然后问马尔腾是不是一名制陶工人。

"我不是，那些都是梅特的东西。"

他们正从一个摆放着大窑炉的房间经过。奥莉维亚继续问马尔腾："那么你的职业是什么呢？"

"我已经退休了。"

"噢，这样啊，那么在你退休之前呢？"

当马尔腾和奥莉维亚从地下室上来的时候,斯蒂尔顿和梅特正站在门厅里。梅特看了看他们,随即朝斯蒂尔顿微微倾过身去,压低了声音。

"这里随时可以为你提供过夜的地方。"

"谢谢。"

"记得考虑一下我说的话。"

"关于什么的?"

"鲁内·福尔斯。如果你不去找他,我就去。"

斯蒂尔顿没有接话,这时马尔腾和奥莉维亚走近了他们。斯蒂尔顿朝马尔腾点了点头表示告别,然后从前门走了出去。梅特轻轻地拥抱了奥莉维亚,接着低声说道:"谢谢你把汤姆带来。"

"是他带我过来的。"

"如果没有你的话,他是绝不会来这里的。"

奥莉维亚微微笑了笑。梅特把名片递给她,上面印有自己的电话号码,奥莉维亚对她表示感谢之后便跟着斯蒂尔顿走了出去。梅特一边关门一边转过头去看着马尔腾,他轻轻地把她拉到了自己身边。马尔腾非常清楚刚才的情势是多么的紧张,他抚摸着她的头发说:"汤姆愿意交流了。"

"是的。"

他俩一言不发地乘坐巴士回到市区,各自想着心事。斯蒂尔顿脑子里全是刚才和欧诺沙特夫妇会面的情形,这是差不多四年以来他第一次与他们再度见面。令他惊讶的是这次会面竟然让他感到如此舒适,彼此都不用刻意说太多的话,而且非常自然。

下一步是阿巴斯。

随后他想到了先前在门厅镜子里所看到的那张脸,他真不敢相信那竟然是他自己的脸。

奥莉维亚则想着那栋略显破旧的大房子。

她想到了自己在地下室里见到的凯鲁亚克。人竟然能跟一只蜘蛛培养亲密关系,这是否有些怪异呢?没错,这的确是异乎寻常的举动。或者,鉴于马尔腾的职业背景,这更像是一种独出心裁的兴致吧?在地下室里,他向她讲了一些跟自己过去的职业有关的故事。他在退休之前一直是儿童心理学家,多年来一直努力尝试将一些新的心理学理念引进瑞典。他的努力在某些方面也确实获得了成功。他曾有很长一段时间与斯卡·古斯塔夫·琼森一起共事,也参与过大量着眼于弱势儿童的公益项目,此外他还是一名左翼激进分子。

她喜欢马尔腾。

也喜欢梅特。

还喜欢他们那栋舒适而特别的老房子。

"你和明克发生了争执,对吗?"斯蒂尔顿突然开口说道。

"争执……"奥莉维亚看着巴士车窗的外面,"他竟然调戏我。"

斯蒂尔顿微微点了点头。

"他正遭受一种病症的折磨。"他说。

"是什么?"

"自卑情结所导致的狂妄自大。不管他看起来是怎样的人,其实他的内心是不堪一击的。"

"原来是这样。我觉得他是个可怕的家伙。"

斯蒂尔顿微微笑了笑。

他们在斯鲁森大街的巴士终点站分开了。奥莉维亚准备走着回到位于斯凯尼大街的家里,斯蒂尔顿则打算去卡塔琳娜汽车修理厂。

"你不去活动房屋吗?"

"不去。"

"那你去卡塔琳娜汽车修理厂干什么呢?"

斯蒂尔顿没有回答她的提问。

"我与你同路吧,我可以从摩斯巴克广场穿过去。"

斯蒂尔顿只得对此表示容忍。就在他们一起前往卡塔琳娜汽车修理厂的短短路途中,奥莉维亚谈到了自己去杰奎琳·贝里隆德的精品店的经历,还谈到了在电梯里威胁自己的那些混蛋。她故意没有提到跟猫咪有关的事。

待她说完之后,斯蒂尔顿直视着她的眼睛。

"你现在打算放弃调查那起案子了吗?"

"是的。"

"很好。"

在沉默了十秒钟之后,她抑制不住地继续提问:"是什么原因导致你离职的呢?跟吉尔·恩格博格的死有关吗?"

"没有。"

他们在通往摩斯巴克广场的木制阶梯旁停下了脚步,斯蒂尔顿突然转身朝汽车修理厂另一侧的石阶走去。

奥莉维亚看着他越走越远。

"流浪汉遇袭案调查小组"的成员们坐在波尔赫姆斯大街一间部分漆黑的房间里,看完了从"踢废物"网站上下载的一段视频。从视频中可以看到斯蒂尔顿被人扒光了衣服,赤裸的背部被喷上了油漆,随即他被人狠狠地揍了一顿,最后被举起来抛向一块岩壁。视频放完之后,房间里一片寂静,在座的每一个人都知道斯蒂尔顿是谁,或者说他们都知道这个在屏幕上被打得遍体鳞伤的流浪汉曾经是怎样的人。福尔斯打开一盏灯,率先打破了沉默。

"他遇上这样的事实在不足为奇。"他说。

"什么?"克林加不解地看着福尔斯。

"2005年,斯蒂尔顿负责调查跟妓女吉尔·恩格博格有关的案子,中途他突然变得精神失常,于是他调查到一半的案子由我来接手。他离职后失踪了好几年,而现在他却出现在了那种地方。"

福尔斯朝屏幕的方向点了点头,随即起身将自己的外套从衣架上取了下来。

"不过我们应该找他来进行询问,不是吗?"克林加说,"他显然也跟其他流浪汉一样遭到了毒打。"

"没错,但总得先找到他再说吧。伙计们,收工,明天见。"

* * *

马尔腾和梅特已经上床躺下了,儿子吉米负责帮他们收拾碗碟。两个人都精疲力竭,一上床就立即关掉了床头灯,不过并没有马上入睡。马尔腾将头略微转到梅特这一侧。

"你一定认为我很迟钝,对吗?"

"是的。"

"其实恰恰相反,我一直在仔细观察汤姆。当你和奥莉维亚谈论她在诺德科斯特岛的经历时,我看到汤姆在听你们说话,不过并没有参与到其中,于是我便拉他加入了对话。"

"你这样做可真是冒险。"

"可不是嘛!"

梅特笑了笑,轻轻地吻了吻马尔腾的脖子,此时马尔腾真后悔自己没在几小时前服用一颗万艾可药丸。他们都翻过身去,背对着彼此。

他心里想着性事。

而她则想着诺德科斯特岛上那个空的行李箱。

* * *

与此同时,奥莉维亚正想着自己的猫。躺在床上的她非常想念从前有猫咪暖和的身体靠在自己脚边的日子,她还想念埃尔维斯的喘息声,以及它在自己腿上蹭来蹭去的感觉。挂在墙上的白色面具俯视着她,面具的嘴巴反射着闪烁的月光。现在这里就只剩下你跟我了,她心里想着,而你不过是个木制面具而已!奥莉维亚从被窝里跳出来,走到墙边取下了那个木制面具,将它扔到床底下,随即再次钻进了被窝。这是来源于伏都教的东西吗?她突然想道,也许此刻它正在床下看着自己,筹划着什么阴谋呢。不过伏都教是海地人信奉的宗教,而这个面具是从非洲买回来的……但不论如何,埃尔维斯已经死了。

她还想到了凯鲁亚克,它不过是只蜘蛛!

十四

我非常快乐！我非常快乐！
其实不是。
奥莉维亚赤裸着身体站在浴室镜子前,仔细看着自己这张年轻却因憔悴而显得苍老的脸庞。昨天看上去还只有二十三岁,今天却至少有五十岁,她心里想着。脸部浮肿,眼睛里布满了血丝……她用白色的睡袍把身体裹了起来,这时她触到了自己柔软的乳房和紧实的腹部。这样就足够了,她一边安慰自己,一边回到了被窝里面。

* * *

在波尔赫姆斯大街的警察总局,其中一栋大楼的屋顶被划分成一块一块的运动区域,每块区域看上去都很像楔形蛋糕般的笼子。关押候审的犯人们不时会被带到这些"笼子"里呼吸新鲜空气。这天早上,除了一间"笼子"里有一只灰色小麻雀蹲在水泥地上憩息之外,其余的"笼子"全都空空如也。与这里的清静相较,C座大楼里就热闹多了。

"那个行李箱是空的吗?"
"是的。"梅特说。
"它现在在哪里?"
"她把箱子交给了度假小屋的经营者,他的名字叫阿克塞尔·诺德曼。"
梅特坐在办公桌后面,她的团队成员们纷纷前来向她汇报工作进展,办公室里充斥着低沉而又热切的交头接耳声。关于行李箱的线索的确引人关注,其实跟尼尔斯·文特去到诺德科斯特岛有关的一切事情都很引人关注。他为什么会去那里?他去那里是为了和谁见面呢?他离开那里之后为什么会留下一个空的行李箱?梅特昨晚上床休息之前已经派遣了几名警员前往诺德科斯特岛,他们将去找那个行李箱,并在当地展开一些问询工作。"

"他是什么时候到达诺德科斯特岛的,这个我们知道吗?"丽莎·赫德奎斯特问道。

"现在还不清楚,去诺德科斯特岛的伙计们今天晚些时候应该会把调查到的情况反馈给我们。不过我们已经知道奥莉维亚第一次看到他时具体是在什么地方,那里是小岛北面的海瑟尔维卡尔纳海湾。只是她自己也不能确定当时是什么时间,因为她已经迷路好一阵了,据她估算应该是在晚上九点前后吧。"

"大约在那之后一小时左右,他去她所住的小屋找她,对吗?"

"应该是好几个小时之后,大概接近午夜十二点了。"梅特说,"我们之所以知道这个时间,是因为我们能查到他在差不多十二点整的时候乘坐一艘出租船从西码头前往斯特伦斯塔德。在那之后他的行踪就是谜了。"

"未必见得吧。"

博斯·泰仁站起身来,昨晚接到梅特打给他的电话之后,他已经做了一番彻底的调查。

"丹·尼尔逊星期一凌晨四点三十五分在斯特伦斯塔德订了一张火车票,随后他乘坐当天早上七点四十五分从哥德堡出发的特快列车,于十点五十分抵达斯德哥尔摩中央火车站。这些是我通过铁路订票系统查到的。之后他于十一点十五分在中央火车站找阿维斯租车公司租了一辆车,然后快到十二点的时候他在位于卡尔贝里斯大道的奥登酒店以丹·尼尔逊这个名字办理了入住手续。现在我们的技术人员正对他所住过的酒店房间进行仔细搜查。"

"干得好,博斯。"

梅特继续问团队其他成员,"我们得到更多与他的手机有关的信息了吗?"

"还没有,不过我们已经得到了一份来自病理学家的报告,表明在命案现场附近的岩石上的血迹的确来自尼尔斯·文特。血液中还混有一些皮肤碎片。汽车轮胎印记附近的地面上的血迹也来自尼尔斯·文特。"

"这么说他头部的创伤是因为跟岩石撞击而产生的吗?"

"看起来是这样的。"

"他头部所受到的撞击要了他的命吗?或者他是被淹死的?"

丽莎低头看着这份来自病理学家的报告。

"当汽车进入水中的时候他还活着,不过大概那时已经失去了知觉。报告上说他是溺水而死的。"

"好的,我知道了。"

梅特站起身来。

"大家都干得不错……现在我们得着重调查并确定他从入住酒店之后一直到尸体被人发现之间做了些什么事。除了在酒店办理入住手续之外,他一定在其他更多场合被人看到过,比如他一定在某家餐馆用过餐,也许使用过银行卡,他还可能用过酒店的电话……"

"不,我都调查过了,这些事都没有发生过。"丽莎说。

"很好。"

梅特朝办公室的门口走去,房间里的其他人也开始各自行动起来。

* * *

在警局的另一栋大楼里,鲁内·福尔斯和贾尼·克林加正坐在一间跟梅特的办公室样式相仿的办公室里。由于薇拉·拉尔森的缘故,"流浪汉遇袭案调查小组"的调查工作已经上升到了谋杀案问询的层面,团队又加添了几名警员,而且可供福尔斯调遣的警力资源也增加了一些。

福尔斯派遣了一些人手去城里,他们负责找到其他曾被殴打的流浪汉,并跟对方交谈,获取线索。其中一名流浪汉至今还在医院里待着,他是一名大个子北方人,对于当时发生的事情,他已经完全记不清了。

在福尔斯看来,他的团队似乎没法取得什么进展。

他无聊地翻阅着一本保龄球杂志,克林加则仔细查阅着技术人员对活动房屋进行调查后所得出的报告。

"我们可以尝试一下,看看从网上的视频中能不能找到什么信息。"克林加说。

"你是说薇拉·拉尔森跟那个男人在活动房屋里睡觉的视频吗?"

"是的。"

与薇拉·拉尔森发生关系的男人的身份至今尚未查明,这时一阵急促的敲门声突然响了起来。

"请进!"

头上缠着绷带的斯蒂尔顿走了进来。福尔斯放下手中的杂志,一脸诧异地看着他,而后者则死死地盯着克林加。

"你好,我是汤姆·斯蒂尔顿。"

"你好。"

贾尼·克林加走上前去,朝斯蒂尔顿伸出了自己的右手,"我是贾尼·克林加。"

"怎么了,现在你变成流浪汉了?"福尔斯问道。

斯蒂尔顿根本没有理会福尔斯。他事先就已经知道自己会遇到这样的局面,做好了充分的心理准备,所以福尔斯的话并没有给他造成任何困扰。他问克林加:"你是薇拉·拉尔森谋杀案的调查负责人吗?"

"我不是,负责人是……"

"你知道殴打你的人是谁吗?"福尔斯盯着斯蒂尔顿,继续插话,可是后者的目光仍然落在贾尼·克林加身上。

"我认为薇拉·拉尔森是被几名少年拳手殴打致死的。"斯蒂尔顿说。

房间里静默了片刻。

"少年拳手?"克林加喃喃地重复道。

斯蒂尔顿把自己了解到的情况全都告诉给了他们。他讲述了笼中格斗发生的地点和参与者,以及他自己推测的组织者构成。

他还提到了其中一些人手臂上的文身标识。

"那是用圆圈圈起来的'KF'两个字母,你能从他们放在'踢废物'网站上的视频里看到他们手臂上的文身。你们从前发现这一点了吗?"

"没有。"

克林加看了福尔斯一眼。

"'KF'就是'少年拳手'的缩写。"斯蒂尔顿继续解释道。

说完这些,他开始朝房间门口走去。

"你是怎么知道这些事情的?"克林加问他。

"消息来自弗莱明斯伯格住宅区的一个小男孩,他叫阿茨凯·安德森。"

随后他离开了房间,自始至终他看都没有看福尔斯一眼。

临近中午,福尔斯和克林加朝员工餐厅走去。福尔斯对斯蒂尔顿提供的信息深表怀疑。

"笼中格斗?孩子们在笼子里格斗?这种事竟然发生在瑞典?如果真是这样的话,我们怎么从来都没有听说过呢?这听起来实在是太荒唐了。"

克林加没有回应。福尔斯不停地暗示斯蒂尔顿因患有精神疾病而深受其害,他那颗不正常的大脑幻想出了一个关于笼中格斗的离奇故事。

"关于他所说的'少年拳手',你是如何看待的?你认为真有其事吗?"

"我也说不清。"克林加回答道。

斯蒂尔顿提供的信息实在是令人难以置信。克林加决定待会儿自己再去仔细研究从"踢废物"网站上下载的视频,找一找斯蒂尔顿所说的文身是不是真的存在。

* * *

奥维特·安德森独自走在卡尔拉大道上。她穿着黑色细高跟鞋、黑色修身半身裙和高腰皮夹克。她刚在巴纳大道的一间私家车库里结束了跟一名顾客的交易，随后对方将她送回了当初接她上车的地方。其实这里并不是她通常活动的区域，不过她听闻最近马斯特－萨穆埃尔斯大街上有很多便衣警察，于是临时改变了自己的工作地点。

她往嘴唇上补涂了一些口红，然后拐弯进到希比拉大街，朝地铁站走去。突然，她在街道对面的一家精品店里看到了一张熟悉的脸庞。

店名叫"维尔德"。

奥维特停下了脚步。

这家精品店的外观看起来的确具备杰奎琳·贝里隆德的风格，时髦而招摇，奥维特想道。这是她第一次路过杰奎琳的精品店，因为这一带不是她通常招揽顾客的区域，起码近几年不是。曾经有过一段时期，奥维特几乎整天都只待在位于奥斯特玛姆高档住宅区的家中，不过现在看来那样的情形真是令人难以相信。

那时阿茨凯还未出世。

维尔德……她心里想着，店名起得很巧妙。[①] 当然，杰奎琳一直以来都是个聪明机巧而又审慎理智的女人。奥维特穿过街道，站在精品店的橱窗前，再次看到了店内的漂亮女人。差不多就在同一时刻，杰奎琳转过身来，两人的目光彼此相撞。奥维特毫不退缩地直视着杰奎琳的眼睛，从前她们曾是"同事"，一起在金卡公司做三陪小姐。上世纪八十年代末期，她、杰奎琳和米里亚姆·维克赛尔一起共事过一段时间，米里亚姆刚一知道自己需要提供性服务便立即离开了公司，奥维特和杰奎琳则选择留在公司继续做下去。

毕竟，公司提供的薪酬的确不错。

在她们三人当中，杰奎琳是脑子最灵活的一个，她总是抓住各种机会去结识她们服务过的客户，而奥维特顶多只是偶尔不带任何动机地与自己的客户们一起吸食可卡因而已。在金卡公司停业之后，杰奎琳从卡尔·韦迪昂手中接管了公司的业务，并将公司更名为"红色天鹅绒"。新公司转型为一家提供高级异性陪侍服务的公司，不再公开招揽生意，只为相对固定的少数要客提供服务。奥维特加入了杰奎琳的新公司，在那儿工作了好几年，后来她怀孕了。

怀上了一名顾客的孩子。

[①] 维尔德（Weird）包含"神秘、异乎寻常"和"命运"两层意思。

十四

这可不是什么好事。

杰奎琳要求奥维特把孩子打掉,可后者拒绝了。那是她人生中第一次怀孕,而且很可能是最后一次。她想要肚子里的孩子。孩子生下来以后,她被杰奎琳扫地出门,扔到了大街上,于是她不得不想尽各种办法养活自己和刚出生的孩子。

孩子的名字叫阿茨凯。

他是一名顾客的儿子,只有奥维特和杰奎琳两个人知道他的父亲是谁,甚至连他父亲本人都毫不知情。

多年以后,此时的她们正透过希比拉大街上的一块玻璃橱窗彼此对视着。一个是街头流莺,一个是高级妓女。最终,杰奎琳把自己的脸转开了。

她害怕了吗?奥维特想道。她站在原地停留了片刻,看到杰奎琳正在店里整理货品。透过杰奎琳的一举一动,看得出她非常清楚奥维特就站在自家店铺的橱窗外面。

她很怕我,奥维特喃喃自语,因为我不但知道,而且可以利用那件事。可是我不会这样做,因为我跟你杰奎琳·贝里隆德不一样。这就是我俩之间的不同。尽管我在街上工作,而你却能在店里逍遥,但这一切是值得的。奥维特高高地昂起头,继续朝地铁站走去。

杰奎琳在精品店里狂躁地收拾着货品,她很生气,而且不安。奥维特·安德森来这里干什么?她怎么敢这样做?后来当杰奎琳再次转过头去看向橱窗外面时,奥维特已经离开了。杰奎琳回想着奥维特从前的模样,那时她是个生气勃勃的女人,眼睛里总是流露出快乐的光彩。她曾经别出心裁地把自己的头发染成蓝色,而这件事令卡尔暴跳如雷。奥维特并不是那么地机敏,不过这倒是件好事,杰奎琳想道。奥维特知道某些客户的很多秘密,但是这么多年来她始终对那些事守口如瓶。

她一定很怕我,她知道我是怎样的人,也知道威胁我的人会有什么样的下场。既然如此,她从我的店门口经过一定是出于偶然,绝不可能是有意为之。

杰奎琳继续整理自己的店铺,并努力使自己不再去想刚才透过橱窗见到奥维特这件事。过了一会儿,她不由得耸了耸肩。那个来自克尔托普区的妓女自打生了个儿子之后,生活便过得日益潦倒了。要是她当时选择把肚子里的孩子打掉,那么现在她的生活质量肯定比现在高出好几个级别。总有人会在人生中做出愚不可及的决定,她一面这样想着,一面为一位常客打开了店门。

来者是琳恩·马格努森。

* * *

在员工餐厅里,鲁内·福尔斯刚刚喝完了第二杯咖啡,这时他突然看到梅特·欧诺沙特朝自己的餐桌走来。片刻之前,贾尼·克林加已经先行离开了。

"汤姆·斯蒂尔顿跟你联系了吗?"梅特径直来到他身旁问道。

"你说的'联系'是指什么?"

"他今天跟你说过话吗?"

"说过。"

"是关于'笼中格斗'和'少年拳手'的事吗?"

"是的,怎么了?"

"那就好。再见!"

梅特转身准备离开。

"欧诺沙特!"

"嗯?"

"他也跟你说了那些事吗?"

"是的。他昨天跟我说的。"

"你相信他所说的吗?"

"我为什么不相信?"

"因为他……你应该也看到他现在的状况了吧?"

"可这跟他所提供的信息有什么关系呢?"

梅特和福尔斯对视了几秒钟,他们相互都不喜欢彼此。当福尔斯再次端起咖啡杯的时候,梅特大步走远了,福尔斯的目光一直追随着她的背影。

国家犯罪调查小组会干预他的调查工作吗?

* * *

奥莉维亚半躺在自己床上,一只手端着一杯本杰瑞牌冰淇淋,另一只手握住鼠标操控着膝盖上的笔记本电脑。现在是就餐时段,她打算只吃完这杯冰淇淋,然后就不再吃正餐了。

这冰淇淋的口味的确相当不错!

她花了好几个小时在互联网上了解尼尔斯·文特早年的生活,那时的他是公司董事之一,也是柏迪尔·马格努森的搭档。她认为这样做并不算是违背自己"放弃海滩谋杀案"的诺言,毕竟海滩谋杀案与文特的遇害看起来是没有任何关联的,她现在所做的只是一些简单肤浅的调查研究而已。她得知马格努森世界矿业公司的前身——马格努森-文特矿业公司在文特失踪前就已经遭受了来自各方的严厉批评,而这些批评的声音最主要的矛头在于公司管理者与独裁政府的勾结。

马尔腾·欧诺沙特当时在餐桌上动怒,大概也是因为这类事情的影响吧。

不经意间,她的思绪飘回了斯鲁森大街巴士终点站附近的那栋大房子里,头天晚上在那里的经历令她颇受触动。她回顾着当时餐桌旁众人的对话片段,以及自己在地下室的音乐间与马尔腾的交流。她想要通过种种细节来挖掘斯蒂尔顿和欧诺沙特夫妇之间的微妙关系,不过这实在很困难。如果有机会,她一定会问梅特或马尔腾:他们与斯蒂尔顿究竟是什么关系。她还想问问他们:斯蒂尔顿当年究竟遇到了什么事,以至于变成现在这样。

她能够确信他们知道的信息一定比她本人多得多。

突然,她找到了一张尼尔斯·文特年轻时的照片,他站在同样年轻的柏迪尔·马格努森身旁。这张照片是1984年一篇文章的配图,文章讲述了这两个男人如何在扎伊尔与蒙博托总统签订了协议,而那份协议将帮助当年的马格努森-文特矿业公司赚得数百万克朗。照片里的两个人都直视着镜头正在微笑,他们的脚下躺着一头死去的狮子。

马格努森自豪地握着一支步枪。

真令人反感,奥莉维亚庆幸自己只吃了一些冰淇淋,这时她的手机响了,屏幕上显示的是一个陌生的号码。

"你好,我是奥莉维亚·朗宁。"

"你好,我是奥维·加德曼。我刚刚看到你发了一些短信到我的瑞典手机号上,你找我有事吗?"

"是的,当然!"

奥莉维亚用粘着冰淇淋的手指将笔记本电脑推到一边,然后坐直了身子。奥维·加德曼!他可是诺德科斯特岛的第一目击者!

"是什么事呢?"加德曼问道。

"是这样的,我正在研究一起1987年发生在海瑟尔维卡尔纳海湾的谋杀案,据我了解到的信息,你是那起案件的目击证人,对吗?"

"是的,这倒是没错。不过真是奇怪。"

"怎么了?"

"大概一个星期之前,我还在马尔派斯时,有个男人也跟我谈到了那件事。"

"马尔派斯在哪里?"

"在哥斯达黎加。"

"你们当时谈论的就是发生在海滩上的那起谋杀案吗?"

"没错。"

"跟你谈话的人是谁呢?"

"他叫丹·尼尔逊。"

听到这里,奥莉维亚立即将自己许下的关于放弃海滩谋杀案的承诺完全抛诸脑后,她尽可能地让自己的声音保持镇定。

"你现在在瑞典吗?"

"是的。"

"你是什么时候回到家里的?"

"昨天晚上。"

"这么说你还不知道尼尔斯·文特遇害的消息咯?"

"文特?他是什么人?"

"他就是丹·尼尔逊,真名叫尼尔斯·文特。"

"他被人杀死了吗?"

"是的,昨天发生的事,就在斯德哥尔摩。"

"噢,上帝啊!"

奥莉维亚暂时没有说话,想让加德曼有时间消化一下刚刚听到的爆炸性事件,不过加德曼倒先开口了。

"他看起来的确……的确挺令人好奇的。我去了他所住的地方……"

说到这儿加德曼突然打住了,奥莉维亚便继续追问道:"你们是怎么见面的呢?"

"唔,我是一名海洋生物学家。圣约瑟的尼科亚半岛有一项蓄水工程,我应邀去那里帮忙。我花了好多天的长途跋涉去到那里,然后遇到了他。他是马尔派斯的一名热带雨林向导。"

"他住在马尔派斯?"

"是的……我们之间有过一些接触,我没想到他曾接待过那么多瑞典游客。后来,他邀请我去他家里一起吃饭。"

"你们就是在那时开始谈论诺德科斯特岛谋杀案的吗?"

"是的,我们喝了很多酒,结果很偶然地发现彼此都跟诺德科斯特岛有一些关联。多年前,他曾拥有一栋岛上的避暑别墅,然后我告诉他那天晚上我目睹了……呃,就是发生在海瑟尔维卡尔纳海湾的那件事。"

"他当时作何反应呢?"

"唔,他啊……让我觉得有些奇怪的是,他对那件事非常感兴趣,想让我告诉他更多的细节。可是事情发生时我不过才九岁而已,再说已经过去二十多年了,所以我对当时的情景记得并不是很清楚。"

"不过他非常好奇,对吗?"

"从某种程度上说,的确是这样的。后来他离开了马尔派斯。跟他见面之后的第二天晚上,我再次去到他的住处,想取回自己遗忘在那里的帽子,却发现他已经离开了。有几个小孩在他的房子四周跑来跑去地玩我的帽子,不过他们不知道他在哪里,但毫无疑问的是他一定已经离开马尔派斯了。"

"他去了诺德科斯特岛。"

"真的?"

"事实的确如此。"

"现在他已经死了?"

"是的,非常遗憾。我能问一下你现在在哪里吗?"

"我在家里。我的家在诺德科斯特岛。"

"未来几天你会来斯德哥尔摩吗?"

"暂时没这个计划。"

"好的。"

奥莉维亚对加德曼表示了感谢,其实她心里的感谢要比口头上的深重得多。挂断加德曼的电话之后,她立即拨通了斯蒂尔顿的号码。

斯蒂尔顿正站在索德商业中心卖《斯德哥尔摩形势》,他卖得并不顺利,整整一个小时只售出了两本。究其原因,并非此地没有足够多的人流,而是因为几乎所有行人要么用手机贴着耳朵讲电话,要么戴着耳机讲电话或听音乐,从而无暇分心顾及其他事情。就在他心不在焉地胡思乱想的时候,他的手机响了。

"我是奥莉维亚!我刚刚发现了关于诺德科斯特岛谋杀案的最新线索!"

"你不是说不再继续调查那起案子了吗?你自己说过……"

"大概一个星期之前,尼尔斯·文特跟那个叫奥维·加德曼的目击证人见过面!地点是哥斯达黎加!"

斯蒂尔顿沉默了许久。

"这可真是奇怪。"他最终说道。

"没错,可不是吗?"

激动不已的奥莉维亚飞快地讲述了加德曼如何把海滩谋杀案的经过告诉给了文特,而在那之后,文特马上动身离开了哥斯达黎加,回到了阔别二十七年之久的瑞典,并且登上了诺德科斯特岛。

"他为什么要那样做呢?"她以一个问题结束了自己的陈述。

加德曼目击到的海滩谋杀案缘何引发了文特的一系列举动呢?毕竟那起谋杀案是在文特失踪之后三年才发生的。莫非他与死在海滩上的女人相识并且有着某种关联?对了,不是说她很可能有拉丁美洲血统吗?

"奥莉维亚……"斯蒂尔顿试图引起她的注意。

"文特和那个女人会不会在哥斯达黎加见过面?文特是不是让她去诺德科斯特岛找回某个他曾经藏匿在避暑别墅里的某个物品?"

"奥莉维亚!"

"结果她的行踪被人发现了,然后那些人便用酷刑折磨她,想让她供出自己的目的?还有,她……"

"奥莉维亚!"斯蒂尔顿已经受够了奥莉维亚胡乱猜想出来的阴谋论。

"怎么了?"

"你得再去找梅特谈谈。"

"哦?好的,当然!"

"你只需要把你了解到的关于加德曼和文特见面的事实原原本本地告诉她,剩下的交给她自己去完成就好了。"

"好的。你会跟我一起去吗?"

他会去。随着伤势好转,他已经把头上的绷带拆掉了,并小心翼翼地用一块膏药来取而代之。奥莉维亚给梅特打电话的时候,后者正准备开车出去吃饭,于是她们约定稍后在一家餐馆见面。马尔腾和乔琳娜正在市区看舞蹈演出,所以晚点才能回家,梅特便打算独自一人去萨尔特舍-德芙纳斯镇上的一家小餐馆吃顿简单的便餐。

"餐馆的名字叫'车站餐厅'。"梅特在电话中说道。

"具体是哪里呢?"

"在萨尔特舍-德芙纳斯火车站市内巴士发车点旁边的一栋红色建筑里。"

三个人一起围坐在靠近站台的一张小圆桌旁边,此时仍有夕阳的余晖映照在他们身上,一趟趟列车就在距离他们几米远的铁道上行驶着。这家餐馆很适合家庭聚餐,食物非常可口,深受当地人欢迎,总是顾客盈门。正是由于客人太多,实在找不到其他空位,于是他们便被领到这张靠近站台的圆桌就餐。当然,这对他们来说倒没什么,反而还正合心意,因为这里不时有列车呼啸而过的声音,所以邻桌的客人不可能听到他们谈话的内容。在谈话的过程中,梅特有好几次都不得不刻意提高自己的嗓门。

"在哥斯达黎加?"

她终于知道了二十七年前自己花了很多时间去研究的问题的答案,终于知道了这么多年来尼尔斯·文特的藏身之处。

"他住在马尔派斯。"奥莉维亚说,"在尼科亚半岛上。"

"真不可思议!"

看到自己提供的信息使得眼前这名经验丰富的侦缉总督察产生了如此这般的反应,奥莉维亚觉得非常自豪。她满脸开心地看着梅特立即掏出手机,拨通了丽莎·赫德奎斯特的电话,然后要求后者与奥维·加德曼联系并向其询问关于哥斯达黎加的具体情况。多年来,梅特对于文特藏身之处的感兴趣程度,远远胜过文特与海滩谋杀案之间可能存在的关联。无可否认的是,其实目前海滩谋杀案的追诉期还没有结束,不过调查文特遇害案是她手头更紧迫的工作。再说,她骨子里仍然认为海滩谋杀案是属于汤姆的案子。

她关掉了手机,然后看着斯蒂尔顿。

"我们需要走一趟。"

"去马尔派斯吗?"

"是的。我们得去文特的住所看看,说不定能在那里找到一些对我们的调查有帮助的资料,比方说杀害他的凶手的作案动机,没准还能查明他当年失踪的缘由。不过,这件事可能会有些棘手。"

"为什么呢?"奥莉维亚问道。

"因为我不太适应哥斯达黎加警方的工作方式。在官僚体制之下,他们的工作效率很难得到保证。"

"那么……?"

奥莉维亚看到梅特和斯蒂尔顿彼此交换了一下眼色,随即她从两人的眼神中能看出他们在目光交会的短短一瞬间就达成了某种共识。

他们招呼侍者过来买单。

梅特很少去瑞典赌城,毕竟她很少有理由去赌城这种地方。当这名大块头女士走进其中一个赌博房间时,着实吸引了不少人的注意。首先关注到她的便是阿巴斯,他们相互对视了一眼之后,阿巴斯就知道自己得尽快让另一名赌场总管来接替自己的工作。

斯蒂尔顿和奥莉维亚斜倚在梅特的汽车上，望着不远之外的瑞典赌城。在从火车站来这儿的路上，奥莉维亚已经对他们要找的那个人有了大致的认识。他叫阿巴斯·法西，从前是名牌手袋贩子，现在已成为小有名气的赌场总管。多年来他时常为梅特和斯蒂尔顿完成一些秘密任务。

由于阿巴斯每次都能高质量地完成任务，所以他俩都非常信赖他，愿意将重要并且需要以极其隐秘的方式完成的任务放心地交托给他。

这一次的任务就是如此。

他们不愿意把哥斯达黎加当地警方牵扯进来，也不想劳神费力地与哥国官僚体制打交道，于是就只能另辟蹊径来解决问题。

所以他们想到了找阿巴斯。

奥莉维亚看着斯蒂尔顿，"总是这样？"

斯蒂尔顿刚刚已经向她讲述了一些关于阿巴斯的事情，不过并没有谈及太多细节，比如他曾在斯蒂尔顿的帮助下脱离了一起准刑事案件的图圄，继而在梅特和马尔腾的家中"服缓刑"的经历。最后，阿巴斯被欧诺沙特一家视为其家庭成员的一份子，这主要多亏了乔琳娜。当阿巴斯出现在他们家里的时候，乔琳娜只有七岁，最终是她打破了阿巴斯异常坚硬的防御外壳，使得他敢于接受来自他们家庭的关心和爱，也敢于向他们一家人表达关心和爱。对这名来自马赛的孤儿来说，要迈出这样的一步是非常艰难的。直到今天，阿巴斯仍然被欧诺沙特一家视为家人。

阿巴斯自己则密切地关注和保护着乔琳娜。

而且总是带着一把刀。

"总是这样。"斯蒂尔顿回答道。

他暗示说阿巴斯非常喜爱刀，总是随身带着一把自己定做的最特别的刀。

"可是如果那把刀被他弄丢了怎么办呢？"

"他有五把一模一样的刀。"

梅特和阿巴斯一起从赌城出来，走向梅特的汽车。斯蒂尔顿已经做好了同阿巴斯见面的准备，他们上次见面已经是很久之前的事情了，而当时的情形是斯蒂尔顿不愿再去回想的。

现在他们再次见面了。

不过阿巴斯的反应就好像他们常常见面一般。他匆匆看了看斯蒂尔顿和奥莉维亚，朝他们点了点头，这就算打完招呼了。当阿巴斯坐进梅特身旁的座位时，斯蒂尔顿发觉其实自己一直都非常想念他。

梅特提议开车去阿巴斯的家,他的家在达纳大街,那里正在修建新的地铁线路,所以整条街的路面都被挖开了。在他家附近有一个巨大的洞穴,占据了整整一个街区的面积,将来会建起一座地铁换乘站。他待在自己的公寓里时,不止一次地感觉到整栋大楼都因地下工程爆破而震颤不已,他仿佛看到上帝奋力保护着他家对面那座可怜的马太教堂不被震垮。

他们一起进到阿巴斯的客厅,梅特讲述了他们此番前来找他的原因。他们想让他去文特在马尔派斯的住所看看,有条件的话可以搜寻一番。梅特确保她会通过个人途径请当地警方为阿巴斯提供一定程度的支援,不过阿巴斯本人得负责主要的任务。

当然,前提是他决定接下这个活儿。

费用将由梅特直接支付给他。

随后,梅特将迄今为止她所掌握的跟案件有关的所有细节全都告诉给了阿巴斯,后者一言不发地仔细聆听着。

当梅特讲完了她个人对案情的分析和看法之后,斯蒂尔顿对阿巴斯提出了另一项请求。

"如果你要去那里,请试着找找文特和1987年在诺德科斯特岛遇害的女人之间的关联。也许他们在哥斯达黎加见过面,而她之所以去诺德科斯特岛,也许是为了帮他取回此前他藏匿在避暑别墅里的某个物品。可以吗?"

奥莉维亚略微有些惊讶,她留意到斯蒂尔顿竟然连看都没有看她一眼,却顺理成章地将她的"阴谋论"当作他自己的观点讲了出来。原来他是这样的人,她心里想着,我会记住这件事的。

他们等着阿巴斯做出回答。

奥莉维亚自始至终都静静地坐着。她觉得这三个人之间有着某种由来已久的默契,而且这种默契建基于彼此间的尊重。她还注意到斯蒂尔顿和阿巴斯不时会短暂地对视一下,仿佛他们彼此分享着一些秘而不宣的事情。

是什么事情呢?

"我去。"

除此之外阿巴斯就没再说别的了,不过片刻之后他多问了一句有没有人想喝点茶。梅特急着想回家,而斯蒂尔顿已经准备离开,所以他们都婉拒了阿巴斯的提议,并对他表示了谢意。当梅特和斯蒂尔顿朝门口走去时,奥莉维亚却表示想留下来喝一杯茶再走。

"好的,请给我一杯茶。"

说真的,奥莉维亚并不知道自己为什么要这样说,也许跟阿巴斯有关吧。

自打刚才阿巴斯轻盈而灵活地钻进汽车的那一刻起,她便被他吸引住了。他身上还有一种气味,不是香水味,而是一种她从未嗅到过的气味。阿巴斯端着一个银盘走了过来,上面放着茶壶和杯子。

奥莉维亚坐着环顾了一下这间客厅,这里看起来很不错,墙壁很白,家具很少,其中一面墙上挂着几幅漂亮的蚀刻版画,另一面墙上覆盖着一层色彩素净的薄墙帘。房间里没有电视机,木制地板略微显得有些陈旧。她在想阿巴斯是不是有些书呆子气。

从某些方面来看,的确是这样的。

至于他的其他方面,几乎没有多少人了解。

奥莉维亚看着阿巴斯,后者站在一个低矮书柜旁边,书柜里只稀稀疏疏地放了几本书。他穿着舒适的白色短袖针织衫,下身是一条裁剪入时的灰色斜纹棉布裤。他把刀藏在哪里呢?奥莉维亚觉得有些纳闷。斯蒂尔顿说过他身上总是带着一把刀。她上下打量着阿巴斯,他身上只穿着很少的衣物,实在看不出刀放在哪里,难道他现在没有把刀随身带着?

"看来你的眼睛很好奇嘛。"

阿巴斯端着一杯茶转过身来,奥莉维亚就像做错事的小孩被人当场捉住了一般难堪,她不想让阿巴斯误解自己的目光。

"斯蒂尔顿说你身上总是带着一把刀。"

看得出来阿巴斯有些愠怒。斯蒂尔顿为什么要把刀的事情告诉奥莉维亚?他完全没必要这样做。这只是阿巴斯潜藏性格的一部分,并不是适合公开的东西,斯蒂尔顿压根儿就不该让这个小女孩知道这件事。

"斯蒂尔顿有时候很多嘴。"

"不过他说的是真的吗?现在你的身上带着刀吗?"

"没有。你要加糖吗?"

"请给我加一点,谢谢!"

阿巴斯再次转过身去,奥莉维亚向后靠在扶手椅的椅背上,就在这时一个物体突然击中了她右边的木制扶手上——那是一把细长的刀,亮晃晃的刀刃就在离她肩膀几厘米的地方震颤着。奥莉维亚猛地转过头去,看到阿巴斯正端着茶杯朝她走来。

"这不是真刀,只是马戏团的道具而已。我们能聊聊与海滩谋杀案有关的事情吗?"

"当然可以。"

奥莉维亚从阿巴斯手里接过茶杯,开始说起话来。她的语速略微有些快,也比较紧张。那把刀仍然还插在椅子的扶手上,她脑子里一直萦绕着一个问题:先前他将这把刀放在哪里的?

* * *

奥维·加德曼坐在厨房里,望着窗户外面。这里是他过去的家,位于诺德科斯特岛,这些年来他在这个家里度过的时间越来越少。他刚刚跟一位从斯德哥尔摩赶来的女警官谈过话,他把自己知道的与文特和马尔派斯有关的情况全都告诉她了。他吃掉了家里的意大利饺子罐头,暂且填饱了饥饿的肚子。明天他要去超市买些真正像样的食物回来。

他看了看这栋老式家庭住宅。

他在哥德堡的公寓短暂停留之后,先去斯特伦斯塔德探望了住在养老院里的父亲,然后便来到了诺德科斯特岛。

应该说是"回到了诺德科斯特岛",因为他原本就是属于这里的。

事实就是如此。

现在他的父亲和母亲都不再住在这栋老房子里了,屋子里空荡荡的,令人有些伤感。他的母亲阿斯特丽德三年前去世了,而父亲本特刚刚中风了,身体的右侧已经部分麻痹。对于一名饱经沧桑、终其一生凭着自己的强健体魄与大海搏斗的捕虾渔民来说,这实在是令人相当沮丧。

奥维略略叹了一口气。他从厨房餐桌旁站起身来,把餐盘放进水槽里,然后回想着自己在哥斯达黎加的经历。那是一趟有助于开阔眼界、增长知识的美妙旅程。

不过待他结束旅程回到家中,给奥莉维亚打过电话之后,却得知丹·尼尔逊被人杀害了,而死者的真实身份竟然是真名叫尼尔斯·文特的失踪商人。当他们在马尔派斯见过面之后,丹·尼尔逊就径直去了诺德科斯特岛,随即便被人谋杀,以致送命。他来这个岛上是为了做什么呢?真是奇怪。难道跟我告诉他的在海滩上被溺死的女人有关吗?奥维在心里琢磨着。

他走到前门边,插上了门闩。他通常不会这么做,因为在诺德科斯特岛这种地方根本没必要这样做,不过这一次他还是做了。随后,他走到自己儿时住过的房间门口。

他站在门口看着房间里面。自从他离家去哥德堡读大学开始,这个房间里的一切就几乎没怎么改变过。墙上贴着以贝壳为主题的墙纸,这代表着奥维年少时的梦想。时过境迁,墙纸已经破旧不堪,看来墙壁需要重新粉刷一下了。

他蹲下身子,发现地上的油毡也该寿终正寝了。油毡下面应该是木地板,他可以把地板重新打磨和上蜡。他拉住油毡的一角,想将其提起来,然后看看下面到底是什么样子,可是却提不起来。也许需要一把凿子吧?他走出房间,来到走廊里的大工具柜跟前,这里是他父亲曾经最引以为傲的地方,所有的工具都在这里整齐地摆放或悬挂着。

奥维兀自笑了笑,打开了柜门。他一眼就看到了它——自己从前最珍爱的宝物箱。这个木箱是他在学校的木工课上做成的,里面装的全是他在海滩上找到的各种各样的小玩意儿。它竟然被存留下来了,而且还是放在父亲本特最心爱的工具柜里的,这可真令人惊讶。他把装着机械钻的盒子拿开,然后小心翼翼地将自己的宝物箱抱了出来。

他把箱子抱进卧室,然后把它放在床上,打开了箱盖。记忆中的所有物品都在里面:他和妈妈一起在斯卡姆海湾找到的小鸟头骨;一些鸟蛋;被海水侵蚀和磨损得失去了本来面目的漂亮石头、木块和玻璃;另外还有一些更离奇的东西,都是被海水冲到岸上来的。比方说半个椰子,还有颜色形状各异的贝壳,这些贝壳都是他和爱莉丝在他们九岁那年彼此"相爱"的夏天捡回来的。有一个发夹是他在那年夏天晚些时候捡回来的,那是爱莉丝的发夹。他在海滩上的一丛海藻里找到了发夹,本想还给她的,可是她却搬家了。那年之后这个发夹便被他遗忘了,与之同时他也忘掉了爱莉丝。

此时奥维把发夹从箱子里取了出来。

想想看,过了这么多年,这个发夹上居然还残留着一些爱莉丝的头发……可这是怎么回事?奥维把发夹放在桌上的台灯下仔细察看着。爱莉丝的头发不是金色的吗?这发夹上的头发颜色却要深得多,差不多是黑色的。真是奇怪。

奥维开始认真思索起来。他究竟是什么时候找到这个发夹的呢?不就是那天晚上当……噢,对了,就是这样的!他的回忆突然变得清晰起来!他是在沙滩上一串新鲜脚印旁边的海藻丛中找到这个发夹的,随后他听到远处的海滩上传来的声音,于是他赶紧躲到了礁石后面!

就是涨潮的那天夜里。

阿巴斯将刀从扶手椅上拔了出来。

奥莉维亚已经喝完茶离开了,刚才是他把她送到门口的。这时他用手机拨出了一串号码,然后等待着。对方应答之后,他用自己的母语之一——法语对电话另一头的人表述了自己的愿望。

"这会花多长时间?"他问道。

Spring Tide | 十四

"两天。我们在哪里见面?"
"在哥斯达黎加的首都圣何塞。到时候我会给你发短信的。"
他挂断了电话。

十五

　　三个人正并排走在国家犯罪调查小组办公楼的走廊上。他们刚起床不久,不过看上去精神不错,动作也很敏捷。

　　梅特一大早就将团队成员召集起来,清晨六点半,所有人都来到了她的办公室里。十分钟后,她把自己前一天从奥莉维亚那里得来的消息告知给大家,除此之外还讲述了丽莎·赫德奎斯特头天晚上跟加德曼对话的内容。丽莎并没有从他那里得到什么新消息,不过现在他们总算知道文特来瑞典之前所居住的地方了。大家一起看着贴在白板上的一张哥斯达黎加大地图,梅特指着尼科亚半岛上的马尔派斯村说道:"我已经安排了一个人去那里了。"

　　没有人对此作出回应,大家都知道梅特明白自己在做什么。

　　博斯·泰仁走到了白板旁边。昨晚梅特刚离开阿巴斯的公寓就立马给他打了电话,并把必要的信息告诉给他,让他抓紧时间着手调查。

　　"我已经在地图上标注出了文特的行动路线。"博斯解释道,"他在哥斯达黎加圣何塞机场办理登机手续时,用的名字跟他在这里租车时所用的名字一样,都是丹·尼尔逊。"

　　"他是什么时候登机的?"

　　"星期五,六月十日,当地时间晚上十一点十分。"

　　博斯把这个时间写在了白板上。

　　"他用的是什么护照呢?"

　　"这一点我们还在调查。那趟航班途经迈阿密,飞往伦敦,抵达伦敦的时间是早上六点十分。随后,他又在六月十二日星期天早上十点三十五分搭乘一趟飞机飞往哥德堡兰德维特机场。"

　　"他仍然用的丹·尼尔逊这个名字吗?"

"没错。他在兰德维特机场乘坐一辆出租车去往中央火车站。考虑到他那天晚上在诺德科斯特岛露过面,我们可以推测他乘火车去了斯特伦斯塔德,然后坐船去了岛上。"

"分析得不错。谢谢你,博斯。昨晚你睡觉了吗?"

"没有。不过我感觉还好。"

梅特朝他投去了充满感激的一瞥。

大家迅速将博斯提供的新信息与他先前调查得出的文特离开诺德科斯特岛之后的行动路线整合在了一起,这下子他们已经掌握了文特从哥斯达黎加的圣何塞一直到卡尔贝里斯大道的奥登酒店的整个行动路线,中途他还去了一趟诺德科斯特岛。

"技术人员重新激活了文特的手机。"

一名年龄较大的侦查员走到梅特身边,递给她一个塑料文件夹。

"你看过了吗?"

"是的。"

"有什么有价值的信息吗?"

"是的,我认为有。"

这可真是个保守的陈述,梅特一面想着一面迅速浏览技术人员的报告,报告中附了一份电话记录清单。

清单上注明了每通电话拨出和接听的准确时间。

* * *

昨天夜里很晚的时候,奥维·加德曼拨通了奥莉维亚的电话,把自己从前找到那个发夹的事情告诉了她。残留着黑色头发的发夹,他想,奥莉维亚应该会对此感兴趣吧?

也许吧。

在那之前加德曼还突然收到了一个请求,他第二天得前往斯德哥尔摩代替别人做一个有关海洋生物学的演讲。他打算乘坐次日清早的火车去斯德哥尔摩。

"雷迪森布鲁酒店的大堂酒吧不错,就在中央火车站旁边,那个地方对你来说方便吗?"奥莉维亚提议道。

"没问题。"

加德曼走进了酒吧,他穿着洗得有些褪色的蓝色牛仔裤和白色 T 恤,皮肤黝黑,头发被太阳晒得有些泛白。从他跨进大门的那一刻起,奥莉维亚一直看着他,想弄清楚他是不是独自一人来的。得到肯定的答案之后,她把目光移开了。加德曼走到吧台旁点了一杯特浓咖啡,随即转过身来看了看手表,这时他注意到了坐在落地窗旁边的女孩。他喝了一口咖啡,等待着,待他再次喝了一口咖啡之后,奥莉维亚抬起头来,专注地看着站在吧台旁的男子。

"你是奥莉维亚·朗宁吗?"加德曼问道。

奥莉维亚略微显得有些慌乱,不过还是点了点头。加德曼快步走到她跟前。

"我是奥维·加德曼。"

"你好。"

加德曼在奥莉维亚身旁的座位坐了下来。

"原来你这么年轻。"他说。

"哦,是吗?怎么会有这样的感慨?"

"唔,通常我们会根据在电话里听到的声音来判断对方的年龄……你在电话里的声音听起来比你的实际年龄更成熟一些。"

"我今年二十三岁。你把那个发夹带来了吗?"

"带来了。"

加德曼取出一个透明的小塑料袋,里面装着那个发夹。奥莉维亚仔细地察看着发夹,加德曼则向她讲述了自己是在什么地方、什么时候以及怎样找到它的。相比之下,他发现发夹的时间显得尤其重要。

"你刚发现发夹就听到那些人发出的声音了吗?"

"是的。它就躺在沙滩上一串新鲜脚印旁边的海藻丛里,我的视线顺着脚印延伸的方向看过去,结果看到海滩上有几个人,而且听到了他们的声音。于是我就赶紧躲藏起来了。"

"天哪,你的记忆力可真好!"

"唔,这毕竟是一个非常特殊的事件,不过如果我没有找到这个发夹的话,可能也回忆不起这么多细节来。"

"能把它交给我保管一段时间吗?"

奥莉维亚把塑料袋举起来,看着加德曼。

"当然没问题。顺带说一句,阿克塞尔·诺德曼让我向你转达他的问候。今天早上我坐他的渡轮去了斯特伦斯塔德。"

"谢谢。"

加德曼看了看手表。

"噢,我得走了。"

现在就要走了吗?奥莉维亚还没有回过神来。加德曼起身说道:"我的演讲再过半个小时就要开始了。见到你真高兴！要是这个发夹对你们有帮助，请一定告诉我。"

"当然，我会的。"

加德曼朝她点了点头，随即便离开了。奥莉维亚的目光追随着他，一直到他消失在门外。我为何不提议在他回家之前先一起喝杯啤酒呢？她心想。

如果换作是伦妮的话，她一定会这样做的。

* * *

年轻的警官贾尼·克林加花了不少气力，总算找到了斯蒂尔顿的住处。他听说过斯蒂尔顿住在英根特森林中的一座活动房屋里，不过他却不知道活动房屋的具体位置在哪儿。于是他在清晨遛狗和晨练的人群中走了好一阵，终于发现了那座森林里的活动房屋。他敲了敲门，斯蒂尔顿把头伸到窗户边看了看，随即把门打开了。克林加朝他点了点头。

"我有打扰到你吗？"

"你有什么事吗？"

"我认为你昨天告诉我们的事很有价值，就是关于'少年拳手'的事。"

"鲁内·福尔斯也是这么认为的吗？"

"这倒不是。"

"进来说吧。"

克林加进屋之后，环顾了一下四周。

"你以前也住在这里吗？"他问道。

"你是指什么时候？"

"就是薇拉·拉尔森还住在这里的时候。"

"那时我没住在这里。"

斯蒂尔顿并不打算敞开心扉，他仍然对克林加充满戒备。他甚至怀疑克林加是不是福尔斯派来给自己制造麻烦的，毕竟他对此人完全是一无所知。

"你来这里的事福尔斯知道吗？"

"他不知道……能不能请你也不要告诉别人？"

斯蒂尔顿看着眼前这名年轻的警官。说不准他是个正派的人呢，只是不巧在一个差劲的头儿手下做事而已。他指着其中一张床铺，示意克林加坐下。

"你为什么来这儿？"

"因为我认为你昨天说的都是实情。我们把'踢废物'网站上的那些视频都下载下来了，昨晚我把它们从头到尾全都重新看了一遍。我在其中一个暴徒身上发现了文身，是被一个圆圈圈起来的'KF'字母，跟你说的完全一样。"

斯蒂尔顿继续沉默着。

"后来我又查找了关于'笼中格斗'的资料,资料上说这种年轻男孩在笼子里格斗的行为主要发生在英国,不过看起来好像格斗发生时他们的父母通常都会在场。"

"我当时并没有看到他们的父母在场的迹象。"

"你是说在阿斯塔吗?"

"是的。"

"今天早上我去过那里的岩窟了,里面空空如也。"

"可能是因为我的出现令他们大受惊吓,后来他们把所有的物品都搬出去了。"

"可能是吧,不过现场仍有大量的蛛丝马迹表明曾有人在那里活动过。我找到了一些胶带、螺丝和红色灯泡碎片,还有大量的吸毒用具,可是这些东西并不能直接跟'笼中格斗'画上等号。"

"没错。"

"我已经安排了一些人对那里实施监控。"

"你是背着福尔斯这样做的?"

"我跟他说那里是你被暴徒殴打的地方,所以安排人手关注和留意那里的情况或许是有价值的。"

"那他买你的账吗?"

"买啊。他还和来自国家犯罪调查小组的某个人交谈过,我猜他也是想让他们看到他自己并非是无所作为吧。"

斯蒂尔顿马上就想到了和福尔斯交谈的人会是谁。她可真是争分夺秒不浪费时间啊,他心里想着。

"我已经跟我们的青年组织联系过了。他们虽然从未听说过'笼中格斗'的事,但还是把我说的情况全都记录下来了。"

"很好。"

此时斯蒂尔顿已经不像先前那么谨慎了。他对贾尼·克林加产生了几分信任,这种信任足以促使他掏出一张斯德哥尔摩地图在两人面前展开。

"你看到上面的十字形记号了吗?"

"看到了。"

"这些是流浪汉遇袭和被杀事件发生的地点,我把它们在地图上标注出来,是想看看这些地点之间有没有什么关联。"

"那么结果有关联吗?"

251

"各起事件实际发生的地点相互之间并无什么关联,不过其中三名被殴打的流浪汉,包括薇拉·拉尔森在内,都是在索德商业中心贩卖杂志之后遭到袭击的。索德商业中心的位置我已经用这个十字形记号在地图上标注出来了。"

他没有提到其实那天晚上站在索德商业中心的人并不是薇拉,而是他本人。只不过后来薇拉过来找他,然后他们一起离开了那里。

"那么你有什么推测吗?"克林加问道。

"这算不上推测,只是假设而已。也许那些凶犯先在索德商业中心挑选袭击对象,然后再一路尾随他们,伺机作案。"

"总共有五名流浪汉遭遇了袭击。那么,另外两名被殴打的流浪汉又怎样呢? 他们出事前没站在索德商业中心那一带吗?"

"那两个人的情况我不太清楚,我只知道其中一个人并没有站在索德商业中心,他是站在戈特大街的拳击场那里的。"

"那里离梅德博格广场不太远。"

"是的。而且在他去拳击场的途中,会从索德商业中心经过。"

"那么我们应该尤其留意索德商业中心那片区域咯?"

"也许吧,这不是由我决定的事。"

当然,克林加在心里说道,这是由我或福尔斯来决定的事。他发现自己内心深处在企盼要是福尔斯能像斯蒂尔顿一样果断坚定该多好。

克林加站起身来,"如果你有什么别的发现,请直接跟我联系好吗? 我想以较为私密的方式来处理这些事情。"

他想回避某个人,那个人是谁显而易见。

"这是我的名片,如果你想找我的话,可以拨打上面的电话。"他继续说道。

斯蒂尔顿接过了他递来的名片。

"正如我先前所说,这件事请你不要告诉别人。"

"没问题。"

克林加点了点头,然后朝房门走去。快到门口的时候,他回过头来。

"还有一件事。网上有一段视频,是薇拉·拉尔森在活动房屋里被殴打的视频。那段视频的前半段是拍摄者透过窗户拍到的一个裸体男人跟她在床上发生关系的画面。"

"没错,怎么了?"

"你知道那个男人是谁吗?"

"是我。"

克林加略微有些吃惊。斯蒂尔顿直视着他的眼睛,"不过这件事不要告诉别人。"

克林加点了点头,走出房门,差点儿撞上了兴冲冲赶过来的奥莉维亚·朗宁。她看了克林加一眼,然后走进屋子,随手把身后的房门推过去关上了。

"外面那个人是谁呀?"

"是市议会的人。"

"哦,原来是这样。唔,你知道这是什么吗?"

奥莉维亚把加德曼给她的装着发夹的小塑料袋举了起来。

"一个发夹。"斯蒂尔顿说。

"这是海滩谋杀案发生的那天晚上,奥维·加德曼在海瑟尔维卡尔纳海湾发现的,当时这个发夹就躺在受害人或其中一名凶犯的足迹旁边!"

斯蒂尔顿盯着那个塑料袋,"那他当时为什么没把这发夹交给我们呢?在1987年的时候?"

"这我不太清楚。那时他才九岁,也许还不明白它可能具备的价值吧。当时对他而言,这不过就是在海滩上偶然发现的一个普通物品而已。"

斯蒂尔顿伸手从奥莉维亚手中接过了小塑料袋。

"发夹上有一根头发。"奥莉维亚说,"是黑色的。"

现在斯蒂尔顿才明白了"飞毛腿导弹"朗宁的意图。

"要做 DNA 检测吗?"

"是的。"

"为什么呢?"斯蒂尔顿问道。

"唔,如果这是受害人的头发,那它就没有什么价值了,不过如果这根头发不是受害人的呢?"

"那么,它有可能是其中一名凶犯的?"

"没错。"

"戴着发夹的凶犯?"

"凶犯当中,可能有一个是女人。"

"没有信息表明案发现场还有另一个女人在场。"

"现场目击者是谁呢?是一个躲在离案发地相当一段距离之外的吓坏了的九岁小男孩。而且当时是晚上,他看到了一些模糊的人影,听到了一个女人的惨叫。他只是认为当时有三个或四个人在场,根本没有机会去确认清楚那里是不是并不止一个女人。我说得对吗?"

"你又回去找过杰奎琳·贝里隆德了,是吗?"

"我可没这么说。"

不过她的确想过这样做。此刻当斯蒂尔顿提到这个名字的时候,她的心头被激起了一股无名怒火。她觉得自己突然有了一些不能放过杰奎琳的个人理由。

那就是电梯事件和猫咪事件。

最主要的是猫咪事件。

不过这与斯蒂尔顿毫无关系。

他侧过头去看了看奥莉维亚,他知道奥莉维亚的推断不无道理。

"你得去跟悬案调查小组的成员谈一谈。"

"他们不会感兴趣的。"

"为什么?"

"维尔纳·布罗斯特认为这起案子目前'不具备可及性'。"

他们相互对视着,随即斯蒂尔顿把头转开了。

"不过呢,你的前妻在国家重点实验室工作……""飞毛腿导弹"说道。

"你怎么知道这个的?"

"因为我是阿尔涅的女儿。"

斯蒂尔顿微微笑了笑。奥莉维亚觉得他笑得有些忧伤。爸爸跟他曾是要好的朋友吗?

她将来一定会找机会把这件事问个清楚。

* * *

这个房间被设计成标准的审讯室,简洁而压抑。审讯桌的一侧坐着梅特·欧诺沙特,她的面前放着几页 A4 纸大小的文件。马格努森世界矿业公司的总裁柏迪尔·马格努森坐在梅特对面,今天他穿了一套深灰色西装,系着酒红色领带,还带来了一名律师。先前马格努森刚到审讯室,立刻就打电话将这名女律师召来了。其实他并不知道警方这次找到自己是为了什么,不过他毕竟是个喜欢未雨绸缪的人。

"询问过程将会被录音。"梅特说道。

马格努森看了律师一眼,后者略微点了点头。梅特按下了录音机的录音键,开始陈述此次询问的时间、地点和出席人。

随后询问正式开始了。

"前天我们见面的时候,你否认自己近期跟尼尔斯·文特联系过。你说你们最后的一次联系是在大约二十七年之前,对吗?"

"是的。"

马格努森是乘坐警车抄近路从斯韦亚大道来到位于波尔赫姆斯大街的警

察总局的,他显得非常平静,梅特能嗅到他身上明显喷过男士香水,另外还有淡淡的雪茄烟味。她戴上一副眼镜,开始浏览摆在自己面前的纸张。

"星期一,也就是六月十三日,上午十一点二十三分,尼尔斯·文特用他的手机拨打了这个号码。"

梅特把其中一张纸举起来,好让马格努森看清楚。

"这是你的手机号码,对吗?"

"没错。"

"通话时间持续了十一秒。在同一天晚上的七点三十二分,文特再次用他的手机拨打了同样的号码,这次的通话时间持续了十九秒。在那之后的第二天晚上,也就是六月十四日星期二,文特的手机朝同样的号码拨出了第三通电话,通话时长为二十秒。四天之后,在六月十八日星期六的下午三点四十五分,第四通电话来了,持续时间比先前略长,刚刚超过一分钟。"

梅特取下眼镜,看着面前这位企业家。

"这几次电话的通话内容是什么呢?"

"这些根本算不上是通话。你说的那几通电话我都接听了,但是电话那头并没有人说话,随即电话就断掉了。我当时猜测,可能是有人试图向我发出某种威胁。最近我的公司遭受了来自外界的各种带有敌意的挑衅行为,也许你也知道这些事吧?"

"是的,我知道。不过为什么最后一通电话的持续时间比之前的更长呢?"

"是的,那个……唔,说实话我当时很生气,因为那已经是我接到的第四通对方沉默不语的电话了,于是我自己就说了一些我对对方那种试图对我进行威胁的懦弱行径的看法,然后就挂断了电话。"

"这么说,你不知道电话是尼尔斯·文特打给你的吗?"

"当然不知道。我怎么可能知道?他可是已经失踪有二十七年了。"

"你知道他这些年来住在哪里吗?"

"我不知道。你知道吗?"

"他住在哥斯达黎加的马尔派斯村。他住在那里期间,你一直都没跟他联系过?"

"没有。我以为他已经死了。"

马格努森在心中默默祈祷,自己的面部表情千万不要透露出此时内心的真实想法。马尔派斯?哥斯达黎加?文特存放原始录音带的所谓"未知的地点"……一定就是那里了!

"我建议你这段时间不要离开斯德哥尔摩。"

"我现在被限制出行了吗?"马格努森问道。

"绝对不是。"他的律师突然开口了。

马格努森禁不住笑了笑,不过当他看到梅特正注视着自己的目光之后,便赶紧将笑意隐藏起来。要是他能明白梅特内心的想法,那么他的笑容会消失得更快。

梅特确信他在撒谎。

* * *

在不久之前,曾经有一段时期,里托盖特广场的四周全都是卖各种奇怪货品的小店铺,那些小店铺的经营者们同样也有些奇怪。不过后来店铺纷纷关门,这片区域逐渐被新的业主接管,变成了时尚人士喜欢聚集的地方。原先的老店铺只有极少数一直延续到了现在,它们被视为街景中的古雅元素而存在着。这些店铺中有一家卖旧书的小书店,店主是罗尼·瑞德罗斯。书店位于卡塔琳娜大街一栋老房子对面,瑞典传奇球星伦纳特·斯克格伦从前就住在那栋老房子里,他在那里出世,经历了繁华的一生,然后与世长辞,而那栋看遍物是人非的老房子一直都屹立在那里。

罗尼是从母亲手里接管这家书店的。

这家书店本身看起来跟其他一些留存至今的古董书店别无二致。书架个个与天花板齐高,桌上和置物台上都摆放着一摞摞的书,橱窗里的一个标牌上写着"辉煌的宝藏"。罗尼有一把用得很旧的扶手椅,椅子是放在一面墙旁边的,一盏来自第一次世界大战时期的落地灯的光芒正好照亮了扶手椅所在的区域。此时他正坐在扶手椅上读着一本摊开在大腿上的书——《西部荒野的克拉斯猫》,这本书的故事是围绕一个虽受人欢迎却又有些离奇的瑞典卡通人物展开的。

"卡通版的贝克特!"罗尼自语道。

他合上了书,看着坐在书店另一头的简易凳子上的男人。那人是个流浪汉,名叫汤姆·斯蒂尔顿。罗尼这里经常都有流浪汉来访,但他胸怀宽广,而且经济条件还不错,所以他愿意将流浪汉们从大垃圾桶、垃圾房或其他任何地方找来的旧书买下来。罗尼从来都不多说什么,默默地为每本书买单,就当作是对流浪汉提供帮助。很多时候他会再次把这些书扔进街边的垃圾桶或其他地方,等过了一周或更长时间之后,他又从流浪汉手中把同样的书买回来。

事情就这样周而复始地不断发生着。

"我想借一件大衣。"斯蒂尔顿说。

他认识罗尼已经有很多年了。他们最初见面时他还不是流浪汉,那时他正和阿兰达机场的警方一起执行公务,准备拘捕从冰岛飞来的航班上的几名乘客,而他们是罗尼的旅伴。罗尼和朋友们一起结伴去冰岛首都雷克雅维克的性学博物馆参观,在回程途中,罗尼的两名同伴喝了过多的烈性酒。

不过罗尼并没有喝酒。

罗尼几乎不沾酒,一年之内喝酒的次数不会超过一次,不过每年的那一次他一定会喝到令自己趴下为止。那一天是他女朋友在哈马比尔码头落入结冰的水中溺亡的死亡周年纪念日。在她出事之后,每年到了那一天,他就会去她落水的码头喝酒,一直喝到自己不省人事。他的朋友们都知道他的这项仪式,所以总是当心地不在那个时候去打搅他。他们会留在不远处暗暗观察,待他完全醉去之后,他们便设法将他送回书店,然后把他放在店铺内间的一张简易小床上。

"你需要一件大衣?"罗尼问道。

"是的。"

"是参加葬礼用吗?"

"不是。"

"我只有一件黑色的大衣可以借给你。"

"那就行了。"

"你修过面了?"

"是的。"

斯蒂尔顿刚剃过脸上的胡须,甚至还修剪了一下头发。头发虽然不算太整齐,不过已经不会杂乱地散落下来了。现在他需要一件大衣,这样他就能让自己看起来差不多像个体面的正常人。另外,他还需要一些钱。

"你需要多少钱?"

"只要够买去林雪平市的火车票就行了。"

"你去那里做什么呢?"

"帮一个年轻女孩做一件事。"

"是多大的女孩?"

"二十三岁。"

"噢,那么她应该不知道《动物侦探》。"

"那是什么?"

"一部高水平的文学作品。你稍等一下!"

罗尼转身进到一个小房间,片刻之后,他拿着自己的黑色大衣和一张五百克朗支票出来了。斯蒂尔顿试了试大衣,略微短了一点,不过勉强还行。

"本斯曼怎么样了?"

"他不太好。"斯蒂尔顿回答道。

"那他眼睛还好吗?"

"应该是吧。"

对于罗尼而言,本斯曼和斯蒂尔顿是非常不同的两个人。本斯曼博览群书,斯蒂尔顿对阅读却没什么兴趣。从另一方面来讲,斯蒂尔顿不是一个酒鬼。

"我听说你最近又开始跟阿巴斯有一些联系了。"罗尼说。

"你怎么知道的?"

"你能帮我把这个带给他吗?"

罗尼取出了一本薄薄的平装书。

"他等这本书已经等了差不多快一年了,我也是前几天才拿到的。书名叫《为了纪念我的朋友们》,是埃里克·赫梅林翻译的苏菲派诗歌。"

斯蒂尔顿接过那本书,看了看封面,随即将其塞进了大衣内侧的口袋里。

他刚刚从罗尼那里借到了一件大衣和五百克朗,把这本书交给阿巴斯就算是回报罗尼了。

* * *

玛莲娜·博格伦德正朝自己家的大门走去,她的家是位于林雪平市郊的一栋联排别墅,房子的外墙被刷成了白色。现在快要到晚上七点,天色已经很暗了,她眼角的余光瞥见了一个斜靠在街对面的灯柱上的人影。街灯照在那个瘦高的男人身上,他的双手都揣在黑色大衣的口袋里,对他来说那件大衣明显短了一大截。玛莲娜犹豫了片刻,最终决定转过脸去直视着那个男人,这时他举起一只手跟她打招呼。不可能是他,她心里这样想,尽管她其实已经知道了那个人是谁。

"汤姆?"

斯蒂尔顿目不斜视地穿过街道朝玛莲娜走了过来,继而在她面前两米开外停下了脚步。

玛莲娜是个不拘礼节的人,"你看起来可真糟。"

"你该看看我今天早上的样子。"

"谢谢,不必了。你还好吗?"

"很好。你的意思是说……"

"是的。"

"很好……比之前更好些了。"

他们相互对视了一两秒钟,两人都不想继续讨论斯蒂尔顿的健康状态。玛莲娜尤其不想这样做,而且她尤其不愿在自家门外的街道上这样做。

"你有什么事吗?"

"我需要帮助。"

"你是需要钱吗?"

"钱?"

此刻斯蒂尔顿看着玛莲娜的眼神令她恨不得把自己的舌头给咬下来。她这话说得太莽撞了。

"我需要的是这方面的帮助。"斯蒂尔顿掏出一个小塑料袋,袋子里装着那个来自诺德科斯特岛的发夹。

"这是什么?"

"一个发夹,上面还残留着一根头发。我想请你帮忙为这根头发做DNA检测。我们能边走边说吗?"

斯蒂尔顿指了指街道对面,玛莲娜转过身去看了看自家的别墅。她看到一个男人正在一间亮着灯的厨房里忙活着,他看到他们了吗?

"这不会花太多时间的。"

斯蒂尔顿说完便径直朝前走去,玛莲娜留在原地没有动。这真是汤姆的典型作风,事先没有任何通知,却突然以糟透了的形象出现在我面前,而且还对我发号施令。

跟以往一模一样。

"汤姆!"

斯蒂尔顿停下脚步,略微转过身来。

"无论你想让我帮你做什么,你的行事方式都是很不恰当的。"

斯蒂尔顿看着玛莲娜,略微把头低下了一点,不过很快他就再次扬起了头。

"抱歉。我对社交礼仪已经荒疏了。"

"没错,事实表明你的确是这样。"

"对不起,我真的需要你的帮助。那么你来决定吧,我们可以现在谈,或者以后再谈,或者……"

"你为什么需要对那根头发做DNA检测?"

"为了跟诺德科斯特岛海滩谋杀案受害人的DNA做比对。"

斯蒂尔顿知道这样说一定会激起玛莲娜的兴趣,事实也的确如此。当年斯蒂尔顿负责调查海滩谋杀案期间，玛莲娜一直与他住在一起。她非常清楚他为那起案子付出了多少，而她自己也为之付出了很多努力。现在他再次出现在她面前，身体状况令她颇感触目惊心，而他居然再次提到了那起案子。出于种种理由，她本打算拒绝，不过还是想听听他到底要说些什么。

"你给我讲讲具体情况吧。"

玛莲娜往前走出几步，来到斯蒂尔顿身旁，两人并肩前行，她听着他讲述关于发夹的来历。他告诉她发夹是在海滩谋杀案发生的当晚被人在案发现场附近捡到的，之后一直躺在一个小男孩专门用于存放海滩寻得物品的箱子里。一两天前，箱子的主人突然想到了它的存在，并把它交给了一名年轻的警察学院学生奥莉维亚·朗宁。

"朗宁？"

"是的。"

"她的父亲就是……"

"没错。"

"现在你想通过检测来确定发夹上头发丝的 DNA 与受害人的 DNA 是否吻合？"

"是的。你能做这件事吗？"

"不能。"

"你是不能做还是不愿做呢？"

"你多保重吧。"

玛莲娜转身朝自己的家走去，斯蒂尔顿看着她越来越远的背影。她会转过身来吗？一定不会。她从不会做这样的事情。一旦玛莲娜做出了决定，就不可能再更改了，绝没有商量的余地。他深知这一点。

不过他毕竟还是试过了。

"刚才那个人是谁？"

在返家的途中，玛莲娜一直在思考自己应该如何回答这个问题。她知道托德一定透过厨房窗户看到了他俩一起走在街上，而且他一定很关心这件事。

"他是汤姆·斯蒂尔顿。"

"真的是他吗？他来这里干什么呢？"

"他想让我帮他做 DNA 检测。"

"他不是已经离职了吗？"

"没错，他早就不是警察了。"

玛莲娜脱下外套，将其挂在自己的挂衣钩上。这个家里的每一个人都有属于自己的挂衣钩——孩子们有各自专属的挂衣钩，托德和玛莲娜也是如此。家里的孩子们是托德上一段婚姻的产物，他们是埃米莉和雅各布，他很爱他们。托德喜欢秩序，希望一切都井井有条，他在床上也是中规中矩、有板有眼的，不喜欢做各种尝试。他的工作是林雪平市运动场的管理员，身体状况很好，头脑清晰，行为端正……他在很多方面都像年轻时的斯蒂尔顿。

不过他在其他某些方面也跟斯蒂尔顿有很大不同。

起初斯蒂尔顿使她一头栽进了激情的漩涡，不可自拔，然而在经历了十八载的情感纠结起伏之后，她却只能选择离开他。

"他需要我私下给予帮助。"她说。

托德依然站在门口。她和斯蒂尔顿之间有过一些她和托德不曾拥有的情愫，她也知道托德是明白这一点的，这令托德有理由想要打破砂锅问到底。她不太确定托德是不是在吃醋。其实她和托德的关系非常稳固，他大可不必这样做，可是他还是有些放心不下。

"你说的'私下'是指什么？"

"这有什么关系呢？"

她觉得自己对托德有些防备过度了，这样做是不明智的，她没必要防备什么。莫非刚刚和斯蒂尔顿的见面对她产生了一些猝不及防的影响？影响到她的是他那糟糕的身体状况吗？是他那种不带任何感情色彩，开门见山谈公事的讲话方式吗？是他在她家门外对她颐指气使的态度吗？可能的确有这些原因吧，不过这些事绝不会对她的丈夫产生一丝一毫的影响。

"托德，我和汤姆有六年没说过话了，今天他来找我帮忙，说他卷入了一件我完全不在乎的事情，而我总得听他把话说完吧。"

"为什么？"

"总之，他现在已经走了。"

"好的。唔，我只是有些好奇，你先前本来是要进家门的，却和他一起离开了。我们晚餐吃炒菜吗？"

斯蒂尔顿独自坐在林雪平市火车站的咖啡馆里，这儿的环境和氛围令他感到非常舒适。喝着普通的咖啡，没有人用异样的眼光打量自己，可以自由地进来，喝完咖啡后也可以随意地离去。他心里想着玛莲娜，也想着他自己。他在期待些什么呢？自从他们上次打交道至今已经过去六年了，对他自己而言，这六年里从各方面来看他的状况都变得越来越糟。而她呢？她看起来和六年前的模样别无二致，起码在刚才那片居民区暗淡的路灯光线下是这样的。对于有些人来说，生活继续按照同样的速度前进，他想到，对另外一些人来说，生活的步伐越来越缓慢。还有为数不少的一些人，他们的生活完全就是停滞不动的。对他而言，生活开始重新前进，有些缓慢，也有些颠簸，不过终归是在前进，而不是倒退。

他真的希望玛莲娜能好好地守住目前她所拥有的一切，这是值得的。在他身心健康、思想健全的时刻，常常会回想起自己和玛莲娜在一起生活的最后一年一定给她带来了很多痛苦。那时他的心理问题日益恶化，他那阴晴不定、跌宕起伏的心情渐渐破坏掉了他俩共同构筑起来的一切，最终婚姻走向了瓦解。

他没法再继续坐着了，他感到来自胸腔的压力已经涌向了双臂，而他忘了将地西泮药片带出来。他站起身来，准备回活动房屋，就在这时他的手机响了。

"我是杰利。"

"嗨，汤姆，我是玛莲娜。"

她用极轻的声音讲着电话。

"你是怎么知道我的电话号码的？"斯蒂尔顿问道。

"你的联系方式没在瑞典黄页网站上，不过我找到了奥莉维亚·朗宁的号码，于是我发短信给她，问到了你的手机号。你需要做的DNA检测很急吗？"

"是的。"

"那你把发夹带到我这里来吧。"

"好的。你怎么突然改变主意了呢？"

玛莲娜一言不发地挂断了电话。

* * *

玛莲娜·博格伦德居然找自己索要斯蒂尔顿的手机号，这件事令奥莉维亚相当惊讶和好奇。很明显他俩之间早就没有任何联系了，他是不是对那个发夹产生了兴趣呢？有可能吧，他在活动房屋里的时候还说自己想把那个发夹留下来。上帝啊，她在心里说道，天知道他为那起案子工作了多少年，可案子还是没能破获。鉴于此，他对那个发夹感兴趣也不足为奇。不过他真的会因此而跟自己的前妻联系吗？奥莉维亚还记得在警察学院里跟玛莲娜·博格伦德见面时的情形，当奥莉维亚问起斯蒂尔顿时，她的态度极为冰冷，几乎是不屑一顾，而现在她却主动问起斯蒂尔顿的手机号码。他们当年为什么要离婚呢？奥莉维亚觉得很好奇，他们的婚姻破裂会不会跟海滩谋杀案有关呢？

大概这类想法一直搅扰着她，令她的内心不得安宁，于是她坐上了驶往斯鲁森大街的巴士。她想去那栋破旧的大房子，也就是欧诺沙特的家，她觉得自己能在那里找到内心很多问题的答案。此外，她还对那栋房子怀有一种说不清道不明的情愫，那里的氛围甚至使得她很想成为房子里的一员。

她也不知道为什么会这样。

设在地下室里的音乐间是马尔腾·欧诺沙特的隐匿之所。他喜爱自己的大家庭成员，也喜爱熟悉和不熟悉的访客们。他乐于在厨房里捣腾，从而为其他人提供可口的食物。除此之外，他也喜欢为大家安排娱乐消遣活动。

不过他也需要不时地离开喧闹的人群去独处一会儿。

就是基于这种需要，多年前他才在地下室里建起了自己的音乐间，并向其他所有人声称这里是他的私人空间。在那之后的许多年里，他在适当的时候逐一向子女和孙辈们解释了他所谓的"私人空间"意味着什么。他告诉他们，那里是他完全独处的地方。

任何人未经他的邀请都不得进入。

家人们考虑到马尔腾在其他方面为他们所做的一切，便选择了尊重和接纳他的愿望，于是马尔腾如愿以偿地在地下室里拥有了一处小小的私人空间。

在这里他能静静地追忆过往，能任凭自己的思绪沉溺在对旧日美好时光的怀念和感伤中。他能在这里独自品味内心的悲伤，其中有属于他自己的悲伤，也有过往人生旅途中各种人和事带给他的悲伤。

人一旦退休之后，种种令人感怀的往事都会一并涌上心头。

他小心翼翼地处理着自己的这种情怀。

有时候他会背着梅特喝一点小酒，最近这样的情况已经很少出现了，不过偶尔还是会有。在微醺的状态下，他体验着阿巴斯想在苏菲派诗歌中寻求的情怀。

在心情特别好的夜晚，他还会独自唱起二重唱。

那时凯鲁亚克会爬进墙上的缝隙里。

当奥莉维亚突然反应过来，发现自己已经站在老房子的大木门前按响门铃的时候，她仍然并不是真的知道自己为什么要来这里。

不过她还是来了。

"你好！"马尔腾说。

门打开了，他身上穿着奥莉维亚这一代年轻人不大可能认得出的"麻将服"。这是六十年代在瑞典很流行的服装式样，男女皆宜。衣服由天鹅绒面料制成,上面有橙色、红色和其他各种颜色的大方块,软软地罩在马尔腾胖大的身体上。他的手里端着一个盘子,这是梅特在自己的陶轮上亲手做出来的。

"嗨。我是……梅特在家吗?"

"她不在。有什么事你可以跟我讲。请进来吧!"

马尔腾消失在了门内,奥莉维亚跟着他走了进去。这一次没有人被驱逐到楼上去,他们的子女和孙辈都在一楼活动。其中一个女儿名叫贾妮思,她跟自己的丈夫和孩子一起住在这附近的一栋小房子里,不过她把父母家也视为自己的家。除了贾妮思一家,这里还有为数众多的大家庭成员,他们都穿着特别缝制的游戏服相互喷射着水枪。马尔腾迅速朝奥莉维亚招手,示意她穿过客厅走到一扇房门跟前。她躲过几股水枪喷出来的水流,跟跟跄跄地来到了门边,马尔腾领她进去之后便关上了房门。

"这里有点混乱。"他笑着说。

"这里常常都是这样的吗?"

"你是说混乱?"

"呃,我的意思是,这里总是有这么多人在吗?"

"是的。我们有五个孩子,九个孙子孙女。另外,还得加上艾伦。"

"艾伦是谁?"

"是我母亲。她今年九十二岁了,住在阁楼里。我刚刚为她做了一些意大利饺子。跟我来!"

马尔腾领着奥莉维亚走上一段螺旋形楼梯,来到了房子最顶层的阁楼里。

"我们为她在阁楼布置了一个房间。"

马尔腾推开门,里面是一个明亮、整洁的小房间,家具雅致而考究。这儿的风格跟楼下的房间很不一样,里面摆放着一张白色铁床、一张小桌子和一把安乐椅,安乐椅上坐着一位满头银丝的老太太。老太太年龄很大了,但看起来很利索,她正忙着做针织活儿。她织出了一块长达好几米的窄形织物,在地上卷曲着。

她就是艾伦。

奥莉维亚看着她织出来的东西。

"她认为自己在编织一首诗篇。"马尔腾低声说道,"她所织的每一针都是一节诗。"

他转头看着艾伦。

"这位是奥莉维亚。"

艾伦从自己的针织活儿中抬起头来,微微笑了笑。

"很好。"她说。

马尔腾走到艾伦面前,轻轻抚摸了一下她的脸颊。

"妈妈略微有些精神错乱。"他小声地告诉奥莉维亚。

艾伦继续编织着。马尔腾把手里的盘子放在她身旁。

"我去叫贾妮思上来帮你,妈妈。"

艾伦点了点头。

马尔腾转身对奥莉维亚说:"你想喝点葡萄酒吗?"

他们下到了楼下的一个房间里,房间门将孩子们嬉闹的声音基本上都阻隔在外面了。

他们一起喝着葡萄酒。

奥莉维亚很少喝葡萄酒,通常只有在她去某处做客的时候才会喝,比如去母亲玛莉亚的家里。

其他时候她都喝啤酒。

在喝过几杯马尔腾所说的上等红葡萄酒之后,奥莉维亚开始有点说话失控的感觉了。她也不知道真正的原因何在,也许跟此时此地的氛围有关,也许跟刚下肚的葡萄酒有关,也许跟听自己说话的人是马尔腾有关。她谈论起一些非常私密的事情,而这些事她甚至从来没有跟自己的母亲玛莉亚讲过。她谈到了自己,也谈到了阿尔涅,还谈到了父亲去世时自己没有陪在他身边。她告诉马尔腾,最后这件事令自己内心深处的愧疚感始终无法释怀。

"妈妈认为我之所以想成为一名警察,就是想要消除自己内心的愧疚感。"

"我认为不是这样的。"

马尔腾几乎不怎么说话,只是静静地聆听着。他是个很好的倾听者。多年来在喧闹的环境里生活,他也渐渐被磨练成了一个善于聆听,能对别人的经历感同身受的人。

"你为什么这样认为呢?"

"人一般不会为了消除愧疚感而做一些事,不过我们通常会有这样的误解。其实很多时候我们并不知道自己为什么要做出某些决定。"

"那你觉得我想当警察的原因是什么?"

"原因也许在于你父亲是一名警察,而不在于他去世时你没在他身边。这两者是有区别的。前者认为遗传因素和环境因素促使人做出了决定,而后者则认为人做出决定的根源是愧疚感或罪恶感。我认为后者是不对的。"

我也是这样认为的,奥莉维亚心想,妈妈误解了我的动机。

"那么,你一直在想关于汤姆的事吗?"

马尔腾转变了话题,也许他觉得及时转变话题能让奥莉维亚感觉好受一点。

"你为什么这样想呢?"

"这难道不是你来这里的原因吗?"

这时,奥莉维亚不由自主地在想马尔腾是不是拥有某种超自然的能力,不然他怎么会如此准确地洞察人心呢?

"没错,我的确在想关于他的事情。有些问题我想了很久也想不明白。"

"你在想他是如何沦落为一名流浪汉的?"

"应该说是无家可归者。"

"别咬文嚼字了。"马尔腾笑道。

"好的,在我看来,他过去应该是一名很优秀的侦缉总督察,而且一定有很庞大的社会关系网,可他还是变成了一个无家可归的人。不过,他并不是成为了瘾君子或诸如此类的人。"

"'诸如此类的人'指的是什么呢?"

"我也说不清。我想他曾经的社会地位跟今天相比一定是有着天渊之别的。"

"可以说是也可以说不是。在某种程度上说他和从前是一样的,不过从其他方面来看又不一样。"

"是因为离婚造成的吗?"

"离婚可能起到了推波助澜的作用,但是在他离婚之前他的状况就已经开始走下坡路了。"

马尔腾喝了一口酒。他斟酌着自己应该说到什么程度。他不想用错误的方式来揭露汤姆的过去,也不想用可能令人误解的方式来阐述。

于是他选择用一种比较平和中庸的方式来陈述事实。

"汤姆的人生遇到了瓶颈,他选择了自我放弃。在心理学中有一个专门的术语可以描述这种病态,不过这是后话了。具体地说,他处于一种不愿继续维持下去的状况。"

"维持什么呢?"

"就是我们所谓的'正常生活'。"

"他为什么会变成那样呢?"

"有很多原因,比如他在精神方面的问题,婚姻破裂,还有……"

"他有精神方面的问题?"

"是的,他有精神病。我不知道他现在是不是还受到这种疾病的困扰。上次你和他一起来这儿的时候,是我们在时隔大概四年之后第一次见到他。"

"他为什么会患上精神病呢?"

"很多因素都能诱发精神病,每个人的承受能力也各不相同。对于内心特别脆弱的人,有时候仅仅是因为长期的精神压力也能诱发精神病。另外,过度劳累或一些突发事件,都有可能成为诱因。"

"那么,汤姆当年是遇到了什么异乎寻常的事情吗?"

"是的。"

"是什么事呢?"

"这得由他在自己愿意的时候再亲口告诉你了。"

"好吧,不过你们为他做过什么呢?难道你们什么忙都帮不上吗?"

"我们已经尽力了,力所能及的事我们都做了。我们和他谈过好多次。当他从自己的公寓里被赶出来时,他还可以参加社交活动,我们便邀请他住在我们家里。可是后来他溜走了,在我们约定好的见面时间不再出现,手机号也换了,最后他就这样失踪了。我们知道汤姆一旦对某件事下定了决心就不会再变更,所以我们就由着他去了。"

"由着他去了?"

"我们再怎么也控制不了他内心的意念啊。"

"可是这样的话,你们也很痛苦吧?"

"的确很痛苦,对于梅特来说尤其如此。这么多年来,一直到现在,她都没法得到精神上的解脱。不过在你们来过我家之后,情况要好一些了,汤姆又能与人沟通了,梅特和我都觉得这真是太令人难以置信了。"

马尔腾重新往两个酒杯里注满了葡萄酒,他喝了一口,微微笑着。奥莉维亚看着他,心里知道自己想把两人的对话引到什么主题之上,不过她不确定自己是不是真的做好了准备。

"凯鲁亚克最近怎么样呢?"她问道。

"很好!或者说还不错吧。它的腿确实有些毛病,不过总不能让一只蜘蛛使用齐默助行架呀,你说呢?"

"当然不行。"

"你养宠物吗?"

这正是奥莉维亚期待的话题。她很想找一个看似跟自己有一定的距离,实则却有着很多共通点的人聊聊这件事。看起来马尔腾就是非常合适的人选。

"我曾养过一只猫,可我用自己的汽车杀死了它。"

她把整个故事中最令自己感到痛苦的部分先讲了出来。

"你不小心开车碾死它了?"

"不是的。"

奥莉维亚尽可能清晰地把事情的经过都说给他听了,从她最开始发现公寓里打开着的窗户说起,一直说到自己发现引擎有异样,最后打开引擎盖后所见到的可怕情形。

随即她痛哭起来。

马尔腾任由她尽情地大哭。他明白在她有生之年这件事都会被牢牢地铭记在她心里,不时地折磨着她。不过刚才她把这件事说了出来,这对她倒是有一定的治愈作用。他轻抚着她的黑色头发,然后递给她一张手帕。她用手帕擦掉了眼泪。

"谢谢你!"

房间的门突然被打开了。

"嗨!"

乔琳娜冲进房间,越过桌子紧紧地拥抱着奥莉维亚。这才是她们第一次见面而已,奥莉维亚着实有些惊讶。梅特紧跟在乔琳娜身后走了进来,马尔腾赶紧为她也倒上了一杯葡萄酒。

"我想给你画像!"乔琳娜对奥莉维亚说。

"我吗?"

"对!"

乔琳娜从架子上取下一块绘画板,跪在奥莉维亚面前准备开始作画。奥莉维亚再次用手帕迅速擦干脸上的眼泪,然后尽量让自己的面部表情看起来自然一点。

就在这时,斯蒂尔顿拨通了奥莉维亚的手机。

"玛莲娜会提供帮助。"他说。

"她同意做 DNA 检测吗?"

"是的。"

"把那个拿走!"乔琳娜指着奥莉维亚的手机喊道。

马尔腾弯下腰来,对着正蹲伏在绘画板上方的乔琳娜耳语了几句。奥莉维亚趁机站起身来走到一边继续讲电话。

"她打算什么时候做检测呢?"

"她现在正在做。"斯蒂尔顿回答道。

"可是她怎么会……你去过林雪平了吗？"

"是的。"

她感到内心因斯蒂尔顿而涌起了一股暖流。

"谢谢你！"在斯蒂尔顿挂断电话之前她只能说出这几个字来。

奥莉维亚结束通话后转过身来，看到梅特正看着自己。

"是汤姆的电话吗？"

"没错。"

奥莉维亚兴奋而迅速地把关于发夹的事情讲了一遍，还说他们现在正在对发夹上残留的头发做 DNA 检测，当然她也说了这对海滩谋杀案的意义何在。令她惊讶的是，梅特并没有对这些事情表现出特别的兴趣。

"不过真的很有意思！"奥莉维亚说。

"对他来说是这样。"

"你是说汤姆吗？"

"是的。而且有事情可以忙，这对他来说也是好事。"

"不过你对这件事不怎么感兴趣吗？"

"目前是这样。"

"为什么呢？"

"因为我现在把全部精力都用在尼尔斯·文特谋杀案上了。这起案子是刚刚才发生的，而那起海滩谋杀案事发时间距今已经有二十三年之久了。当然，这只是其中一个理由。还有一个理由，因为海滩谋杀案原本就是汤姆的案子。"

梅特端起了自己的葡萄酒杯。

"所以就让一切都照旧吧。"

在回家的路上，梅特的话一直萦绕在奥莉维亚的脑海里。她的意思是说斯蒂尔顿将会再次开始调查这起古老的案件吗？可他现在甚至都不是警察了呀。他不过是个无家可归的人而已，怎么能够着手处理这起案件呢？借助我的帮助吗？梅特先前也透露过这层意思吗？"如果没有你的话，他是绝不会来这里的。"奥莉维亚想起上次去梅特家的时候，梅特在门厅曾说过这样的话。她还清楚地记得当他们在阿巴斯家里讨论时，斯蒂尔顿曾对她认为文特和海滩谋杀案受害人之间可能存在关联的假设表现出了认可的态度。莫非，斯蒂尔顿正借着她的帮助重新开始调查他本人从前负责过的案子？

尽管她满脑子都塞满了这样那样的想法和问题，不过当她靠近公寓大楼的前门时,还是表现出了非常谨慎的态度。很可能她再也没法做到以轻松愉悦的心情打开这扇门了。

尤其是在接到斯蒂尔顿的电话,得知 DNA 检测已经开始之后。

因为这一系列事情直接导致她再次想到了那个女人——杰奎琳·贝里隆德。

她恨那个女人。

十六

哥斯达黎加境内有很多休眠火山和死火山,也有一些随时可能喷发的活火山,阿雷纳尔火山就是极为活跃的火山之一。它的喷发是蔚为壮观的自然现象,尤其是在夜晚,岩浆顺着已有的沟道往下流,整座火山看上去就像被闪闪发光的巨大章鱼触须给包裹着,与此同时还有灰黑色的滚滚浓烟直冲云霄。如果你能透过飞机上的椭圆形舷窗看到这一幕场景,那么此趟旅程真的很值得了。

阿巴斯·法西对火山喷发完全不感兴趣。而且,他很怕坐飞机。

甚至可以说是非常惧怕。

他不知道原因何在,也从来没有什么合乎道理的解释,不过每次当他坐在一万米高空的薄薄金属机舱里,就会觉得自己正处于恐慌的边缘。还好,只是在边缘而已,他还可以掌控自己,但他必须克制内心的恐惧。由于他不喜欢用药物或酒精来麻醉自己,所以每次乘坐飞机的经历都令他备受折磨。

无一例外。

当他走进圣何塞机场的入境大厅时已经是精疲力竭,全仰仗着与生俱来的棕黄肤色,才使得他看起来不至于像一具刚从地里挖出来的尸体。来接他的是一个正在吸烟的年轻男人,后者手里举着一块牌子,上面写着:**阿巴斯·法西**。

"我就是你要接的人。"阿巴斯用一口流利的西班牙语对他说。

他们很快就进到了那个年轻男人停在机场外的黄绿色小轿车里。这个男人在方向盘后面坐定之后,才回过头来同阿巴斯说话。

"我叫加西亚,是一名警察。我们要去马尔派斯。"

"在去那里之前,我们先去圣何塞大街三十四号,你知道那条街在哪里

spring tide | 十六

吗?"

"我知道,可是我接到的指令是我们应该直接开车去……"

"我临时把指令更改了。"

加西亚看着阿巴斯,阿巴斯也面无表情地看着他。从斯德哥尔摩出发,途经伦敦和迈阿密,最后来到圣何塞的长途飞行令阿巴斯受了不少罪,加西亚也能从对方的脸上看出这一点。阿巴斯重申道:"现在我们去圣何塞大街。"

加西亚把车停在一栋破旧房屋的外面,这里的周边环境也不太宜人——熟知本地情况的加西亚在驱车来这里的途中事先已经将这一点告诉过阿巴斯了。

"我不会花太长时间的。"阿巴斯说完后,转身走进了一扇破旧不堪的大门,继而消失不见了。

加西亚再次点燃了一支香烟。

阿巴斯慢慢打开小盒子的盖子,里面放着两把狭长的小刀,它们是马赛的供应商为他特别订制的。盒子是由一名面色苍白的瘦削男人带给阿巴斯的,他负责将登机时不能随身携带的特殊物品在阿巴斯所抵达的目的地先准备好,然后按约定的时间、地点交付给阿巴斯。交付时间可以提前约好,但交付地点是临时而随机的,这样比较安全。

这一次的交付地点就在圣何塞大街三十四号。

他们彼此已经相识很久了。

因此当阿巴斯向这个面色苍白的男人额外索要几个特殊器具——阿巴斯知道他一定随身带着这类物品——的时候,他并没有拒绝。借助一台迷你显微镜,他在刀锋上安装了用以维持平衡的器具。

这可是事关生死的重要器具。

"谢谢你!"阿巴斯说。

他们乘坐渡轮登上了尼科亚半岛,随即又马不停蹄地驱车赶往马尔派斯,一路上两人交谈甚少。阿巴斯已经知道加西亚得到的指令其实是来自瑞典警方,确切地说是来自梅特。加西亚此行需要充当瑞典来的"代表"的专职司机,而且要低调行事。关于阿巴斯来这里的目的,加西亚只问了一次。

"是为了一名失踪的瑞典人。"

除此之外,阿巴斯便没再多说什么了。

黄绿色汽车的所经之处扬起了滚滚尘土,通常沿海公路很少有这么干燥的。

"马尔派斯到了!"加西亚说。

马尔派斯村看起来跟先前汽车经过的沿海村落差不多,这里离大海只有一步之遥,一条狭窄干燥的公路两旁分布着几栋房子。这片区域没有所谓的中心地带,甚至连交叉路口都没有,就只是一条布满尘土的直路而已。汽车停稳后,阿巴斯一个人下了车。

"你在车里等我。"他对加西亚说。

阿巴斯开始沿路寻访。他拿着一个小塑料夹,里面放着两张照片。其中一张是诺德科斯特岛受害人的照片,另一张则是丹·尼尔逊。

此人的真名是尼尔斯·文特。

马尔派斯很小,寻访工作很快就完成了。只需沿着这条直路走到头,然后再原路返回即可。这里没有酒吧,山腰上有几家关着门的餐馆和零零星星的小旅馆。阿巴斯去了这几处地方,却连个人影也没见着,于是他朝海滩走去。在海滩上他遇见了两名正在玩巨蜥的小男孩,巨蜥在沙地上挣扎着,发出了低沉的奇怪叫声。阿巴斯知道小孩子的耳朵和眼睛都非常敏锐,很善于捕捉来自外界的各种信息,起码他自己小时候是这样的,这种特质帮助他在马赛的贫民窟活了下来。他在其中一名男孩的身边坐下,让他们看丹·尼尔逊的照片。

"他是那个大个子瑞典人!"男孩高喊道。

"那你们知道这个大个子瑞典人住在哪里吗?"

"当然知道。"

太阳已经西沉,整个马尔派斯陷入了黑暗中。如果没有这两名小男孩的帮助,他也许不会看到这座几乎隐藏在树丛中的式样简洁的木制房屋。

现在有他们带路,一切都不同了。

"就在那儿!"

阿巴斯顺着男孩所指的方向,看到了那座不太起眼的木屋。

"大个子瑞典人就住在那屋子里吗?"

"是的。不过他现在没在那里。"

"我知道。他去瑞典了。"

"那你是谁呢?"

"我是他侄子。他想让我来帮他取他忘在房子里的东西。"

加西亚的车缓缓地跟上来了。现在他下了车,走到他们身旁。

"这是他的房子吗?"加西亚问道。

"是的。来吧。"

阿巴斯给了两名小男孩每人一百克朗,并感谢他们提供的帮助,可是两名男孩却待在原地不肯走。

"现在你们可以走了。"

他们仍然一动不动,于是阿巴斯又给了他们各自一百克朗。他们对他表示了感谢,然后很快跑开了。阿巴斯和加西亚走进大门,来到房子跟前。阿巴斯猜测房门应该是锁着的,事实果真如此。他看着加西亚说道:"我把地图忘在车里了。"

加西亚微微笑了笑。他是想让我回避吗?没问题。加西亚走到汽车那里等了一两分钟,待他看到房子里的一盏灯亮起来之后,便再次返回房子跟前,阿巴斯从里面为他打开了房门。先前阿巴斯只花了很少的时间就设法撬开了一扇窗户,然后将手伸进去打开了后门,昏暗的天色为他"私闯民宅"提供了很好的掩护。声音也在帮忙,周围陆续出现了各种动物的叫声,有鸟类、猩猩的叫声,也有从阿巴斯所不认识的灵长类动物喉咙里发出的声音。很快地,这里从一小时之前的寂静无声变成了热带雨林特有的纷繁嘈杂。

"你在找什么呢?"加西亚问道。

"一些文件。"

加西亚点燃一支香烟,找到一把扶手椅坐了下来。

一支烟工夫之后,他又点燃了一支。

随后是第三支。

阿巴斯是一个做事很彻底的人,他在大个子瑞典人的房子里仔细搜索着,每一寸空间都不放过。他甚至找到了隐藏在双人床下方一块小石板背后的一把手枪,不过他把它留在了原位。

手枪是他用不着的。

待加西亚把一整盒香烟都抽完之后,阿巴斯已经在厨房里开始第三次搜寻了,这时加西亚站起身来。

"我要去买些烟,你需要我帮你捎点什么吗?"

"不需要。"

加西亚走出房门,钻进车里,把车开走了。他离开马尔派斯朝圣特雷萨驶去,一路上扬起了大量尘土。待加西亚的车扬起的尘埃落定之后,一辆黑色厢式货车从一条通往海边的狭窄小道闪了出来,继而停在树丛中,三个男人陆续下了车。

他们都是大块头。

模样看起来很像斯德哥尔摩毒品贩子喜欢的主顾。

在夜色的掩护下,他们朝大个子瑞典人的花园走去。在亮着灯的房子外面,其中一人掏出手机,拍下了几张在房子里走来走去的男人的照片。

另外两个人则绕到了房子的背后。

阿巴斯坐在客厅里的一把竹椅上小憩,到目前为止他还没能找到任何有价值、可以帮得上梅特的东西。没有文件,也没有信件。没有任何跟尼尔斯·文特在斯德哥尔摩遇害一事有关的物品,也没有斯蒂尔顿所预期的跟诺德科斯特岛受害人有关联的东西。除了床底下的那把枪,房子里的一切都很清白。阿巴斯向后靠在椅背上,闭上了眼睛。长时间的飞行令他的身体颇感疲惫,而在精神上,他此时完全沉浸在自己的内心世界里,用这种方式来为自己充电,好让自己重新振作起来,专注于此行需要完成的使命。因此,他并没有在第一时间就留意到房子后门附近的脚步声——先前他自己也是从那里进来的,不过接下来他很快就听到了一些动静。他敏捷地一跃而起,像一纸剪影般地滑进了卧室。脚步声越来越近了,是加西亚吗?他这么快就回来了?他听到脚步声已经进到了他先前歇息的客厅,而且听起来好像是两个人,随即四周又完全恢复了寂静。他们知道他在房子里吗?很可能是知道的,毕竟房子里亮着灯,他们从外面一定可以看到他。阿巴斯紧紧地靠在木头墙壁上。有可能是邻居来了,也许他们看到房子里亮着灯,于是出于好奇过来看看他在里面做什么。当然,也可能是怀着别的动机的其他陌生人。现在怎么也听不到任何动静了呢?阿巴斯思索着。外面的人肯定已经知道他待在房子里的某个地方,而这房子并没有太多可供躲藏的角落。从客厅里就可以很清楚地看到小厨房的全貌,所以他们能看到他不在厨房里,那么他们一定猜得到他就躲在这里。他尽可能地压低呼吸的声音。他们为什么不进来呢?他应该继续在这里静静地等下去吗……最后他做出了一个决定,朝卧室门口走去。两个看起来凶神恶煞的男人各自举着一把同样凶恶的枪,他跟他们之间的距离还不足两米。他们都用枪口指着他的身体,一言不发。

"你们在找什么?"阿巴斯问道。

他说的是西班牙语,两个男人彼此对视了一眼,站在右边的男人用手里的枪指了指阿巴斯先前坐过的那把椅子。

"坐下。"

阿巴斯看了看两个黑洞洞的枪口，走到椅子旁边坐了下来。这两个人可能是哥斯达黎加人，他想到，两名恶狠狠的哥斯达黎加人一道出现，他们是劫匪吗？

"你们要干吗？"他的神态镇定自若。

"你进了不该进的房子。"站在左边的男人说道。

"这是你的房子吗？"

"你在这里干什么？"

"打扫。"

"这可真是个愚蠢的回答。再给你一次机会。"

"我在寻找一只走丢了的巨蜥。"阿巴斯回答道。

两个男人再次彼此对视了一眼。对他们来说今天可遇到难缠的主儿了。其中一个男人掏出了一根细绳子。

"你站起来。"

这是阿巴斯施展拳脚的好机会。他从椅子上站起，将身体略微前倾，头埋在胸口——就在这一瞬间他开始行动了。两个男人都没有注意到阿巴斯的动静，不过其中一人感觉到一片利刃刺进了自己的喉咙，穿透了颈动脉，另一人则感觉到鲜血飞溅进了自己的眼睛。他出于本能地往一边躲闪，却被一把刀深深地刺进了一侧肩膀，紧接着他手里的枪掉落到了地板上。

阿巴斯把地上的枪捡了起来。

"胡安！"

肩膀挨了一刀的男人朝着房门大喊，阿巴斯往那边看了过去。

潜伏在外面的第三个男人听到了喊声，就在他朝房门走去的时候，却看到加西亚的车头灯照了过来，于是他赶紧躲进了门外的排水沟。黄绿色汽车在房子前面停住，加西亚叼着一支新买的香烟，心满意足地下了车。

但愿那个奇怪的瑞典人已经把事情办妥了，他心里想着。

瑞典人的确已经办完事了。

当加西亚走进客厅的时候，看到了躺在地上的两个男人，他立刻认出他们是哥斯达黎加警方通缉名单里的要犯。这是两个声名狼藉、十恶不赦的家伙，作奸犯科无数却一直逍遥法外。其中一人躺在一大摊血泊里，没有任何生命体征，看来已经死了。另一个人挣扎着爬到一面墙边坐起来，用左手捂住了正在流血的右肩。那个奇怪的瑞典人正平静地站在客厅里，用一块布擦拭着几把狭长的尖刀。

"他们私闯民宅。"瑞典人说,"我打算走到圣特雷萨去。"

阿巴斯知道在房子外面的黑暗中还躲藏着第三个男人,他也知道现在要沿着一条空旷、漆黑的道路走到圣特雷萨将是艰难而漫长的旅程。他猜测那第三个男人已经知道自己的两个同伙遇到了什么事情,尤其是在加西亚冲出房门,掏出手机用尖厉的声音向尼科亚警方汇报情况之后,那个男人对房子里发生的事情更是了然于心了。

"马尔派斯!"

那第三个男人一定听到了这句话。

阿巴斯走出房门,非常当心地前行着。他背对着第三个男人,沿着寂静漆黑的弯曲海岸线,一步一步地朝着来自圣特雷萨的遥远灯火走去。他知道自己正冒着背部吃上一颗子弹的风险,面对这一劫,他的刀具也派不上用场。同时,他隐隐觉得那三个男人看起来像是在执行某种任务。他们应该不是劫匪,三名劫匪怎么会进到一座从门口就可以看出是家徒四壁的木屋呢?再说,在那座木屋周围的热带雨林中也不乏看起来更富裕的人家。

这三个人一定在寻找什么特别的东西。

在已被谋杀的尼尔斯·文特的房子里。

他们要找的是什么呢?

这家酒吧的名字叫"美妙共振酒吧",面对这种剽窃歌词的行为,美国摇滚乐团"海滩男孩"应该也只能作罢,因为加州离这里实在是太远了。不过,这家位于圣特雷萨的破旧小酒吧也许会勾起来这里度假的美国冲浪爱好者们的思乡之情。

阿巴斯独自一人坐在烟雾缭绕的长吧台尽头,面前放着一杯法国乐庞葡萄酒。这一次可以喝点酒精饮料,他告诉自己。他刚刚在黑暗中走完了一段长路,全身的肌肉和神经都绷得紧紧的,而且由于身上藏着刀,所以步幅必须迈得很小。可就在这样的情况下,他竟然还能走这么远。而且,他的背部并没有中弹。现在他觉得自己特别想喝一点酒来抚慰和犒劳一下疲惫的身心,尽管他脑子里有一个声音在说——喝酒会影响你的判断力,不过有更多的声音在说——喝一点也不碍事。

他知道第三个男人就在酒吧外面。

那个人一定在黑暗中潜伏着。

阿巴斯喝了一口酒,感觉不错,酒保尹吉诺把酒调得恰到好处。阿巴斯转过头去,看着酒吧里的其他顾客。他们大多晒得黝黑,有男人也有女人,有本地人也有观光客,当中还有一些人看起来像是向导和冲浪爱好者。人们喝着酒,彼此聊得热火朝天。阿巴斯的视线离开了酒吧间,转向了吧台内侧,最后停在了吧台背后的一面墙上。那里安装着好几块长长的搁板,上面摆放着各式各样的酒瓶。

这时他看到了它。

一只蟑螂。

那是一只相当大的蟑螂,有着长长的触须,一对棕色的大翅膀覆盖在它肥胖的躯干上。它正在两块搁板之间的墙上爬行着,阿巴斯看到那片墙上挂着观光者的照片和一些风景明信片。突然,尹吉诺也顺着阿巴斯的目光发现了那只蟑螂。他微微一笑,抬掌朝蟑螂拍了下去。死去的蟑螂粘在了一张照片上……照片里,尼尔斯·文特正搂着一个年轻女人。

阿巴斯"砰"的一声将酒杯放在吧台上。他从裤兜里掏出一张照片,试图将其跟覆有蟑螂尸体的照片作比对。

"你能把它清理掉吗?"阿巴斯指着那张照片问道。

尹吉诺找来一块抹布把照片清理干净,"你不喜欢蟑螂吧?"

"当然,看到它们实在是大煞风景。"

尹吉诺笑了笑,可是阿巴斯却有些严肃,他很快就留意到照片中被尼尔斯·文特搂着的年轻女人与诺德科斯特岛受害人——也就是那个在海瑟尔维卡尔纳海湾被人溺死的女人——长得很像。他几口喝光了自己杯子里的酒。"请试着找找文特和1987年在诺德科斯特岛遇害的女人之间的关联。"斯蒂尔顿曾经这样说过。

显然他俩是有关联的。

"你还想再来一杯吗?"

尹吉诺再次来到阿巴斯身旁。

"不用了,谢谢。你认识那张照片里的人吗?"

"他是一个大个子瑞典人,叫丹·尼尔逊,不过照片里的女人我就不认识了。"

"那么,你知道有谁可能认识那个女人吗?"

"不知道。等等,也许博斯克斯……"

"这人是谁?"

"他曾是这家酒吧的主人,那些照片都是他以前挂上去的。"尹吉诺朝墙上的照片点了点头。

"我能在哪里找到博斯克斯呢?"

"在他家里。他从来都不离开家门半步。"

"他住在哪里呢?"

"卡布亚。"

"离这儿远吗?"

尹吉诺掏出一张小地图,指了指卡布亚村所在的位置。与此同时,阿巴斯在考虑要不要先回到马尔派斯,再让加西亚开车送自己去那个村庄。可是,有两个原因使他放弃了这个想法。其一,第三个男人可能还隐藏在酒吧外面的某个地方。其二,现在文特的房子很可能已经被当地警方人员包围了,如果阿巴斯出现在那里,他们当中也许有人会盘问一些他不愿回答的问题。

于是他看着正在微笑的尹吉诺。

"你想去卡布亚吗?"尹吉诺问道。

"是的。"

尹吉诺打了一个电话,几分钟后,他的一个儿子驾着一辆沙滩车出现在了酒吧门外。阿巴斯想借用一下挂在墙上的那张照片,尹吉诺欣然同意了。阿巴斯走出酒吧,坐在沙滩车的后座上,然后扫视着四周的情况。外面很黑,酒吧里只有微弱的光线照了出来,不过他还是瞥见了那个躲藏在不远处一棵大棕榈树背后的模糊人影。

那一定就是第三个男人了。

"好了,我们走吧。"

阿巴斯轻轻拍了拍小尹吉诺的肩头,沙滩车便出发了。阿巴斯回头一看,只见那第三个男人正以极快的速度朝马尔派斯的方向跑去。阿巴斯猜测他应该是跑回去取自己的车,因为这里只有一条直路可以通往卡布亚,所以那人一定意识到自己取到车以后还有机会追上他们的沙滩车。

沙滩车到达卡布亚以后,阿巴斯不停地催促小尹吉诺继续前进。博斯克斯的家还有一段距离,在后有追兵的情况下容不得丝毫拖延。

博斯克斯正坐在自家露台边的一把椅子上,他穿着一袭白装,刚修过面,手里端着一杯朗姆酒。他头顶的天花板上挂着一盏裸露的灯泡,不过并没有打开。从他周围的密林中传来此起彼伏的蟋蟀鸣叫声,对此他完全不以为意。丛林中一条小瀑布发出的水流冲击声似乎也没有影响到他,现在他正全神贯注地观察着一只在他的褐色手背上爬行的小昆虫。

　　随即他看到了阿巴斯。

　　"你是谁？"

　　"我叫阿巴斯·法西，我是从瑞典来的。"

　　"你认识那个大个子瑞典人吗？"

　　"认识啊。我能上来吗？"

　　博斯克斯看着站在露台下面的阿巴斯，他看起来不像瑞典人，也不像其他北欧人。他跟那个大个子瑞典人没一点相似之处。

　　"你想干什么？"

　　"博斯克斯，我想和你谈谈人生。"

　　"你上来吧。"

　　阿巴斯爬上露台，博斯克斯用脚指着一把凳子，阿巴斯一屁股坐了下去。

　　"你说的大个子瑞典人是丹·尼尔逊吗？"阿巴斯问道。

　　"是的。你见过他吗？"

　　"没有。不过……他已经死了。"

　　黑暗中很难看清博斯克斯脸上的表情，阿巴斯只能看到他喝了一口杯里的酒。可是当他放下酒杯的时候，那只手略微有些抖动。

　　"他是什么时候死的？"

　　"几天之前。他是被人谋杀的。"

　　"是你干的吗？"

　　这可真是个奇怪的问题呀，阿巴斯心想。不过，他很清楚自己目前的处境——在地球另一端的偏僻小村庄里跟一个自己并不认识的人待在一起。而且，自己尚不知道这人和尼尔斯·文特——这里的人包括博斯克斯在内都称他为大个子瑞典人——有着怎样的关系，所以说话还是谨慎一些为妙。

　　"不是的。我为瑞典警方工作。"

　　"你有能证明身份的证件吗？"

　　看来博斯克斯是个老于世故的人。

　　"没有。"

　　"那我凭什么相信你呢？"

　　没错，他凭什么相信我呢？阿巴斯心里也写着大大的问号。

　　"你有电脑吗？"他问道。

　　"有啊。"

　　"能不能上网？"

博斯克斯用冷冷的目光注视着阿巴斯,片刻之后他站起身来朝房子里面走去,阿巴斯在原地等待着。过了一两分钟,博斯克斯拿着一台笔记本电脑出来了。他回到自己的椅子上,将无线上网设备与电脑连接起来,然后打开了电脑。

"你用'尼尔斯·文特'、'谋杀'和'斯德哥尔摩'这几个关键词来进行搜索。"

"尼尔斯·文特是什么人?"

"这是丹·尼尔逊的真名。"

电脑屏幕散发出的荧光映在博斯克斯脸上,他的手指在键盘上敲打着,随后他盯着屏幕等待着。尽管看不懂网页上的文字,不过他很容易就认出了照片中的人脸。那是大个子瑞典人丹·尼尔逊的照片,是他二十七岁时的照片。尼尔逊第一次在马尔派斯露面时,差不多就是照片中那个模样。

照片下方有一行字:**尼尔斯·文特**。

尽管语言不通,但博斯克斯还是知道这行字母该怎么念。

"尼尔斯·文特……他被谋杀了?"

"是的。"

博斯克斯合上电脑,将其放在脚下的木地板上。他从黑暗中拿出了一瓶半满的朗姆酒,往杯里倒了很多。

"这是朗姆酒,你想喝一点吗?"

"不用了。"阿巴斯说。

博斯克斯一口喝干了杯里的酒,然后将酒杯放在自己的膝盖上,用另一只手擦拭着眼睛。

"他是我的朋友。"

阿巴斯点了点头,做出了一个表示同情的手势。

"你认识他有多久了?"他问老人。

"非常久了。"

这个答案太模糊了,阿巴斯需要了解确切的信息。他想把这个时间点跟酒吧照片里的那个女人联系起来。

"你能打开灯吗?"

阿巴斯指了指挂在高处的灯泡。博斯克斯扭动了一下身子,伸手按下了墙上一个老旧的胶木开关。在开灯的那一瞬间,阿巴斯的眼睛几乎被突如其来的光芒灼得看不见了。随后他掏出了那张照片。

"我在圣特雷萨借来了一张照片,照片中的尼尔逊和一个女人在一起……

你看。"阿巴斯把照片递给博斯克斯。

"你知道她是谁吗？"

"阿黛丽塔。"

终于知道她的名字了！

"你只知道她叫阿黛丽塔吗，或者……"

"全名是阿黛丽塔·里薇埃拉。她是从墨西哥来的。"

这时，阿巴斯在心里权衡了一下。他应该把阿黛丽塔·里薇埃拉也被谋杀了一事告诉博斯克斯吗？她在瑞典海滩上被人溺死了。或许她也是博斯克斯的朋友之一呢？如果这位老人在这么短的时间内接连得知两个朋友遇害身亡的噩耗，能吃得消吗？再说他的朗姆酒看起来也没剩下多少了。

于是阿巴斯决定暂时不告诉他这件事。

"丹·尼尔逊和这个阿黛丽塔·里薇埃拉很熟识吗？"

"她怀了他的孩子。"

阿巴斯凝视着博斯克斯的眼睛。老人提供的信息跟现实状况非常吻合，不偏不倚。博斯克斯的目光非常稳定，丝毫没有躲闪。他心里暗自忖度，这些信息对汤姆来说实在是太重要了！尼尔斯·文特竟然是受害人腹中胎儿的父亲！

"你能跟我讲讲关于阿黛丽塔的事情吗？"阿巴斯问道，"她是个非常漂亮的女人吗？"

博斯克斯将自己所知的关于阿黛丽塔的故事全都讲了出来，而阿巴斯则尽力把每一个细节都牢牢地记在脑子里。他知道这些信息有着极其重大的价值，尤其是对汤姆而言。

"后来她离开了。"博斯克斯说。

"什么时候？"

"那已经是很多年前的事了。我不知道她去了哪里，只是她再也没有回来过。大个子瑞典人非常难过，他开车去墨西哥找过她，却没有找着；她就这么失踪了。再后来，他回瑞典去了。"

"不过他回瑞典是最近才发生的事情，不是吗？"

"是的。他是在瑞典被谋杀的？"

"是的。我们还不知道是谁干的，也不知道凶手的杀人动机是什么。我来这里就是为了找找看有没有能帮助我们破案的东西。"阿巴斯说。

"为了查明凶手是谁吗？"

"没错，顺带也想搞清楚凶手杀人的动机。"

"他离开的时候留下了一个包,一直放在我这里。"

"真的?"

阿巴斯全身神经都绷紧了。

"包里装着什么呢?"

"我不知道。他只是告诉我说如果他在七月一日之前还没有回来,那我就得把包里的东西交给警方。"

"我就是警察。"

"可是你没有能证明身份的证件。"

"那根本就没必要。"

就在博斯克斯还来不及眨眼的瞬间,一把长长的尖刀以迅雷不及掩耳之势插进了墙上的电线里。天花板上的灯泡"噼噼啪啪"地响了几秒钟,之后便熄灭了。阿巴斯在黑暗中冷冷地看着博斯克斯,"我这里还有一把刀。"

"好吧。"

博斯克斯站起身来,再次朝屋子里走去。这次他只用了更短的时间就出来了,然后把手里的皮包递给了阿巴斯。

第三个男人把自己的黑色厢式货车停在离博斯克斯的房子有一段安全距离的地方,随后下车潜行至露台附近。虽然他凭肉眼没法看清那两个人的动静,不过借助红外双筒望远镜,他毫不费力地看到露台上的阿巴斯将一些物品从一个小包里取了出来。

一个小信封,一个塑料文件夹,还有一盒录音带。

阿巴斯将这些物品再次放回包里。刚才他在刹那间意识到那些暴徒想要寻找的就是这些物品,所以他不打算一一细查包里的各个物品了。再说,露台上唯一的一盏灯也被他给弄熄了。他将小包略微举起一点,"我得把这个带走。"

"我知道。"

在刀子的影响下,博斯克斯的理解力得到了显著的提升。

"我能借用一下你家的洗手间吗?"

博斯克斯指了指房子里侧的一扇门,阿巴斯把自己的刀从墙上取下来,握着皮包走进了洗手间。一旦拿到手,他便再也不会放开这个皮包了。博斯克斯继续坐在椅子上。这个世界可真奇怪,他心里想着,大个子瑞典人居然死了。

Spring Tide | 十六

他从裤兜里掏出一个小瓶,拧开瓶盖,随即开始在黑暗中为自己涂指甲油。

阿巴斯出来后,博斯克斯祝他好运,同他道别,还猝不及防地给了他一个拥抱。随后博斯克斯便回到屋子里去了。

阿巴斯一个人走在街道上,脑子里装满了各种各样的信息和线索。汤姆花了二十多年的时间想要查明那个女人的名字,而他现在终于得到了答案。她叫阿黛丽塔·里薇埃拉,是墨西哥人。除此之外,他还知道她曾怀了尼尔斯·文特的孩子。

真不可思议。

现在他离博斯克斯的房子大约有一百米远,道路变得非常狭窄,而且这里的月光也非常微弱。突然,他感觉到冰冷的枪口抵在了自己的脖子上。在这种短兵相接的情势下,他没法动自己的刀子。一定是那第三个男人,他心里想着。就在这时,他手里的小皮包被人一把夺走了,随即他的后脑受到了重击。他失去平衡,倒在了路边的植被里。他躺在地上,看到一辆很大的黑色厢式货车驶出密林,飞驰而去,很快就消失不见了。

他昏了过去。

厢式货车一路呼啸着穿过卡布亚,驶过了尼科亚半岛约莫一半的路程。快到坦布尔机场时,车在路旁停下了。第三个男人开亮驾驶室的顶灯,打开了皮包。

包里塞满了卫生纸。

阿巴斯苏醒了。

他摸了摸后脑,发现那里鼓起了一个大包。不过这样做也挺值得的,他已经把第三个男人想要的东西给他了,就是那个皮包。

但是原本装在皮包里的东西,现在正夹在阿巴斯的毛衣内侧。

在回到瑞典之前,他会一直将它们放在那里。

第三个男人仍然坐在厢式货车的驾驶室里。他的内心挣扎了很久,最后终于意识到自己已经没法再扭转现状了。他中了诡计,那个持刀的家伙肯定已经回到马尔派斯警察局了。他掏出自己的手机,调出了先前在文特家的窗户外拍下的照片。他录入了几行简短的文字,然后将一则附带照片的彩信发送了出去。

彩信是发给赛多维克的,他立即把收到的信息转发给了一个坐在自家宽敞露台上的男人。这个男人的家在斯托克松德大桥附近,他的妻子此时正在浴室里洗澡。这条信息描述了那个后来被塞满卫生纸的皮包里原本装着一个小信封、一个塑料文件夹和一盒录音带。一定是那盒原始录音带,他想到,上面记录着那段对柏迪尔·马格努森来说意义重大的对话。

他又看了看彩信里附带的照片。

照片中的人是阿巴斯·法西。

柏迪尔吃了一惊。

他不是那个在瑞典赌城工作的赌场总管吗?

他跑去哥斯达黎加做什么呢?

还有,他为什么想要那盒原始录音带?

十七

奥莉维亚昨晚睡得很不好。

她跟着母亲及几位熟人一起去泰尼戈岛的老屋过仲夏节。当然她本来也可以同伦妮和一群伙伴去莫加岛庆祝节日的，不过她还是选择了泰尼戈岛。失去埃尔维斯的伤痛如海浪般席卷着她的内心，所以她觉得自己需要独处，或者也可以与一些不会令自己感受到过于强烈的节日气氛的人待在一起。昨天，她和母亲一道为老屋的向阳面重新刷上了油漆，这样一来阿尔涅就不会觉得蒙羞了——这是玛莉亚的原话。随后，她们一起喝了比较多的酒，而奥莉维亚当天夜里就为此付出了代价。她在凌晨三点左右时醒了过来，然后一直耗到早上七点才得以再次入睡，然而仅过了半小时，闹钟又毫不留情地响了起来。

她狼吞虎咽地吃下了几块米糕，正打算脱衣洗个热水澡，就在这时她听到了门铃的声音。

她打开门一看，来人是斯蒂尔顿，今天他穿着一件短得不太合身的黑色大衣。

"你好！"他对她说。

"你好！你剪头发了吗？"

"玛莲娜跟我联系了，她说两者的 DNA 并不相符。"

这时奥莉维亚瞥见一位邻居从门口经过，其间还匆匆地看了斯蒂尔顿一眼。于是她示意斯蒂尔顿先进屋，然后关上了房门。

"两者不符吗？"

"是的。"

奥莉维亚绕到他前面，朝厨房走去。斯蒂尔顿没有脱掉大衣，跟在奥莉维亚身后。

"这么说,那根头发不是受害人的?"

"没错。"

"那它可能是其中一名凶犯的。"

"可能是吧。"

"也许是杰奎琳·贝里隆德。"奥莉维亚分析道。

"别再想了!"

"为什么呢?为什么不可能是她的头发?她的头发也是黑色的。当谋杀案发生的时候,她也在岛上,而且案发之后不久她就从岛上消失了,对此她并没有提供什么合情合理的理由。难道不是这样吗?"

"我想借用一下你的浴室。"斯蒂尔顿说。

奥莉维亚不知道该说什么,只好指了指走廊对面的浴室门。直到他走进浴室,她都一句话也说不出来。在有些人看来,只有拥有亲密关系的人才能共享浴室。而对另一些人来说,共享浴室不过是无关紧要的小事。奥莉维亚花了很长时间才慢慢接受了斯蒂尔顿此时正站在她的浴室里洗淋浴的事实。

随后她又想到了杰奎琳·贝里隆德。

"别再想杰奎琳·贝里隆德了。"

"为什么?"

就在奥莉维亚专注地思考着跟杰奎琳·贝里隆德有关的种种疑团时,斯蒂尔顿已经洗完了冷水澡。奥莉维亚刚刚换好了白天穿的衣服,正在厨房里沏咖啡。

"事情是这样的。"他继续说道,"在2005年,一个名叫吉尔·恩格博格的年轻怀孕女子被谋杀了,而我受委任去负责调查那起案件。"

"这我已经知道了。"

"我的调查工作不过刚起了个头而已。吉尔是个应召女郎,我们很快便确认她在红色天鹅绒公司为杰奎琳·贝里隆德工作。根据对案情的分析,我们认为杀害吉尔的人可能是杰奎琳的一名顾客。于是我以此为首要线索进行调查,不过后来案件的调查工作停滞了。"

"怎么会这样?"

"发生了一些事情。"

"什么事?"

斯蒂尔顿陷入了沉默,奥莉维亚等着他再度开口,但他一直不说话。

"发生什么事了?"她追问道。

十七

"唔,差不多同一时间发生了好几件事。我神经衰弱,以至于后来患上了精神病。在我休完一段时间病假回来之后,被上头调离了这起案子。"

"为什么呢?"

"官方的说法是因为那时我的状态并不适合处理谋杀案之类的工作,也许这也并非胡说八道吧。"

"那么非官方的说法是什么呢?"

"我认为有些人不想让我继续调查吉尔谋杀案。"

"因为……"

"因为我跟杰奎琳·贝里隆德的异性陪侍业务已经过于接近了。"

"你的意思是她的顾客在背后施加压力?"

"是的。"

"后来案子被谁接管了呢?"

"鲁内·福尔斯,他是一名警察……"

"我知道这个人。"奥莉维亚说,"不过他并没有破获吉尔谋杀案。我读到过关于这件事的介绍……"

"没错,他并没有破案。"

"当你调查吉尔谋杀案的时候,肯定有过跟我一样的想法,对吗?"

"你是说猜测吉尔谋杀案与诺德科斯特岛谋杀案有共同之处?"

"是的。"

"当然了,我……吉尔也是孕妇,跟海滩上被溺死的受害人一样。"斯蒂尔顿继续说道,"而且在两起案件的调查过程中都能看到杰奎琳的影子。也许海滩上的受害人也是一名应召女郎?不管怎么说,毕竟我们对她一无所知。所以我认为两起案件是有关联的,甚至有可能是同样的凶手因同样的动机而干的。"

"你觉得会是什么样的动机呢?"

"杀掉以怀孕为由来勒索自己的女人。基于这条假设,我提取了吉尔腹中胎儿的 DNA,并将其与海滩受害人的孩子的 DNA 进行比对,然而两者并不匹配。"

"可这并不足以排除杰奎琳·贝里隆德的嫌疑。"

"的确如此。她曾与两名挪威人一起待在诺德科斯特岛岸边的一艘豪华游艇上,我便假设他们本来是个四人组,那名受害人是他们当中的一员,不过后来他们之间发生了一些冲突,于是另外三个人把第四个人杀死了。我花了好长时间来检验我的假设是否成立。"

"结果如何?"

"结果我没法证明他们三个人曾经去过那片海滩,也没法证明他们跟那名身份未知的受害人有过任何联系。"

"现在也许你能证明杰奎琳曾经出现在那片海滩上了?"

"通过发夹吗?"

"是的。"

斯蒂尔顿看着奥莉维亚。她还没有放弃,他不由得因她的不屈不挠和好奇心而深受触动……

"还有那枚耳环?"奥莉维亚打断了斯蒂尔顿的沉思,"你说你们在海滩受害人的外套口袋里找到了一枚耳环,那并不是受害人的耳环,不是吗?当时你认为这件事很蹊跷。"

"没错。"

"耳环上有指纹吗?"

"只有受害人的指纹。你想看看那枚耳环吗?"

"耳环还在你手里?"

"是的,在活动房屋里。"

斯蒂尔顿从一张床铺的下面拖出了一个大纸箱,奥莉维亚则坐在另一张床铺上看着他打开箱子。他翻找了一会儿,取出了一个小塑料袋,里面装着一枚漂亮的小耳环。

"就是这枚耳环。"斯蒂尔顿把耳环递给奥莉维亚。

"它怎么会在你这里呢?"

"当年我被调离那起案子,于是我去办公室收拾自己的私人物品,结果发现这耳环被人放在我已经清空了的抽屉里。"

奥莉维亚把耳环拿在手里仔细端详。耳环的造型相当别致,很像一朵心形的玫瑰花,底部垂着一颗珍珠,中间还嵌有一颗蓝宝石。真漂亮!奥莉维亚隐约觉得这枚耳环有些眼熟,难道她之前在什么地方看到过与之类似的耳环吗?

而且是在不太久之前?

"这耳环能借给我吗?我明天就还你。"

"为什么?"

"因为……因为我最近好像在哪里见过跟它很相似的耳环。"

是在一家商店里吗?她突然想到。

希比拉大街上的那家商店?

* * *

梅特·欧诺沙特和她团队的几名成员一起坐在位于波尔赫姆斯大街的警局调查室里,他们当中有些人刚刚同家人、朋友一起度过了仲夏节假期,另一些人则一直在坚持工作。现在他们正在听梅特与柏迪尔·马格努森的对话录音,这已经是他们第三次听同样的内容了。大家都有一致的感觉:就尼尔斯·文特打来电话这件事,马格努森在撒谎。当然,从一定程度上说,这只是一种凭经验而产生的直觉而已,因为经验丰富的问讯人员能从被审讯者语气和音调中的细微变化听出端倪来。不过,结合事实来看,也很难不去怀疑柏迪尔·马格努森没有说实话。按他自己的说法,尼尔斯·文特给他打了四个电话,却什么话都没有说,这实在是令人难以置信。如果不说话,文特肯定明白马格努森不可能想到打电话的人会是失踪二十七年之久的自己。要是事实果真是文特拨通了马格努森的电话却又不说话,那么他打那些电话的目的又会是什么呢?

"文特不可能没有说话。"

"没错。"

"那他说了些什么呢?"

"一定是马格努森不愿透露的事情。"

"会是什么事情呢?"

"跟过去有关的事!"梅特突然插话道。她假设文特在失踪二十七年之后突然出现在斯德哥尔摩并给从前的商业伙伴打电话是事实,那么现今能将他俩联系起来的就只可能是过去的往事。

"如果我们假设文特被谋杀是马格努森一手谋划的,那么他的杀人动机一定跟那四通电话的内容有关。"她继续说道。

"他受到文特的敲诈勒索了吗?"

"也许是吧。"

"文特捏住了马格努森的什么把柄呢?都已经过去这么多年了呀?"丽莎问道。

"应该是从前发生的某件事情。"

"那么除了马格努森之外,还有谁可能知道那件事是什么呢?"

"文特有个姐姐住在日内瓦,她知道吗?"

"这很难说。"

"那么他的前女友呢?"博斯问道。

"或者……埃里克·格兰登兴许知道。"梅特说。

"你是说那名政客?"

"在文特失踪的时候,他还是马格努森-文特矿业公司的董事会成员之一。"

"我该跟他联系吗?"丽莎问梅特。

"是的,去吧。"

地铁里的奥莉维亚一直在沉思斯蒂尔顿提供的信息。其实她不太确定他究竟是什么立场,而且目前看来过于靠近杰奎琳·贝里隆德并不是什么好事。当斯蒂尔顿自己这样做的时候,结果就换来了被调离的下场。但她现在还不是一名正式的警察,她所做的与任何官方调查无关,所以不存在被"调离"的问题。当然,她也遇到过一些威胁,自己的猫也被人塞在汽车引擎盖下导致惨死。不过也就仅此而已了,对她来说尚不致命。我还是可以比较自由地去做自己想做的事情,她这样想道。

事实上,她想做的就只有一件事而已。

那就是靠近杰奎琳·贝里隆德——杀害猫咪的凶手,并从她身上搞到一些能用来做 DNA 检测的东西,然后查证一下加德曼在海滩上找到的发夹和头发是不是属于杰奎琳的。

可是这件事如何才能实现呢?

她没法再次踏进杰奎琳的精品店了,必须得寻求别人的帮助。随后她想出了一个主意,不过她得被迫做一件令自己极其厌恶的事情。

她对这件事厌恶至极。

* * *

这是一套位于克尔托普区的两居室公寓,房子在二楼,非常破旧。房门上没有写住户的名字,屋里几乎没什么家具。明克只穿了一条内裤,正站在窗户旁边把不锈钢注射针头插进自己的肌肉里。这种事不常发生,近来他已经减少了毒品摄入量,可是偶尔他也不得不让自己放纵一下。他环顾着自己的公寓,心里仍然还在生气。我甚至还没机会碰碰她就被她轰走了。此时他的内心状态跟一个情场失意后在自家花园里对着花盆自慰的人很相似。

这种感觉可真是糟透了。

不过,怎样才能重新找回自尊呢? 在不到十分钟的时间里,明克就恢复了常态。他那善于自欺的大脑已经为自己所受的羞辱找到了好几条借口,比如那女孩其实并不知道跟她说话的是大名鼎鼎的"明克大哥",就这点而言,她实在是蠢透了。而且,她的眼睛还有点斜视。这样一个可怜的臭婊子竟然还瞧不起明克，真是不自量力！

现在他感觉好多了。

就在他刚刚再次找回自尊的时候，门铃响了，他的两条腿不由自主地朝门边跑去。他体内的毒品引发了身体的快感，让他有些飘飘然……他猛地将门打开，门外竟然站着那个斜视的可怜婊子。

明克瞪大眼睛看着奥莉维亚。

"你好。"她打了个招呼。

明克继续盯着她。

"我只是想跟你道个歉。"她继续说道，"那天晚上在活动房屋外面，我实在是太无礼了。我不是有意的，只是因为斯蒂尔顿的遭遇而大感震惊，所以有些失态。说实话，我不是要针对你的，我真的太蠢了，真的很抱歉。"

"你究竟想干吗？"

奥莉维亚认为自己已经清楚无误地表达了歉意，于是她按照计划继续往下说。

"这就是你的公寓吗？它值五百万克朗？"

"起码值那么多。"

她心里已经有了一套深思熟虑过的策略。她已经想好了要让这个男人去做什么，只是现在还需要找一个切入点把话题引过去。

"我现在也想找一套公寓。"她说，"你这套公寓有几个房间呢？"

明克转身朝屋里走去，他让门开着，奥莉维亚把这视为一种邀请，于是跟在他身后走进了房间。公寓是两居室的，很破旧，可以说是家徒四壁，很多地方的墙纸都已经从墙上剥离下来。这房子能值五百万以上？

"顺带说一句，斯蒂尔顿让我向你转达他的问候，他……"

明克突然消失了。他从卧室窗户跳出去了吗？她正在胡思乱想，突然他又再次出现了。

"你还在听我说话吗？"

他已经穿上了一件类似晨衣的袍子，手里握着一盒插了吸管的牛奶。

"你究竟想干吗？"

看来事情没那么容易。

于是奥莉维亚开门见山地说："我需要你的帮助。我得从一个人身上取到做 DNA 检测的素材，可是我不能被对方看到，所以我想起了你曾经告诉过我的事情。"

"到底是什么事情？"

"你说你曾帮助斯蒂尔顿破获过很多复杂的案件,你就像是他的得力助手一般,不是吗?"

"对啊,这倒是真的。"

"那么我想你也许有经验做这件事。你看上去也是懂得很多的样子。"

明克又喝下了几口牛奶。

"不过可能你现在已经不再做这类事情了?"奥莉维亚故意问道。

"几乎所有的事情我都会做。"

看来鱼儿上钩了,奥莉维亚心想,现在我要把线拉起来了。

"你敢不敢做这样的事呢?"

"你说什么,敢不敢?这是什么话?快告诉我到底是什么事?"

啊哈,看来鱼儿已经被牢牢地钩住了。

当奥莉维亚走出埃斯泰尔马尔姆地铁站时,身边有个喜笑颜开的绅士与她同行,他就是"明克大哥"——一个天不怕地不怕的男人。

"几年前我去攀登乔戈里峰,那是喜马拉雅山脉的第四高峰。与我同行的有戈蓝·克洛普[①]和几个夏尔巴人,那里的风可冷了,气温只有零下三十二摄氏度……条件实在很艰苦。"

"最后你们登顶了吗?"

"他们倒是登上去了,可我不得不去照顾一名脚部骨折的英国人,我一直背着他下山回到了大本营。顺带说一句,他的家世很高贵,他邀请我随时可以去参观他在新罕布什尔州的豪宅。"

"可那里不是美国的州吗?"

"你刚才说那家商店的名字叫什么来着?"

"维尔德。就在那边,希比拉大街上。"

奥莉维亚在离那家精品店还有一段距离的地方停下了脚步。她向明克描述了杰奎琳的长相和自己的需求。

"你想要的是一根头发之类的东西,对吗?"

"或者唾液。"

"其实隐形眼镜也不错,我们就是用这种方式逮住哈尔姆斯塔德港口的那个男人,他杀死妻子之后把整个公寓都清理干净了。后来我们在吸尘器的袋子里找到了一副隐形眼镜,从中提取到了他的DNA,于是他只得束手就擒,

---

[①] 瑞典登山家,于2002年在攀岩时坠岩遇难。

等待他的自然是法律的严惩。"

"我不知道杰奎琳·贝里隆德有没有佩戴隐形眼镜。"

"那么我就得去即兴发挥了。"

明克朝"维尔德"精品店走了过去。

他径直走进店内,看到杰奎琳·贝里隆德正背对着他和一名女顾客站在梳妆台旁边。他大步走到她身后,迅速扯下了一绺她的头发。杰奎琳尖叫起来,转身瞪着明克,这时明克脸上露出了无比惊讶的表情。

"这是怎么回事?噢,对不起!我以为你是内特那个臭婊子呢!"

"谁?"

明克挥舞着双臂,很多瘾君子发作时经常做这样的动作,对于明克来说即兴表演更是再简单不过的事儿。

"女士,实在太抱歉了!她的头发颜色跟你一样,她从我这里偷了一袋可卡因,然后往这个方向跑了!她来过这里吗?"

"你给我滚出去!"

杰奎琳揪住明克的外套,将他拖到门边,明克趁势迅速跑了出去,他用一只拳头紧紧地握住那一绺头发。杰奎琳转身看着那名略微有些吃惊的顾客,"是个瘾君子!他们常常在哈姆雷嘉德公园聚集,有时会从这里路过,趁机偷一点东西。刚才让你受惊吓了,对此我很抱歉。"

"不要紧。他从这里偷走什么了吗?"

"没有。"

这句话可值得商榷。

埃里克·格兰登刚刚检查完未来几天的行程安排。

在接下里的七天里,他要去七个不同的国家。他很喜欢像这样坐飞机四处旅行奔波。尽管他在外交部的这份工作并没有要求他必须这样做,不过迄今为止还没有人对他的工作方式提出过反驳和质疑。不管他在哪里,人们都可以通过他的推特联络到他。这时他接到了丽莎的电话,对方提出想跟他见个面。

"我没法腾出时间跟你见面。"

他的确没有时间跟她见面。他用傲慢自大的口吻清楚地表明:比起跟一名年轻女警谈话,他的其他事情要重要得多。于是丽莎只得在电话里跟他交谈。

"我想跟你谈谈与马格努森-文特矿业公司有关的事情。"

"什么事?"

"你曾经担任公司董事……"

"那已经是二十多年前的事了。你知道这一点吗?"

"是的,我知道。那时候董事会内部有什么分歧吗?"

"关于什么的分歧?"

"我也不是很清楚,尼尔斯·文特和柏迪尔·马格努森之间有没有什么分歧呢?"

"没有。"

"完全没有吗?"

"据我所知是没有的。"

"那么你知道尼尔斯·文特在斯德哥尔摩遇害的事情吗?"

"这可真是个愚蠢的问题。你问完了没?"

"现在问完了。"

丽莎·赫德奎斯特挂断了电话。

格兰登仍然将手机握在手里。

这件事着实令他不悦。

* * *

事情比她预期的要容易得多。

在去往活动房屋的路途中,她思索着自己可能会遇到怎样的异议,以及自己应该如何回应才好。不过最后他只是简短地说了句:"好的。"

"真的可以吗?"

"头发在哪里?"

"在这儿!"

奥莉维亚递给他一个小塑料袋,里面装着杰奎琳·贝里隆德被扯下来的那绺头发。奥莉维亚不敢问他为什么只说了那一句话。好的?是因为他对她的提议表示赞同吗?还是因为他只是想对她表现友善而已?他为什么要这么做呢?

"太好了!"不过她还是补了一句,"你认为她什么时候……"

"我不知道。"

斯蒂尔顿不知道自己的前妻会不会愿意再帮一次忙,他甚至都不知道她是不是真的感兴趣。当奥莉维亚离开之后,他拨通了她的电话。

结果她很感兴趣。

"你想让我用这绺头发跟上次那个发夹上的头发进行 DNA 比对?"

"是的。它可能来自其中一名行凶者。"

"梅特知道这件事吗?"玛莲娜问道。

"她还不知道。"

"那么产生的费用由谁来支付呢?"

斯蒂尔顿也想过这一点。他知道做 DNA 检测和分析的费用有多高昂。上次玛莲娜已经免费帮过他,这次再请她无偿帮忙的话,实在有些说不过去。

所以他只能对这个问题保持缄默。

"好吧。"玛莲娜说,"我会再跟你联系的。"

"谢谢你。"

斯蒂尔顿挂断了电话。说真的,其实朗宁应该为此支付费用,他想道。她是如此迫切地想要达成自己的愿望,难道她就不能把她那辆破旧的野马轿车卖掉来筹钱吗?

但他还有更重要的事情要做。

他拨通了明克的电话。

* * *

柏迪尔开着自己的灰色捷豹汽车行驶在回家的路上。他既紧张又不安,他仍然不太明白那名赌场总管在做什么。他叫阿巴斯·法西——柏迪尔已经查到了他的全名和住址,并安排赛多维克对他的公寓进行严密监视,因为他可能会在那里出现。柏迪尔也确保有人手在阿兰达机场实施监视,因为他也可能会在那里露面。他可能正在回瑞典的途中,而那盒原始录音带就在他身上。他要用它来做什么呢?他认识尼尔斯吗?他会继续实施某种勒索行为吗?或者他与警方有关联吗?可是他只是一名赌场总管啊!每次他们去瑞典赌城赌博的时候都看到他在那里工作。这件事令柏迪尔很费解,同时也令他感到担忧和害怕。

事情也有积极的一面,那就是那盒原始录音带很可能会在短时间内就被带到瑞典来。它并没有被留在哥斯达黎加,也不会被送到当地的警察局。柏迪尔现在要做的就只是确保它不会被移交到瑞典这边的警方手里。

这时埃里克·格兰登打来了电话。

"警察找你谈过话吗?"

"谈什么?"

"关于尼尔斯被谋杀的事?一个好管闲事的女警察打电话找过我,她想知道当我在公司担任董事时,你和尼尔斯之间是否有什么争执。"

"你所说的'争执'是指什么?"

"我也不知道啊!现在警察为什么对这些事感兴趣呢?"
"我不知道。"
"总之接到她的电话让我觉得很不舒服。"
"那你是怎么回答她的呢?"
"我就说'没有'。"
"你说的是我跟文特没有任何争执吗?"
"是的,我说我不记得你们之间发生过任何争执。"
"当然没有。"
"没有就好,有时候真的很难想象瑞典警方的水平怎么降到了这么低的程度。"

柏迪尔结束了通话。

* * *

阿茨凯·安德森坐在弗莱明斯伯格区的大型商业中心里,和他在一起的是他母亲的朋友明克,还有一位明克的朋友,此人的后脑上贴着一大块膏药。他们三人一起吃着汉堡,或者更准确地说,是明克和阿茨凯在吃汉堡,而另一个男人正喝着一杯香草味奶昔。

正是这个喝奶昔的男人想和阿茨凯见面。

"我知道的没那么多。"阿茨凯说。

"不过你应该知道是谁在负责安排吧?他们是些什么人?"斯蒂尔顿问道。

"我不知道。"

"但是你怎么知道自己什么时候需要参加格斗呢?"

"通过短信。"

"他们给你发短信吗?"

"是的。"

"那你知道他们的号码吗?"

"什么?"

"我是指给你发短信的人的手机号码,你可以在手机上看到对方的手机号,对吧?"

"我看不到对方的号码。"

斯蒂尔顿放弃了。他让明克安排阿茨凯与自己见个面,想看看阿茨凯是否知道更多跟笼中格斗有关的信息,比如更多筹备者和参与者的名字,以及更多的格斗地点等等。可是这些阿茨凯都不知道,他收到短信后便自行赶往格斗地点,或者有人来接他过去。

"来接你的是谁呢?"
"几个小伙子。"
"你知道他们的名字吗?"
"不知道。"
斯蒂尔顿喝完了最后一口奶昔,彻底放弃了。

就在阿茨凯他们吃着汉堡、喝着奶昔的时候,穿着连帽衫的利亚姆和伊斯站在不远的地方窥视着。曾经有一两次,就是他们接到阿茨凯,并将他送至举办笼中格斗的场所去的。现在他们本打算再次来接他,却意外地看到他正跟一个曾在活动房屋里被他们"偷拍"过的家伙说话,而且那个家伙正是躲在暗处监视他们最后一次在阿斯塔举办笼中格斗的人,当时他还被他们狠狠地揍了一顿。

那家伙是个无家可归的流浪汉。
"该死!阿茨凯为什么要跟他谈话呢?"
"或许他并不是真的流浪汉?或许他是警察?"
"便衣警察?"
"对呀!"

一行三人离开了汉堡店,明克和斯蒂尔顿朝火车站走去,阿茨凯则跑向了相反的方向。阿茨凯并没有注意到利亚姆和伊斯正跟在自己身后,当他跑到空旷的球场边时,他们赶上了他。
"阿茨凯!"
阿茨凯停下了脚步。他认出了这两个人,他们曾接他去参加过笼中格斗。他们现在又想带他去参加吗?可是他并不想再参加了。他该怎么跟他们解释呢?
"嗨。"他简单地打招呼。
"刚才你跟谁一起吃汉堡呢?"利亚姆问道。
"怎么问这个?"
"刚才我们看到你了。和你在一起的人是谁?"
"其中一个是我妈妈的朋友,另一个是他朋友。"
"贴着膏药的那个?"
"是的。"
"你跟他说了什么?"

"能说什么？我什么都没说！"

"那个头上贴着膏药的家伙上次来过我们的格斗场地，那么他是如何找到那里的呢？"利亚姆问道。

"我不知道。"

"我们可不喜欢告密的小家伙。"

"我没有……"

"闭嘴！"伊斯喝道。

"可是我可以发誓！我真的没有……"

阿茨凯的脸上挨了重重一记耳光，他还来不及把脸转回来，另一侧脸上又挨了一下。利亚姆和伊斯抓住阿茨凯的外套，看了看四周，随后拖着这个脸上正在流血的男孩离开了。阿茨凯惊恐万分地回过头，想看看那两个成年人去了哪里。

他们正站在远处的月台上。

十八

斯蒂尔顿的手机在凌晨三点多的时候响了起来,他过了好一阵才清醒得足以去接电话。电话是阿巴斯打来的,他正处于两趟航班的间隙期。阿巴斯非常简短地讲述了以下内容:海滩上被谋杀的女人名叫阿黛丽塔·里薇埃拉,来自墨西哥,她肚子里怀的是尼尔斯·文特的孩子。

随后阿巴斯挂断了电话。

只穿着睡衣裤的斯蒂尔顿坐在自己床上,长久地看着手里的手机。对他来说,阿巴斯所提供的信息实在是不可思议。真没想到,自己竟然在时隔二十多年之后得知了从前一直找寻不到的信息——受害人的名字以及她腹中胎儿父亲的名字。

阿黛丽塔·里薇埃拉和尼尔斯·文特。

前者在大约二十三年前被谋杀了,后者上周刚刚遇害。

待他将这条不可思议的信息反反复复地琢磨了半个小时之后,他想到了奥莉维亚。他应该给她打电话,然后把自己刚刚得知的消息全都告诉她吗?现在几点了呀?他再次看了看手机,现在是凌晨三点半,较之普通人的起床时间还显得太早了些。

他将手机放到一边,低头看着地板。一只只蚂蚁在离他不远的地方蜿蜒爬行着,两列蚂蚁沿着相反的方向爬行,没有一只蚂蚁偏离队伍,也没有一只蚂蚁在爬行过程中突然转向或停下。

他抬起头来,再次想到了那名墨西哥女人,以及尼尔斯·文特。

他依然还在琢磨这条令人震惊的消息。他想要考虑得更透彻一些,想要寻得事实与推测之间的关联。他留意到自己体内休眠了多年的某些力量正在渐渐复苏,他已经能够对一些信息进行整合和拆分了……简单地说,他的分析能力正在恢复。

当然,此刻的他状态远不及当年。如果他做警察时的状态可以比拟为保时捷的话,现在的他不过就是斯柯达,而且还没有轮子。

不过,总之他已经没有再继续深陷于真空状态了。

* * *

奥维特·安德森站在哈门大街旁边的格雷力大型购物中心外面等待着,这里正下着小雨。他们约好的时间是十点钟,而现在差不多快十点半了,她的一头金发被雨水淋得湿漉漉的。

"很抱歉!"

明克一路小跑着来到她身边,同时举起一只手臂表示歉意。奥维特朝他点了点头,两人一起朝北马尔姆广场走去。快到吃午饭的时间了,街上随处可见富裕的购物者和西装革履的绅士,他俩走在这样的人群中着实显得有些不搭调。明克看了看奥维特,她化了浓妆,不过她的整张脸上布满了担忧的神情和干涸的泪痕,这是妆容无法掩盖的。

阿茨凯失踪了。

"怎么回事?"

"我回家后发现他不在公寓里。昨天晚上我并没有工作到特别晚,等我到家后,发现他没在自己床上,家里到处都找不到他。而且他床上的被子还叠得好好的,看来他当晚根本就没上过床。我为他准备好的食物也原封不动地放在冰箱里,说明他压根儿就没有回过家!"

"昨天我见过他。"

"是吗?"

"我约他在一家汉堡店见面聊了聊,他看起来倒是跟以往没多大分别,很正常。离开汉堡店之后,他好像准备去踢球,而我回城里去了。他会不会是去了学校的休闲活动中心呢?"

"我已经打电话问过了,他没在那里。他到底去哪儿了啊?"

明克当然也不知道阿茨凯去了哪里,不过他能感觉到奥维特已经处于精神崩溃的边缘了。他伸出一只手臂搂住了她的肩。他的身材至少比奥维特矮了一个头,所以他做出这样的动作显得非常别扭。

"对于男孩子来说,这是很正常的事儿。他会回家的。"

"可是我想到了你曾经告诉过我的秘密。他会不会故态复萌又去做那件事了呢?"

"你是说格斗吗?"

"是的。"

"我认为不会,我确信他不会再参与那件事了。"

"你怎么知道他不会再去了呢?"

"我有把握。不过如果你还担心的话,可以跟警察联系。"

"警察?"

"对呀,怎么了?"

明克其实知道奥维特在想什么。作为一名声名狼藉的妓女,她不可能指望得到警方多大的重视。不过即便如此,她也能向警方求助,毕竟这是警方的职责。他俩在皇家公园门口停下了脚步。

"不过我会继续帮你四处打听的。"明克说。

"谢谢你。"

* * *

雨水不断地溅落在脏兮兮的有机玻璃穹顶上,发出"噼噼啪啪"的声响。斯蒂尔顿坐在一张床铺上,将薇拉的"疗伤树脂"涂抹在自己胸口的伤处。玻璃罐子已经快要空了,这罐树脂用完之后,他就没法再得到更多了,因为薇拉和她祖母都已不在人世了。他看了看摆放在搁板上的薇拉的小照片——他曾找《斯德哥尔摩形势》编辑部的工作人员索要一份薇拉的工作证复印件,他们同意了他的请求,而那个复印件上就有一张薇拉的小照片。他时常会想起她,而当她还活着的时候,他反倒不会有这样的感受。随后,他又想到了另一些跟薇拉截然不同的人,那些曾经在他生命中扮演重要角色,却被他疏远的人。阿巴斯、马尔腾,还有梅特,他每次都会想到这三个人。当然,他偶尔也会想到玛莲娜,可是他和玛莲娜之间的过往实在是太沉重、太复杂、太令人忧伤了,每每想起她几乎都会耗尽他赖以生存的所有气力。

他低头看了看罐子里面,树脂已经见底了,这时他听到了一阵敲门声。斯蒂尔顿继续抹着树脂,这种时候他对门外的访客可没什么兴趣。不过几秒钟后,他看到前妻的脸出现在了窗户外面。两人的视线交会在一起,就这样持续了很长时间。

"进来吧。"

玛莲娜推开房门,看了看活动房屋里的格局。她穿着一件式样简单而朴素的浅绿色直筒型大衣,一只手上握着雨伞,另一只手上提着个灰色的公文包。

"你好,汤姆。"

"你怎么知道我在这里?"

"是朗宁告诉我的。我能进来吗？"

斯蒂尔顿示意玛莲娜进屋，后者照做了。地板上曾经留下血迹的区域已经被清理干净了，他还在上面铺了一些报纸。他希望不要有奇怪的昆虫从报纸下面爬出来，起码现在别发生这样的事。他把罐子放到一边，然后指了指自己对面的床铺。

这样的感觉可不好。

玛莲娜把雨伞折叠起来，环顾了一下四周。他真的过着这样的生活？他已经彻底放弃自己的人生了吗？这真的可能吗？她继续观察着房子里的一切，随后看了看窗户。

"窗帘很漂亮。"

"你真的这么认为吗？"

"是的……噢，其实也不是。"

玛莲娜笑着将大衣的领子敞开了一点。她小心翼翼地坐在一张床上，接着又再次四处打量着。

"这是你的活动房屋？"

"不是的。"

"对，应该不是……我看到……"

玛莲娜朝锈迹斑斑的液化气炉灶点了点头，那里挂着一条薇拉的连衣裙。

"那是她的裙子吗？"

"是的。"

"她讨人喜欢吗？"

"她被人打死了。你的检测结果出来了吗？"

他像往常一样直奔主题，迅速与人建立起了一种疏离感。她在他的眼睛里看到了一点点他过去常有表情的影子。在他处于正常状态的时候，她常常被那样的表情深深刺透，当然那已经是很久以前的事了。

"两者的 DNA 是相符的。"

"真的吗？"

"在海滩上找到的发夹的主人跟你给我的那绺头发的主人是同一个人。她是谁？"

"杰奎琳·贝里隆德。"

"就是那个杰奎琳·贝里隆德吗？"

"没错。"

2005 年，玛莲娜和斯蒂尔顿仍然维持着婚姻关系。那时他负责调查吉尔·

恩格博格谋杀案,正是由于那起案件,他们与死者的雇主杰奎琳·贝里隆德非常接近。那时他常常谈论跟杰奎琳有关的种种假说,夫妻俩在家里的任何地方——厨房、浴室、卧室——都会谈论那些事。直到后来他的精神病第一次发作了,他便住进了精神病院。尽管他的工作压力很大,可他的精神病并不是工作诱发的。玛莲娜清楚知道他生病的诱因是什么,而据她所知,别人都不知道他犯病的真正缘由。她和他一道承担着疾病的折磨,后来警方将他调离了吉尔谋杀案。在那之后六个月,他们的婚姻也破裂了。

离婚的决定不是一夜之间匆忙做出的,而是汤姆长期以来的精神状态所造就的结果。他刻意与她保持距离,抗拒着她,越来越不想接受来自她的任何帮助,不想让她看到自己、触摸自己。后来,他终于达成了自己的愿望,玛莲娜再也不能忍受那样的局面,她没法去帮助和扶持一个不需要帮助和扶持的人。

于是他们分道扬镳,各走各的路。

最后他住进了这座活动房屋。

现在他正坐在活动房屋里说话。

"那么这就意味着在海滩谋杀案发生的当天晚上,杰奎琳·贝里隆德很可能就在那片海滩上……"斯蒂尔顿差不多是在自说自话。

而她在接受审讯时拒绝承认这一点。

他在心里慢慢咀嚼着这令人惊讶的信息。

"显然是这样的。"玛莲娜说。

"奥莉维亚。"斯蒂尔顿平静地念叨着这个名字。

"这一系列进展都是她所促成的吗?"玛莲娜问道。

"是的。"

"既然DNA匹配上了,现在我们该怎么做呢?"

"我不知道。"

"你不能继续办理这起案子了,是吗?"

我怎么不能?起初他有些不甘心地想到。随后他看到玛莲娜看了看装着奇怪药膏的玻璃罐子,以及桌上的几本《斯德哥尔摩形势》,最后看了看他本人。

"是的。"他最终说道,"我们需要梅特的帮助。"

"她还好吗?"

"很好。"

"马尔腾怎么样呢?"

"他也不错。"

还有他也恢复了常态,玛莲娜想到,内向而寡言的斯蒂尔顿正在重新站起来。

"你怎么来斯德哥尔摩了呢?"斯蒂尔顿问她。

"我来这里的警察总局做一个讲座。"

"哦,这样啊。"

"你被人打了?"

"是的。"

斯蒂尔顿希望玛莲娜不会去搜寻"踢废物"网站上的视频,否则她极有可能认出压在薇拉身上的男人是谁。

出于某种理由,他不想让她看到那些画面。

"谢谢你提供的帮助。"他说。

"不客气。"

随后两人都沉默了。斯蒂尔顿看着玛莲娜,而后者的目光也没有躲闪。在这个过程中,两人都不约而同地深切感受到了一种缠绵悱恻的忧伤。她知道他曾经是怎样的人,不过他现在已经跟从前完全不同了,而他自己也深知这一点。

他已经变成了另外一个人。

"你看起来真美,玛莲娜。"

"谢谢夸奖。"

"你一切都好吗?"

"是的,那你呢?"

"我不是。"

其实问题的答案已经清楚无误地显露在她眼前。她伸出一只手,越过胶木桌子,覆盖在斯蒂尔顿青筋暴露的手背上。

他任凭她的手放在那里。

玛莲娜刚一离开活动房屋,斯蒂尔顿立即拨通了奥莉维亚的电话。他将阿巴斯汇报的消息转述给她,随后他得到了一长串合情合理的连锁反应。

"她叫阿黛丽塔·里薇埃拉?"

"是的。"

"她是从墨西哥来的?"

"没错。"

"她腹中孩子的父亲是尼尔斯·文特?"

"阿巴斯是这么说的。等他回来之后,我们还可以从他那儿了解更多信息。"

"真是太不可思议了!不是吗?"

"的确如此。"

她说得没错,从很多方面来看这都是不可思议的,斯蒂尔顿想道。随后,他将玛莲娜检测得出的 DNA 匹配结果也讲给她听了,而她的反应比先前强烈得多。

"发夹上的头发果真是杰奎琳·贝里隆德的?"

"是的。"

待奥莉维亚慢慢消化了这条信息之后,便开始大谈特谈他们也许能借此一举破获多年来悬而未决的海滩谋杀案。斯蒂尔顿则觉得自己有必要指出发夹有可能是在案发之前的某个时间掉落在海滩上的,比方说案发当天的早些时候。至于奥维·加德曼,案发时他只不过恰好是在案发地点附近发现了发夹而已,他并没有亲眼看见杰奎琳把发夹落在海滩上。

"可是……上帝啊,你非得总是这么消极吗?"

"恰恰相反。如果你想成为一名好警察,那么你就必须得学会不要仅仅满足于一种假设,否则你迟早会在法庭上自食其果的。"

斯蒂尔顿提议他们应该跟梅特·欧诺沙特联系。

"为什么?"

"因为我们俩都没法对杰奎琳进行审问。"

梅特在警察总局的大门附近见到了斯蒂尔顿和奥莉维亚。梅特的日程排得很紧凑,所以没法抽出时间去城里。斯蒂尔顿极不情愿地接受了这个位于波尔赫姆斯大街的会面地点,这里离他的过去实在是太近太近了,不论是建筑还是人,都跟他共处过很长一段时间。

不过从很多方面来看,事情的决定权都在梅特手上。

她是文特谋杀案的主要负责人,目前正在等待阿巴斯的航班落地,然后她就能拿到他刚弄到手的材料了。当阿巴斯将自己在哥斯达黎加的经历的简要版本告诉梅特之后,她立即意识到他找来的材料里很可能包含了非常关键的重要线索。也许凶手的杀人动机就藏在其中,说不定还能透露出凶手本人的信息。

也许凶手不止一人。

于是她感到有些紧张。

不过梅特是一名经验丰富、聪明机敏的警察,她迅速意识到斯蒂尔顿和奥莉维亚查到的 DNA 匹配结果显然对杰奎琳·贝里隆德非常不利,同时她还意识到站在自己面前的这两个人仅凭他们自身的力量是不足以推动破案进度的。一个是警察学院的在读学生,一个是无家可归的流浪汉。如果没有警方的参与,连普通的问讯都不可能进行,更不用说进一步的盘查和审讯了。

然而,很明显他们已经找到了一名犯罪嫌疑人。

所以她得尽自己的一份力量来帮助他们。

"你们四个小时之后再来这里等我。"

她先一个人仔细浏览了海滩谋杀案的所有档案,随后又从挪威警方那边打听到了一些附加信息。待这些事项完成之后,她选择了一间位置比较特殊的审讯室,这样就可以确保斯蒂尔顿能在不被人看到的情况下跟在她身后偷偷溜进来,避免引发旁人不必要的关注和追问。

而奥莉维亚只能在波尔赫姆斯大街上等待着。

"关于在诺德科斯特岛发生的谋杀案,我们手头有一些 1987 年对你进行询问时的记录摘要。"梅特不动声色地说,"当谋杀案发生时,你也在岛上,对吗?"

"是的。"

杰奎琳·贝里隆德坐在梅特对面,梅特身旁坐着斯蒂尔顿。先前杰奎琳和斯蒂尔顿的目光交会了片刻,两人的眼神都深不可测。他也许能猜出她在想什么,可她却不知道他在想什么。她穿着一套黄色的女士西装,黑色头发被盘成了一个法式发髻。

"你被询问过两次,第一次是在案发当晚,另一次是案发第二天在斯特伦斯塔德进行的,询问你的警官是贡纳尔·威尔尼米。在那两次询问中,你都声称自己从未去过谋杀案发生的地点——海瑟尔维卡尔纳海湾。是这样吗?"

"没错,我从未去过那里。"

"那么你在案发当天早些时候去过那里吗?"

"没有,我从来没有去过那里。案发时我正待在港口的一艘豪华游艇里,这点你应该知道吧,我两次接受询问时都是这样说的。"

梅特平静而有条不紊地继续往下说。她用老师向学生讲解习题的语气告诉面前这名曾经的三陪小姐,警方借助一个发夹上残留的 DNA 信息得以证实她去过案发地点。

"我们知道你去过那里。"

接下来是几秒钟的沉寂。杰奎琳看起来很冷静,她意识到自己必须得转变策略了。

"我们在那里发生了关系。"她说。

"你和谁?"

"我和其中一个挪威人,我们在那里发生了关系。我一定是在那时把发夹落在那里的。"

"就在一分钟之前你还一口咬定说自己从来没有去过那里,而且你在1987年的两次询问中也是持同样的说法,现在你却突然改口说你去过?"

"我的确去过。"

"那你之前为什么要撒谎呢?"

"因为我不想被人把我跟那起谋杀案搅在一起。"

"那么你跟那个挪威人是什么时候去的那里呢?"

"应该是白天,或者说是接近傍晚的时候,我记不太清楚了,毕竟事情已经过去二十多年了!"

"游艇上有两个挪威人,盖尔·安德烈森和培特·莫因。跟你发生关系的是谁呢?"

"是盖尔。"

"这么说他能证实你的说法咯?"

"是的。"

"不幸的是他已经去世了。我们也是在不久前才得知这件事的。"

"这样啊,那么你们只需要相信我的话就好了。"

"我们还能相信你吗?"

梅特看着杰奎琳,她刚刚发现了后者所撒的弥天大谎,目前杰奎琳看上去非常紧张不安。

"我需要一名律师。"她说。

"既然这样,那我们就结束这次的询问吧。"

梅特关掉了录音机。杰奎琳迅速站起身来,朝审讯室的门边走去。

"你认识柏迪尔·马格努森吗?他是马格努森世界矿业公司的总裁。"梅特突然问道。

"我怎么会认识他?"

"1987年的时候,他在诺德科斯特岛有一栋避暑别墅。也许你在那里遇到过他?"

杰奎琳没有回答这个问题,头也不回地离开了审讯室。

奥莉维亚在克鲁努贝里公园里踱着步,她觉得自己已经等了一个世纪那么久。他们到底在里面做些什么呢?他们把她拘捕了吗?这时她突然想到了伊娃·卡尔森。我应该把事情告诉她吗?多亏了伊娃我才能找到杰奎琳这条线索。

于是她拨通了伊娃的电话。

"嗨!我是奥莉维亚·朗宁!你最近怎么样啊?"

"很好。头已经不痛了。"

伊娃轻轻笑了笑。

"关于杰奎琳·贝里隆德,你那边进展得怎么样了?"伊娃问道。

"进展非常顺利!我们找到了一些DNA方面的证据,可以证明她在谋杀案发生的当晚去过诺德科斯特岛!"

"你刚才说'你们'?"

"是的,唔,我现在正和几名警察一起工作呢!"

"别吹牛了!是真的吗?"

"当然是真的,现在杰奎琳正在接受国家犯罪调查小组的询问。"

"是吗?天哪!这么说她那天晚上真的在海滩上?"

"是的。"

"真不可思议,现在警方已经开始重新调查那起案件了吗?"

"这我不太清楚,也许还没有正式开始,目前主要是我和当时负责调查那起案子的人一起参与调查。"

"那人是谁?"

"汤姆·斯蒂尔顿。"

"哦,他又重新接管那起案子了吗?"

"是的。不过他并不情愿!"

现在轮到奥莉维亚笑了,她刚刚看到杰奎琳·贝里隆德从国家犯罪调查小组的大门走了出来。

"伊娃,我能晚点再打给你吗?"

"好的,没问题。拜拜。"

奥莉维亚挂断了电话,她看到杰奎琳钻进了一辆出租车。就在车发动的当儿,她发现杰奎琳正透过车窗直直地盯着自己看。奥莉维亚与杰奎琳对视着,你这个杀害小猫的凶手!她心里想着,随即感到整个身体都变得紧张起来。出租车迅速开走了。

斯蒂尔顿从同样的大门走了出来,奥莉维亚快步跑到他面前。
"情况怎么样？她说了些什么？"

梅特走出审讯室以后,一名警方高层人士拦住了她,他叫奥斯卡·莫林。
"你把杰奎琳·贝里隆德带到里面去了吗？"
"你听谁说的？"
"福尔斯看到她进去的。"
"然后他给你打电话了？"
"是的,他还说他在走廊上看到汤姆·斯蒂尔顿了。汤姆也来这里了吗？"
"是的。"
"你和他一起审问杰奎琳·贝里隆德？"
"没错。"
奥斯卡的表情有些复杂。他们经常在一起工作,彼此相互尊重。幸好两人的关系是这样的,否则眼下的情况就更不好对付了。
"你们的审问跟什么案子有关？是尼尔斯·文特谋杀案吗？"
"不是,是阿黛丽塔·里薇埃拉遇害的案子。"
"这个人是谁？"奥斯卡问道。
"就是1987年在诺德科斯特岛被溺死的女人。"
"这起案子是你在负责吗？"
"我只是提供帮助而已。"
"帮助谁？"
"凡涉及到杰奎琳·贝里隆德的事,是不是都很敏感？"
"是吗？此话怎讲？"
"2005年,斯蒂尔顿为了调查而接近她的时候,看起来就是这样的。"
"你为什么这样想呢？"
"因为你我都知道她是做什么的。也许她的顾客名册上有一些不该出现的名字吧？"
奥斯卡看着梅特。
"马尔腾最近怎么样？"他突然问道。
"他很好。你认为他也在她的顾客名册上吗？"
"这很难讲。"
他们俩都笑了。

是勉强挤出来的笑意。

如果奥斯卡·莫林知道梅特已经成功地做到了斯蒂尔顿在2005年没能做到的事情，那么他现在很可能就笑不出来了。梅特设法搞到了对杰奎琳·贝里隆德的家进行搜查的搜查令，依照惯例这可能很难实现，不过梅特有她自己的渠道。

于是，当杰奎琳本人正在审讯室里接受询问的时候，丽莎·赫德奎斯特已经进到了她位于北马拉尔海滩的公寓里开始搜查，毕竟这是一起尚在诉讼有效期内的谋杀案。丽莎对杰奎琳的家进行了彻底的搜查，还打开她的电脑，将所有的文件夹全都复制到了一块小小的U盘上。

奥斯卡·莫林不会喜欢这样的事情。

* * *

为了寻找阿茨凯，她漫无目的地在弗莱明斯伯格区来来回回走了好几个小时。每见到一名小男孩，她就会立即走上前去询问对方是否看到过阿茨凯，可是没有人见过他。

她回到阿茨凯的房间，坐在阿茨凯的床上，手握一双很旧的足球鞋，两眼直直地盯着一块有裂缝的滑板——阿茨凯已经用棕色胶带将滑板的裂缝补好了。她再次擦了擦眼泪，她已经在这里哭了很久了。大概一个多小时之前，明克打电话过来，说他那边也没有什么进展。阿茨凯就这么失踪了，她知道他一定是遇到什么麻烦了，她能感觉到阿茨凯这次失踪跟笼子里的格斗有关。她曾看到过他幼小身体上的瘀青和伤口，他为什么要那样做呢？为什么要在笼子里跟别人格斗？他并不喜欢做那样的事，一点都不喜欢！他以前甚至从来没有跟别人打过架！是谁诱骗他去做那样的事情呢？奥维特用两只瘦削的手把那双足球鞋紧紧捏住。如果找到了阿茨凯，她会给他买一双新足球鞋，马上就买，然后再带他去格罗纳-隆德主题公园玩耍。只要他……她转过身，拿起了手机。

她要打电话报案。

戴尔格诺斯大街一栋大楼的外面放着一个大废料箱，里面装着一些脏兮兮的旧软垫、一张部分被烧焦的皮沙发和许多从地窖里清理出来的废物。一个女孩站在废料箱的旁边往里看，她在废物堆中看到了一个DVD盒子。也许里面还装着一张光盘呢？她设法攀进了废料箱的箱壁，站在那张沙发上。她小心翼翼地走到DVD盒子旁边——里面可能是空的，也可能有一些有价值的

Spring Tide | 十八

东西。就在她弯下腰,伸手去捡盒子的时候,她看到了它。那是一只小手臂的一部分,竖立在几块沙发软垫中间。在手臂的下部写有两个字母——KF,字母外面还画着一个圆圈。

十九

斯蒂尔顿站在索德商业中心外面贩卖杂志，今天他卖得不太顺利。他实在是太疲倦了，头天夜里他去到阶梯那里上上下下地来回疾行了将近两个小时。在运动的过程中，他大多数时间都在回想玛莲娜造访薇拉的活动房屋一事。现在这两个女人一个死了，另一个已经幸福地再婚了——当然这只是他猜想的。昨晚他在入睡之前想到了玛莲娜放在自己手背上的手，这只是为了表达同情而已吗？

大概是吧。

他抬头看了看天空，发现乌云正在聚集。待会儿如果下雨了，他就不能在这附近逗留了。他把剩下的杂志放进自己的帆布背包，离开了索德商业中心。梅特不久前打电话说目前她出于种种原因，只得暂时将杰奎琳·贝里隆德的事搁置在一边。如果接下来还有更多的审问，她会再给他打电话的。

"只是你要当心一点。"她在电话中这样说过。

"什么？"

"你知道杰奎琳·贝里隆德是怎样的人，而她现在也知道了是谁在紧追着她不放。"

"好的。"

斯蒂尔顿并没有把奥莉维亚在电梯里的遭遇告诉梅特。也许奥莉维亚自己已经告诉她了？也许那只是一个普通的警告而已？

当他离开商业中心外的摊位时，突然想起了自己的假设。他曾跟贾尼·克林加提起过那个假设——凶犯也许会在索德商业中心附近挑选他们的袭击对象。

他太累了，没法对此想得太多。

Spring tide ｜ 十九

　　他缓缓地穿过森林,感到精疲力竭。在长长地叹了一口气之后,他打开了活动房屋的门。这座活动房屋就要被移走了,不过自从这里发生谋杀案之后,市议会的人就再也没有提起这件事。
　　今天晚上他不打算再去攀爬石阶了。

　　跟瑞典北部的广阔森林相较,英根特森林其实算不上森林,不过如果有人想要躲藏在其中,那么这里倒是足够大,也有足够多的外露岩石可以作掩护。一个以上的人想要躲藏在这里也是没有任何问题的。现在,有几个穿着深色衣服的人正躲藏在森林里。
　　就在灰色活动房屋的背后。

　　斯蒂尔顿关上房门,重重地躺在一张床铺上,就在这时奥莉维亚打来了电话,想跟他谈谈关于杰奎琳的事。
　　斯蒂尔顿实在是太困了,他对奥莉维亚说:"我现在只想好好睡一觉。"
　　"这样啊,好的……不过请你至少要把手机开着,行吗?"
　　"为什么?"
　　"因为……以防万一啊。"
　　梅特也叮嘱她要小心行事了吗？斯蒂尔顿想道。
　　"好的。我不会关机的。我们以后再联系吧。"
　　斯蒂尔顿挂断了电话,再次躺在床铺上,然后关掉了手机——他可不想再被人打扰了。昨天审问杰奎琳给他造成了精神上的重创,他再次回到了他曾经工作过的大楼,他曾在那栋大楼里以谋杀案调查员的身份度过了好几年的辉煌时光……回忆着实令他有些触动,很多旧的伤疤也再度被揭开了。如今他不得不像只老鼠一样偷偷溜进那里,只是因为怕跟从前的老同事目光相对。
　　这着实很令人受伤。
　　他觉得那些伤口似乎还在疼痛。他曾被迫接受了从自己正在调查的案子中被调离的命令,但起码那时的他还被人视作一名警察。没错,他的确患上了精神病——焦虑性癔症,需要接受治疗,不过在他本人看来,这并不是问题的核心所在。
　　他认为问题的核心在于自己被人耍了手段。
　　当然,有些同事是支持他的,不过有人一直在暗中散布诋毁他的谣言,不断煽风点火,而且火势愈演愈烈。尽管他知道始作俑者是谁,但是他的职业要求人与人之间必须保持密切接触,所以在那样的局面下整个警局的氛围很快就受到了毒害。同僚看到他时会把目光转向一边,对他视而不见。当他独自在员工餐厅里用餐时,别人即使看到了他也不会过来与他同坐。

遇到这样的情形,谁都只能选择放弃。

如果他还有自尊心的话。

斯蒂尔顿正是这样的人。

他把自己的私人物品收拾好,装进几个小箱子里,然后跟上司简短地聊过几句之后便离开了。

从那以后,他的人生就一直在走下坡路。

现在躺在床上的他渐渐陷入了一种疲惫至极的麻木状态。

突然响起了一记敲门声,斯蒂尔顿吃了一惊,紧接着第二记敲门声又来了。斯蒂尔顿用两只手肘支撑着自己的身体。他应该起床去开门吗?敲门声还在继续,斯蒂尔顿一边低声咒骂着,一边从床上下来,几步走到门边打开了门。

"你好。我叫斯温·博马克,是索尔纳市议会的工作人员。"

这个四十来岁的男人穿着一件棕色外套,头上戴着一顶灰色帽子。

"我能进来吗?"

"你有事吗?"

"我打算跟你谈谈关于这座活动房屋的事。"

斯蒂尔顿退到床边坐下。博马克走进屋,关上了身后的房门。

"可以坐下说吗?"

斯蒂尔顿点了点头,于是博马克在他对面的床铺坐了下来。

"现在你住在这里?"

"这不明摆着吗?"

博马克微微笑了笑,"也许你已经知道我们必须移走这座活动房屋的规划了?"

"什么时候?"

"明天。"

博马克的语气平静而友善,斯蒂尔顿注意到了他那双白白嫩嫩的手,通常在办公室里工作的人都有着那样一双手。

"你们要把它移到哪里去?"

"废料桶。"

"你们打算烧了它?"

"大概会吧。你还有其他地方可以住吗?"

"没有。"

"你知道吗,我们设有专门为无家可归者提供的过夜住宿处,在……"

"你还有别的事吗?"

"没有了。"

博马克继续坐在床上,两人相互对视了好一会儿。

"我很抱歉。"博马克边说边站起身来,"我能买一本杂志吗?"他指着桌上放着的一小叠《斯德哥尔摩形势》。

"四十克朗。"

博马克掏出钱包,从中取出一张五十克朗的钞票递了过去。

"我没有零钱找给你。"斯蒂尔顿说。

"不要紧。"

博马克拿起一本杂志,打开房门走了出去。

斯蒂尔顿再次躺倒在床上,他连思考的力气都没有了。活动房屋明天就将不复存在,他不能再住在这里了,他会变得一无所有……他觉得自己的境况越来越糟了。

两个躲在暗处的黑影一直在等待,当戴着灰色帽子的男人离开之后,他们拿着一块厚木板开始行动了。他们轻轻地将木板卡在门把手的下面,随后其中一个人将一块大石头塞在木板的另一端。接下来,另一个人悄无声息地拧开了随身带来的一个小罐的盖子。

斯蒂尔顿翻了个身,他的鼻子嗅到了一丝略微有些刺激的气味,可是他过于疲倦的身体仍然处于一种深度麻木的状态,无法对此做出任何反应。刺鼻的气味越来越浓烈,侵入了他潜意识的深处,他那昏昏欲睡的大脑里逐渐浮现出了一些画面:伴随着浓烟的猛烈大火,还有尖叫着跑开的女人们……突然他腾地从床上坐了起来。

他看到了真实的火苗。

黄里泛蓝的火苗在屋外翻腾,浓厚的黑烟透过窗户和门的缝隙往里渗透。斯蒂尔顿感到非常恐慌,他发出了一声可怖的尖叫,连滚带爬地跳下床,一不小心把头撞到了橱柜上,重重地摔倒在地。他挣扎着站起来,冲到门边想把门撞开,没有成功。

他尖叫着再次倾尽全力朝门撞去。

门还是纹丝不动。

两个黑影躲藏在不太远的森林里,观察着活动房屋那边的动静。抵住门把手的厚木板看来发挥了很好的作用,门被彻底封死了。另外,他们还在房子四周洒了一些汽油。在汽油的助推下,大火很快就将整座活动房屋吞噬了。

大多数活动房屋在遇到火情的时候能够支撑相当长一段时间,直到房屋的塑料结构开始熔化,可是人为纵火跟普通的火情是不一样的。蓄意点火、汽油……这些因素足以使得活动房屋立刻变成燃烧的地狱,而薇拉的活动房屋目前就处于这种情况。

看到整座活动房屋都淹没在火海中之后,那两个人影便转身跑离了现场。他们跑进了森林深处。

阿巴斯·法西终于熬完了漫长的飞行,走下了飞机。出口通道略微有些拥挤,而他也觉得非常疲惫。头部的伤仍然有些疼痛,最要命的是他那对坐飞机过敏的身体因经历了艰苦的空中之旅而备受折磨。

满身淋漓的大汗,以及在丹麦上空遇到的迫使飞机骤然下跌的气流,令他不得不将原本塞在毛衣里的材料取出来,装进了一个塑料袋里。现在他把装着材料的蓝色塑料袋提在手上,除此之外他就没有别的行李了。

他不是一个喜欢带着很多东西出门的男人。

他已经把自己的刀送给了马尔派斯的那两个小男孩。

在连接飞机和入境大厅的有机玻璃通道里,他掏出手机,拨通了斯蒂尔顿的电话,不过他只听到了对方无法接听电话的提示音。

丽莎·赫德奎斯特和博斯·泰仁在通道尽头等他,他也认识他们俩,三个人一齐走进了入境大厅。丽莎打电话告诉梅特目前一切事情都处于可控状态,而他们现在即将离开机场。

"我们现在去哪里?"丽莎问梅特。

梅特就这个问题思索了几秒钟,她觉得当阿巴斯展示自己在哥斯达黎加找到的材料时,斯蒂尔顿也应该在场。这样才合情合理,因为那些材料跟海滩谋杀案的关系还更加紧密一些,当阿巴斯此前在电话中简要汇报情况时梅特就已经意识到这一点了。在警察总局见面可不是个好主意,她心里想到。

"和他一起去他自己的公寓,我会过去跟你们会合。"

与此同时,阿巴斯正用自己的手机跟奥莉维亚通话。

"你知道斯蒂尔顿在哪里吗?"

"这个时候他应该在活动房屋里吧。"

"可是他没有接电话。"

"是吗？不过他应该在那里的，因为我不久前给他打电话时，他说他正在活动房屋里休息。他当时好像很疲惫，我想他接完我的电话之后就睡了。但是他说过他会一直开着手机的，也许他太累了，所以没有接你的电话？"

"好吧。我们再联系。"

博斯和丽莎分别走在阿巴斯的左右两侧，一行人径直朝着入境大厅的出口走去。他们都没有注意到站在一面墙边虎视眈眈地盯着赌场总管的男人，他是赛多维克，他的手机一直贴在脸上。

"他是独自一人吗？"柏迪尔·马格努森问道。

"不，他跟一个男人和一个女人在一起。那两人穿的是便服。"

柏迪尔思索着，那两人是他在飞机上刚认识的新朋友吗？会不会是他的工作汇报对象呢？他们是穿着便服的警察吗？

"跟着他们。"

奥莉维亚坐在厨房里，手机一直被她握在手上。斯蒂尔顿为什么没有接阿巴斯的电话呢？他应该不会关机的，要是他看到来电人是阿巴斯，应该没有理由不接电话啊。莫非……莫非他最终还是不听劝告地把手机给关了？于是她自己也拨打了一次，听筒里响起了对方无法接听电话的提示音。他的手机费用光了吗？可是即便是这样，他也只是不能打电话，接电话不应该有什么问题呀。她实在想不通这究竟是怎么一回事。

她的想象力又开始驰骋起来。

他遇到意外了吗？又被人揍了？或者是那该死的杰奎琳·贝里隆德对他使坏了？毕竟当她接受审问的时候，斯蒂尔顿也在那间审讯室里。

她像触了电一般跳了起来。

她跑出公寓楼，站在街边，感到心烦意乱，于是她迅速做出了一个决定。

野马！

她跑到停车场，在自己的福特野马车旁边停下脚步。她的内心实在是百感交集，自从埃尔维斯出事之后，她就再也没有坐进自己的车里了。本来她很喜欢这辆车的，可是埃尔维斯的死让这辆车变得有些令人不快了。他们把她的猫、她的车以及她因这车而怀有的对父亲的某种情愫都从她身边夺走了。不过，现在斯蒂尔顿很可能正处于危难之中，直觉告诉她情况有些不妙。她鼓起勇气打开车门，坐进了驾驶室。当她转动车钥匙让引擎发动起来的时候，她感觉到自己的全身都在战栗。她做了几下深呼吸,强迫自己把车开走了。

至于斯蒂尔顿为什么不接电话,原因是理所当然的——他的手机在曾属于薇拉的活动房屋里被烧成了一根扭曲小香肠的模样,而活动房屋现在已经变成了一堆黑乎乎的阴燃着的废墟。四周停着好几辆消防车,消防员们正将软管喷出的水柱浇向燃烧着的区域,以确保火势不会蔓延到周边的森林里。房屋废墟及其周边地带已经被警示带围了起来,主要目的是为了让看热闹的当地居民与火灾现场保持适当的距离。

大家低声议论着那座难看的、已经不复存在的活动房屋。

奥莉维亚将车停在人群外,然后下车朝警戒区域跑去。站在警示带旁边的几名身穿制服的警察拦住奥莉维亚,他们不允许她靠得更近。

这几名警察的后面站着两名穿着便衣的调查人员:福尔斯和克林加。

他们也是刚刚才赶到这里的,来了以后,他们意识到薇拉谋杀案的案发现场已经彻底被毁坏了。

"看来是几个调皮的孩子为了寻找乐子……"福尔斯发表着自己的见解,这让克林加左右为难。要是他说出斯蒂尔顿已经搬进这座活动房屋的事实,他就得解释自己是如何知道的,可是他又不能对此作出解释。

尤其不能对福尔斯作出解释。

"呃,不过在她之后或许有其他人搬进去了也不一定。"他谨慎地说。

"可能吧,现场工作人员会把结果告诉我们的。就算房子起火时里面有人,烧成这样也不太可能有幸存者活下来接受询问,不是吗?"

"没错,不过我们当然得……"

"活动房屋里面有人吗?"一个女声响起。

奥莉维亚已经挤到了比较靠前的位置,福尔斯一脸疑惑地看着她,"难道那里面应该有人吗?"

"是的。"

"你怎么知道?"

"因为我认识住在里面的男人。"

"他是谁?"

"他叫汤姆·斯蒂尔顿。"

克林加顿时感到自己摆脱了窘况,而福尔斯却吃惊得说不出话来。斯蒂尔顿?他住在这座活动房屋里?他被大火烧死了吗?福尔斯看着眼前这堆阴燃着的废墟,脑子里一片空白。

"他究竟在不在里面,你们知道吗?"奥莉维亚问道。

克林加发觉奥莉维亚有些面熟……他想起来了,几天前他们曾在活动房屋门口碰过面,那她应该是认识斯蒂尔顿的。他该怎么回答呢?

"我们还不知道,现场工作人员会在废墟里彻底搜寻,看看是不是……"

奥莉维亚突然转身朝一棵大树跑去,她在树下颓然坐下,强迫自己大力呼吸。她试图说服自己斯蒂尔顿没有在活动房屋里,起码在房子着火的时候,他没有理由继续待在里面。

她回到自己的汽车旁边,困惑而又震惊。在她身后,消防车正缓缓驶离现场,好奇的围观者们也三三两两地一边聊着天,一边逐渐朝着各个方向散开。看起来就好像什么事也没有发生过似的,她心里想着。她用颤抖的手掏出手机,拨打了一个号码,接电话的是马尔腾。她结结巴巴地把自己在这里看到和听到的事情讲述了一遍。

"他被大火烧死了吗?"

"我不知道!他们也不知道!梅特在吗?"

"她不在。"

"请你让她给我打个电话!"

"奥莉维亚,你得……"

奥莉维亚挂断了电话,然后拨通了阿巴斯的号码。

一辆便衣警车驶出了阿兰达机场,阿巴斯就坐在这辆车里听完了奥莉维亚的电话。警车的前行速度就跟蜗牛一样,因为之前有一辆大卡车撞上了分隔车道的钢缆,于是引发了另一侧车道的交通阻塞,而便衣警车恰好就在这侧车道上。

尾随着他们的车也遇到了同样的状况。

那辆车和便衣警车之间还隔着几辆车。

阿巴斯挂断了电话。汤姆在活动房屋里吗?正因如此他才没有接听电话吗?阿巴斯看着车窗外面,氤氲的雾气笼罩在广阔的绿色田野上。这是一则死亡通知吗?他心里想着。

在塞车的时候接到这样的通知?

奥莉维亚把车停好后,缓缓地走到了公寓大楼的门口。她没法全神贯注地思考刚刚看到的一幕,她不明白究竟发生了什么,不过她的直觉似乎还在运作。当她输入密码并推开大门的时候,没有忘记需要保持警惕。在警察总局门口,她看到了出租车里的杰奎琳·贝里隆德朝自己投射过来的目光。没过多长时间,薇拉的活动房屋就被烧毁了。这是杰奎琳因自己被审问而实施的报复行径吗?

大厅里黑漆漆的,不过她清楚知道灯的开关在哪里。她用一只脚抵住门,让外面的自然光照进来,同时伸出手去就能够着墙上的开关。就在她把手伸向开关的时候突然吓了一跳,她眼角的余光瞥见了一个人影。她来不及作出反应并转身逃跑,而是尖叫着把灯打开了。灯光照亮了那个人,他看起来非常凄惨,头发被烧焦,衣服被撕裂,两只手臂伤痕累累、鲜血淋漓。

"汤姆?"

汤姆的眼神有些迷离,还没说话就咳嗽起来,咳得非常厉害,而且有些站立不稳。奥莉维亚赶紧冲上前去扶住他,两人慢慢地走上楼梯,进到了奥莉维亚的公寓。斯蒂尔顿坐在椅子上歇息,奥莉维亚拨通了阿巴斯的手机,后者一行人已经摆脱了交通堵塞,此时快到斯韦亚普兰环岛了。

"他和你在一起吗?"阿巴斯问道。

"是的。你能给梅特打个电话吗?我联系不上她。"

"好的。你们在哪里?"

奥莉维亚将药膏涂抹在斯蒂尔顿的伤口上,然后打开一扇窗户让刺鼻的烟味飘散出去,紧接着她又马不停蹄地为斯蒂尔顿沏咖啡。斯蒂尔顿一言不发地看着她忙活,他仍然还处于惊魂未定的状态。他知道自己是多么地接近死亡,要是他没有在情急之中用液化气罐打碎窗户逃生,那么警方此时很可能正将一具被烧焦的遗骸装进黑袋子里运走。

"谢谢你。"

斯蒂尔顿用颤抖着的双手接过了咖啡杯。我的手怎么了?我还在恐慌吗?可能是吧,他心里想着,毕竟我被关在了着火的活动房屋里面。不过他也知道,真正令他恐慌的是别的事情,他非常清楚地记得母亲在临终时所说的话。

奥莉维亚在他对面坐下,这时他又开始咳嗽起来。

"你在活动房屋里面吗?"她最终问道。

"是的。"

"不过你是怎么……"

"算了,别再提了。"

又来了,奥莉维亚对此已经习以为常了。只要是他不想做的事,他就绝对不会去做。说得好听一点,他真的很固执,现在她发觉自己开始有些理解玛莲娜·博格伦德的处境了。斯蒂尔顿放下咖啡杯,身体后倾靠在了椅背上。

"你认为这件事是杰奎琳·贝里隆德搞的鬼吗?"奥莉维亚问他。

"我不知道。"

可能是她,他琢磨着,或者也可能是别的什么人。既然他去过索德商业中心,那么他也许就在那里被人一路跟踪到了活动房屋。不过这些都跟奥莉维亚无关。等自己缓过劲来,得尽快给贾尼·克林加打电话。借着热咖啡的帮助,他的呼吸逐渐变得平稳,这时他察觉到奥莉维亚正看着自己。其实她挺漂亮的,他心想,不过以往自己却从来没有注意到这一点。

"你有对象了吗?"斯蒂尔顿突然问道。

这个问题令奥莉维亚倍感惊讶。斯蒂尔顿从来没有问过跟她私生活有关的任何问题。

"没有。"

"我也没有。"

两个人都笑了。突然她的手机响了,电话是她在警察学院的同班同学乌尔夫·莫林打来的。

"你好!"

"你怎么样啊?"他问道。

"我还好。你有什么事吗?"

"刚才我爸爸给我打电话了,他听说了一些事情,是关于你之前想打听的那个汤姆·斯蒂尔顿的,你还记得吗?"

"我记得。"

奥莉维亚背过身去继续讲电话,斯蒂尔顿有些迷惑地看着她。

"好像他已经沦为一名流浪汉了。"乌尔夫说。

"噢,是吗?"

"你找到他了吗?"

"找到了。"

"他真的是流浪汉?"

"他是无家可归者。"

"噢,是吗?这两者有区别吗?"

"我能稍后再打给你吗?现在我这里来了一位客人。"

"噢,好的,没问题。拜拜。"

奥莉维亚挂断了电话,而斯蒂尔顿已经意识到她刚才在电话中提到的人是谁了。在奥莉维亚的生活圈子里,不会有太多的无家可归者。他看着她,她也看着他,两人都沉默了。

斯蒂尔顿眼里的某些东西突然令她想起了自己的父亲。她想起了她在威尔尼米夫妇家中看到的照片,那是斯蒂尔顿和阿尔涅的合影。

"你对我父亲有多了解?"她问他。

斯蒂尔顿低头看着桌子。

"你们在一起工作了很长时间吗?"

"有好几年吧。他是一名好警察。"

斯蒂尔顿抬起头来,直视着奥莉维亚的眼睛。

"我能问你一件事吗?"他问道。

"当然可以。"

"你为什么选择海滩谋杀案作为你的研究项目呢?"

"因为我父亲也参与过这起案子的调查。"

"只是出于这个原因而已吗?"

"是的。你为什么这样问?"

斯蒂尔顿沉思了片刻,就在他正打算张口说话的时候,门铃不合时宜地响了。奥莉维亚站起身来,从厨房走到门厅,把门打开了。来人是阿巴斯,他提着一个蓝色塑料袋。奥莉维亚领着阿巴斯走进厨房,这时她脑子里突然想到一件事,那就是这里实在是太乱了。该死,她已经很久没有打扫过自己的公寓了。

当她和斯蒂尔顿一起走进来的时候可没有想到这一点。

但是阿巴斯来了之后就不一样了。

阿巴斯看到了斯蒂尔顿,后者正直直地看着他手里的塑料袋。

"你怎么样啊?"

"糟透了。"斯蒂尔顿回答道,"谢谢你告诉我关于阿黛丽塔·里薇埃拉的事。"

"不客气。"

"你的袋子里装着什么?"

"是我在马尔派斯找到的材料,梅特正在赶来这里的路上。"

奉命跟踪赌场总管的赛多维克一路尾随至此,现在他正用手机简要汇报情况。

"赌场总管走进了一栋公寓大楼,其余两个人在大楼外面等候。"

Spring Tide | 十九

　　他的车离奥莉维亚所住的公寓大楼不远,他一直观察着另一辆停在大楼入口外面的汽车,博斯·泰仁和丽莎·赫德奎斯特正坐在那辆车的前座上。
　　"他进去的时候是不是提着一个袋子?"柏迪尔问道。
　　"是的。"
　　柏迪尔感觉自己完全跟不上节奏,阿巴斯·法西去斯凯尼大街的公寓大楼干吗呢?谁住在那里面?还有,为什么另外两个人要在门口等待呢?他们俩又是什么人?
　　但他很快就会知道最后这个问题的答案。
　　梅特·欧诺沙特驱车驶入了斯凯尼大街,她把车停在丽莎的车前面,随即下车走到了后面那辆车的驾驶座旁。
　　"你们回警局去多带些人过来。我稍后再跟你们联系。"
　　梅特走进了公寓大楼的大门。赛多维克再次打电话给柏迪尔,把自己刚看到的情形描述了一遍。
　　"她长的什么样儿?"柏迪尔问道。
　　"她的头发是灰色的,绾成了一个发髻。呃,她看上去块头很大。"赛多维克说。

　　柏迪尔·马格努森放下手机,望着街道对面的阿道夫·弗雷德里克教堂的墓园。他立即就知道了那个走进公寓大楼的女人是谁。她是梅特·欧诺沙特,是就文特打来电话一事询问过自己的侦缉总督察,她曾用一种显而易见是指控他在撒谎的眼光看着他。
　　这样可不妙。
　　事情越来越复杂化了。

　　"好大一股烟味!"梅特走进厨房时皱了皱眉。
　　"是我身上散发出来的。"斯蒂尔顿说。
　　"你还好吗?"
　　"我还好。"
　　奥莉维亚看了看斯蒂尔顿,他在几天前才被人毒打了一顿,今番又差点儿被烧死,可他竟然说自己还好?这只是某种场面话吗?意思是他不想透露过多的个人情况?或者他希望对方不要把关注焦点集中在自己身上?大概是这样吧,因为梅特看上去对他的回答还挺满意的。她一定比我更了解他,奥莉维亚心想。

324

阿巴斯把塑料袋里的物品全倒出来铺在餐桌上，其中有一盒录音带、一个小信封和一个装着一页纸的塑料文件夹。还好奥莉维亚的厨房里有四把椅子，不过她不太确定这种椅子是否适合梅特，因为它们并不是特别牢固。

梅特重重地坐了下去，奥莉维亚看到她身下椅子的几条腿略微往外张开了一点。还好，椅子没有坍塌。梅特戴上了一双薄薄的橡胶手套，然后拿起了那盒录音带。

"我已经用手摸过它了。"阿巴斯说。

"好的，这我知道。"

梅特转而看着奥莉维亚，"你有旧的盒式磁带录音机吗？"

"没有。"

"嗯，那我待会儿把这个带到国家犯罪调查小组的办公室去。"

梅特把磁带放回塑料袋里，接着拿起了那个小信封。它已经很旧了，上面印着古老的瑞典邮戳。信封里装着一页用打字机写就的信纸，梅特浏览了一下，"是用西班牙文写的。"

她把信纸递给阿巴斯，后者用瑞典语朗声读道："丹！我很抱歉，可是我认为我们真的不太适合彼此，现在我有机会在这里开始一段崭新的生活，所以我不打算回来了。"

梅特把信纸放到照明灯下仔细察看，上面的署名是"阿黛丽塔"。

"我能看看信封吗？"斯蒂尔顿问道。

他从阿巴斯手中接过信封，然后仔细看了看上面的邮戳。

"邮戳上的日期是阿黛丽塔遇害后的第五天。"

"那么这封信几乎不太可能是她本人写的。"梅特说。

"没错。"

梅特打开塑料文件夹，取出了一张有字的A4打印纸。

"看来这是新近才写的，用的是瑞典语。"

梅特开始大声朗读：

"'致瑞典警察当局！'写信日期是2011年六月八日，正好是文特去诺德科斯特岛之前的倒数第四天。"她说完后继续读道，"'今天晚上我见到了一名从瑞典来马尔派斯的男性访客，他的名字叫奥维·加德曼，他向我讲述了从前发生在诺德科斯特岛上的一件大事，那是1987年发生的一起谋杀案。听完他的故事，我可以确定那名遇害的女人是阿黛丽塔·里薇埃拉，她是我深爱过的墨西哥女人，还怀了我的孩子。出于种种原因——主要是经济方面的原因，她离开马尔派斯去了瑞典诺德科斯特岛，为的是取回一些那时我自己不能去取的钱。后来她再也没有回来。现在我终于知道她没有回来的真正原因了,而且我非常确知谋杀她的幕后黑手是谁。我打算去瑞典看看我的钱是不是还在那座岛上。'"

"我想起了那个空的行李箱。"奥莉维亚打断了梅特。

"什么行李箱?"阿巴斯好奇地大声问道。

奥莉维亚迅速向阿巴斯解释了跟丹·尼尔逊的空行李箱有关的故事。

"他带着那个空行李箱,肯定是为了把他的钱装在里面。"她说。

梅特继续读信:

"'要是钱不在那里了,那我就知道当初发生了什么,而且我会采取相应的行动。这个包里有一盒录音带,我另外还复制了一盒随身带着。录音带里的声音属于我和柏迪尔·马格努森,他是马格努森世界矿业公司的总裁。录音带的内容不释自明。'署名是丹·尼尔逊/尼尔斯·文特。"

梅特将信纸放下,长呼了一口气。她的调查工作本处于近乎停滞的状态,可现在她一下子就得到了好多极有价值的线索和信息。最重要的是,她可以猜出文特打给柏迪尔·马格努森的几通简短电话一定跟那笔消失不见的钱有关。

"或许你们还应该看看这个。"

阿巴斯从外套口袋里掏出了他在圣特雷萨的酒吧拿到的照片,照片中的人是尼尔斯·文特和阿黛丽塔·里薇埃拉。

"能给我瞧瞧吗?"

奥莉维亚把照片拿过来仔细端详着,斯蒂尔顿凑到她身旁。看到照片里相拥在一起的两个人,斯蒂尔顿轻叹了一口气。

"他们看起来很幸福。"奥莉维亚说。

"没错。"

"现在他俩都死了。真是遗憾……"

奥莉维亚轻轻摇了摇头,把照片递给梅特。梅特将照片收起来,起身准备离开。因为她是四个人当中唯一一个拥有此案调查权限的官方人士,所以当她把装着全部材料的蓝色塑料袋带走的时候,没有人表示异议。她正要走出厨房,无意中瞥见了放在窗台上的供小猫玩耍的玩具。

"你养了一只猫吗?"她问奥莉维亚。

"以前是养了一只,不过它后来……失踪了。"

"那可真令人伤心。"

梅特拿着蓝色塑料袋离开了公寓大楼,进到了自己的黑色沃尔沃轿车。

她一上车便迅速发动引擎,将车开走了。在黑色沃尔沃轿车后面,另一辆车也朝着相同的方向驶去。

柏迪尔·马格努森站在办公室的窗户旁边。办公室里没有开灯,光线很暗。自从阿巴斯下了飞机,他就一直与赛多维克保持着联系。柏迪尔脑子里想出了好几种方案和可能出现的情况。第一种方案是最铤而走险的:迫使欧诺沙特的车停在路边,然后采取暴力手段从她手中夺走蓝色塑料袋。这就相当于在大街上公然袭击高级警务人员,实现起来有相当大的风险。第二种方案是先跟在她后面,看她要去哪里。也许她会开车回家?那么他们就可以闯入她的家中,夺走那个袋子,而这样做的风险相对小很多。第三种方案是由着她径直把车开到警察总局。

这将带来灾难性的后果。

然而不幸的是,这种情况出现的可能性最大。

奥莉维亚的厨房里弥漫着一阵耐人寻味的沉默气氛,他们刚刚得知的信息实在是太令人惊讶了。这么多年之后,斯蒂尔顿终于了解到了这起案子的真实内情,而事实着实出乎他的意料,他还需要一些时间去接受和消化。最后是奥莉维亚打破了沉寂,她对阿巴斯说:"这么说,尼尔斯·文特是阿黛丽塔腹中孩子的父亲?"

"是的。"

"你从那个叫博斯克斯的老人那里还打听到了其他跟她有关的事情吗?"

"有啊。"

阿巴斯从外套口袋里掏出了一小页纸,这是一份飞机上发的食谱。

"我把他说过的话都记在脑子里,坐飞机的时间很漫长,所以我把它们全都写下来了……"

阿巴斯开始照着手里的笔记逐字往下念:

"'非常漂亮。来自墨西哥的普拉亚德尔卡曼市。跟一位有名的艺术家关系密切。有时候会做……'"

阿巴斯突然沉默了。

"做什么?"

"我的字写得太潦草了,有点认不出来……稍等一下。噢,对了!是壁挂!'她有时候会编织漂亮的壁挂。她在马尔派斯当地很受欢迎。她和丹·尼尔逊彼此相爱。'大致情况就是如此。"

"他们是在哪里认识的呢?"

"我想应该是在普拉亚德尔卡曼,后来他们又一起去哥斯达黎加开始新的生活。博斯克斯是这样说的。"

"时间是上世纪八十年代中期吗?"奥莉维亚插话道。

"没错,她也是在那时怀孕的。"

"接下来她去了诺德科斯特岛,随后就被谋杀了。"斯蒂尔顿接过话头。

"那么凶手会是谁呢?杀人动机又是什么?"阿巴斯问道。

"也许是柏迪尔·马格努森。"斯蒂尔顿说,"毕竟文特在信中说录音带里有他的声音,而且他在诺德科斯特岛有一栋避暑别墅。"

"那时他就已经买下了岛上的避暑别墅吗?"

"是这样的。"奥莉维亚回答道。

她想起了贝蒂·诺德曼告诉自己的事情。

"那么你的杰奎琳理论就不成立了。"斯蒂尔顿说。

"怎么会呢?也许马格努森认识杰奎琳,甚至很可能是她的客户之一。也许他俩在那时就已经认识了,也许他俩联手犯下了案子?毕竟案发时海滩上有三个人呢!"

斯蒂尔顿耸了耸肩,他不愿再继续谈论杰奎琳·贝里隆德,于是奥莉维亚转而对着阿巴斯说话,并且改变了话题。

"那些闯入文特家里的人,他们怎么样了?"

"他们为自己的莽撞行为感到后悔不已。"

斯蒂尔顿看了阿巴斯一眼,他并不确切知道当时究竟发生了什么事,不过他估计其中有很多细节是不适合让年轻的朗宁听到的。对此阿巴斯也非常清楚。

"不过我想他们一定追在你后面,想要抢得你从博斯克斯那里取到的材料,对吗?"奥莉维亚问阿巴斯。

"也许是吧。"

"那么你应该很想知道他们到底是在为谁工作。派他们去那里的人肯定在瑞典,对吗?"

"是的。"

"她很快又会再次说到杰奎琳·贝里隆德的。"斯蒂尔顿说这话时,脸上带着笑意。他站起身来,看着阿巴斯,"我可以去……"

"床铺已经准备好了。"

"噢,谢谢你。"

奥莉维亚把这几句简短的对话理解为斯蒂尔顿今晚会在阿巴斯的公寓里过夜。

因为他现在已经没有活动房屋可以住了。

* * *

事实证明，柏迪尔所设想到的第三种情况，也就是会带来灾难性后果的情况，最后真的出现了。梅特直接将车开到了警察总局门口，她下车后便拿着蓝色塑料袋消失在了玻璃门内。赛多维克除了眼睁睁地看着这一切发生，什么事都不能做，他把自己所见到的情况如实汇报给了柏迪尔·马格努森。

这一刻，柏迪尔在想自己是不是应该赶紧离开瑞典，找个地方躲起来，就像当年的文特那样。不过他迅速打消了这个念头，那样做是没有用的，他深知这一点。

他很清楚那样做最终会导致什么结果。

只是时间早晚而已。

回家后，他停好捷豹车，然后径直走到露台上，点燃了一支小雪茄。夏日的夜晚清朗暖和，海面波光粼粼，他能听到从博克霍尔姆岛的方向传来的歌声。琳恩正在附近同一群自称为"斯托克松德的姑娘们"的无趣女人共进晚宴，这是一群被丈夫抛弃、致力于慈善事业的家庭主妇，她们今晚的聚会主要是为了推销特百惠牌家用塑料制品。琳恩和这些女人们几乎毫无共同之处，她只是跟她们住得比较近而已。不过，既然柏迪尔称自己今晚要开会，而且也许会回来得很晚，所以她便选择了参加她们的聚会，从而打发无聊的寂寞时光。

今晚她盛装出席，非常漂亮。

柏迪尔坐在露台上吐着烟圈，心里想着琳恩。他在想要是她知道了这一切会作何反应，还有如果两人目光相对，他自己又该如何应对那种耻辱的感觉。随后，他想到了国家犯罪调查小组的那些人，此刻他们很可能正在聆听那盒录音带，而他本人在对话里清楚表明自己跟一起谋杀案有关。用"有关"一词来形容其实并不贴切，那件事根本就是他一手谋划的。

可是他当时还能有什么选择呢？

整个公司都处于岌岌可危的境地！

于是他没有按照尼尔斯·文特的提议去做，而是选择了截然不同的另一条路。

现在看来，那是一条极其错误的不归路。

他从橱柜里取出了一瓶尚未开启的威士忌,他的脑海中浮现出了各式各样的报刊头条标题,也仿佛听到了世界各地的记者们兴奋地提出一个又一个他无法回答的问题。

他与一起谋杀案扯上了无法摆脱的干系。

* * *

昏暗的灯光几乎照不到那条垂在被单上的又细又白的胳膊,原本写在胳膊上的"KF"两个字母差不多已经被擦掉了。阿茨凯人事不省地躺在病床上,浑身上下插满了管子。奥维特坐在床边的一把椅子上轻轻地哭泣着,她为自己人生中所经历的所有不幸而哭泣,她甚至不能照顾好自己的孩子小阿茨凯。现在他躺在这里承受痛苦,而她自己却不能为他做些什么,她甚至都不知道该如何安慰他。她真的什么都不知道。事情怎么会变成这样?她不能把所有责任都推到杰奎琳身上,毕竟她是一名可以自行做出决定的自由职业者,不过她又有多自由呢?当初她被红色天鹅绒公司扫地出门之后,从社会保险部门领到了一小笔钱,可是她没有任何失业津贴,因为在那之前她从来没有缴纳过税金。可以这么说,她是制度外的边缘人,一切社会福利跟她无关。后来她做了一段时间的清洁工,但她并不喜欢,而且也不擅长。几年之后,她又重操旧业,再次干起了自己擅长的工作——

出卖肉体。

然而随着年龄渐长,干这行的自身优势已经所剩无几了。再说,因为阿茨凯的缘故,她不愿意把顾客带回自己的公寓,于是她选择了做街头流莺。

就在大街上完成交易。

有时候是汽车后座,有时候是公园或车库。

总之,她选择了这个行业最低级的工作形式。

她在微弱的灯光下看着阿茨凯,她能听到插在他身上的那些管子里发出的"嘶嘶"声。噢,要是你有一个父亲就好了,她心里想着。能有一个真正的父亲,一个可以帮助你的父亲,就跟你的那些同学一样。可是你没有,你的生父根本不知道你的任何情况。

奥维特的嗓子有些哽咽,这时她听到身后的门发出"嘎吱"一声。她转过头去,看到明克正拿着一个足球站在门口。奥维特起身朝他走去。

"我们出去说话。"她低声说道。

奥维特把明克带到走廊上,她很想抽支烟,于是他们走出一扇玻璃门,来到了一个小露台。她点燃了一支烟,看着明克手里的足球。

"这上面有伊布的亲笔签名。"

明克把足球上的签名指给奥维特看,那签名的确让人觉得像真的一样。她笑着拍了拍明克的手,"劳你费心了,没有谁会在这样的情况下……"

明克明白她的意思。如果你处在奥维特的境况下,那么你的心思意念一定全都集中于一个焦点,绝无半点闲暇去关注别的任何事情。

"我现在打算放弃了。"奥维特说。

"放弃什么?"

"在街头的工作。"

明克能够看出她是非常当真的。

至少在此时、此刻、此地,她是非常当真的。

医院走廊的另一头站着一名医生和两名警察。"我认为他现在并不适合讲话。"医生说道。

这两名警察都是"流浪汉遇袭案调查小组"的成员,案发现场的分析人员刚刚告诉他们:活动房屋的残骸中没有发现人的尸骸。这么说斯蒂尔顿起码还活着,福尔斯想道。这个消息竟然令他感到了一丝安慰,而他本人也对自己的反应颇有几分惊讶。现在他们想和阿茨凯·安德森谈一谈,斯蒂尔顿在谈及"笼中格斗"以及他自己被人殴打的经过时都提到过这个名字。也许从阿茨凯那里可以了解到一些关于打人者的信息,这些人很可能也是杀害薇拉·拉尔森并且把一系列视频上传至"踢废物"网站的凶手。

医生说得没错,躺在病床上的阿茨凯紧闭着双眼。克林加坐在奥维特先前坐过的椅子上,福尔斯则站在病床的另一侧发呆。

"阿茨凯。"

克林加试着喊他的名字,男孩没有任何反应。福尔斯给医生使了个眼色,并用一根手指指了指病床的边缘,医生点了点头。福尔斯小心翼翼地坐在床沿,关切地看着阿茨凯。北方佬被殴打,流浪汉被杀害,这些事都不曾激起他的怜悯心,不过这一次的情况又不同了。受害人是一名小男孩,他被打得遍体鳞伤,然后被扔进了一个废料箱里。福尔斯突然留意到自己不自觉地用一只手隔着被单轻抚着阿茨凯的腿,这一幕克林加也看在眼里。

"这帮混蛋。"福尔斯低声自语道。

两名警察走出病房,深呼吸了一下,随即不约而同地注意到了走廊尽头的一扇玻璃门。门外面是一个小露台,奥维特正站在那里抽烟,这时她正好也看到了他们。刹那间,过去发生的某件事突然在福尔斯的脑子里浮现出来,他立即转过身去,朝着相反的方向走远了。

奥维特盯着他的背影看了许久，直到他从她视野中完全消失为止。

她非常清楚地知道他是谁。

* * *

离开奥莉维亚的公寓之后，斯蒂尔顿和阿巴斯一路上都非常沉默，这种状态一直持续到他们抵达达纳大街并进到阿巴斯的公寓里。他们都不是喜欢说话的人，都容易沉浸在自己的内心世界里。不过他们过去曾有过交集，现在也有，只是两人的关系始终难以达到某种平衡的状态。当斯蒂尔顿在人生路上重重跌倒，从此一蹶不振之后，阿巴斯仍然活得正常而平顺，于是从那时起他们的角色发生了转变，这种转变令他们俩都很难适应。当斯蒂尔顿还是个正常人的时候，阿巴斯是为数不多的几个值得他完全信任的人之一，可现在他变得很想躲开阿巴斯。自打自己的状况改变之后，斯蒂尔顿觉得无法再面对阿巴斯，他一想到阿巴斯会如何看待自己就会觉得无地自容。

不过阿巴斯的感受却完全不同。

他的社会地位其实比斯蒂尔顿所以为的还更高，但他始终对斯蒂尔顿保持着真挚的情谊。他一直偷偷地关注着斯蒂尔顿在贫民区的生活状况，有好几次当斯蒂尔顿处于人生最低谷，甚至想要自杀一死了之的时候，阿巴斯都及时赶到他身边，把他带到可以接受适宜护理的地方，然后悄悄溜走。

阿巴斯不想令斯蒂尔顿觉得尴尬，而斯蒂尔顿对阿巴斯为自己所做的这些事都知道得一清二楚。

所以他俩之间有很多事都是心照不宣的，无需太多的言语。斯蒂尔顿安静地坐在一把木制扶手椅上，阿巴斯打开了 CD 唱机，随即又找出了一盒西洋双陆棋。

"想和我下一盘棋吗？"

"现在不想。"

阿巴斯点了点头。他将棋盘收好，然后坐在斯蒂尔顿旁边的扶手椅上，两人一起欣赏美妙的音乐。起初是钢琴独奏，接下来是中提琴，随后又是一系列不同乐器的独奏或合奏。斯蒂尔顿扭头看着阿巴斯，"这是什么音乐？"

"《镜中之镜》。"

"谁写的？"

"阿沃·帕特。"

斯蒂尔顿看了阿巴斯一眼。那么长时间以来，他真的非常想念阿巴斯。

"你在哥斯达黎加的时候用到你的刀了吗？"他问道。

"用到了。"

阿巴斯低头看着自己灵巧的手指。斯蒂尔顿则将自己的身子坐得更直了一些。

"对了,前几天罗尼给了我一本书,托我转交给你。"

斯蒂尔顿把那本从古董书店带回的薄薄小书掏出来,递给阿巴斯。他在活动房屋里遭遇火灾时,这本书是放在他的后裤兜里的。这可真是幸运,因为他的大衣已经被烧成灰烬了。

"谢谢!"阿巴斯顿时两眼放光,"哇哦!"

"怎么了?"

"我找这本书找了很久。埃里克·赫梅林翻译的《为了纪念我的朋友们》。"

斯蒂尔顿看到阿巴斯小心翼翼地抚摸着那本简装书的书皮,仿佛爱抚熟睡的女人一般。过了好久,阿巴斯才把书打开。

"这书是讲什么的?"斯蒂尔顿问道。

"是苏菲派的诗歌。"

斯蒂尔顿一脸迷惑地看着阿巴斯,阿巴斯张开嘴巴,正打算向这方面一窍不通的斯蒂尔顿解释书的内容,就在这时他的手机响了。电话是明克打来的,明克要找的人是斯蒂尔顿,但由于斯蒂尔顿没有手机了,所以他从奥莉维亚那里要到了阿巴斯的手机号码。

"请等一下。"阿巴斯把手机递给了斯蒂尔顿。

明克的声音很低,"我正在一家医院的走廊里给你打电话。阿茨凯被人打了。"

斯蒂尔顿没能在第一时间得知阿茨凯被打一事,因为在刚刚过去的二十四小时里他自己也过得够呛。不过此刻他大脑里负责分析问题的组织迅速恢复了活力,他立即想到阿茨凯被殴事件很可能跟薇拉活动房屋纵火事件有关,元凶都是少年拳手。

"是少年拳手干的吗?"当斯蒂尔顿将手机递还给阿巴斯的时候,后者问道。

斯蒂尔顿迅速将阿巴斯的思维从苏菲派诗歌的意境拉回到活生生的现实世界,这里有被殴打的孩子,被谋杀的流浪汉,以及被纵火烧掉的活动房屋。当然,还有他自己正在搜寻的被媒体称作"摄像癖杀人狂"的凶手。

"如果你需要任何帮助,尽管告诉我。"神刀手的脸上露出了微笑。

* * *

在斯德哥尔摩的另一个角落,柏迪尔·马格努森可笑不出来。刚喝下的威士忌令他迅速有了醉意，在这样的状态下要把一些事情想清楚可不太容易。他不明白文特到底想干什么，或者文特所谓的"复仇"究竟是怎么回事。不过对柏迪尔而言，这一切都已经不再重要了。

对他而言，一切都结束了。

他是塞得格伦塔楼协会主席，该协会是为这座古老建筑提供维护经费的社团。他受托保管着一把塔楼大门的钥匙。

他有些笨拙地打开了琳恩的首饰盒，取出了那把钥匙。接下来，他打开了自己的私人保险箱。

* * *

梅特·欧诺沙特和她的团队成员们坐在国家犯罪调查小组的调查室里，此时房间里的气氛非常凝重。两个女人和三个男人围坐在一台磁带录音机四周，录音机正在播放一盒老旧磁带，内容是很久之前的一段对话。这已经是他们第三次听这段对话录音了。

"这是马格努森的声音。"

"毫无疑问。"

"另一个人是谁呢？"

"尼尔斯·文特，他自己的信里是这么写的。"

梅特看着挂在墙上的白板，那里贴着卡尔森海滩犯罪现场的照片和尼尔斯·文特的尸体照片，还有哥斯达黎加和诺德科斯特岛的地图，以及很多其他相关资料。

"这下子我们总算知道打给马格努森的那些通话时间很短的电话是怎么回事了。"

"大概是勒索吧。"

"这盒录音带透露了很多信息。"

"马格努森在对话中承认他曾策划过一起谋杀。"

"问题是文特想要的是什么呢？他想向马格努森勒索什么？"

"是钱吗？"

"也许是吧。他在马尔派斯写的那封信里提到他打算去诺德科斯特岛寻找他从前藏在那里的钱……"

"……既然他从岛上离开的时候行李箱是空的，这就说明他没能找到那笔钱，对吗？"

"没错。"

"不过也不一定跟钱有关。"年轻机敏的博斯·泰仁说道。

"是的,有可能。"

"从另一种层面看,有没有可能与某种复仇有关?"

"这只有柏迪尔·马格努森才知道。"

梅特站起身来,下令立即逮捕柏迪尔·马格努森。

* * *

塞得格伦塔楼里又黑又静,在任何一个正常人或处于正常状态的人眼里,这地方显得颇为阴森可怖。此时的柏迪尔·马格努森处于非正常状态,他手里拿着一个小手电筒,正沿着楼梯往上走去。塔楼顶部有一个房间,四面都是裸砖砌成的墙,墙面上有一些狭小的长条形窗户与塔楼外面的世界相通。

在不久之前,那个世界还是属于他的。

他开采钶钽铁矿,并将从矿石中提炼出的钽元素提供给这个电子世界。这种金属是技术革命的基础,重要而且昂贵。

然而,像柏迪尔·马格努森这样的风云人物却与一起谋杀案扯上了干系。

不过当柏迪尔借助手电筒的微光,沿着狭窄弯曲的石阶向上攀登时,心里想的可不是这些事。他醉得很厉害,不时需要倚在砖墙上歇息一会儿。

他再次想到了琳恩。

想到了自己的耻辱。

想到了自己不得不看着琳恩的眼睛,并对她说:"是真的。录音带里的每个字都是真的。"

他没法那样做。

当他最终进到了塔楼顶部的房间时,他的身体对外界已经几乎没有感知能力了。这里又黑又潮,可他毫不在意。他慢慢地挪动到墙边,那里有一扇小窗户。他从衣兜里掏出一把灰色的手枪,将枪口塞进了自己嘴里。与此同时,他透过狭长的窗口,低头看着外面。

或许他不该这样做。

他家的大露台差不多就在他所站之处的正下方。他远远望见琳恩走出房间,来到了露台上。她穿着漂亮的礼服,头发披在肩上,非常迷人。她伸出细长的手臂,拿起了那个几乎被他喝光了的威士忌酒瓶。紧接着,她带着几分惊讶东张西望,然后抬起头来。

她正望着塞得格伦塔楼。

这时两个人的视线交会在了一起。他们相隔如此遥远,视线却能代替身体去触及对方。

十九

梅特一行迅速赶到了马格努森的家,他们跳下警车,跑到这栋亮着灯的别墅门前。门铃响了好几次,没有人出来开门,于是他们绕到了房子背后的露台附近。后门是大打开的,一个空的威士忌酒瓶倒在露台上。

梅特看了看四周,只有漆黑一片。

她不知道自己在这里坐了多久,时间已经跟她毫不相干了。丈夫鲜血淋漓的头就枕在她的膝盖上,她身旁的墙面满是血迹。

她先是听到塔楼上传来了枪响,随即看到柏迪尔的脸消失在了塔顶房间的狭缝背后。她的大脑尚不能对这一切作出明确的反应,于是她惊慌不已地登上了塔楼。当她走进塔顶房间并看到他时,再度受到了惊吓。她就像一尊没有表情的雕塑一般,整个人都僵掉了,不过哀痛的情绪正一点一点地从她心头涌上来。她的丈夫开枪自杀了,他死了……她用自己的指尖小心翼翼地摸了摸柏迪尔的短发,泪水滴落在他的深色大衣上。即便是在这样的时刻,她仍然对他所穿的白领蓝衬衫有些挑剔。她抬起头来,朝窗外望去,下面就是他们的家。停在车道上的车是警车吗?露台上的陌生人又是谁?她不知道那些穿着黑衣服的人在她家的露台上干什么。她还看到一个大块头女人掏出了一部手机。突然柏迪尔的手机响了,他的手机就放在他的大衣口袋里。她取出手机,感觉自己正握着一个发着光和声音的奇怪物体。她下意识地按下了接听键,听到声音后她也没有能力去分辨对方在说什么,只是淡淡地回了一句:"我们在塔楼上。"

梅特和其他人立即来到塔楼顶部,他们很快就搞清楚了目前的状况。柏迪尔·马格努森已经死了,而他的妻子正处于极度震惊、几近崩溃的状态。当然,马格努森被妻子枪杀的可能性也是存在的,不过考虑到种种背景因素,这种可能性基本可以被排除。再说,他们在这个房间里所看到的情形也大大削弱了这种可能性。

这根本就是一出悲剧。

梅特同情地看着马格努森夫妇。凡涉及犯罪与惩罚的场合,她都不会感情用事。此时她的同情只与柏迪尔·马格努森的妻子有关,与他本人完全无关。

作为一名资深警官,对于柏迪尔·马格努森的死,她心头只是掠过了一丝沮丧而已。

出于对琳恩的同情,梅特觉得自己有必要给她一个解释。

回到她家的房子里以后,他们给了琳恩一些镇静药,后者要求他们把事情的原委都告诉她。他们为什么过来？是否跟她丈夫的死有关？梅特把事情的一部分讲给琳恩听了。她试着尽量说得委婉一些,因为她认为真相是最好的安慰剂,尽管它可能会带来一些伤害。对于自己所听到的说法,琳恩并不能完全理解,于是她要求听到更多的内容。其实梅特自己也还没有把案情的头绪完全整理清楚,不过那盒录音带的内容倒是为这位丈夫的自杀提供了某种解释。

他的自杀行为与一起谋杀案有关。

二十

柏迪尔·马格努森自杀的消息迅速成为媒体的热门话题。

网络上更是传得如火如荼。

埃里克·格兰登是最早在网上发表公开评论的知名人士之一,他在推特上以无比愤慨的语气,对柏迪尔·马格努森最近几个星期以来所遭受的舆论迫害大加指责。他声称这起舆论危机是瑞典现代历史上最可耻的人身攻击事件,其残忍程度甚至堪比1810年无辜的贵族汉斯·亚克塞尔·欧·菲尔逊伯爵在斯德哥尔摩所遭受的残酷私刑。"那些利用舆论对柏迪尔进行迫害的人应当对他的自杀承担全部罪责!"

他在推特上肆意宣泄自己的情绪。一小时之后,他接到了温和联合党管理委员会的电话,对方叫他去开会。

"现在吗?"

"是的。"

在格兰登匆匆走向温和联合党总部的路途中,他的内心充斥着非常复杂的情感。一方面,他想到了柏迪尔那可怕的自杀行为,也对琳恩深感同情。他提醒自己千万别忘了给她打个慰问电话。另一方面,他又因自己马上要去管委会开会而深感兴奋。他认为他们这次叫他去肯定跟他即将晋升有关,否则无须这么匆忙。想到这儿,他因自己没能赶在开会前先去理个发而略微有些愠怒。

会议现场肯定会有媒体出席。

* * *

梅特回到自己的办公室,稍后她将与团队成员一起仔细审查所有材料。马格努森的自杀令案情变得更加扑朔迷离,他们也不得不改变策略。现在警方的工作重心是研究那段对话录音,可是参与对话的两个人都死了,于是找出尼尔斯·文特谋杀案凶手的可能性骤然降低了。

凶手很可能也已经死了。

他们手头的证据都是间接证据,要用这样的证据来证明某人有罪实在是痴心妄想——权威律师一定会在媒体面前如是评论警方目前的处境。

梅特决定暂时搁置文特谋杀案,转而开始浏览被打印出来的杰奎琳·贝里隆德的电脑文档。她看到了一份客户名单索引,顾客的类型多种多样,有些是知名人士,有些是无名小卒,不过当中有几个名字着实令她感到吃惊。

有一个名字尤其如此。

* * *

格兰登在椭圆形会议桌旁边坐了下来。

通常情况下,参会的人有十八个,但今天人数却比较少。在座人士他都非常了解,他和其中一些人因共同利益而结成了同盟关系,而另外一些人则跟他是暗中的死对头。

在政界,这样的人际关系是极其稀松平常的。

他给自己倒了一杯温水,等待着有人率先开口说话。然而时间一分一秒地过去,周围的人却迟迟没有动静。

他看了看桌边每一张脸。

没有人跟他有目光接触。

"这对我们所有人来说都是一个重大历史时刻,而不仅仅是对我而言。"他只得第一个发言。

随即他微微抿着下唇,这是他惯有的动作。所有人都静静地看着他。

"马格努森真是不幸。"有人叹道。

"实在是令人震惊。"格兰登说,"我们必须极力遏制类似的人身攻击事件,不然还会有更多人受到伤害。"

"没错。"

接话的男人向前倾身,靠近了放在桌上的一台小型 CD 播放器。就在他即将按下播放键时突然住了手。

"我们不久前刚拿到这个。"

他说话时直视着格兰登,后者正用手指将头发梳理得更服贴一些。他担心先前室外的风将他的头发吹得竖起来了,而他认为这样会令自己看上去有些傻。

"哦,这样啊。"

二十

男人按下了播放键,一段对话录音响了起来,格兰登立即听出这段对话来自"三个火枪手"当中的另外两名成员。

"贾恩·奈斯特龙被人发现死在自己的车里。"

"是的,我听说了。"

"所以呢?"

"我能说什么呢?"

"柏迪尔,我知道你已经准备好了要走一段长路,可是谋杀?"

"没有人会将我们跟它联系起来。"

"可是我们自己知道。"

"我们什么都不知道……只要我们不想知道的话。你为什么要如此生气呢?"

"因为一个无辜的人被杀害了!"

"这不过是你的理解而已。"

"那你的理解是什么?"

"我解决了一个问题。"

现在格兰登已经意识到这次会议跟自己的晋升无关,他所假想的进入萨科齐、默克尔的社交圈的目标自然也被推迟了。他开始为接下来可能发生的事情多争取一点时间,好让自己准备得更充分些。

"你能倒退回去再播放一下最后那部分内容吗?"

那个男人照做了。对话又开始了,格兰登认真聆听着。

"这不过是你的理解而已。"

"那你的理解是什么?"

"我解决了一个问题。"

"通过杀害一名记者吗?"

"通过制止一系列对我们不利的言论。"

"是谁杀的他?"

"我不知道。"

"你只是打电话做出安排就搞定了吗?"

"没错。"

"你好,我是柏迪尔·马格努森,我想把贾恩·奈斯特龙除掉。"

"差不多就是这样。"

"然后他就被杀死了?"

"他死于一起交通事故。"

"你为此花了多少钱?"

"五万克朗。"

"这是扎伊尔当地雇凶杀人的开销吗?"

"是的。"

男人把 CD 播放器关掉了,然后直直地看着表面故作镇定的格兰登。会议室里隐约能听见开水在饮水机里沸腾的声音,会议桌旁有个人正往笔记本上奋笔疾书地做着记录。

"那个名叫贾恩·奈斯特龙的记者 1984 年八月二十三日在扎伊尔遇害身亡。正如我们刚才所听到的,那起谋杀案是由马格努森世界矿业公司总裁柏迪尔·马格努森一手策划和安排的,而那时候你还是那家公司的董事会成员之一。"

"这倒是没错。"

他把原本轻轻抿着的嘴唇松开了。

"你对那件事的了解有多少?"

"你是说那起谋杀案吗?"

"对。"

"我对此一无所知。不过我记得尼尔斯·文特曾经给我打过电话,他说那名记者带着一份跟公司当地项目有关的报告去过他们在金沙萨的办公室,并要求他们对那份报告作出评论。"

"他得到需要的回应了吗?"

"马格努森和文特向他承诺将在第二天早上把评论内容交给他,不过他后来就再也没有出现过了。"

"他被谋杀了。"

"现在看来显然如此。"格兰登看了一眼桌上的 CD 播放器。

"文特还说过别的什么吗?"那个男人问道。

"他突然说那名记者的报告中有很多情况都是真实的,而他本人也对马格努森的诸多做法颇感不满,所以想要抽身离开。"

"是要离开当时的马格努森-文特矿业公司吗?"

"是的,他打算离开公司并且消失掉。按他自己的说法,是'转入地下活动状态'。不过在那之前他会先为自己搞到一份人身保险。"

那个男人指了指会议桌上的 CD 播放器。

"他将磁带录音机藏在身上,偷偷录音,并设法使柏迪尔·马格努森亲口承认自己一手谋划并实施了那起谋杀案。"

"现在看来显然如此。"

格兰登对自己在那之后接到的下一通电话只字不提,那通电话是柏迪尔·马格努森次日打给他的。柏迪尔在电话里告诉他文特失踪了,而公司的一项"无明细支出"账目里的钱突然减少了两百万美元。格兰登明白那项账目是公司会计人员不能碰的,而那笔钱是供公司遇到突发问题时找到某些不那么谨慎的人购买某些服务时使用的。

而贾恩·奈斯特龙显然就属于该类问题的范畴。

"你们是从哪里弄到这段录音的呢?"他问道。

"是国家犯罪调查小组的梅特·欧诺沙特提交给我们的。她显然看到了你今天发布的推特言论,她认为在这段录音被公之于众之前,我们应该找时间听听这个,并跟你谈一谈。"

格兰登点了点头,他的目光沿着会议桌的边缘扫视了一圈,发现没有人跟自己目光对视。最后他站起身来,看着所有人,"我待在这里会碍事吗?"

他已经知道他们的回答是什么了。

晋升?得到欧洲最高级别的职位?他最好把这事给忘掉。他因自己在私下和官方都跟柏迪尔·马格努森有着密切关系而受到了玷污,而且在谋杀案发生之时他还是马格努森–文特矿业公司的董事会成员。

他迈着大步离开了会议室,朝老城区走去。他知道自己的政治生涯已经坍塌成为一片废墟,很快他就会受到舆论的猛烈抨击,痛打落水狗是媒体最为擅长的事情。一直以来他都以引人注目的高姿态示人,他的推特也始终保持着妄自尊大的论调。等待他的将是舆论的生吞活剥,对此他非常清楚。

他独自在狭窄的小巷里漫无目的地胡乱转悠着,风把他的头发吹得竖了起来。穿了一身精致西装的他走路时身体略微前倾,道路两旁的古老建筑俯瞰着他那瘦高的身影。

他的推特生涯也结束了。

他突然发现自己不知不觉间来到了柯普曼大街的一家理发店门口,他的御用理发师就在里面。他走进店门,朝一张椅子的方向点了点头,在那里他的御用理发师正将发乳抹在一个看起来昏昏欲睡的男人的黑发上。

"埃里克,你好吗?你还没得到任命吗?"理发师问道。

"还没,我想借一把剃刀,自己修一下面。"

"没问题,你可以用那把剃刀。"

理发师指了指一块玻璃小搁板,那上面放着一把陈旧的高级剃刀,刀柄是棕色的胶木制成的。格兰登取下那把剃刀,走进理发店里侧的洗手间,锁上了身后的门。

他以前进这个洗手间从来都是不锁门的。

* * *

在梅特的办公室,团队成员们都到齐了,头天晚上发生的自杀事件着实令他们感到惊讶。

梅特负责主持会议。

"我建议我们把案情从头到尾再梳理一遍。"

她站在办公室最前方,身后的墙上挂着那块大大的白板,冒充阿黛丽塔的名义所写的信已经被钉在了白板上面,旁边钉着尼尔斯·文特在马尔派斯写下的举报信。在这两封信的下面是阿巴斯从圣特雷萨的酒吧带回来的照片,照片中的人物是尼尔斯·文特和阿黛丽塔·里薇埃拉。

"我们从1984年柏迪尔·马格努森承认谋杀了记者贾恩·奈斯特龙的录音开始分析。"梅特说,"既然马格努森已经死了,那么我们可以暂时把这件事放一放。不过我们都知道在贾恩·奈斯特龙刚被谋杀之后,文特便离开金沙萨失踪了。他从前的同居伴侣在谋杀案发生之后一周报告了他的失踪。"

"他径直去了哥斯达黎加吗?"

"不是的,他先去了墨西哥的普拉亚德尔卡曼市,在那里他遇见了阿黛丽塔·里薇埃拉。我们并不知道他在马尔派斯露面的确切时间,但我们知道1987年的时候他在那里。"

"那跟阿黛丽塔·里薇埃拉从哥斯达黎加去诺德科斯特岛是同一年。"丽莎·赫德奎斯特说。

"没错。"

"她去岛上是为了取回文特藏在避暑别墅里的钱。"

"他为什么不自己去取呢?"

"我们不知道。"梅特说,"他只是在信中说自己不能去取。"

"也许这跟马格努森有关。也许他对马格努森感到害怕?"

"是的。"

"那笔钱是从哪里来的?"博斯问道。

"这我们也不知道。"

"莫非那笔钱是他失踪前从公司偷出来的?"

"有这种可能。"梅特说。

"在文特再度回到这里之前的那些年里,他一直都待在马尔派斯吗?"

"大概是吧。奥维·加德曼说他在那里的自然保护区做向导。"

"他曾以为阿黛丽塔·里薇埃拉欺骗了他,还把他的钱拐走了,对吗?"

"也许是这样的。在她离开之后,他的确收到了一封以她的名字为署名的信,那封信是用打字机写就的,所以看不出笔迹。现在我们确信那封信是1987年在诺德科斯特岛谋杀阿黛丽塔·里薇埃拉的凶手写下的,他们寄那样一封信给文特的目的很可能是为了尽力阻止他去调查她不回来的原因。"

"看来那些凶犯的头脑一定是冷静而又理智的。"博斯·泰仁说道。

"是的,不过情况在三个星期之前发生了变化。加德曼去了马尔派斯,并把自己小时候亲眼所见的一起谋杀案的经过告诉给了文特,而文特通过互联网查到当时的受害人正是阿黛丽塔·里薇埃拉,于是他时隔多年之后又回到了瑞典。"

"那么现在我们再回过头来看眼前的情况。"

"我们知道文特没能在诺德科斯特岛找到钱,还知道他随身带着1984年在金沙萨偷录的录音带,而且我们可以推断他在打给马格努森的那几通时间很短的电话里播放了录音的一部分内容。"

"问题是,他到底想干什么?"

"也许跟阿黛丽塔·里薇埃拉的遇害有关?"

"他认为马格努森牵涉其中吗?"

"有这种可能性吗?"

"或许我们可以借助这个的帮助来分析?"丽莎·赫德奎斯特指着白板上的那封信。

"这封信的署名是'阿黛丽塔',是在她被谋杀之后第五天寄出去的,是吗?"

"没错。"

"我们应该能从信封的邮票上获取DNA信息,不是吗?然后再跟马格努森的DNA进行比对。唾液在经过二十三年之后依旧可以用来提取DNA,对吗?"

"的确是这样的。"

丽莎走到白板跟前,把信封取了下来,然后离开了房间。

"我们在等待DNA提取和比对的过程中,可以考虑一下文特的电话肯定给马格努森造成了极大的压力,因为我们从录音中听到后者毕竟是亲口承认了自己曾下令谋杀一名记者。"梅特说,"而录音带的内容一旦公诸于众的话,将会带来怎样的后果呢?对于这一点,马格努森一定非常清楚。"

"所以他试图通过除掉文特的方式来得到对自己极为不利的录音带?"

"唔,我认为他杀人的动机很可能就是这个。"

"可是文特还放了一盒同样内容的录音带在哥斯达黎加。"

"马格努森知道这件事吗?"

"这点我们还不确定,不过我们可以推断出文特肯定向他提到过这件事,以此作为保障自己人身安全的筹码。毕竟他非常了解马格努森的为人和能力。"

"于是马格努森试图在马尔派斯找到那盒录音带,是这样吗?所以阿巴斯在文特的家中遇到了袭击。"

"没错。"梅特回答道,"不过,其实我们并不能完全确定这是不是马格努森安排的,只能说他这样做的可能性非常大。"

"如果真是这样的话,那么他后来一定意识到自己没有成功。而且他知道那盒录音带很快就会来到瑞典,并被送到我们手上。"

"于是他开枪自尽了。"

"如果他真是幕后凶手的话,那么我们永远也听不到他在法庭上因谋杀尼尔斯·文特而认罪。"

"是的。"

"也听不到他供认自己谋杀阿黛丽塔·里薇埃拉的罪行了。"

"没错。"

头脑风暴到这里戛然而止。他们发现自己走入了一条死胡同,没有人找到足以指证马格努森谋杀文特的技术证据,有的只是间接的旁证。

如果那张邮票并没有被马格努森的舌头舔过的话。

* * *

斯蒂尔顿猜测那帮纵火的家伙当初是在索德商业中心附近盯上了他,然后一直跟踪着去到了薇拉的活动房屋。他还推测他们就是殴打阿茨凯的人,也许他们看到阿茨凯、明克和他在弗莱明斯伯格区见面和吃汉堡。而且,他相信他们一定认为自己已经在大火中被活活烧死了。要是将来他们再次看到他的话,绝对不会善罢甘休。

他先去编辑部办公室买了一些杂志。那里的熟人们都非常关心他,纷纷给予他热烈的拥抱以示安慰。

现在他再次站在索德商业中心外面贩卖《斯德哥尔摩形势》。

他始终保持着高度警惕。

在那些来来往往的购物者眼中,他看上去跟往常没什么两样,不过就是一名贩卖杂志的普通流浪汉而已。

暴雨突然不约而至，雷声隆隆，他便收拾好东西，动身离开了。

厚厚的乌云笼罩着大地，建筑物的屋顶上有闪电划过长空。利亚姆和伊斯抵达里拉布莱克托恩公园的时候，浑身已经湿透了。公园里种植着繁茂的灌木和大树丛，他们又穿着深色连帽衫，所以能毫不费力地将自己隐蔽起来。

"在那儿。"伊斯指着一个方向低声说道。

一棵粗壮的大树底下有一条长凳，一个又高又瘦的男人正坐在那条长凳上，手里握着一罐啤酒。那人略微佝偻着身子，雨水淋在他身上，他似乎浑然不觉一般。

"肯定是他！"

利亚姆和伊斯相互对视着，两人都无法掩饰眼里的吃惊。刚才他们在索德商业中心外面看到斯蒂尔顿时几乎不能相信自己的眼睛——这个讨厌鬼怎么可能从大火中逃生？伊斯掏出了一根棒球棒，在昏暗的光线下很难看清他手上握着什么。利亚姆低头看了看，他很清楚时机到了以后伊斯能用它干什么。两人小心翼翼地朝斯蒂尔顿靠近，同时不断地察看着周围的情形。公园里此时静悄悄的，没有人会在这样的天气下来到这里。

除了那名坐在长凳上的孱弱流浪汉。

斯蒂尔顿的思绪早就飘到了别处。独自一人处在这样的环境下，令他想起了薇拉。他想起了她说话的声音，还想起了在她被人殴打致死之前他们唯一一次上床的经历，这样的回忆令人倍感绝望。

他用眼角的余光瞥见了他们。

他们已经离长凳很近了，其中一人手里还握着一根棒球棒。

胆小鬼，他心里说道。二对一，即便是在这样的情况下，他们还需要带着武器。就在这一刻，他突然想到如果自己的阶梯攀爬训练能在六年前就开始实施，或者如果自己压根儿就没有在那六年里自我放逐、虚度光阴，那该多好啊！不过没有人能改写过去，如今他的体能跟六年前相比根本不可同日而语。

他抬起头来。

"嗨！"他说，"你们想喝酒吗？"

斯蒂尔顿将啤酒罐高高举起，伊斯轻挥了一下棒球棒，正好击中了啤酒罐。罐子瞬间飞了出去，斯蒂尔顿眼睁睁地看着它落在几米之外的泥地上。

"全垒打！"他笑着说，"或许你应该……"

"闭嘴！"

"抱歉。"

"我们放火烧掉了你那倒霉的活动房屋,你他妈的在这里干吗?那把火怎么没把你烧死?"

"正如你们先前所见,我在喝啤酒。"

"你这个该死的白痴!难道你听不懂我说话吗?不如让我们把你的脸打成肉饼?"

"就像你们对薇拉所做的那样?"

"什么薇拉?活动房屋里的那个臭婊子吗?她是你婊子?"

伊斯突然爆笑起来,随即看着利亚姆。

"你听到了吗?他婊子被我们打死了!"

利亚姆笑了笑,掏出了自己的手机,斯蒂尔顿看到他启动了手机的摄像头。又来了,他一时不知道自己该作何反应。

"你们俩就是一对人渣,你们知道吗?"他突然说道。

伊斯瞪着斯蒂尔顿,他简直不敢相信自己刚刚所听到的,这个喝醉了的流浪汉竟敢说出这样的话来?利亚姆看了伊斯一眼,看来他们采取行动的时刻就要来了。

"你们应该终身被监禁。"

听了这话,狂怒的伊斯猛地将棒球棒舞到自己肩膀后方,准备朝着斯蒂尔顿的头部大力挥去。

然而他的动作刚进行到一半,右前臂就被一把长长的刀给刺中了。他压根儿就没看到那把刀是从哪里飞过来的,而利亚姆也没看到另一把飞向自己的刀。后者感觉到自己的手被刺中了,手里的手机也飞了出去,在长凳上方划过了一道弧线。

斯蒂尔顿迅速起身,从伊斯手里抢下了那根棒球棒。伊斯盯着刺进自己右前臂的刀,蹲在地上尖叫着,雨水不断地淋在他那张惊恐万状的脸上。斯蒂尔顿深吸了一口气,他记得薇拉正是被自己手中这根棒球棒活活打死的。他把棒球棒举到了与伊斯的头部齐平的高度,此时他的大脑一片空白。他用双手握紧了球棒,准备用尽全身力气击打伊斯的脖子。

"汤姆!"

一声高喊穿透了雨夜,并在千钧一发之际使得斯蒂尔顿停下手来。斯蒂尔顿扭过头去,看到了从长凳旁的那棵大树背后走出来的阿巴斯。

"把它放下。"阿巴斯说。

斯蒂尔顿只是看着阿巴斯。

"汤姆。"

斯蒂尔顿缓缓地垂下双手，就在这时他看到利亚姆正准备爬着逃离这里。他快步走上前去，用棒球棒对准利亚姆的膝关节狠狠一击。利亚姆惨叫着趴在地上。阿巴斯来到斯蒂尔顿身边，握住了他手里的球棒。

"还有更好的办法。"阿巴斯说。

斯蒂尔顿吁了一口气。他站直身体，试图让自己的呼吸平复下来。几秒钟过后，他松开了球棒，而阿巴斯将它扔进了灌木丛深处。斯蒂尔顿低下头，盯着地面发呆。他意识到自己差点酿成大错。在岩窟里受到的凌辱和其他一些惨事令他丧失了理智，难以控制自己出格的行为。

"你能帮我一把吗？"他听到阿巴斯在说话。

斯蒂尔顿转过身去，看到阿巴斯已经把刀从伊斯的二头肌里拔了出来，紧接着他把伊斯拖到湿漉漉的长凳上去了。斯蒂尔顿把吓得半死的利亚姆从地上拖拽起来，然后把他也扔在了同一条长凳上。

"现在我们该怎么做？"阿巴斯问道。

"把他们的衣裤都脱光。"

斯蒂尔顿准备亲自完成这件事，阿巴斯则站在一边将刀上的血迹擦拭干净，长凳上的两个年轻人用万分恐惧的眼神看着曾被他们视作废物的流浪汉。

"起来！"

斯蒂尔顿猛地将伊斯从长凳上拉起来，利亚姆见状赶紧自己站了起来。斯蒂尔顿用最快的速度把他俩身上的所有衣物都扒拉得一干二净，随后他把两人重新推到长凳上坐下。阿巴斯握着手机站在他们面前，他启动了手机摄像头，并用一只手遮挡在手机上方，以免其被雨水淋湿。

"好了。"他对他们说，"让我们谈谈怎么样？"

贾尼·克林加收到了一条简短而富有戏剧性的手机短信："'摄像癖杀人狂'现在正坐在里拉布莱克托恩公园的一条长凳上。他们对罪行供认不讳，认罪录像已上传至'踢废物'网站。"

短信是一个未知号码发来的。

克林加基本能猜出这条短信的发送人是谁，他带着三名警察以最快的速度抵达了公园。在一棵大树旁边，两个年轻人被捆缚在一条长凳上，他们全身赤裸，身上的伤口正在流血，而且被雨水淋得湿透了。

一个小时之后，克林加和上司鲁内·福尔斯以及"流浪汉遇袭案调查小组"的全体成员一起聚在警察总局的一个房间里。当克林加输入"踢废物"网站的网址时,他觉得自己能感受到整个房间里弥漫着一种充满期待的氛围。他打开了最新上传的手机视频,内容是两个浑身赤裸的年轻人坐在公园里的一条长凳上,带着恐惧的眼神讲述了他们如何打死了活动房屋里的一个老女人和瓦尔塔码头附近一座公园里的流浪汉,还讲述了他们在那之后如何纵火烧掉了活动房屋,以及如何针对多名流浪汉犯下了其他的暴力行径。

他们讲述了很多细节。

鲁内·福尔斯突然站起身来。他感到愤怒若狂,一部分原因是有人把他一直在负责搜寻的凶犯捕获并交给了他处置,另一部分原因在于录下这一切的人竟然身份不明。

也许最主要的原因还得归咎于这两个年轻人手臂上的文身清晰可见:一个圆圈里的两个字母——KF。

跟斯蒂尔顿所言分毫不差。

* * *

他做的第一件事情是顺道去拜访罗尼·瑞德罗斯,并告诉对方自己借来穿的那件黑色大衣已经被大火烧成了灰烬,着实抱歉。罗尼·瑞德罗斯没有埋怨他,而且又给了他一本书。接下来他找到了阿沃·帕特,后者正睡在索迪拉车站附近法布尔公园一条长凳下的睡袋里。帕特和睡袋一样,都被雨水浸得湿透了。一个小时之后,他们在一间自行车车库里找到了正准备为自己注射毒品的穆丽尔。

现在他们三人一齐坐在位于玛莉亚广场旁边的哈尔特初级护理中心的一个休息间里。

"现在你们可以进去了。"一名护士对他们说。

三个人陆续走进护士所指的那间病房。病房门是开着的,本斯曼躺在墙边的一张床上,他的身体受到了重创,不过起码他还活着。他被获准长期住在这间病房里,其实这是违反规定的,不过如果强制将一名身体被严重损毁,并且正在逐渐康复的流浪汉扔回垃圾房,着实显得过于残忍而且不近人情。

"我们抓到他们了。"斯蒂尔顿说。

"谢谢你,杰利。"本斯曼很欣慰。

穆丽尔握住了本斯曼的一只手。帕特抹了抹脸上的泪水,他是很容易流泪的人。斯蒂尔顿将一本书递给本斯曼。

"我来的路上顺道去了一趟罗尼·瑞德罗斯的书店,他让我把这本书带给你。"

本斯曼接过书之后笑了笑。这是一本阿克巴·德尔·皮翁博的著作,是讲述修女如何跟诸多男人发生苟且的色情故事。

"这是什么书?"穆丽尔问道。

"通常男性作家在自己的写作生涯里都会写一两本这样的另类书,不过他们只敢用笔名来发表。阿克巴·德尔·皮翁博是威廉·博勒斯的笔名。"

这两个名字对于病床边的几个人来说根本就是闻所未闻的,可他们觉得只要本斯曼感到满意的话,他们也没有理由不开心。

* * *

尼尔斯·文特谋杀案的调查工作暂时停滞不前,团队成员们纷纷都在搜集资料。梅特独自站在调查室的白板旁思索,丽莎·赫德奎斯特来到她的身边问道:"你在想什么呢?"

梅特正在看尼尔斯·文特的尸体照片。他全身赤裸,左大腿上有一块独特的大胎记。

"我在想跟他腿上的胎记有关的一些事情……"她将照片从白板上取了下来。

* * *

奥莉维亚这一整天都忙着做家务,对房间进行打扫和吸尘,她还和伦妮煲了一会儿电话粥,后者打算参加"和平与爱"音乐节,但不会与雅各布同去。

"为什么?"

"唔,他的前女友突然回来找他了。"

"噢,那可真扫兴。"

"没错,我没法看透他是如何看待她的。她从前没给他带来过什么快乐。"

"真是不可理喻!"

"对呀!"

"那你是独自一人去那里吗?"

"不是的,我和埃里克一起。"

"埃里克?就是雅各布的那个同学?"

"是啊,怎么了?你又没和他约会,不是吗?"

"当然没有,不过我以为他和洛洛……"

"噢,洛洛早把他甩了,昨天她已经去希腊的罗兹岛了。你真的应该跟我们加强联系啊,奥莉维亚,好多事你都不知道呢!"

"我会努力这样做的,我保证!"

"糟糕,我现在得赶紧去打包行李了,再晚就赶不上火车了。我会再跟你联系的!我爱你!"

"我也爱你!"

打完电话的奥莉维亚走进洗衣房,花了好几个小时清洗换下来的脏衣服。还剩下最后一缸衣物了,在她清空衣服口袋的时候,突然发现了装在一件外套的口袋里的小塑料袋,里面装着那枚耳环!她差不多已经完全忘掉了斯蒂尔顿给她的这枚在诺德科斯特岛找到的耳环。她打开塑料袋,看着有些眼熟的耳环,努力回想着自己是否在杰奎琳的精品店里见过与之类似的耳环。她把耳环放在笔记本电脑旁边,兴奋异常地打开了精品店的网站。在网站的商品目录中,她看到了各式各样的小饰物和小玩意儿,当中不乏各式耳环,不过她没能找到跟摆在自己面前的这枚耳环相似的商品。这可能也不足为奇吧,她心里想着,毕竟来自诺德科斯特岛的这枚耳环是在二十三年前找到的。但是,她确信自己肯定在某个地方见到过跟它一样或相似的耳环。是在另一家商店里吗?或者看到有谁戴过吗?或者是在某个人的家里见过?

她突然想起自己是在哪里见过跟它一样的耳环了!

那绝对不是在杰奎琳的精品店里。

天空中的乌云已经散去,现在正下着毛毛细雨。斯蒂尔顿穿过瓦纳蒂斯大街,朝阿巴斯的公寓走去,他还要再在那里过上一夜。他待在那里并不觉得舒服,而阿巴斯倒是无所谓——这一点他很清楚,因为问题出在他自己身上。他想要独自待着,他知道自己在夜里会做可怕的噩梦,并且常常在梦中尖叫。他不希望把阿巴斯拖入这塘浑水,不希望阿巴斯的生活因他而受到干扰。

他们离开里拉布莱克托恩公园之后便各自分头行动了,在分开之前,阿巴斯很好奇斯蒂尔顿是如何知道那两个年轻人会在公园里露面的。

"我还在索德商业中心的时候就发现他们开始跟踪我了,于是我给你打了电话。"

"可是你现在已经没有手机了呀!"

"我用的是街角小卖部的公用电话。"

道别后,阿巴斯的首要任务是将手机里的新视频上传至互联网。当然,他已经从那两个年轻人口中索取到了他们在"踢废物"网站的用户名和密码。斯蒂尔顿则去了一趟手机店,给自己买了部新手机,买手机的钱是阿巴斯出的。现在斯蒂尔顿离阿巴斯所住的公寓大楼已经很近了,走着走着,他突然听到自己身边传来了汽笛声。他停下来四处看了看,发现自己周围并没有人。紧接着汽笛声又响了起来,他下意识地掏出新手机,才发现这手机的默认铃声是"工厂汽笛"。

Spring Tide | 二十

他接听了电话。

"我是奥莉维亚!现在我知道从前在哪里见到过那枚耳环了!"

奥莉维亚在电话里的声音急促而激动,斯蒂尔顿很快意识到她应该像往常一样赶紧把情况告知梅特。

"现在吗?可是已经很晚了……"

"警察的工作是不分昼夜的。你没听说过这个吗?"

斯蒂尔顿挂断了电话。

事实上,梅特并不是没日没夜工作的那类人,她工作时保持着极高的效率,并且会详尽具体地将责任分派给团队里的各个成员。这样做对大家都有好处。当梅特接到奥莉维亚打来的电话时,已经完成了繁重的加班任务,正准备开车回家。她的车本来刚驶出警局停车场的大门,但她接完电话后又将车再次驶回到停车场。奥莉维亚提供的关于耳环的信息使得二十七年前的一些谜团豁然解开了。

看来今天还得继续加班。

她迅速回到自己的办公室,打开柜子取出了一个标有"尼尔斯·文特,1984"的纸箱。梅特是那种不喜欢扔东西的人,她认为有些物品尽管在某个时期没什么价值,却说不定迟早会派上用场。她打开纸箱,从中取出了一小叠旅游照片。她关上百叶窗,打开办公桌上的台灯,然后坐了下来,继而从抽屉里取出了放大镜。她的办公桌上先前放着几张法医实验室送来的文特尸体照片,她抽出一张旅游照片跟尸体照片仔细对比查看着。这张旅游照片拍摄于1985年,拍摄距离比较远,而且看上去也有些模糊。照片中的男人穿着一条短裤,虽然脸看不清楚,不过他左侧大腿上的胎记倒是显而易见。梅特又看了看文特尸体的照片,左腿上的胎记非常清晰。两张照片中的胎记看起来是一模一样的,由此可以确定旅游照片中的男人正是尼尔斯·文特。

梅特向后靠在椅背上。

二十世纪八十年代,有一阵子她曾负责寻找尼尔斯·文特的下落。在那期间,几个去墨西哥普拉亚德尔卡曼市度假的瑞典人曾与警方联系过。那几个人认为他们在当地看到了不久前神秘失踪的商人,于是偷拍了一些他的照片,不过警方一直未能确认照片中的人就是尼尔斯·文特。

真奇怪,梅特心想。她看着摆在自己面前的两张照片,任谁来看都很难不注意到他腿上的那块胎记。

一个小时之后,梅特、斯蒂尔顿和奥莉维亚三个人见面了。现在已是深夜时分,梅特在警局大门口接到了他们,随即领着他们经过了大楼里的好几道门禁系统,一路上没有遇到任何障碍。一行人走进了梅特的办公室,这里的百叶窗依然关着,桌上的台灯依然亮着。奥莉维亚还记得这间办公室。她什么时候来过这里呢?好像已经过去很久了,但其实不过就是几周时间而已。梅特指了指摆在办公桌前的两把椅子,待奥莉维亚和斯蒂尔顿坐下后,她自己绕到办公桌后面坐了下来,此情此景活像一位老师把两名学生请到办公室谈话。梅特看着自己的访客,一个是由从前的侦缉总督察摇身变作的无家可归人士,一个是眼睛略微有些斜视的警察学院学生。她希望今天奥斯卡·莫林没有加班到这么晚。

"你们想知道什么?"梅特问道。

"名字。"斯蒂尔顿说。

"伊娃·汉森。"

"这是谁啊?"奥莉维亚问道。

"她在八十年代时曾和尼尔斯·文特同居,他们在诺德科斯特岛拥有一栋避暑别墅。现在她的名字叫伊娃·卡尔森。"

"什么!"

奥莉维亚差点儿从自己的椅子上跳起来。

"伊娃·卡尔森曾和尼尔斯·文特同居?"

"没错。你跟她是怎么开始接触的呢?"

"通过我的暑期研究项目。"

"你是在她家里看到那张照片的吗?"

"对。"

"照片中的她戴着那对耳环?"

"没错。"

"这是什么时候的事?"

"大概是十天之前吧,也许是十二天之前。"

"当时你去她那儿做什么呢?"

"我去把一个文件夹归还给她。"

斯蒂尔顿微微笑了笑。她俩的对话听起来就像一场审讯,他喜欢看到梅特表现出如此良好的工作状态。

"你怎么知道当海滩谋杀案发生时她也在诺德科斯特岛?"

"这是她亲口告诉我的。"

"她是在什么情况下跟你说的?"

"是在……唔……我们在船岛见面,然后……"

"你同她的关系有多密切?"

"我跟她不过是萍水相逢。"

"可你却去了她的私人住宅?"

"噢,这倒是真的。"

这是怎么回事?奥莉维亚有些摸不着头脑,她这是在对我进行审问吗?明明是我把耳环的事告诉她的!不过梅特还在继续发问。

"除了耳环之外,她家里还有什么东西给你留下了印象?"

"没有了。"

"你们在她家做了些什么呢?"

"我们喝了一些咖啡,她告诉我她离了婚,还说她有一个弟弟死于吸毒过量,然后我们谈了一些……"

"他叫什么名字?"斯蒂尔顿突然插嘴道。

"你说谁的名字?"奥莉维亚一脸困惑。

"她的弟弟,就是因吸毒过量而死的那个。"

"斯夫克尔,我记得是这个名字。你为什么对他感兴趣呢?"

"因为当时的调查中涉及到了几名诺德科斯特岛上的瘾君子,他们……"

"他们住在她的其中一间度假小屋里!"

奥莉维亚差点儿再次从椅子上跳起来。

"谁的度假小屋?"梅特问道。

"贝蒂·诺德曼!因为他们吸毒,所以她把他们赶了出去!不过她说他们在案发前一天就离开了小岛。"

"我审问过其中一名瘾君子。"斯蒂尔顿说,"他的说法也是这样的,他说他们在案发前就离开了那里。他们偷了一艘船,然后坐船回到大陆去了。"

"你当时去核实过关于那艘船的情况吗?"梅特问道。

"我核实过,那艘船是在谋杀案发生的前夜被偷走的。船主人是当地的一名夏日旅游者。"

"是谁?"

"我记不得了。"

"有可能是伊娃·汉森吗?"

"有可能。"

斯蒂尔顿突然离开椅子,在房间里踱起步来。太好了,梅特心想。她清楚地记得国家犯罪调查小组的很多同事从前说他来回踱步的样子很像北极熊。

他现在就做着跟当年相同的事情。

"住在度假小屋里的其中一名瘾君子可能是斯夫克尔。"他说,"也就是伊娃·汉森的弟弟。"

"他屋里一共住着几个人?"梅特问道。

"两个。"

"根据奥维·加德曼的说法,案发时海滩上有三个人。"奥莉维亚说。

他们陷入了沉默。梅特举起双手,扭动着指关节,发出"噼噼啪啪"的声响。斯蒂尔顿停止了踱步。奥莉维亚的视线在他俩之间来回游离着。

最后是梅特打破了沉默,"这么说海滩上的三个人有可能是伊娃·汉森和她弟弟,以及她弟弟的瘾君子朋友?"

三人都陷入了沉思。

他们中有两人都清楚知道要想证实梅特刚刚所说的推断,还有很长、很艰难的一段路要走。而第三个人,也就是奥莉维亚,却满以为他们已经成功破案了。

"跟诺德科斯特岛谋杀案有关的材料现在在哪里呢?"斯蒂尔顿问道。

"应该在哥德堡。"梅特回答说。

"你能打个电话过去吗?让他们查一查我们审问过的那名瘾君子叫什么名字,另外再问问他们偷了谁的船。"

"当然可以,不过这可能需要花上一些时间。"

"或许直接问贝蒂·诺德曼还更容易些。"奥莉维亚说。

"为什么呢?"

"她有登记租客信息的习惯,我想她的记录表现在应该还保留着。诺德曼一家做事好像都是井然有序的。"

"那你打电话问问她吧。"梅特说。

"现在吗?"

奥莉维亚瞄了斯蒂尔顿一眼。"警察的工作是不分昼夜的。"可是在夜里这个时候去吵醒岛上的一位老太太,这合适吗?

"你希望由我来打这个电话吗?"梅特反问道。

"还是我来吧。"

奥莉维亚掏出手机,拨通了贝蒂·诺德曼的电话。

"你好,我是奥莉维亚·朗宁。"

"噢,你就是那个'谋杀案现场旅行者'吗?"贝蒂在电话那头问道。

"呃,是的,没错。很抱歉这么晚给你打电话,不过我……"

"我们正在掰腕子。"

"哇哦,是吗？你和谁啊？"

"我们在酒吧里。"

"没打扰到你就好。贝蒂,我有一个小问题想问问你,你曾告诉我说在海滩谋杀案发生的那个夏天,你的一间度假小屋里住着几名瘾君子,你还记得吗？"

"你认为我已经年老糊涂,丧失记忆力了吗？"

"不是这样的。你还记得他们的名字吗？"

"不记得了。我毕竟已经是老人了,记性没好到那种程度。"

"可是我记得你有一份租客记录表。"

"这倒没错。"

"不知道你能不能……"

"你稍等一下。"

电话那头沉默了许久,奥莉维亚隐约能听到听筒里传来人们说话和笑闹的声音。她看到梅特和斯蒂尔顿正看着自己,于是她解释说贝蒂在跟其他人掰腕子,对此梅特和斯蒂尔顿都没有作出任何反应。

"阿克塞尔托我向你问好。"贝蒂的声音突然再次响起。

"谢谢!"

"阿尔夫·斯泰因。"

"阿尔夫·斯泰因？他是其中一名……"

"他是其中一名瘾君子,是他找我租的度假小屋。"贝蒂说道。

"这么说,你并不知道和他同住的另一个人叫什么名字咯？"

"是的,我不知道。"

"你对斯夫克尔·汉森这个名字有印象吗？"

"没有。"

"你知不知道其中一名瘾君子的姐姐也住在岛上呢？"

"这我不知道。"

"好的,非常感谢你。请你代我向阿克塞尔问好!"奥莉维亚挂断了电话。

斯蒂尔顿看着她,"阿克塞尔？"

"阿克塞尔·诺德曼,他是贝蒂的儿子。"

"她说其中一名瘾君子叫阿尔夫·斯泰因？"梅特问道。

"是的。"奥莉维亚说。

梅特问斯蒂尔顿:"他是你审问过的那名瘾君子吗?"

"可能是的。也许吧。这个名字听起来有些耳熟……"

"好的,我会给哥德堡那边打电话,他们可以核实一下。现在我还有些其他事情需要处理。"

"比如说呢?"

"一些警务工作,其中包括跟你前妻有关的事情,国家重点实验室那边的结果该出来了。晚安。"

梅特掏出了自己的手机。

奥莉维亚开车驶过夏夜的街道,斯蒂尔顿坐在她旁边的座位上,两人都一言不发。自打从国家犯罪调查小组的办公楼出来之后,他们便各自想着心事。

奥莉维亚回想着刚才在梅特的办公室里进行的那场不同寻常的谈话,参与者是一名现任侦缉总督察、一名从前的侦缉总督察以及她自己——警察学院的一名学生。她竟然能够跟他们坐在一起,并且以那样的方式讨论一起谋杀案。在她看来,自己在诸多方面做出了不少贡献,发挥了相当大的作用。

斯蒂尔顿脑子里想的则是阿黛丽塔·里薇埃拉——死在海滩上的孕妇。他把一只手放在略显陈旧的汽车仪表板上。

"这是阿尔涅从前开过的车,不是吗?"

"是的,我从父亲那里把它继承过来了。"

"车很漂亮。"

奥莉维亚没有回应。

"上次你说它出了点问题,是什么问题?"

"好了,别再说了。"

她用斯蒂尔顿惯常的方式终止了谈话,车厢里变得静悄悄的。

二十一

布鲁玛市的清晨,朝阳照在黄色的小房子上,卧室窗户上的尘埃在阳光下暴露无遗。等我回来之后再清理窗户,伊娃·卡尔森想道,随即她把行李箱合上了。她受邀去巴西采写一篇跟"帮助犯罪青少年重返正途"项目有关的文章,她非常适合做这样的工作,同时她也迫切需要改变一下环境。遇袭事件在她心里留下了阴影,跟尼尔斯·文特谋杀案有关的媒体报道也令她非常不适。她需要离开这里一段时间。再过半个小时她就能拿到签证,接下来她会搭乘出租车去机场。

她把行李箱放在门厅,穿上外套,随即打开了家门。

"伊娃·卡尔森?"

丽莎·赫德奎斯特正登上门前的台阶,紧随其后的是博斯·泰仁。

* * *

曾在一座活动房屋里谋杀了一名女流浪者的两名年轻凶犯被捕的消息在媒体上激起了轩然大波,柏迪尔·马格努森的自杀事件以及他跟外交部内阁秘书长埃里克·格兰登之间的微妙关联,也引来了公众的极大关注和议论纷纷。

格兰登与1984年发生在扎伊尔的骇人听闻的记者被杀事件有关联,新近披露出来的这条消息令各路媒体都兴奋不已,他们跃跃欲试,都想找到格兰登来问个究竟。最后,一名在老城区船桥码头拐错了弯的摄影师偶然遇见了他。这名摄影师正打算将车停在码头上,无意间看到了坐在不远处的政界奇才埃里克·格兰登。后者坐在古斯塔夫三世雕像的背后,手里拿着一把折叠剃刀,一脸的绝望。当摄影师试图上前去跟他交谈的时候,他只是呆呆地望着海面。

"尤西。"

他只说了这个。

一个由精神科医生组成的团队把他带到了医院,之后温和联合党迅速发表了一份声明,宣称埃里克·格兰登由于个人原因暂停工作。

除此之外,他们再无别的评论。

* * *

通过梅特的帮助,斯蒂尔顿得知了一些来自哥德堡警察档案馆的资料信息。他们找到了当年的审讯记录,诺德科斯特岛上的那名瘾君子叫阿尔夫·斯泰因,那艘被偷走的船的船主是伊娃·汉森。

梅特已经查看过阿尔夫·斯泰因的犯罪记录。

内容相当之多。

其中还记录了他在菲提亚①的住址。

她把住址告诉给了斯蒂尔顿。

奥莉维亚开车载着斯蒂尔顿来到了菲提亚,她把车停在闹市区,然后待在车里等候。

斯蒂尔顿已经充分了解过阿尔夫·斯泰因的现状。他的生活并不复杂,几乎可以肯定能在酒行附近的醉汉当中找到他。

事实证明他真的在那里。

对于斯蒂尔顿来说,要接近他并非难事。

斯蒂尔顿在阿尔夫·斯泰因身旁坐下,掏出一瓶探险家牌伏特加酒,然后朝阿尔夫点了点头。

"我叫杰利。"

"嗨。"

阿尔夫直勾勾地看着斯蒂尔顿手中的酒瓶。斯蒂尔顿把酒瓶朝他递过去,后者毫不迟疑地伸手将其握住。

"谢谢你!我叫阿尔夫·斯泰因!"

斯蒂尔顿装出非常吃惊的样子。

"阿尔夫·斯泰因?"他故意问道。

"怎么了?"

"嘿,伙计,你认识斯夫克尔吗?"

"哪个斯夫克尔?"

---

① 斯德哥尔摩郊区,移民聚居地。

"斯夫克尔·汉森,就是那个金发小子。"

"哦,对了,原来你说的是他啊。不过那已经是很多年前的事情了。"阿尔夫突然起了疑心,"你他妈的怎么问起他来了？他跟你说过关于我的事吗？"

"这倒没有。他很喜欢你,可惜他已经死了。"

"噢,妈的!"

"他死于吸毒过量。"

"可怜的家伙。不过他有这样的结果倒也并不出人意料。"

斯蒂尔顿点了点头。阿尔夫喝了一大口伏特加,连眉头都没有皱一下。

斯蒂尔顿把酒瓶拿了回来。

"他跟你谈起过我吗？"阿尔夫问道。

"是的。"

"他提到过什么特别的事情吗？"

你在担心什么呢？斯蒂尔顿心里想着。

"没有。他没提到什么特别的事……他说你们在年轻的时候是好朋友,一起做过一些事。"

"什么事？"

"他说你们做过一些疯狂的事,并从中寻找乐子,你知道的……"

阿尔夫略微放松了一点,斯蒂尔顿再次把酒瓶递给他,后者赶紧把瓶口凑到嘴边喝了一大口。看来他还真是嗜酒如命呢,斯蒂尔顿想道。阿尔夫擦了擦嘴,把酒瓶还给斯蒂尔顿。

"找乐子嘛,的确如此。我们是做过一些相当疯狂的事,就像……"

你不用说我也知道,斯蒂尔顿感觉对方已经上钩了。

"斯夫克尔有一个姐姐吗？"他突然问道。

"怎么了？你问这个干什么？"

斯蒂尔顿发现阿尔夫的语速顿时变快了。

"没什么,只是他讲到了很多关于她的事情……"

"我可不想谈论他那该死的姐姐!"

阿尔夫一跃而起,摆出了一副想走的架势,"你明白我说的话了吗？"

"冷静一点,伙计!"斯蒂尔顿说,"我很抱歉。请坐下吧。"

斯蒂尔顿以一种试图跟对方和解的姿态将酒瓶递给了阿尔夫,与此同时他用眼角的余光瞟到奥莉维亚正站在她的汽车旁边看着他们,她的手里还端着一杯冰淇淋。阿尔夫有些站立不稳,于是他意识到自己最好还是再次坐下来。

"既然如此,那我们就别再谈论跟他姐姐有关的事了。"斯蒂尔顿说。

阿尔夫再次喝了一口酒,然后低下头盯着地面。

"她有一次把我们骗得很惨,那个臭婊子。你明白了吧?"

"我能明白。谁愿意被人骗呢?"

"是的。没人愿意!"

既然话已至此,斯蒂尔顿打算撒一个弥天大谎,他向这位新朋友讲述了一个自己杜撰出来的故事。他说自己曾被一个朋友欺骗,导致了非常不好的结果。那个朋友声称自己的女朋友被一个男人动手动脚,于是他们一起狠狠地把那个男人揍了一顿。后来他偶然遇到了朋友的女友,可她却说那个男人根本没有任何不规矩的行径。后来他才知道真相,原来是他朋友欠了那个男人一笔钱,所以想把对方打死,从而让自己欠下的债也一笔勾销。

"我就这样被他骗去打那个男人,而且还把对方打死了,你能想象吗?"

阿尔夫静静地听他讲完了这个故事,满怀同情之心。他们俩都被别人骗过,彼此感同身受。待斯蒂尔顿讲完故事之后,阿尔夫评论道:"这个故事真他妈的沉重。"

阿尔夫住口不言了,斯蒂尔顿耐心地等着他再度开口。过了好一会儿,阿尔夫终于又打开了话匣子。

"我遇到的事情跟你有一点类似,其实我和斯夫克尔都被他姐姐骗了……"

斯蒂尔顿所有的感官都处于警觉状态,他认真地聆听着。

"她骗我们去……噢,该死,我本来是打算把这一切都忘掉的……"

阿尔夫伸手去拿酒瓶。

"没错,我们都是这样的。"斯蒂尔顿说,"没有谁想记住那些不堪回首的往事。"

"可是那件事真的很难忘记……你知道吗,在那之后我和斯夫克尔就彻底断了联系。我们不能再见面了,咳,我们的故事里也有一个女人!"

"女人?"

"没错!我们对一个女人做了不好的事!唔,我们……是他那该死的姐姐让我们去做的。原因在于她跟那个女人之间有一些过节,而且当时她还有孕在身!"

"你是说他姐姐吗?"

"不!我是说那个女人!"

阿尔夫的眼眶里盈满了泪水。

"事情是在哪儿发生的呢?"

斯蒂尔顿知道这样发问很可能会使阿尔夫感觉到自己是在套话,不过此时阿尔夫被酒精浸润的大脑正陷入深深的回忆中,所以他对斯蒂尔顿的动机浑然不觉。

"在一个该死的小岛上……"

阿尔夫突然站起身来。

"我得走了,伙计,我没法继续说下去了,那件事真是极大的不幸!"

斯蒂尔顿把酒瓶递给阿尔夫,"把这个也带走吧!"

阿尔夫接过所剩无几的酒瓶,身子摇晃得很厉害,他有些费力地说:"我还收了他姐姐的钱,所以这么多年来我必须对当时发生的事守口如瓶!你明白我的心情吗?"

"我完全明白,伙计,你心头的担子实在是太沉重了。"

阿尔夫跌跌撞撞地朝一片树荫走去。斯蒂尔顿看着他在树荫下躺倒,然后昏睡过去。斯蒂尔顿站起身来,并没有去帮助阿尔夫,而是将手伸进破旧外套的内兜,关掉了奥莉维亚的手机的录音功能。

他已经得到了自己想要知道的信息。

* * *

梅特申请到了对伊娃·卡尔森的房子进行搜查的搜查令,警员们花了很长时间才彻底完成搜查工作。他们最终还是有收获的,"战利品"包括隐藏在厨房一块搁板背后的一个信封。

信封上写着:**普拉亚德尔卡曼**,1985。

* * *

这间审讯室不算大,里面除了一张桌子、三把椅子和一台磁带录音机之外,就没有什么多余的物品了。桌子一侧的两把椅子上分别坐着梅特·欧诺沙和汤姆·斯蒂尔顿,后者身上穿着从阿巴斯那里借来的马球衫和黑色皮夹克。伊娃·卡尔森坐在他们对面的椅子上,她的头发披散着,身穿一件薄薄的浅蓝色衬衫。桌面上摆放着各种各样的文件和物品,梅特还特别要求警方工作人员准备了一盏精致的台灯。她想要营造一种舒适的氛围。

梅特负责进行审讯。稍早时她找到了奥斯卡·莫林,并向对方简要介绍了眼下的最新进展。

"我想让汤姆·斯蒂尔顿跟我一同参与审讯过程。"

莫林明白了原因之后对此表示同意。

在审讯室隔壁的另一个房间里,梅特团队的大部分成员都到齐了,另外还有一名年轻的警察学院学生——奥莉维亚·朗宁。有人坐着,有人站着,他们能在一个屏幕上看到审讯的全过程。其中有几个人手里拿着笔记本,准备做记录。

奥莉维亚的眼睛一直没有离开屏幕。

梅特打开台灯和录音机,口述了此刻的日期、时间和出席人员名单。她问伊娃·卡尔森:"你不需要律师在场吗?"

"我觉得根本没这个必要。"

"那好吧。在1987年的时候,诺德科斯特岛海瑟尔维卡尔纳海湾发生了一起谋杀案,当时警方曾就此事询问过你一些事情。案发时你在那个岛上,对吗?"

"是的。"

"那时你的名字叫伊娃·汉森,是这样吗?"

"你这是明知故问,在1984年的时候你已经找我问过关于尼尔斯失踪的事。"

伊娃讲话的口吻略带攻击性,反倒流露出自我保护的意味。梅特从一个塑料文件夹里取出一张很旧的照片,然后把照片放到桌上,推至伊娃面前。

"你认识这个人吗?"

"不认识。"

"照片中这个男人的脸的确比较模糊,不过你能看到这里的胎记吗?"

梅特指着照片中男人左腿上的那块特别的胎记。伊娃只是点了点头。

"请你直接回答我的问题,而不要只是点头或摇头,可以吗?谢谢你的合作。"

"我能看到那块胎记。"

"这张照片是一名旅游者在墨西哥拍摄的,时间差不多是二十七年前。他认为照片中的男人是那时处于失踪状态的尼尔斯·文特。你还记得吗,当时我曾让你看过这张照片?"

"可能是吧,我已经记不得了。"

"当时我找你来是想确认一下照片中的男人是不是你的同居伴侣。"

"噢,我想起来了。"

"不过当时你并没有认出来。你说照片中的人肯定不是尼尔斯·文特。"

"你到底想说什么?"

梅特把另外一张新近拍摄的照片放在伊娃面前,照片中是文特赤裸的尸体。

"这是文特遇害之后警方拍摄的尸体照片。你能看到他左腿上的那块胎记吗？"

"我看到了。"

"这块胎记跟刚才那张旅游照片中的胎记一模一样，不是吗？"

"你说得对。"

"文特失踪的时候，你已经跟他一起生活了四年，怎么会认不出他左腿上的特殊胎记呢？"

"你到底想知道什么？"

"我想知道你当时为什么要撒谎。你为什么撒谎？"

"我并没有撒谎！我当时一定是弄错了吧。已经过去二十七年了，不是吗？说实话，我也不记得当时的具体情况了！"

伊娃用一种颇为愤怒的姿势将一绺头发拂到脑后。

梅特看着她，"你看起来很生气。"

"如果换作你是我，你会怎么做？"

"我会老老实实地把实情讲出来。"

隔壁房间里，博斯·泰仁微微笑了笑，在笔记本上做着记录。奥莉维亚不敢让自己的眼睛离开屏幕片刻。她曾见过伊娃两次，在她印象中伊娃是个坚强而又友好的女人，可现在呈现在屏幕中的是一个完全不同的伊娃：一个明显紧张不安并且非常脆弱的女人。奥莉维亚提醒自己此时不应倾注个人感情，而是坚持一名警察该有的中立立场，这也是一名将来的谋杀案侦查员应该具备的职业素质。

对于审讯室里的伊娃来说，情况是越来越糟了。

梅特又拿出了一张旅游照片，这是阿巴斯·法西从圣特雷萨的一家酒吧带回来的。

"这张照片是从哥斯达黎加的圣特雷萨带回来的，这个男人是尼尔斯·文特，对吗？"

"没错。"

"你认识他用手臂搂着的这个女人吗？"

"我不认识。"

"你以前从来没有见过她？"

"没有。我从来都没有去过哥斯达黎加。"

"可是你也许看过她的照片吧？"

"我没有看过。"

梅特从一个信封里取出了六张照片,将它们摊开摆放在伊娃面前。这个信封是警方从伊娃家的厨房搜出来的。

"这里有六张照片,照片中的人物都是尼尔斯·文特和先前那张照片中你所不认识的那个女人。你看出她们是同一个女人了吗?"

"看出来了。"

"我们是在你家厨房里找到这些照片的。"

伊娃看了看梅特,随即看了斯蒂尔顿一眼,最后目光再次回落到梅特身上,"这真他妈的恶劣……"

伊娃一边说一边摇头,梅特待她停止摇头之后继续问道:"刚才你为什么说自己不认识这个女人呢?"

"我刚才没看出她们是同一个人。"

"你家里为什么会有这六张照片?"

"我记不得了。"

"照片是谁拍摄的?"

"我不知道。"

"但是显然你知道它们是放在你家里的?"

伊娃没有回答。斯蒂尔顿留意到她腋下的汗水已经将浅蓝色上衣浸湿了一大片。

"你想喝点什么吗?"梅特问道。

"不想。你快要问完了吗?"

"这得取决于你。"

梅特又将另一张照片推到伊娃面前。这是一张很老的照片,照片中的伊娃正带着笑意站在她弟弟斯夫克尔身边。伊娃愕然一动。

"你们倒是挺能折腾的。"她用一种比先前低得多的声音喃喃说道。

"我们只是做自己分内的工作而已。伊娃,这张照片是什么时候拍的?"

"八十年代中期。"

"这么说,是在诺德科斯特岛谋杀案发生之前吗?"

"是的。怎么了?这跟那件事有什么关系……"

"你在拍这张照片的时候戴着一对非常特别的耳环,不是吗?"梅特指着照片中伊娃所戴的漂亮长耳环问道。

"我有一位做银匠的朋友,她把这对耳环送给我,作为我二十五岁生日的礼物。"

"这么说这对耳环是专门为你定制的?"

"是的。怎么了?"
"那么这对耳环应该是独一无二的,对吗?"
"我觉得应该是这样的。"
梅特举起了装着一枚耳环的小塑料袋。
"你认得这个吗?"
伊娃看着那枚耳环,"它看起来像是我那对耳环中的一枚。"
"没错。"
"这是在哪里找到的?"
"这耳环是1987年从海瑟尔维卡尔纳海湾谋杀案受害人的衣服口袋里找到的。我很想知道这是怎么回事。"

奥莉维亚低下头,没有继续看屏幕了,她觉得接下来的审讯一定会越来越"残酷"。谨慎而冷静的梅特真的是招招致命,嫌疑人在她面前终会现形。

"难道你不知道这枚耳环为什么会待在她的衣服口袋里吗?"梅特追问道。
"我不知道。"

梅特微微转过头去瞥了斯蒂尔顿一眼。这是审讯者常用的小把戏,可以使被审问的嫌疑人感觉到对方已经掌握了更多的线索和证据。梅特再次看了看伊娃,随即低头看着那张老照片。

"站在你旁边的是你弟弟?"
"是的。"
"他在四年前因吸毒过量而死,这是真的吗?"
"是真的。"
"斯夫克尔·汉森,他曾经去过你的避暑别墅吗?"
"偶尔会去。"
"在谋杀案发生的那个夏末,他在那个岛上吗?"
"没有。"
"你为什么要撒谎?"
"他在那里吗?"伊娃看起来一脸惊讶。

她这是在演戏吗?斯蒂尔顿心里揣度着。没错,肯定是的。

"我们知道那时他在岛上。"梅特说。
"你们怎么知道的?"
"他和一个名叫阿尔夫·斯泰因的朋友合租了岛上的一间度假小屋。你认识阿尔夫·斯泰因吗?"
"不认识。"

"阿尔夫·斯泰因承认当时他们确实在岛上,我们已经把他说的那段话录下来了。"

"噢,是吗?那么他们当时应该在那里吧。"

"你不记得那件事了吗?"

"不记得了。"

"你当时没有在岛上见到过阿尔夫·斯泰因或者你弟弟吗?"

"有可能见过吧……既然你提到这个……在我印象中斯夫克尔有时会跟他的一个朋友在一起。"

"阿尔夫·斯泰因。"

"我不知道他朋友的名字。"

"不过,是你为他们提供了当年那起谋杀案的不在场证明。"

"我?"

"你声称斯夫克尔和他朋友在谋杀案发生的前一天晚上偷走了你的船,之后便消失了,而我们认为他们是在谋杀案发生之后的那个晚上才消失的。我说得对吗?"

伊娃没有回答。梅特继续往下说:

"阿尔夫·斯泰因声称你多年来一直付钱给他。你做过这样的事吗?"

"没有。"

"这么说他是在撒谎咯?"

伊娃用手臂擦了擦额头。此时她已经处于崩溃的边缘了,梅特和斯蒂尔顿都看出了这一点。突然有人敲响了审讯室的门,他们都转过头去,只见一名身穿制服的女警官打开了门,将一个绿色文件夹递了进来。斯蒂尔顿起身走过去接过了文件夹,将其转交给梅特。后者打开文件夹,浏览了第一页的内容,然后再次合上了。

"那是什么?"伊娃高声问道。

梅特没有回答。她缓缓倾身靠近了桌上的台灯。

"伊娃,是你杀了阿黛丽塔·里薇埃拉吗?"

"什么?"

"她就是刚才的照片中与尼尔斯·文特待在一起的女人。是你杀了她吗?"

"不是。"

"嗯,那么我们的询问还得继续。"

梅特举起了那封冒充阿黛丽塔的名义而写的信。

367

"这封信是从瑞典寄出的,收信人是哥斯达黎加的丹·尼尔逊,而丹·尼尔逊是尼尔斯·文特在哥斯达黎加所用的假名。我把这封信读给你听听,尽管它是用西班牙语写的,不过我可以翻译过来。'丹!我很抱歉,可是我认为我们真的不太适合彼此,现在我有机会在这里开始一段崭新的生活,所以我不打算回来了。'信的末尾有一个署名,你知道署名是谁吗?"

伊娃没有回应,她正盯着自己紧握着垂在膝盖上的双手。斯蒂尔顿面无表情地看着伊娃,与此同时梅特继续用同样平静而抑制的声调说话:

"署名是'阿黛丽塔'。她的全名叫阿黛丽塔·里薇埃拉,她在这封信寄出日期的五天之前就被人溺死在海瑟尔维卡尔纳海湾。你知道这信是谁写的吗?"

伊娃仍然没有回应,但她甚至没法把头抬起来。梅特把那封信放在桌上,斯蒂尔顿仔细地察看着伊娃的表情。

"前不久你在家里被人袭击,我们的技术人员在你家门厅的地毯上找到了一些血迹。"梅特说,"他们对那些血迹进行过检验,为搜捕凶犯提供 DNA 线索,因为那些血迹有可能是凶犯留下的。与此同时,按惯例你也提供了一份 DNA 样本,后来检验结果表明那些血迹是来自你的。"

"没错。"

梅特打开了她刚才收到的那个绿色文件夹。

"当我们找到那封来自'阿黛丽塔'的信以后,我们对邮票背面的唾液也进行了 DNA 检测,结果表明唾液里的 DNA 跟你家门厅地毯血迹里的 DNA 完全相符。这足以证明 1987 年粘贴邮票的寄件人就是你本人。伊娃,那封信是你写的吗?"

每个人的内心都有一个承受极限,一旦越过了那个极限,人的精神世界就会彻底崩塌。不断施加并且逐渐增强的外在压力,早晚都会使一个人达到自己的承受极限,此时此刻的伊娃就正处于这样的状态。过了几秒钟,也许差不多是一分钟,她用一种极低的声音宣告了自己的内心世界彻底崩塌。

"我们能休息一下吗?"

"很快就可以休息了。我再问一次,那封信是你写的吗?"

"是的。"

斯蒂尔顿向后靠在椅背上。一切都结束了。梅特朝录音机倾过身去,"我们将休息一小会儿。"

* * *

福尔斯负责审问伊斯,克林加负责审问利亚姆,审问的时间长达数小时。

这两个年轻人都是在斯德哥尔摩近郊的哈隆伯根镇长大的,在审问利亚姆之前,克林加基本就能猜到他大致会说些什么,比如他在青少年时期就犯下了不少情节恶劣的罪行,而且愈演愈烈。待利亚姆最后讲出过去他父亲常常在厨房里帮他姐姐注射毒品时,克林加对这个年轻人有了更加清晰全面的认识。

被伤害的孩子。她是这样形容他们的吗?他最近在一档时事电视节目上看到那个女人好像就是这样说的。

利亚姆是一个受到过极大伤害的孩子。

伊斯的状况也差不多。他是在埃塞俄比亚出生的,在经历变声期之前就被父母放任不管了。他在精神上受过深重伤害,采用过无数毫无目的的暴力行径来宣泄内心的苦闷。

接下来是关于"笼中格斗"的一些情况。

利亚姆和伊斯熬了好一阵子才把自己知道的内幕如实招供,尤其是讲到最后的时候,他俩略显迟疑,不停地犹豫和拖延,最终好不容易才说出了其他协助安排格斗的男孩们的名字,以及最重要的信息——下一次格斗的时间。

还有地点。

那里是斯瓦特尤兰德特区一座已经关闭的水泥厂。那座水泥厂荒废多年,如今被围栏围了起来,里面空空如也。

当然,那里并不是真的空无一人。

福尔斯提前几个小时就派人去现场进行监视,他的策略是在警方发动突袭之前让水泥厂里的活动如期开展并顺利进行下去。当第一个小男孩被关进笼子里时,欢呼声和激将声此起彼伏,然后很快就变得静悄悄的,观众们聚精会神地欣赏和等待。与此同时,警方守住了所有可能的出入通道,全副武装的警察一拥而入,水泥厂外面的空地上瞬时停满了鸣笛的警车。

当福尔斯和克林加从水泥厂里出来时,新闻记者和摄影师立刻围了上去。

"你们是什么时候发现关于'笼中格斗'的事情的?"

"我们派出了很多卧底,所以很快就发现了他们的行踪,毕竟这是我们近期最紧要的任务。"福尔斯面对摄像机的镜头侃侃而谈。

"那你们为什么没有在早些时候对他们发动突袭呢?"

"我们需要等待时机,好把主要负责人一举捕获。"

"这一次主要负责人都在里面吗?"

"没错。"

福尔斯摆好姿势准备拍摄特写镜头,而克林加径直离开了人群。

* * *

梅特团队的一些成员已经陆续离开了，只剩下奥莉维亚、博斯·泰仁和丽莎·赫德奎斯特还留在房间里。此时他们很可能有着类似的感觉，一方面因一起多年来悬而未决的谋杀案即将被破获而如释重负，另一方面各人心里仍对案情存有一些疑惑和不解。奥莉维亚的疑惑在于凶犯的作案动机。

为什么呢？

不过对于这个问题，她自己心里隐隐想出了一个可能的答案。

审讯室里的三个人正在喝咖啡，气氛有些凝重，不过其中两个人有一种终于松了一口气的感觉。事实上，也许对于第三个人来说情况也是如此吧。梅特再次打开了录音机，然后看着伊娃·卡尔森，"你能说说你为什么要那样做吗？"

梅特突然改变了自己的语调，她没有再采用冷漠、毫无人情味的审讯者口吻——使用那种口吻的唯一目的是为了让凶犯认罪，更像两个平等的人在对话，目的是为了使凶犯更愿意解释自己的作案动机是什么。

梅特的确是经验丰富的资深审讯者。

"你想知道为什么？"伊娃问道。

"是的。"

伊娃把头略微抬起了一点点，似乎在她把自己的作案动机说出来之前，她还必须迫使自己的内心经历极大的苦楚。她得再度直视长久以来被压抑的痛苦。但她必须给出一个解释，把自己用了一生时间试图抵偿的罪行付诸言辞。

"我该从哪里说起呢？"

"随你喜欢。"

"最先发生的事情是尼尔斯失踪了。那是在1984年，他一句话也没说就悄悄消失了。我以为他被人暗算了，毕竟在那之前金沙萨也刚发生过谋杀案。而且，你们警方当时也认为他被人谋杀了，不是吗？"

"是的，我们当时有过这种猜测……"

伊娃点了点头，用一只手轻抚着另一只手的手背。现在她谈话的声音很轻，显得脆弱无力。

"总之，他再没出现在我面前。我感到极度绝望。那时我还爱着他，他的突然失踪令我的精神差不多垮掉了。后来你突然出现，并让我看到了在墨西哥拍摄的旅游照片，我认出了照片中的人正是尼尔斯，看来他还活着，皮肤被晒成了健美的棕褐色,而且正在墨西哥的某处度假胜地游玩。那时我……我也说不清……我觉得自己被欺骗了。他失踪后,我没从他那里得知任何消息,哪怕是一张明信片也没有。他在那里享受着日光浴,我却在这里为他哀痛和绝望……那件事实在让我觉得倍受伤害和耻辱……他看起来完全不在乎我……"

"我在1985年给你看照片的时候,你怎么不说照片中的人是他呢?"

"我也不知道。也许是因为……我想独自找到他,想让他给我一个解释,想知道他为什么对我做出那样的事。后来我知道答案是什么了。"

"怎么知道的?"

"在我看到其他那些照片之后就知道了。"

"你是说我们在你家里搜到的那些照片吗?"

"是的。我找到了一家专门负责寻找失踪人口的国外机构,我告诉他们尼尔斯最后一次被人看见是在墨西哥普拉亚德尔卡曼市,因为你给我看的旅游照片就是在那里拍摄的,后来他们找到了他……"

"也是在墨西哥吗?"

"没错。他们拍到了很多照片,而且几乎都是他跟另一个年轻女人的合照。他俩很亲密,甚至还有很多照片是两人云雨时拍下的,诸如在卧室、吊床、沙滩和你可以想象得到的任何地方……反正你们也看过那些照片了。我这样做也许的确……可是我真的被深深地伤害了……不仅仅是遭受了欺骗和背叛,他在整个过程中的表现令我觉得自己在他眼中不过是一团空气。他对待我的方式就好像我并不是一个实实在在存在的人,而是一个……唉,我也不知道该怎么描述那种感觉……后来那一天到来了……"

"你是说那个年轻女人突然出现在诺德科斯特岛的那一天吗?"

"是的。她怀孕了,怀了他的孩子。她的腹部隆起,跟我在那些照片中所看到的模样大不相同。我知道她是受委托到那里去的。"

"是尼尔斯委托她去的?"

"当然了,不然她怎么会出现在那里?有一天傍晚,我看到她偷偷摸摸地进到了我们的避暑别墅的后花园里,那时我喝过酒,变得有些……我不知道该怎么描述,总之我变得非常愤怒。她在那里干什么呢?在我们的花园里?她是在寻找什么东西吗?接下来……"

伊娃突然沉默了。

"那时候斯夫克尔和阿尔夫·斯泰因在哪里呢?"梅特问道。

"他们也在房子里面。说实话我本来并不想让他们和我住在一起的,可是他们被度假小屋的老板赶了出来,所以我就只好让他们搬进了我的房子里……"

"然后呢?"

"我们冲进花园,把那个女人拖进屋,她一直奋力抵抗和高声叫喊,后来斯夫克尔提议说应该先让她平静下来,那时他刚吸了毒,正处于亢奋状态。"

"于是你们把她带到海瑟尔维卡尔纳海湾去了?"

"是的,我们想避开别人。"

"接下来在那里发生了什么事?"

伊娃用一只手扭动着另一只手的大拇指。她得从大脑深处挖掘出适当的词句来描述当时的场景。

"当我们去到沙滩上时,那里并没有水。那时是春潮来临前的退潮期,一大片海滩都暴露在外。然后我想起了……"

"想起了跟春潮有关的事?"

"我曾设法让她告诉我她去那里做什么,她在寻找什么,以及尼尔斯在哪里等等,不过她一个字也不肯说,只是保持着沉默。"

伊娃没法继续把头抬起来。她的声音也越来越低。

"那两个家伙找来了一把铁锹,在沙地上挖了一个洞……他们把她放进洞里……随后春潮来了……"

"那时你是知道春潮会来的,对吗?"

"那时我已经在那个岛上住了好几年,住在那里的人都知道春潮何时会来,何时会退去。我想借此吓唬她一下,好让她愿意回答我的提问……"

"那她回答了吗?"

"起初她一直没有回答。不过后来……当潮水涌来的时候……在最后关头……"

伊娃又沉默了,梅特只得提示她继续往下说。

"她是不是说了尼尔斯把他的钱藏在哪里的?"

"是的……她也说了他住在哪里。"

斯蒂尔顿略微前倾了一下身子,"然后你们就把她留在那里了?"

这是整个审讯过程中他头一次开口说话。伊娃吓了一跳,她正沉浸在和梅特的痛苦对话中,差不多已经忘记了梅特身边还坐着一个男人。

"他们俩先跑回了家,而我留了下来。我知道我们做得太过火了,事情已经失控了。可是我真的非常恨她……我想折磨她,因为她把尼尔斯从我身边抢走了。"

"所以你决定让她死。"

斯蒂尔顿仍然保持着身体前倾的坐姿。

"不,我只是想折磨她而已。虽然这听起来有点奇怪,可是我真的并没有想过要杀死她。我也不知道自己当时是怎么想的,也许脑子里是一片空白吧。我把她留在沙滩上,兀自离开了。"

"不过你知道春潮很快就会来临?"梅特问道。

伊娃一言不发地点了点头,紧接着她突然开始静静地哭起来。斯蒂尔顿继续看着她,试图捕捉到她的目光。现在他们已经知道伊娃杀害阿黛丽塔的动机,可事情还没有完。

"也许现在我们可以聊聊关于尼尔斯·文特的事了?"他说,"他是怎么死的?"

梅特大吃一惊。她的全部心思意念都在琢磨伊娃·卡尔森和诺德科斯特岛谋杀案的关联,压根儿就没将尼尔斯·文特谋杀案安排在这一阶段的议程之内。她完全相信尼尔斯·文特的死是柏迪尔·马格努森一手促成的,此时她突然意识到这一次斯蒂尔顿又捷足先登了。

就像以往一样。

"你能跟我们讲一讲那件事吗?"他继续问道。

她照做了。虽然梅特和斯蒂尔顿并没有表现出他们已经掌握了相关的确凿证据,可是眼下她没有理由再撒谎了。她已经对一起残忍的谋杀案供认不讳,从而也就失去了保守任何秘密的意志和动力。再说,她并不清楚梅特和斯蒂尔顿究竟掌握了多少内情,她可不想再次被梅特审问。

那是她无法承受的。

"这件事其实没太多可说的。"她说,"一天傍晚,他按响了我家的门铃,当时我真的是无比震惊。我震惊并不是因为看到他还活着,我早就知道这一点了。我是没想到他竟然会以那样的方式突然出现在我面前。"

"他是在哪天傍晚去找你的?"

"我记不得具体日期了,反正是他的尸体被人发现的前一天。"

"他找你是为了什么?"

"说实话我并不知道,他……这整件事情真的太蹊跷了……"

伊娃陷入了沉思。她的思绪回到了那天晚上和旧情人会面的情形。当时她一个人待在家里,门铃就那样突然响了起来。

伊娃打开房门,借着门廊的微弱灯光,她能看到站在外面的人是尼尔斯,

spring tide 二十一

他穿着一件棕色外套。伊娃注视着他,但其实她并不知道自己在看什么。

"你好,伊娃。"

"嗨。"

"你还认得我吗?"

"认得。"

他们彼此对视着。

"我能进来吗?"

"不行。"

在接下来的几秒钟里她想了很多。他是尼尔斯?他在这么多年之后终于肯露面了?他来这里做什么?伊娃试图让自己冷静下来。

"唔,那么你能出来吗?"尼尔斯微笑着问她。

伊娃觉得两人看上去简直就像背着父母偷偷约会的青春期少年。他疯了吗?他究竟想干什么?伊娃转身从衣钩上取下一件外衣,随即走了出去。

"你有什么事吗?"她问道。

"你结婚了?"

"已经离婚了。你问这个干吗?你怎么知道我住在这里?"

"我用谷歌搜索过你的名字,我看到你在多年前就结婚了,你丈夫是一名非常成功的撑杆跳高运动员,名叫安德斯·卡尔森,而你也改随他姓了。"

"是这样的。你一直在调查我的情况吗?"

"不是的,我只是碰巧在网上看到了而已。"

尼尔斯转身准备离开,他以为她会跟在自己身后,但是她却站在门廊里没有动。

"尼尔斯。"

尼尔斯停下了脚步。

"这些年来你去了哪里?"

她对此非常清楚,可他并不知道她已经了解了自己的情况。

"我在国外。"他回答道。

"那你现在为什么出现在这里?"

尼尔斯只是静静地看着伊娃。她觉得自己应该离他更近一些,于是径直走到他跟前。

"我需要回来整理一些过去的事情。"他低声说道。

"噢,是这样,那你打算整理什么?"

"一起古老的谋杀案。"

伊娃下意识地看了看四周,出于本能,她感到自己的后颈发凉。一起古老的谋杀案?是发生在诺德科斯特岛的谋杀案吗?可是他不可能知道那件事啊?她被搞糊涂了,他到底是什么意思呢?

"这听起来令人不太舒服。"她说。

"的确如此,不过我很快就会办完事情,然后就回家。"

"回马尔派斯吗?"

这是她第一次失言。"马尔派斯"从她嘴里脱口而出,话音刚落她就意识到自己说错话了。

"你怎么知道我住在那里?"尼尔斯问道。

"呃,你没住在那里吗?"

"你说对了,我是住在那里。我们开车出去兜兜风怎么样?"

尼尔斯朝停在大门外的一辆灰色汽车点了点头。伊娃有些迟疑不决,她仍然不明白他想做什么。是想跟我聊一聊吗?瞎扯淡吧!一起古老的谋杀案?他怎么可能知道那件事?

"好吧。"她最终说道。

他们进到车里,尼尔斯把车开走了。几分钟后,伊娃问道:"你说的古老谋杀案是指什么?"

尼尔斯犹豫了几秒钟,随后他告诉伊娃,他说的是柏迪尔·马格努森指使人杀死了新闻记者贾恩·奈斯特龙这件事。

"这就是你来这里的原因吗?"

"是的。"

"为了报复柏迪尔?"

"没错。"

伊娃松了一口气。还好不是关于诺德科斯特岛的事情。

"那样做不是很危险吗?"

"你是说向柏迪尔报复吗?"

"没错。那名新闻记者显然是他派人干掉的。"

"他不敢杀我。"

"为什么?"

尼尔斯微微笑了笑,不过什么也没说。他们开车经过了德罗特宁霍尔姆大桥,朝着岛的另一头驶去。尼尔斯将车停在一条通往大海的斜坡附近,两人都下了车。这是一个天空布满繁星的夜晚,一道弯月把光芒洒在海面和礁石上。这里非常漂亮,从前他们曾在寂静的深夜来过好几次,趁着四下无人在海水里裸泳嬉戏。

"这里和过去一样美。"尼尔斯感叹道。

"是的。"

伊娃看着尼尔斯。他非常平静,就好像什么事都没有发生过一般,看上去一切都跟过去一样。可是一切都跟过去不一样了,她心里想着。

"尼尔斯。"

"怎么了?"

"我想问你一件事……"

"什么事?"

"你为什么一直都不联系我?"

他沉默了。

"我们以前在一起生活,你还记得吗?我们本来是打算结婚生子然后一起度过余生的,难道你都忘记了吗?我以前那么爱你!"

伊娃突然意识到自己正受着错误的感觉驱使,把话题引到了完全错误的方向,可是在时隔二十七年之后再度和尼尔斯来到这个地方,实在是太荒唐了。过往的一切恨意就像火山熔岩一般从她心底喷涌而出,令她无法自持。

"我不该那样做。我应该跟你联系的,很抱歉。"尼尔斯说。

原来他只是想跟我道歉,她想。

"在时隔二十七年之后?你跟我说抱歉?"

"是的。不然我还能怎么样呢?"

"你可曾想过你对我做过什么?可曾想过我必须经受的一切?"

"可是伊娃,现在没有意义……"

"你起码应该跟我联系,然后告诉我说你已经厌倦我了,所以想和她一起开始新的人生!我也会接受那样的现实。"

"和谁?"

这是她第二次失言。不过她觉得保持缄默已经没太大意义了,更何况她根本无法控制内心深处的滚滚洪流。尼尔斯突然变得非常警惕。

"你说我和谁一起开始新的人生?"

"你心里清楚得很!别在我面前装假了!她年轻、漂亮,还怀了你的孩子。你让她来取你藏在避暑别墅里的钱,你认为她……"

"你……你怎么知道这些的?"

尼尔斯的双眼突然变得冷冰冰的。他朝伊娃走近一步。

"知道什么?"她说,"你是说钱吗?"

尼尔斯长久地注视着她,渐渐地他意识到自己从头到尾犯下了多大的错。那件事根本就与柏迪尔毫不相干。他原本以为柏迪尔设法从墨西哥一路跟踪他到了马尔派斯,然后又跟踪阿黛丽塔来到瑞典,最后取走了那笔钱。柏迪尔与阿黛丽塔的遇害没有任何关系,是伊娃偷走了那笔钱,而且……

"是你杀了阿黛丽塔吗?"他问她。

"阿黛丽塔,这是她的名字吗?"

突然伊娃脸上挨了重重一巴掌,尼尔斯已经怒不可遏。

"是你杀了她吗?你这个臭婊子!"

他朝伊娃扑过去,她迅速躲闪开了。当时伊娃的身体状况相当不错,可尼尔斯的状态却不怎么好。他们猛烈地扭打在一起,彼此拳打脚踢,愤怒若狂。最后伊娃抓住尼尔斯的外套,一把将他摔了出去。尼尔斯失去平衡,被一块石头绊了一下,随即向后倒去。他的头撞到一块尖利的花岗岩上,发出了一声闷响,随即他就躺在地上不再动弹了。鲜血从尼尔斯脑后喷涌而出,流得满颈都是。伊娃愣住了,一切来得太突然。

梅特前倾身子,靠近了伊娃面前的台灯。

"你认为他死了吗?"

"是的。起初我不敢去触碰他,他躺在那里一动不动,还不停地流着血,而我又震惊又愤怒,另外还有很多复杂的心绪。"

"不过你并没有打电话报警?"

"是的。"

"为什么不报警呢?"

"我不知道,我只是坐在地上看着他。尼尔斯·文特,这个当年完全毁掉我人生的男人,如今再次出现在我面前,还跟我道歉。然后,他又开始打我,因为他知道了我在诺德科斯特岛所做的事……后来我把他拖到他的车旁边,然后把他塞进了驾驶座。汽车就停在通往大海的斜坡上,我只需要松开汽车的手刹……"

"可是你当时应该想到过我们会找到他吧?"

"是的。可是我想到……我也不知道……毕竟他曾威胁过柏迪尔·马格努森……"

"你以为马格努森会背负谋杀尼尔斯的罪责?"

"也许吧。结果不是吗?"

梅特和斯蒂尔顿彼此对视了一眼。

Spring Tide | 二十一

* * *

已经很晚了,梅特驱车载着斯蒂尔顿和奥莉维亚驶往她位于斯鲁森大街的老房子。车里并没有萦绕着轻松愉快的氛围,三人各自想着心事。

斯蒂尔顿感到有些欣慰,因为海滩谋杀案终于水落石出了。此外令他意想不到的是,一件小事竟然也能触发后续的重大暴力事件。两个瑞典人在地球另一端见了面,他们一起分享葡萄酒,其中一个人毫无心机地讲述了一件往事,那件往事却使另一个人心中疑惑了二十三年的问题意外地得到了解答。于是那个人回到瑞典,准备为自己心爱的人复仇。他找到了自己从前的商业伙伴,事情变得复杂起来。后来他死了,梅特留意到尸体大腿上的胎记,从而想起了从前还在别的照片中看到过同样的胎记……在整个过程中,奥莉维亚也推动了海滩谋杀案的调查进度。

真是意外迭出啊!

随后他又想到了一些更为艰难的事,那些事是待会儿去了梅特和马尔腾的家之后不可避免的,届时他该如何处理才好呢?

梅特回想着自己对柏迪尔·马格努森的追击。她犯了多大的错误啊!不过毕竟他在一起谋杀案中犯下了唆使罪,她不应该为他的自杀承担责任。

奥莉维亚想到了杰奎琳·贝里隆德。她自己的判断出现了严重失误,要是她不曾紧盯着杰奎琳不放,那么埃尔维斯现在还活着呢。这真是一出惨痛的教训。

"事情一定是这样的。"

梅特打破了车里的沉寂,她觉得他们必须找点话题来讨论讨论。一行人很快就会去到她家,她可不想把沉寂而压抑的气氛带回家里。

"你想到什么了?"斯蒂尔顿问道。

"那些闯入伊娃·卡尔森家里袭击她的人一定是柏迪尔·马格努森派去的。"

"他们去那里干吗?"

"去寻找那盒录音带。正如我们所做的,马格努森无疑也对所有酒店的顾客名单进行过核查,最后没能找到文特的行踪。之后他可能想起了文特从前的同居伴侣,他觉得他们俩在过去那么多年里也许有过联系,于是他认为文特也许躲在她的家里,并把那盒录音带也藏在那里。"

"这样的分析听起来挺合理的。"斯蒂尔顿说。

"那么耳环呢?"奥莉维亚问道,"那枚耳环怎么会跑到阿黛丽塔的衣服口袋里?"

"这很难说……"梅特回答道,"可能是她和伊娃在伊娃的家里扭打时,伊娃的耳环正好滑落进了她的衣兜。"

"也许吧。"

目的地到了,梅特在旧宅前将车停下。

就在他们朝房子走去时,梅特的手机响了,她看到号码后在花园里停下了脚步。电话是奥斯卡·莫林打来的,他刚和总警司卡琳·哥特布兰德见过面,并就杰奎琳·贝里隆德顾客名单上的一个名字展开过讨论。这个名字是梅特提供给奥斯卡的。

"你打算怎么做?"梅特问道。

"把这件事暂且放一放。"

"可是为什么呢?因为杰奎琳·贝里隆德的缘故吗?"

"不是的,因为这可能会扰乱组织的秩序。"

"那好吧。不过他应该会知道这件事吧?"

"是的。我会告诉他的。"

"很好。"

梅特挂断了电话。她留意到斯蒂尔顿正站在几米开外的地方,他一定听到了她刚才所说的话。梅特一言不发地从他身边经过,登上了门前的台阶。

开门的是阿巴斯,他用一只手臂搂着乔琳娜。乔琳娜给了奥莉维亚一个热情的拥抱。

"我们饿坏了,想吃点东西!"梅特说。

他们径直朝宽敞的厨房走去,马尔腾正在那里忙活着用各种食材做出他承诺过的夏日顶级美食。

奶油培根意大利面配野生冻蘑菇。

这个大家庭的其他成员不久前已经用过餐了,现在他们正安静地散布在房子里各处。马尔腾向他们解释说女主人需要一个安静的空间,而她的客人们也希望在用餐时不被打扰。如果谁制造噪声的话,就会被送到阁楼上去陪艾伦做针线活。

现在楼下还比较安静。

"请坐下吧!"

马尔腾指着摆得满满当当的餐桌,示意奥莉维亚他们赶快就座。桌上除了菜肴,还有梅特自制的各式特色瓷器——有碗碟,也有杯子。

他们在餐桌旁坐了下来。

梅特为大家斟上葡萄酒,可斯蒂尔顿拒绝了。枝形大烛台的暖暖光芒照耀在彼此交错的杯盏上,气氛融洽而轻松。

对他们所有人来说,这一天都是无比漫长而难挨的。

对马尔腾来说也是如此。

他花了不少时间来思考不久之后可能会发生的事情,也考虑过自己应该如何应对。他也不太确定会出现怎样的情况,可是不管事情往哪个方向发展,应对起来都不会容易。

他等待着。

其他人也在等待,除了奥维利亚。她刚喝下第一口葡萄酒,全身都感到平静而温暖。她看了看餐桌周围,就在不久之前这些人对她来说都还是陌生人。

斯蒂尔顿,一个无家可归的男人。现在她对他的过往略知一二,不过还远远算不上了解。他仍然是个令她感到十分好奇的人,她还记得他们第一次在纳卡市见面时他的样子,现在的他和那时相比在各方面都有了不小的变化,目光也完全改变了。

马尔腾,凯鲁亚克的主人。这名儿童心理学家曾使得奥莉维亚在他面前敞开心扉,这实在令奥莉维亚感到惊讶。他是怎么做到的呢?

梅特,马尔腾的妻子。这个女人曾令奥莉维亚感到害怕,以至于在她面前两腿发颤。奥莉维亚至今也不敢亲近她,只是对她满怀着敬意。她还让奥莉维亚去到她的办公室,并亲眼看到了她审讯谋杀案嫌疑人的过程。

还有阿巴斯,他是一个四肢修长的男人,总是随身带着神秘的刀,并散发着奇怪的气味。他就像是一名忍者武士。他到底是怎样的人呢?

奥莉维亚再次喝了一口葡萄酒,这时她留意到了——或者说感觉到了——餐桌上氤氲着一种特别的氛围。没有人笑,也没有人彼此交谈,似乎大家都在等待着某些事情的发生。

"怎么了?"她带着淡淡的笑意问道,"你们怎么这么安静呢?"

这话引得餐桌周围的其他人面面相觑,奥莉维亚追随着他们的目光,最后她的视线落在了斯蒂尔顿脸上。他真希望自己随身带着地西泮药瓶。

"当活动房屋被烧毁后,我在你的公寓里问你为什么要选择海滩谋杀案,你还记得吗?"

这个问题令奥莉维亚非常惊讶。

"我记得啊。"

"你当时说原因在于你父亲也曾参与过这起案件的调查。"

"没错。"

"除此之外,就没有别的原因了吗?"

"没有了……唔,等等,还有。谋杀案发生的时间跟我的生日是同一天,这可真是一个神奇的巧合。"

"不,这不是巧合。"

"不是巧合?这是什么意思?"

梅特为奥莉维亚的杯子里斟上了更多的葡萄酒。

"你知道那天晚上奥维·加德曼从海滩跑回家之后发生了什么事吗?"斯蒂尔顿继续问这名年轻的警校女生。

"大概知道……或者你不妨直接告诉我可以吗?"

"他一进家门就把自己看到的情形告诉给他的父母,他的父母立即打电话呼叫救护飞机,与此同时他们也朝海滩飞奔而去。"

"是的,这我知道。"

"他母亲是一名护士。待他们抵达沙滩之后,凶犯们已经消失不见了,不过他们设法把那个叫阿黛丽塔的女人从浸满水的沙坑里拉了上来。那时她已经失去了知觉,但还有微弱的脉搏,奥维的母亲立即对她进行人工呼吸。他们让她的生命延长了一小会儿,然而她还是在救护飞机赶到前的一分钟左右死去了。"

"对,是这样。"

"可是她子宫里的胎儿还活着。救护飞机上的医生立即剖开子宫,把胎儿救了出来。"斯蒂尔顿说。

"什么?那个孩子活下来了?"

"是的。"

"那你以前为什么不告诉我这件事?那个孩子后来怎么样了?"

"出于安全考虑,我们决定暂时将孩子被救下来这件事作为秘密隐藏起来。"

"为什么呢?"

"因为我们当时并不知道凶犯作案的动机何在。可能存在的最坏情况是他们想杀死的其实是那尚未出世的孩子。"

"那么你们是如何处置那个婴儿的呢?"

"起初我们安排了一个调查小组负责照看孩子。我们原以为我们很快就能确认受害女子的身份,或者孩子的父亲会露面,不过这两件事都没有发生。"

"没有吗?那后来呢?"

"一名照顾过孩子的警官最终申请收养她,而他和他妻子没有生养孩子。我们和相关的社会服务机构都认为这是个很好的办法。"

"那名警官是谁?"

"阿尔涅·朗宁。"

在斯蒂尔顿说出阿尔涅的名字之前,奥莉维亚就已经猜到了他会说什么,可是她需要亲耳听到他说出来。尽管如此,在他说了之后,她还是觉得他的回答实在是不可思议,超出了自己的理解力范畴。

"这么说……那个孩子就是我?"

"是的。"

"所以……我是阿黛丽塔·里薇埃拉和尼尔斯·文特的女儿?"

"没错。"

马尔腾一直目不转睛地注视着奥利维亚的面部表情,梅特则观察着她的肢体语言,阿巴斯将自己的椅子略微往后挪动了一点。

"这,这不是真的。"

奥莉维亚还能控制自己的嗓音,但她的思维已经有些滞后。

"真是抱歉。"斯蒂尔顿说。

"抱歉?"

"汤姆的意思是也许本来应该以别的方式,在别的场合把这件事告诉你。"

马尔腾试图稳住奥莉维亚,但后者依旧直直地看着斯蒂尔顿。

"这么说当我们在超市门外见面的时候,你就知道这一切了?"

"是的。"

"从那时起你就知道我是那个溺亡女人腹中的孩子?"

"嗯。"

"然后你对此一直守口如瓶?"

"我有好几次都准备说出来,不过……"

"我母亲知道这些事吗?"

"她也许不完全知道所有细节。阿尔涅本来是不打算告诉她的。"斯蒂尔顿说,"但我不确定他在临终前是否说出来了。"

奥莉维亚猛地把椅子往后一推,站起身来,环视着餐桌旁的每个人。她的目光最终停在了梅特身上。

"你知道这事有多久了?"

现在她的声调比先前略高一些,马尔腾知道预期的事就快出现了。

"我是几天前从汤姆那里听到的。"梅特说,"他不知道该怎么做,不知道该不该告诉你。他需要帮助,他非常担心……"

"他很担心?"

"是的。"

奥莉维亚瞥了斯蒂尔顿一眼,摇了摇头,然后跑出了厨房。阿巴斯已经准备好要拉住她,不过她挣脱了阿巴斯的手,继续往房门外跑去。斯蒂尔顿想跟在她身后,这时马尔腾制止了他。

"让我来吧。"

马尔腾奔跑着离开房子,在路边追上了奥莉维亚。

奥莉维亚背靠着一段铁栏杆坐在地上,用双手捂住了脸。马尔腾俯身想跟她说话,但是她迅速站起身来继续奔跑。马尔腾再次追上了她,这次他拉住她的手,将她转过身来,然后紧紧搂住。片刻之后,她终于平静下来。四周静得出奇,只能听到她胸口发出的绝望的啜泣声。马尔腾用手轻抚着她的后背,如果她能看到他的眼睛,就会知道自己并不是唯一一个体会过绝望的人。

斯蒂尔顿来到一扇窗户旁边,他拉开窗帘,看到外面的小路上孤零零站着两个人。

梅特来到他的身边,她也看到了窗外的情景。

"我们这样做真的对吗?"她问道。

"我不知道……"

斯蒂尔顿低头看着地板。自从她第一次拦住他跟他说话,并告诉他自己的名字是奥莉维亚·朗宁,是阿尔涅的孩子的时候起,他有过一百次以上的机会把真相告诉她。不过每一次机会看起来都不可行,最后他感到越来越为难,也觉得情况越来越难以应付。我真懦弱,他心里想着,我太懦弱了。我不敢告诉她,我找了成千上万种理由对她隐瞒真相。

最终他只得找自己唯一信任的人求助。这样做是为了避免由自己亲口说出真相,或者起码在自己说出真相的时候,身旁还有其他或许能够控制他所不能应付的局面的人在场。

比如马尔腾。

"不过真相已经说出来了。"梅特说。

"是的。"

"可怜的女孩。也许她先前就已经知道自己是被父母收养的孩子吧?"

"可能吧。我不知道。"

斯蒂尔顿抬起头来。这个话题目前已经没法再继续聊下去了,想到这儿他问梅特,"你在花园里接到的那个电话跟杰奎琳的客户有关吗?"

"是的。"

"你们发现什么了?"

"她的顾客名单里有一个警察的名字。"

"鲁内·福尔斯?"

梅特一言不发地走回厨房。如果将来有一天汤姆能重新站起来的话,我就会和他一起讨论关于杰奎琳·贝里隆德与她的客户之间的复杂关系,她心里想着。

斯蒂尔顿继续低头看着地板,这时他留意到阿巴斯来到了自己身边。

他们一齐望着窗外的小路。

马尔腾继续将奥莉维亚搂在怀中,他正在对女孩说着什么,他说的话只有他本人和奥莉维亚能听见。他知道对于奥莉维亚来说,这才仅仅是一段艰难而漫长的心路历程的起头而已。在未来很长一段日子里,她都得跟抑郁、沮丧的情绪不断抗争。如果她需要他,他会随时提供援手,不过这段艰难的心路历程是属于她自己的,她必须独自走完它。

他会在她的旅途中送给她一只小猫咪。

尾声

她静静地坐着感受夏日的夜晚。其实这算不上是夜晚,应该说是黄昏至黎明前的一段很短的时期,明媚而迷人的月光一定会令瑞典南方的居民兴奋不已。不过,此时的奥莉维亚几乎完全没有留意到月光的存在。

她独自坐在一片沙丘中间,弯曲的膝盖抵住了自己的下巴。她已经像这样痴痴凝望海湾好长一段时间了。现在潮水很低,很低,不过今晚将会有春潮临到。她一直坐在这里,看着温暖的太阳沉下去,又看着皎洁的月亮升起来。月亮就像一面镜子,把淡红的阳光转换成了冷冷的蓝灰色。

在她静坐的头一个小时里,她整理着自己的思路,试图想清楚当时的所有细节。他们究竟把阿黛丽塔带到了这片海滩的哪个地方呢?她的外套后来是在哪里被找到的呢?他们是在哪里挖的洞呢?在那里吗?还是这里?

随后,她想到了自己的生父尼尔斯·文特,他曾在一个夜晚带着一个轮式行李箱来到这里。他走到了潮水退去的地方,并在那里驻足停留了好一阵。他知道这片海滩就是案发地点吗?他知道自己所爱的女人就是在这里被人溺死的?他一定知道吧,不然他来这里做什么呢?奥莉维亚现在明白了,尼尔斯当时是在哀悼阿黛丽塔,他来到了她生前最后待过的地方,那会是一种什么样的心情啊?

当时她正躲在礁石背后,看到了那一幕。

看到了那个哀悼的时刻。

她重重地呼吸着。

她再次看向海面,猛烈的情绪如洪流般涌上心头,她努力控制住自己,让自己的头脑保持冷静。

度假小屋!他曾来到她所租住的度假小屋找她借手机。突然,她想起来一个短暂的瞬间：就在她打开房门跟他说话的时候，他突然怔了一下，眼睛里面流露出了一种惊讶的神情。那时他在我身上看到了阿黛丽塔的影子吗？就在那短暂的一瞬间？

两个小时过去了，三个小时过去了，她就这样一直坐在这里，咀嚼着心中涌起的对于过往人生的种种五味杂陈。

最后泪水涌出了她的眼眶，她再次看着海面，心情也渐渐平复下来。我就出生在这片海滩上，她想道，在一个像今天这样有春潮、有月光的夜晚，我被人从溺亡的生母腹中救了出来。

就在这里，就在这片海滩上。

她将自己的脸埋进双膝。

他远远地望见了她。

如同从前一样，他也站在同样的礁石背后。几个小时之前，他曾看到她从自己家的房门前经过，然后一直没有回来。现在他看到她正蹲在一片沙滩上，而那里差不多正好就是事发当晚那几个人所站立的位置。

他再次听到了大海的声音。

他走近奥莉维亚的时候，后者并没有觉察到，直到他一言不发地在她身旁蹲下，她才略微转过头去，跟他目光对视。这个头发被太阳晒得有些发白的男人就是当年看到了事发经过的小男孩……她再次看了他一眼。他和我的生父在哥斯达黎加交谈过，他还看到我的生母在这里被杀害，可他对这一切内幕完全毫不知情。

我会找个时间告诉他的。

他们一齐看着大海，看着沐浴在月光下的广阔沙滩。闪亮的小螃蟹在沙地上快速来回，它们的背壳反射着钢青色的月光。帽贝紧紧地吸附在礁石上，像小石块一样一动不动。

春潮涌来的时候，他们起身离开了这片地方。